LAS NIEBLAS DE AVALON

ACERVO CIENCIA/FICCION
(Ciencia ficción y Fantasía)

Directora de la Colección: ANA PERALES

1. FLORES PARA ALGERNON. Daniel Keyes
2. LA LUNA ES UNA CRUEL AMANTE. R. A. Heinlein
3. EL MUNDO DE LOS NO-A. Alfred E. van Vogt
4. DUNE. Frank Herbert
5. EL TIEMPO INCIERTO. Michel Jeury
6. INCORDIE A JACK BARRON. Norman Spinrad
7. QUE DIFICIL ES SER DIOS. Arkadi y Boris Strugatski
8. LOS JUGADORES DE NO-A. Alfred E. van Vogt
9. LOS AMANTES. Philip Jose Farmer
10. EL MUNDO INTERIOR. Robert Silverberg
11. FLUYAN MIS LAGRIMAS, DIJO EL POLICIA. Philip K. Dick
12. LA OPCION. Leonard C. Lewin
13. CANDY MAN. Vincent King
14. EL MESIAS DE DUNE. Frank Herbert
15. ANTOLOGIA NO EUCLIDIANA/1
16. VIAJE A UN PLANETA WU-WEI. G. Bermúdez Castillo
17. ¡HAGAN SITIO! ¡HAGAN SITIO! Harry Harrison
18. LLEGADA A EASTERWINE. R. A. Lafferty
19. LOS SEÑORES DE LA GUERRA. Gérard Klein
20. MAS VERDE DE LO QUE CREEIS. Ward Moore.
21. EL VUELO DEL DRAGON. Anne McCaffrey
22. LA BUSQUEDA DEL DRAGON. Anne McCaffrey
23. LOS MUNDOS DE DAMON KNIGHT
24. HIJOS DE DUNE. Frank Herbert
25. RUTA DE GLORIA. Robert A. Heinlein
26. LA QUINTA CABEZA DE CERBERO. Gene Wolfe
27. SALOMAS DEL ESPACIO. R. A. Lafferty
28. LLORAD POR NUESTRO FUTURO. Antología no euclidiana/2
29. LA NAVE DE LOS HIELOS. Michael Moorcock
30. LA BARRERA SANTAROGA. Frank Herbert
31. EN LA SUPERFICIE DEL PLANETA. Daniel Drode
32. DARE. Philip Jose Farmer
33. LA ROSA. Charles L. Harness
34. DOCTOR BLOODMONEY. Philip K. Dick
35. NOCHE DE LUZ. Philip Jose Farmer
36. TODOS SOBRE ZANZIBAR. John Brunner
37. A CABEZA DESCALZA. Brian W. Aldiss
38. UNA MIRADA A LA OSCURIDAD. Philip K. Dick
39. HISTORIA DEL FUTURO 1. Robert A. Heinlein
40. AVISPA. Eric Frank Russell
41. HISTORIA DEL FUTURO 2. Robert A. Heinlein
42. ESCALOFRRRIOS. Robert Bloch
43. EL REBAÑO CIEGO. John Brunner
44. EL DRAGON BLANCO. Anne McCaffrey
45. EL SEXTO INVIERNO. D. Orgill y J. Gribbin
46. EL SER MENTE. Fredric Brown

OTRAS OBRAS DE TERRY BROOKS

LA TRILOGIA DE SHANNARA

Libro I   La Espada de Shannara
Libro II   Las Piedras Élficas de Shannara
Libro III El Cantar de Shannara

EL REINO MÁGICO DE LANDOVER

Libro I   Reino mágico en venta ... ¡vendido!
Libro II   El unicornio negro
Libro III Mago en apuros

LA HERENCIA DE SHANNARA

Libro I   Los vástagos de Shannara
Libro II   El druida de Shannara
Libro III La reina élfica de Shannara

Si no las encuentra en su librería, diríjase a nosotros por carta o por teléfono, y se las enviaremos contra reembolso sin cargo de gastos de envío

Marion Zimmer Bradley

LAS NIEBLAS DE AVALON

Libro II
La Reina Suprema

EDITORIAL ACERVO

Título original de la obra: THE MISTS OF AVALON
Book two: THE HIGH QUEEN

Traducción de: FRANCISCO JIMÉNEZ ARDANA

Cubierta: GUSTAVE DORÉ
Dibujo realizado para «Idylls of the King»
de Alfred Tennyson.

Diseño cubierta: J. A. LLORENS PERALES

© 1982 by Marion Zimmer Bradley
    Derechos exclusivos de edición en castellano reservados
    para todo el mundo y propiedad de la traducción
© Editorial Acervo, S. L., 1986

        1.ª edición: Febrero 1987
        2.ª edición: Octubre 1989
        3.ª edición: Noviembre 1991
        4.ª edición: Diciembre 1994
        5.ª edición: Diciembre 1998

    ISBN: 84-7002-391-8

Agradecimientos

CUALQUIER LIBRO de esta complejidad conduce al autor a demasiadas fuentes como para ser enumeradas en su totalidad. Probablemente debiera citar en primer lugar a mi difunto abuelo, John Roscoe Conklin, quien me facilitó por primera vez un viejo y estropeado ejemplar de la edición Sidney Lanier de *Los cuentos del Rey Arturo*, el cual leí tan repetidas veces que virtualmente lo memoricé antes de llegar a los diez años de edad. También alentaron mi imaginación fuentes varias tales como el semanario ilustrado *Cuentos del Príncipe Valiente*. A los quince años me escabullía de la escuela con mayor frecuencia de lo que nadie sospechaba para esconderme en la biblioteca del Departamento de Educación de Albany, Nueva York, donde leí una edición de diez volúmenes de *La Rama Dorada* de James Frazer y una colección de quince volúmenes sobre religiones comparadas, incluyendo uno enorme sobre los druidas y las religiones célticas.

En atención directa al presente volumen, debo dar las gracias a Geoffrey Ashe, cuyos trabajos me sugirieron varias direcciones para investigaciones ulteriores y a Jamie George de la librería Gothic Image de Glastonbury, quien, además de mostrarme la geografía de Somerset, el emplazamiento de Camelot y del reino de Ginebra (a los propósitos del presente libro, acepto la teoría corriente de que Camelot era el castillo de Cadbury, sito en Somerset), me guió en el peregrinar por Glastonbury. También atrajo mi atención sobre las persistentes tradiciones en torno al

Chalice Well en Glastonbury y la perdurable creencia en que José de Arimatea plantó la Santa Espina en Wearyall Hill. Asimismo, allí encontré muchos materiales que exploraban la leyenda céltica de que Jesucristo fue iniciado en la religión de la sabiduría en el templo que una vez se halló en Glastonbury Tor.

En cuanto a los materiales de la cristiandad preagustiniana, he utilizado, previo permiso, un manuscrito de circulación restringida titulado «The Preconstantine Mass: A Conjecture», del padre Randall Garret. También consulté materiales de las liturgias siriocaldeas, incluyendo el Holy Orbana de San Serapio, junto con materiales litúrgicos de grupos locales de cristianos de Santo Tomás y católicos anteriores al Concilio de Nicea. Los extractos de las Escrituras, especialmente el episodio del Pentecostés y el Magníficat, me fueron traducidos de los Testamentos Griegos por Walter Breen. También debo citar *La Tradición del misterio en occidente* de Christiane Hartley y *Avalon del Corazón* de Dion Fortune.

Todo intento de recuperar la religión precristiana en las Islas Británicas se tornó conjetural, debido a los obstinados esfuerzos de sus sucesores por extinguir todo vestigio. Es tanto lo que difieren los eruditos que no me excuso por seleccionar, de entre las distintas fuentes, aquellas que mejor cumplen las necesidades de la ficción. He leído, aunque no seguido sumisamente, los trabajos de Margaret Murray y varios libros sobre Garderian Wicca. Siguiendo con el ceremonial, me gustaría expresar mi más sincero agradecimiento a los grupos neopaganos locales; a Alison Harley y el Pacto de la Diosa; a Otter y al Morning Glory Zell; a Isaac Bonewits y a los Nuevos Druidas Reformados; a Robin Goodfellow y a Gaia Willwoode; a Philip Wayne y al *Manantial Cristalino;* a Starhawk, cuyo libro *La Danza Espiral* logró serme de inestimable ayuda para deducir mucho sobre la preparación de una sacerdotisa; y, por su sustento personal y afectivo (incluyendo consuelos y alientos) mientras escribía el presente libro, a Diana

Paxson, Tracy Blackstone, Elisabeth Water y Anodea Judith, del Círculo de la Luna Oscura.

Finalmente, debo expresar amorosa gratitud a mi marido, Walter Breen, quien dijo, en un momento crucial de mi carrera, que había llegado la hora de dejar de jugar a lo seguro escribiendo a destajo por dinero y me proporcionó el apoyo financiero para que pudiera hacerlo. También a Don Wollheim, que siempre creyó en mí, y su esposa Elsie. Sobre todo, y siempre, a Lester y Judy-Lynn del Rey, quienes me ayudaron a mejorar la calidad de mi escritura, asunto siempre temible, con agradecido amor y reconocimiento. Y por último, aunque no menos importante, a mi hijo mayor, David, por su cuidadosa preparación del manuscrito final.

Prólogo

En mis tiempos me llamaron muchas cosas: hermana, amante, sacerdotisa, hechicera, reina. Ahora, ciertamente, me he tornado en hechicera y acaso llegue el momento en el que sea necesario que estas cosas se conozcan. Pero, bien mirado, creo que serán los cristianos quienes digan la última palabra. Perpetuamente se separa el mundo de las Hadas de aquel en el que Cristo gobierna. Nada tengo contra Cristo sino contra sus sacerdotes, que consideran a la Gran Diosa como a un demonio y niegan que alguna vez tuviera poder sobre este mundo. Cuando más, declaran que su poder proviene de Satán.

Y ahora que el mundo ha cambiado y Arturo —mi hermano, mi amante, que fue rey y rey será— yace muerto (el pueblo dice que duerme) en la Sagrada Isla de Avalon, el relato ha de ser narrado como lo fue antes de que los sacerdotes del Cristo Blanco llegaran cubriéndolo todo con sus santos.

Porque, como ya digo, el mundo mismo ha cambiado. Hubo un tiempo en el que un viajero, teniendo voluntad y conociendo sólo algunos de los secretos, podía adentrar su barca en el Mar Estival y arribar, no al Glastonbury de los monjes, sino a la Sagrada Isla de Avalon. Porque en aquel tiempo las puertas de los mundos se difuminaban entre las nieblas y se abrían, una a otra, cuando el viajero poseía la intención y la voluntad. Pues éste es el gran

11

secreto, que era conocido por todos los hombres cultos de nuestra época: basándonos en el pensamiento de los hombres, creamos el mundo que nos rodea, diariamente renovado.

Y ahora los sacerdotes, creyendo que esto infringe el mandato de su Dios, que creó el mundo de una vez y para siempre, han cerrado tales puertas (las cuales nunca existieron excepto en la mente de los hombres) y el camino no conduce más que a la isla de los sacerdotes, que la han protegido con el sonido de las campanas de sus iglesias, alejando toda idea del otro mundo que yace en la oscuridad. Realmente, dicen que tal mundo, en caso de existir, pertenece a Satán y es la puerta de entrada al Averno, si no el Averno mismo.

No sé lo que su Dios pueda o no haber creado. A pesar de los relatos que se narran, nunca supe mucho de los sacerdotes y nunca me atavié con la negrura de una de sus monjas de clausura. Si los de la corte de Arturo, en Camelot, decidieron así considerarme cuando llegué hasta allí (dado que siempre ostento los oscuros ropajes de la Gran Madre en su función de hechicera), no les saqué de su engaño. Y, ciertamente, hacia el final del reinado de Arturo habría sido peligroso hacerlo y humillé la cabeza ante lo conveniente, cosa que mi señora nunca hubiera hecho. Viviane, la Señora del Lago, en tiempos fue la mejor amiga de Arturo, exceptuándome a mí, y luego su más siniestra enemiga, de nuevo con mi excepción.

Mas la contienda ha terminado. Por fin pude saludar a Arturo, cuando yacía moribundo, no como a mi enemigo y enemigo de mi Diosa, sino simplemente como a mi hermano y como a un hombre agonizante con necesidad de la ayuda de la Madre, adonde todos los hombres van a dar finalmente. Incluso los sacerdotes saben esto, ya su Virgen se torna en Madre del Mundo a la hora de la muerte.

Y así yace al fin Arturo con la cabeza en mi regazo, sin verme como a una hermana, amante o rival, sino tan sólo como a una hechicera, sacerdotisa, Señora del Lago; y así descansó en el seno de la Gran Madre, de la que vino a nacer y en la que, al igual que todos los hombres, tendrá su fin. Y acaso, cuando conduje la barca que se lo llevó, esta vez no a la Isla de los Sacerdotes, sino a la Verdadera Isla Sagrada del mundo en tinieblas más allá del nuestro, esa Isla de Avalon a la que ahora pocos además de mí pueden ir, se arrepintió de la enemistad que había entre ambos.

SEGÚN VAYA RELATANDO ESTA HISTORIA, hablaré a veces de cosas acaecidas cuando era demasiado joven para comprenderlas, o de cosas acaecidas sin estar yo presente. Y el oyente quizás se distraerá, pensando: Esta es su magia. Pero siempre he tenido el don de la Visión y de escrutar en el interior de la mente de hombres y mujeres. Y en todo este tiempo he estado cerca de ellos. De tal modo, que, en ocasiones, todo cuanto pensaban me era conocido de una u otra forma. Y así relataré esta historia.

Ya que un día también los sacerdotes la contarán, tal como ellos la conocían. Acaso entre ambas versiones, algún destello de la verdad pueda vislumbrarse.

Porque es esto lo que los sacerdotes no saben: que no hay nada semejante a una historia cierta. La verdad tiene múltiples facetas, como el viejo camino hasta Avalon; depende de tu propia voluntad e intenciones, adonde el camino te lleve y adonde por último arribes, si a la Sagrada Isla de la Eternidad o entre los sacerdotes con sus campanas, muerte, Satán, Averno y condenación... mas tal vez esté siendo injusta con ellos. Incluso la Señora del Lago, que odiaba la túnica de los sacerdotes tanto como a una serpiente venenosa, y con buenos motivos además, me reprendió una vez por hablar mal de su Dios.

«Ya que todos los Dioses son un solo Dios» —me dijo entonces, como lo hizo muchas veces anteriormente y como yo les he dicho a mis novicias tantas veces, como toda sacerdotisa que venga después de mí volverá a decir, «y todas las Diosas son una Diosa, habiendo un único Ini-

ciador. Para cada hombre su propia verdad y el Dios que hay en el interior de ésta».

Y así, tal vez, la verdad flote en alguna parte entre el camino a Glastonbury, la Isla de los Sacerdotes, y el camino a Avalon, perdida siempre en las nieblas del Mar Estival.

Pero ésta es mi verdad. Yo, Morgana, te digo estas cosas, Morgana que en los últimos tiempos fue llamada el Hada Morgana.

Lo que ya ha sucedido

En el castillo de Tintagel, habita Igraine, hermana de Viviane, la Señora del Lago de Avalon, e hija de Merlín, casada con Gorlois Duque de Cornwall y madre de la pequeña Morgana.

El Duque de Cornwall, que ya ha sobrepasado los cuarenta y cinco años cuando su mujer sólo cuenta diecinueve, pasa la mayor parte de su tiempo fuera del castillo ocupado en continuas luchas contra los sajones en apoyo de Ambrosius, Rey Supremo de Bretaña.

Una tarde, Viviane y Merlín aparecen en Tintagel para comunicar a Igraine que Ambrosius está agonizando en Londinium, y que ella irá allí con Gorlois, conocerá a Uther, que será el próximo Rey Supremo, y concebirá de él un hijo que con el tiempo también se convertirá en Rey Supremo, obtendrá el apoyo de las Tribus y de los romanizados, y logrará la pacificación de Bretaña. Igraine se niega a ser infiel a su marido, a quien está agradecida por haberle permitido amamantar a Morgana durante el tiempo suficiente, a pesar del impedimento que esto suponía para la concepción del hijo que él tanto desea. Pero le aseguran que Gorlois morirá.

Se cumplen las predicciones, e Igraine termina desposándose con Uther Pendragon, ya Rey Supremo, y tiene un hijo a quien llaman Arturo.

El niño sufre varios accidentes, al parecer provocados,

y Viviane le aconseja a Uther que lo envíe secretamente a educarse con uno de sus caballeros. También le pide que le dejen llevarse a Morgana para hacer de ella una sacerdotisa de la Diosa Ceridwen en Avalon.

Tras el paso de los años, Morgana ha de ir a los juegos de Beltane, como encarnación de la Diosa, y yacer con el hombre que venza al Astado, convirtiéndose en el Rey Ciervo. El joven vencedor es alto y rubio; y a la mañana siguiente, Morgana reconoce en él a su hermano Arturo. Ambos se horrorizan de la situación a que han sido llevados, y Morgana intenta enfrentarse con Viviane. Mientras tanto, muere Uther Pendragon y Arturo es proclamado Rey Supremo.

En las fiestas de la coronación, Morgana se da cuenta de que está embarazada y lo oculta para que Arturo, que ha sido educado como cristiano, no sienta remordimientos.

Vuelve a Avalon con propósitos de abortar, pero se pierde en los bosques y tiene una extraña visión que la hace desistir.

Huye de Avalon para ir a refugiarse en casa de Morgause, la hermana menor de su madre, que está desposada con un rey del norte llamado Orkney.

Libro dos
LA REINA SUPREMA

I

Muy al Norte, donde Lot reinaba, la nieve alcanzaba gran altura, e incluso al mediodía era frecuente la presencia de una neblina de apariencia crepuscular. En los escasos días en que el sol brillaba, los hombres podían salir a cazar, pero las mujeres quedaban aprisionadas en el castillo. Morgause giraba con pereza el huso; detestaba hilar tanto como lo había detestado siempre, pero la estancia estaba demasiado oscura para permitir otra labor más delicada. De pronto, sintió una gélida corriente de aire que procedía de la puerta abierta y levantó la mirada.

—Hace demasiado frío para eso, Morgana, y has estado todo el día lamentándote del frío, ¿quieres que todas nos quedemos como carámbanos? —dijo con ligero tono de reproche.

—No me he estado lamentando —repuso ésta—. ¿He dicho una sola palabra? La habitación huele tan mal como un excusado y el humo también apesta. Quiero respirar, ¡sólo eso! —Cerró la puerta y volvió al hogar, frotándose las manos y temblando—. No he entrado en calor desde el solsticio de verano.

—No lo dudo —dijo Morgause—. El pequeño pasajero que llevas te absorbe todo el calor de los huesos, está guarecido y cómodo mientras su madre tirita. Siempre es así.

—Al menos ya ha pasado el solsticio de invierno, amanece antes y los días son más largos —dijo una de las mujeres de Morgause—. Quizás dentro de quince días des a luz a tu hijo...

Morgana no respondió, seguía junto al fuego temblando y frotándose las manos como si le dolieran. Morgause pensó que parecía su propio espectro, su rostro se había afilado adquiriendo una delgadez cadavérica, las manos huesudas y esqueléticas contrastaban con la enorme prominencia del vientre. Tenía grandes círculos oscuros bajo los ojos y los párpados enrojecidos como si hubiera estado llorando; pero Morgause no había visto a la joven derramar una sola lágrima en todas las lunas que llevaba en aquella casa.

Debería consolarla, pero, ¿cómo hacerlo si ni siquiera llora?

Morgana iba ataviada con una vieja saya que había pertenecido a Morgause y un blusón azul oscuro, descolorido y deshilachado, grotescamente largo. Tenía un aspecto desgarbado, casi harapiento, y a Morgause le exasperaba que su sobrina no se hubiese molestado siquiera en coger aguja e hilo para acortar un poco el blusón. Los tobillos, también hinchados, sobresalían sobre el borde de los zapatos debido a que sólo había pescado salado y malas verduras para comer en aquella época del año. Todos necesitaban alimentos frescos, que no eran fáciles de conseguir con aquel clima. Bueno, tal vez los hombres tuvieran algo de suerte en la cacería y pudiera lograr que Morgana comiera carne fresca. Después de haberse quedado cuatro veces encinta, Morgause sabía el hambre que se siente al final del embarazo. En una ocasión, recordaba, estando embarazada de Gewaine, fue a la vaquería y comió de la arcilla que guardaban para blanquearla. Una vieja comadrona le había contado que cuando una mujer preñada no puede evitar comer cosas tan extrañas es porque el niño pasa hambre y ella debería tomar todo cuanto desease. Acaso al día siguiente encontrara hierbas junto al arroyo de la montaña, que es lo que todas las embarazadas anhelan, especialmente al final del invierno.

El hermoso pelo negro de Morgana veíase enmarañado, también, en una floja trenza, parecía como si no se lo hubiese peinado y vuelto a trenzar durante semanas. Se apartó del fuego, tomó un peine que había en el anaquel, y cogiendo a uno de los perritos falderos de Morgause, empezó a peinarlo. Morgause pensó: *Más te valdrá ocuparte de tu propio pelo*, pero se contuvo. Morgana estaba tan alterada últimamente que no había modo de hablar con ella. *Es bastante natural estando tan cerca el momento*, pensó, contemplando como las huesudas manos de la joven pasaban el peine por el espeso pelaje; el perrito protestaba y gemía, y Morgana lo acalló con voz más dulce de la que empleara con ningún ser humano por aquellos días.

—No puede faltar mucho, Morgana —dijo Morgause con amabilidad—. Posiblemente darás a luz llegada la candelaria.

—Aún me parece demasiado tarde. —Morgana le dio al perro una última palmadita y lo dejó en el suelo—. Vamos, ya estás adecentado para hallarte entre señoras, cachorrillo... ¡qué lindo estás, con el pelo alisado!

—Voy a avivar el fuego —dijo una de las mujeres, llamada Beth, haciendo a un lado el huso y echando la rueca en una cesta de lana—. Los hombres llegarán pronto a casa, ya ha anochecido. —Fue hasta el fuego, resbaló con una astilla que había en el suelo y estuvo a punto de caerse al hogar—. Gareth, pequeño desastre, ¿por qué no limpias todo este desorden? —Arrojó la astilla al fuego y Gareth, de cinco años, que había estado colocando palitos y hablando con ellos quedamente, protestó furioso, ¡los palitos eran sus soldados!

—Bien, Gareth, es de noche y tus ejércitos deben retirarse a sus tiendas —dijo Morgause.

Haciendo pucheros, el muchachito situó a su ejército en un rincón, pero guardó uno o dos soldados cuidadosamente en el pliegue de su túnica; eran los más grandes, los que Morgana había tallado a principios de año proporcionándoles tosca semejanza a hombres con yelmo y armas, tiñéndolos con zumo de bayas para simular la túnica carmesí.

—¿Me harás otro guerrero romano, Morgana?

—Ahora no, Gareth —le respondió—. Me duelen las manos del frío. Mañana, quizás.

Se le acercó frunciendo el ceño y, deteniéndose junto a sus rodillas, preguntó.

—¿Cuándo seré lo bastante mayor para ir de caza con padre y Agraviane?

—Te quedan aún unos cuantos años, supongo —respondió Morgana sonriendo—. No podrás ir hasta que seas lo bastante alto para que no te pierdan en un ventisquero.

—¡Mira, cuando estás sentada soy más alto que tú, Morgana! —Impaciente, le dio una patada a la silla—. ¡No hay nada que hacer aquí!

—Bueno —repuso ésta—, siempre puedo enseñarte a hilar y así no te verás obligado a estar ocioso—. Recogió la rueca que Beth había dejado y se la entregó, pero él hizo una mueca, retrocediendo.

—Voy a ser un caballero. ¡Los caballeros no tienen que hilar!

—Es una lástima —dijo Beth molesta—. Tal vez no estropearían tantas capas y túnicas si supieran cuán penoso es tejerlas.

—Mas *había* un caballero que hilaba, cuenta la historia —afirmó Morgana, extendiendo los brazos hacia el niño—. Ven aquí. No, siéntate en la banqueta, pesas demasiado para que pueda tenerte en el regazo como si fueras un niño de pecho. Hubo antaño, antes de que aparecieran los romanos, un guerrero llamado Aquiles que sufría una maldición; una vieja hechicera le dijo a su madre que moriría en la guerra y ésta le puso unas faldas para esconderlo entre las mujeres, con quienes aprendió a hilar, a tejer y a hacer cuanto es apropiado para una doncella.

22

—¿Y murió en la guerra?

—Así fue, porque, cuando la ciudad de Troya quedó sitiada, llamaron a todos los caballeros y guerreros para tomarla, Aquiles se unió a los demás, era el mejor de todos. Se dice que se le había ofrecido una alternativa, podría vivir largo tiempo seguro, hasta morir de viejo en su lecho y ser olvidado, o podría tener una vida corta, y morir joven y con gran gloria, y eligió la gloria. Así pues, los hombres todavía narran su historia en las epopeyas. Luchó en Troya con un guerrero llamado Héctor, es decir, Ectorius en nuestra lengua.

—¿Es el mismo sir Ectorius que adoptó a nuestro rey Arturo? —inquirió el chico con los ojos muy abiertos.

—De seguro que no, porque eso ocurrió hace cientos de años, pero puede haber sido uno de sus antepasados.

—Cuando esté en la corte y sea uno de los caballeros de Arturo —dijo Gareth, con ojos redondos como platos—, seré el mejor guerrero en la batalla y ganaré todos los premios en los torneos. ¿Qué le pasó a Aquiles?

—No lo recuerdo, fue hace mucho tiempo, escuché este relato en la corte de Arturo —dijo Morgana, llevándose las manos a la espalda como si ésta le doliese.

—Háblame de los Caballeros de Arturo, Morgana. Conoces a Lancelot, ¿verdad? Yo le vi, aquel día en que Arturo fue coronado. ¿Ha dado muerte a algún dragón? Cuéntame, Morgana...

—No la importunes, Gareth, no se encuentra bien —dijo Morgause—. Ve a las cocinas a ver si pueden encontrar una torta de maíz para ti.

El niño pareció malhumorado, mas sacó el caballero tallado de la túnica y se alejó hablándole en tono quedo.

—Sir Lancelot, partiremos para dar muerte a todos los dragones del Lago...

—Sólo habla de luchas y batallas —dijo Morgause con enojo— y de su preciado Lancelot, como si no fuera suficiente el tener a Gawaine lejos luchando junto a Arturo. Espero que cuando Gareth sea mayor, haya paz en la tierra.

—Habrá paz —repuso Morgana ausente—, pero eso no importa, porque morirá a manos de su mejor amigo.

—¿Qué? —gritó Morgause mirándola, mas la joven tenía los ojos vacíos y desenfocados; la sacudió amablemente, preguntando—. ¿Morgana? ¿Morgana, estás enferma?

Morgana parpadeó sacudiendo la cabeza.

—Lo siento, ¿qué me decías?

—¿Qué te decía? Más bien, ¿qué me decías tú a *mí*? —inquirió Morgause; pero viendo la angustia en los ojos de Morgana, se le puso el vello de punta. Acarició la mano de la joven, tratando de considerar las sombrías palabras como fruto del delirio—. Creo que debes haberte dormido con los ojos abiertos. —Se encontró rechazando la idea de que Morgana hubiese tenido un momento de Visión—. Debes cuidarte mejor; apenas comes; ni duermes.

—La comida me da náuseas —repuso Morgana, suspirando—. Si fuera verano, podría tomar un poco de fruta... anoche soñé que comía manzanas de Avalon. —Tenía la voz trémula y agachó la cabeza para que Morgause no viera las lágrimas afluyendo a sus ojos; mas apretó las manos y no sollozó.

—Todos estamos hartos de pescado salado y bacon ahumado —dijo Morgause—, pero, si Lot ha tenido buena caza, podrás comer carne fresca. —Morgana, pensó, había sido adiestrada en Avalon para ignorar el hambre, la sed y la fatiga; ahora, cuando podría relajar un poco tales austeridades, se enorgullecía de soportarlo todo sin una queja.

—Has sido instruida como sacerdotisa, Morgana, acostumbrada al ayuno, pero el niño que va a nacer no puede soportar el hambre y la sed, y estás demasiado delgada...

—¡No te burles de mí! —Dijo Morgana airada, señalándose el vientre enormemente hinchado.

—Pero los huesos se marcan en tu rostro y manos —repuso Morgause—. No debes dejar de comer, llevas a un hijo y has de tenerlo en consideración.

—¡Consideraré su bienestar cuando él considere el mío! —exclamó Morgana, levantándose bruscamente, pero Morgause le cogió las manos y la volvió a sentar.

—Querida niña, sé lo que estás pensando, he concebido cuatro hijos, ¿recuerdas? Estos últimos días son peores que todos los meses anteriores juntos, por largos que te hayan parecido.

—Debiera haber sido lo bastante sensata para deshacerme de él cuando aún estaba a tiempo.

Morgause abrió la boca para darle una seca respuesta, luego respiró y dijo:

—Es demasiado tarde para afirmar que debieras haber hecho esto o aquello; diez días más y todo habrá concluido. —Sacó un peine de los pliegues de la túnica y empezó a desenredar la trenza de Morgana.

—Déjalo —dijo Morgana impaciente, apartando la cabeza del peine—. Yo misma lo haré mañana. He estado demasiado agotada para pensar en eso. Pero, si te molesta mi apariencia... bueno, dame el peine.

—Quédate quieta, querida —dijo Morgause—. ¿No recuerdas cuando eras pequeña en Tintagel y solías pedirme que te peinase porque tu aya... cómo se llamaba? Ahora lo recuerdo: Gwennis, así era, te daba tirones y tú le decías: «¿Dejarás que lo haga tía Morgause?». —Fue pasando el peine por el pelo, desenredando mechón tras mechón, acariciando la cabeza de Morgana afectuosamente—. Tienes un pelo muy bonito.

—Negro y liso como la crin de un caballo en invierno.

—No, hermoso como la lana de una oveja negra, radiante como la seda —repuso Morgause, acariciando aún la oscura melena—. Estate quieta, yo te lo trenzaré... siempre he deseado tener una niña, para poder vestirla y hacerle trenzas... mas la Diosa sólo me ha enviado hijos y, por eso, has de ser tú mi hijita, mientras me necesites—. Oprimió la cabeza contra su pecho y Morgana permaneció reclinada, angustiada por las lágrimas que no podía derramar—. Ah, así, así, mi pequeña; no llores, ya no queda mucho, así, así... no te has cuidado bien, necesitas las atenciones de una madre, mi pequeña...

—Es sólo que... esto es tan oscuro... ansío la luz del sol...

—En verano disponemos de una ración excesiva de sol. Hay luz hasta la medianoche —dijo Morgause—, y por eso en invierno tenemos tan poca. —Morgana se estremecía a causa de los sollozos que trataba de controlar y Morgause la apretó con fuerza, acunándola dulcemente—. Así, pequeña, *lennavan*, así, sé como te sientes... tuve a Gawaine en lo más crudo del invierno. Había poca luz y una tormenta como la de ahora, y yo sólo tenía dieciséis años, y estaba muy asustada, ¡sabía tan poco sobre la cuestión...! Deseé haberme quedado como sacerdotisa en Avalon, o en la corte de Uther, o estar en cualquier parte menos aquí. Lot se hallaba ausente, en la guerra, y yo me angustiaba por lo abultado de mi cuerpo, por las náuseas y los dolores de espalda y, sobre todo, por encontrarme sola entre mujeres extrañas. ¿Creerás que, durante todo el invierno, tuve a mi vieja muñeca en el lecho, y la abrazaba, y lloraba por las noches para conciliar el sueño? ¡Qué niña era! Tú, al menos, eres una mujer, Morgana.

Morgana dijo, un poco avergonzada:

—Sé que soy demasiado mayor para comportarme como una niña... —mas siguió aferrada a Morgause, mientras ésta la mimaba y le acariciaba el pelo.

—Y ahora, ese mismo hijo a quien di a luz antes de ser una mujer adulta está luchando contra los sajones —dijo—, y tú, a quien tuve en mi regazo como a una muñeca, vas a tener un hijo. Ah, sí, sabía que tenía noticias que contarte. La mujer del cocinero, Marged, ha dado a luz, sin duda porque las gachas de avena de esta mañana tenían demasiadas vainas, así pues, tendrás a alguien que pueda amamantar al tuyo. Aunque, ciertamente, cuando lo veas, querrás darle el pecho tú misma.

Morgana hizo un gesto de repulsión y Morgause sonrió.

—Igual me sentía yo, antes de dar a luz a mis hijos, mas cuando les miraba a la carita, sentía que nunca iba a poder apartarlos de mis brazos. —Sintió que la joven se contraía—. ¿Qué te ocurre, Morgana?

—Me duele la espalda. He estado sentada demasiado tiempo, eso es todo —dijo Morgana, levantándose inquieta y paseando por la estancia, con las manos apoyadas en la parte baja de la espalda. Morgause entrecerró los ojos, pensativa. Sí, en los últimos días el vientre hinchado de la muchacha había estado descendiendo; no podía faltar mucho. Haría que llenasen la antesala de las mujeres con paja nueva y hablaría con las comadronas para que estuviesen preparadas.

LOS HOMBRES DE LOT HABÍAN ENCONTRADO un ciervo en las colinas. Cuando, una vez desollado y limpio, fue asado en un gran fuego y su olor se extendió por todo el castillo, ni siquiera Morgana rehusó un trozo de hígado crudo, con la sangre aún goteando. Era costumbre que tal manjar fuera guardado para las mujeres que estaban encinta.

Morgause pudo verla hacer una mueca de repulsión, como ella hiciera cuando le daban tales cosas estando embarazada; mas Morgana, al igual que ella misma, lo succionó con avidez. El cuerpo demandaba alimento a pesar de la repulsión de la mente. Más tarde, sin embargo, cuando la carne estuvo asada y la trincharon en lonchas para servirla, Morgana se negó a comer más. Morgause cogió un trozo de carne y la puso en el plato de Morgana.

—Cómetelo —le ordenó—. Morgana, has de obedecerme, no debes negarte a comer, perjudicando a tu hijo con esa actitud.

—No puedo —dijo Morgana con débil voz—. Me darán náuseas, déjalo ahí y lo intentaré dentro de un rato.

—¿Qué te pasa?

Morgana inclinó la cabeza y murmuró:

—No puedo comer carne de ciervo, lo hice en Beltane cuando... y ahora sólo el olor me produce arcadas.

Y ese hijo fue engendrado en los fuegos rituales de

Beltane. ¿Qué es lo que la aflige de tal modo? Ese recuerdo debería resultarle agradable, pensó Morgause, sonriendo ante el libertinaje de Beltane. Se preguntaba si la muchacha habría caído en manos de algún hombre especialmente brutal y había padecido algo semejante a una violación. Eso justificaría su ira y la desesperación a causa de su estado. Empero, lo hecho, hecho estaba, y Morgana era lo bastante mayor para saber que no todos los hombres son brutales, aunque hubiese caído en manos de uno que lo fuera.

Morgause tomó un trozo de pastel de avena y lo empapó en jugo de carne.

—Tómate esto al menos, que también te alimentará —le dijo—. Te he hecho un poco de té de rosas; está amargo y te sentará bien. Recuerdo mi afición por las cosas amargas cuando estaba embarazada.

Morgana comió obedientemente y a Morgause le pareció que su rostro adquiría cierta animación. Hizo una mueca a causa del amargor de la bebida pero, no obstante, apuró el recipiente.

—No me gusta —dijo—, y sin embargo, no puedo dejar de beber; es extraño.

—Tu hijo lo ansía —repuso Morgause seriamente—. Los niños, en el útero, saben lo que es bueno para ellos y nos lo demandan.

Lot, sentado cómodamente entre dos de los cazadores, sonrió con afabilidad a su sobrina.

—Es un animal viejo y correoso, mas una buena cena para los últimos días de invierno —dijo— y me alegro de que no cogiésemos a ninguna cierva en celo. Vimos dos o tres, pero le dije a mis hombres que las dejaran e incluso aparté a los perros. Quiero que los ciervos se reproduzcan en paz y pude ver que está próximo el momento, ya que muchas de ellas estaban preñadas. —Bostezó, levantando al pequeño Gareth, que tenía la cara grasienta y brillante—. En breve serás lo bastante mayor para ir de caza con nosotros —le aseguró—. Tú y el pequeño Duque de Cornwall, sin duda.

—¿Quién es el Duque de Cornwall, padre?

—El bebé que lleva Morgana —replicó Lot, sonriendo, y Gareth miró a Morgana.

—No veo ningún bebé. ¿Dónde está tu bebé, Morgana?

Esta rió entre dientes, turbada.

—El mes que viene por estas fechas te lo enseñaré.

—¿Te lo traerá la doncella de la primavera?

—Puedes decirlo así —repuso Morgana, riendo a pesar de sí misma.

—¿Cómo puede ser duque un bebé?

—Mi padre fue Duque de Cornwall. Soy su única hija en matrimonio. Cuando Arturo llegó a ser rey, le devolvió Tintagel a Igraine; pasará de ella a mí y a mis hijos, si los tengo.

Morgause, mirando a la joven, pensó: Su hijo se halla más cerca del trono que Gawaine. Soy hermana de Igraine, y Viviane tan sólo hermana de madre, por tanto Gawaine es pariente más cercano que Lancelot. Pero, el hijo de Morgana será sobrino de Arturo. Me pregunto si ella habrá reflexionado sobre eso.

—Ciertamente, Morgana, tu hijo será Duque de Cornwall.

—O duquesa —repuso Morgana, sonriendo nuevamente.

—No, puedo asegurar por el modo en que lo llevas, bajo y ancho, que será un niño —dijo Morgause—. He tenido cuatro y he observado a mis sirvientas cuando estaban embarazadas... —Le hizo un gesto malicioso a Lot y prosiguió—. Mi marido toma muy en serio ese viejo dicho que afirma que un rey ha de ser un padre para su pueblo.

—Creo que es de derecho que los hijos legítimos que me ha dado mi reina tengan muchos hermanos; dicen que no tener hermanos es como ir sin montura... Vamos, sobrina, ¿por qué no coges el arpa y cantas para nosotros?

Morgana hizo a un lado los restos del pastel mojado.

—He comido demasiado para cantar —dijo, frunciendo el ceño, y volvió a pasear por el salón.

Morgause vio que se oprimía la espalda con las manos. Gareth se acercó a Morgana y le tiró de la falda.

—Canta para mí. Cántame esa canción sobre el dragón.

—Ya es demasiado tarde, deberías estar en tu lecho —repuso ella, mas se dirigió a un rincón y tomó la pequeña arpa que allí se encontraba, sentándose en un banco. Tocó azarosamente algunas notas, se inclinó para ajustar una de las cuerdas y prorrumpió en una burlesca canción de soldados.

Lot y sus hombres se constituyeron en coro, y sus broncas voces se elevaron con las volutas del humo:

Los sajones vinieron en la oscuridad de la noche,
Cuando la gente dormía,
Mataron a todas las mujeres, porque
preferían violar a las ovejas.

—No aprendiste esa canción en Avalon, sobrina —afirmó Lot sonriendo, cuando Morgana se levantó para dejar el arpa.

—Canta otra vez —la incordió Gareth, pero Morgana negó con la cabeza.

—No tengo aliento ahora para cantar —replicó. Soltó el arpa y cogió el huso; pero al cabo de un momento, lo hizo a un lado y volvió a vagar por el salón.

—¿Qué te ocurre, muchacha? —le preguntó Lot—. Estás tan inquieta como un oso enjaulado.

—Me duele la espalda de estar sentada —contestó— y la carne que mi tía me ha hecho comer me ha dado dolor de estómago.

Se llevó otra vez las manos a la parte baja de la espalda, se dobló como si hubiese sentido un calambre; luego dio un grito de espanto y Morgause, observándola, notó que la falda se tornaba oscura y húmeda, hasta la altura de las rodillas.

—Oh, Morgana, te has mojado —exclamó Gareth—.

Eres demasiado grande para mojarte la ropa. Mi aya me habría pegado por hacerlo.

—¡Silencio, Gareth! —dijo Morgause secamente, y corrió hacia Morgana que seguía inclinada y con la cara enrojecida por la sorpresa y la vergüenza.

—No pasa nada, Morgana —la tranquilizó, tomándola del brazo—. ¿Te duele aquí, y aquí? Ya sé. Estás de parto, eso es todo, ¿No lo sabías? —Pero, ¿cómo iba a saberlo? Era el primero y nunca había perdido el tiempo en conversaciones de mujeres, de modo que no conocía los síntomas. Debía llevar gran parte del día sintiendo los dolores iniciales. Llamó a Beth y le dijo—: Lleva a la Duquesa de Cornwall a la sala de las mujeres, avisa a Megan y a Branwen. Y suéltale el pelo; no debe llevar nada atado o anudado en las prendas. —Añadió, acariciándole el pelo a Morgana—. Debí haberme dado cuenta cuando te estaba haciendo la trenza. Bajaré en seguida para estar contigo, Morgana.

Contempló a la muchacha mientras se alejaba, apoyándose pesadamente en el brazo del aya.

—Debo ir para estar con ella —le dijo a Lot—. Es la primera vez y estará muy asustada. Pobre niña.

—No hay prisa —repuso Lot indolentemente—. Si es la primera vez, estará de parto toda la noche y tendrás tiempo de cogerla de la mano —le dirigió a su mujer una sonrisa—. ¿Tienes prisa en traer al mundo al rival de Gawaine?

—¿Qué quieres decir? —le preguntó en voz baja.

—Sólo esto: Arturo y Morgana nacieron de un mismo vientre y *su* hijo se halla más cerca del trono que el nuestro.

—Arturo es joven —dijo Morgause fríamente—, y tendrá tiempo sobrado de engendrar una docena de hijos. ¿Por qué crees que necesita a un heredero?

Lot se encogió de hombros.

—El destino es caprichoso —afirmó—. Arturo hace prodigios en la batalla, no dudo de que la Señora del Lago tenga algo que ver con eso, maldita sea, y Gawaine es excesivamente leal a su rey. Pero la suerte puede abandonar a Arturo y, si ese día llega, me gustaría saber que Gawaine se encuentra en el primer puesto hacia el trono. Piénsalo bien, Morgause; la vida de un infante es incierta. Podrías pedirle a tu Diosa que el pequeño Duque de Cornwall no respire por segunda vez.

—¿Cómo podría hacerle eso a Morgana? ¡Es como una hija para mí!

Lot le dio una palmadita afectuosamente en la mejilla a su mujer.

—Eres una madre amorosa, Morgause, y no te querría de otra manera. Mas pongo en duda que Morgana esté muy ansiosa por tener al hijo en los brazos. La he oído decir que deseaba deshacerse del niño.

—Estaba enferma y fatigada —repuso Morgause colérica—. ¿Crees que no dije yo otro tanto cuando estaba en las mismas condiciones? Todas las mujeres dicen tales cosas en los últimos meses del embarazo.

—No obstante, si el niño de Morgana naciera muerto no creo que se apenara sobremanera. Y estoy seguro que tampoco tú.

Morgause defendió a su sobrina.

—Es buena con Gareth, le ha hecho juguetes, juega con él y le cuenta historias. Estoy segura de que sería una buena madre para su hijo.

—Pero no nos interesa, ni a nosotros ni a nuestro hijo, que Morgana llegue a pensar en *su* hijo como en el heredero de Arturo. —Rodeó a su mujer con el brazo—. Mira, querida, tú y yo tenemos cuatro hijos y, sin lugar a dudas, cuando sean mayores, estarán en discordia. Lothian es un reino lo bastante pequeño para causarlas. Pero, de ser Gawaine Rey Supremo, habría reinos suficientes para todos.

Ella asintió despacio. Lot no quería a Arturo, como tampoco quiso a Uther; mas no le había creído tan desalmado.

—¿Estás pidiéndome que le dé muerte cuando nazca?

—Es nuestra sobrina y mi invitada —dijo Lot—, y eso

32

es sagrado. Yo no provocaría la maldición de un pariente. Sólo afirmo que la vida de un recién nacido es frágil, a menos que esté cuidadosamente atendido y, si Morgana tiene dificultades para hacerlo, bien puede ocurrir que a nadie se le ocurra ocuparse de él.

Morgause apretó los dientes y se alejó de Lot.

—Debo ir con mi sobrina.

Lot rió a sus espaldas.

—Piensa bien en cuanto te he dicho, esposa mía.

Ya en la pequeña sala, veíase un fuego encendido; una olla con átole hervía en el hogar, porque iba a ser una larga noche. Habían esparcido paja fresca. Morgause ya no recordaba, como cualquier mujer satisfecha con sus hijos, el suplicio del nacimiento, pero la visión de la paja fresca le hizo apretar los dientes y un estremecimiento le recorrió la espalda. A Morgana le habían puesto un holgado blusón y dejado el pelo suelto, que le caía sobre los hombros; caminaba de un lado a otro por la estancia, sosteniéndose en el brazo de Megan. Todo tenía un aire de fiesta, y eso era de hecho para las demás mujeres. Morgause fue hasta su sobrina y la tomó del brazo.

—Vamos, puedes andar un poco conmigo y Megan ir a preparar los pañales para la criatura —dijo.

Morgana la miró y ella pensó que los ojos de la joven eran como los de un animal salvaje en una trampa, aguardando a que la mano del cazador le segara la garganta.

—¿Será largo, tía?

—Ahora no debes pensar en lo venidero —repuso Morgause con ternura—. Cree, si te place, que has estado de parto casi todo el día y que por tanto todo irá más rápido.

Pero pensó: *No será fácil para ella, es tan pequeña y siente tal rechazo ante su situación que, sin duda, le queda por delante una noche larga y difícil...*

Y entonces recordó que Morgana tenía la Visión, y que por tanto era inútil mentirle. Acarició su pálida mejilla.

—No te preocupes, chiquilla, tendremos buen cuidado de ti. Siempre es largo con el primer hijo; son reacios a

2

abandonar el cómodo nido, pero haremos cuanto podamos. ¿Ha traído alguien una gata a la habitación?

—¿Una gata? Sí, está aquí; pero, ¿por qué, tía? —inquirió Morgana.

—Porque, si has visto en alguna ocasión a una gata pariendo, pequeña, sabrás que traen a las crías ronroneando, no gritando de dolor, y tal vez el placer que sienten al parir te ayude a mitigar tu dolor —explicó Morgause, acariciando al pequeño y peludo animal—. Es una forma de magia para el nacimiento que quizá no hayas conocido en Avalon. Sí, puedes sentarte, descansa un rato, y ten a la gata en el regazo—. Observó a Morgana acariciando a la gata en un momento de respiro, mas luego volvió a doblarse con las agudas punzadas y Morgause la urgió a ponerse en pie y seguir caminando—. En tanto puedas soportarlo, irá más rápido así.

—Estoy tan cansada, tan cansada... —dijo Morgana, gimiendo débilmente.

Estarás aún más cansada antes de que esto haya terminado, pensó Morgause, pero no dijo nada y se acercó para rodear a la joven con sus brazos.

—Aquí, apóyate sobre mí, pequeña.

—Te pareces tanto a mi madre... —dijo Morgana, aferrándose a Morgause, con el rostro contorsionado como si estuviese a punto de llorar—. Ojalá mi madre estuviese aquí... —y entonces se mordió el labio arrepintiéndose de aquella debilidad, empezó a andar despacio, recorriendo la abarrotada habitación de un lado a otro.

Las horas pasaban lentamente. Algunas de las mujeres dormían, mas había muchas que se turnaban para caminar con Morgana, la cual estaba más y más asustada y pálida según discurría el tiempo. El sol se levantó y todavía las comadronas no habían dicho a Morgana que se tendiera en la paja, a pesar de que se hallaba tan cansada que iba tambaleándose y apenas podía dar un paso tras otro. En una ocasión dijo tener frío y se arrebujó en la cálida capa de piel; en otra se la quitó afirmando estar ardiendo. Una y otra vez tenía arcadas y vomitaba, aun-

34

que ya sólo podía expulsar bilis. No obstante, continuaba sintiéndose impulsada al vómito y arrojaba las infusiones calientes de hierbas que le obligaban a tomar e ingería ansiosamente. Morgause, observándola, con la mente ocupada por cuanto Lot le había dicho, se preguntó si habría alguna diferencia entre hacer algo o no hacerlo... ya que podría ocurrir que Morgana no sobreviviera al parto.

Por último ya no pudo andar más y la tendieron, boqueando y mordiéndose los labios debido a los continuos dolores; Morgause se arrodilló a su lado, cogiéndole la mano, mientras las horas iban pasando. Mucho después del mediodía, Morgause le preguntó calmosamente.

—¿Era el padre del niño de una talla muy superior a la tuya? A veces, cuando una criatura se demora tanto en nacer, significa que se parece al padre, siendo demasiado grande para la madre.

Se preguntó, como lo había hecho antes, quién sería el padre del niño. Había visto a Morgana mirando a Lancelot en la coronación de Arturo; si se había quedado embarazada de Lancelot, ésta podía ser la causa de que Viviane se hubiera encolerizado tanto que se hubiese visto obligada a huir de Avalon... En todos aquellos meses, Morgana no había explicado las razones que le llevaron a dejar el templo; y en cuanto al hijo, sólo había dicho que fue engendrado en los fuegos de Beltane. Viviane, que quería mucho a Morgana, no habría consentido que tuviese un hijo de nadie...

Empero si Morgana, rebelándose contra su destino, era la amante de Lancelot, o le había seducido llevándolo a la arboleda de Beltane, podría explicarse el por qué la sacerdotisa elegida por Viviane, su sucesora como Señora del Lago, había escapado de Avalon.

Mas Morgana sólo dijo:

—No vi su cara; vino a mí como el Astado —y Morgause sabía, por medio de sus tenues atisbos de Visión, que la joven estaba mintiendo. ¿Por qué?

Fueron sucediéndose las horas. En una ocasión, Morgause entró en el salón principal, donde los hombres de Lot estaban jugando a las tabas. Lot permanecía observando, con una de las más jóvenes doncellas de compañía de Morgause sobre sus rodillas. Cuando entró Morgause, la mujer levantó la mirada recelosa y empezó a separarse de su señor, pero Morgause se encogió de hombros.

—Quédate donde estás; no te necesitamos entre las comadronas y al menos esta noche permaneceré con mi sobrina y no me sobrará tiempo para discutir en qué lecho has de descansar. Mañana puede ser otra cuestión —La joven agachó la cabeza, sonrojándose.

—¿Cómo le va a Morgana, querida? —preguntó Lot.

—No muy bien —repuso Morgause—. A mí nunca me resultó tan difícil. —Luego gritó con rabia—. ¿Has deseado que mi sobrina no se levante del lecho del parto?

Lot sacudió la cabeza.

—Eres tú quien posee los conjuros y los encantos en este reino, señora. No le deseo mal alguno a Morgana. Sabe Dios que siempre es lastimosa la pérdida de una mujer bonita; y Morgana es hermosa, pese a su viperina lengua. Desciende por vía legítima de tu linaje, ¿no es así?, y eso añade sal al plato...

Morgause sonrió a su marido de manera afectada. Aunque tomara hermosos juguetes para llevárselos a su lecho, y la muchacha que tenía sobre las rodillas era justamente uno más, sabía que ella le satisfacía bien.

—¿Dónde está Morgana, madre? —Inquirió Gareth—. Me dijo que hoy iba a tallarme otro caballero para que jugara con él.

—Está enferma, pequeño. —Morgause respiró hondo, el peso de la ansiedad empezaba a embargarla de nuevo.

—Pronto estará bien —dijo Lot—, y entonces tendrás a un sobrinito con el que jugar. Será como un hermano y amigo. Hay un dicho que afirma que los lazos de parentesco duran tres generaciones y los de esta clase siete; y puesto que el hijo de Morgana reúne ambas condiciones respecto a ti, será aún más que un hermano.

36

—Me complacerá tener un amigo —repuso Gareth—. Agraviane se burla de mí y me llama bebé idiota; me dice que soy demasiado mayor para jugar con caballeros de madera.

—Bueno, el hijo de Morgana será tu amigo, cuando crezca un poco —dijo Morgause—. Al principio será como un cachorrillo con los ojos cerrados todavía, pero en uno o dos años crecerá lo bastante para jugar contigo. La Diosa escucha las plegarias de los niños, hijo, así que debes rogarle que te escuche y le dé un pequeño sano y fuerte a Morgana, y que no la visite la corva Muerte...
—De repente, empezó a llorar. Desconcertado, Gareth contemplaba el llanto de su madre.

—¿Tan mal está, querida? —dijo Lot.

Morgause asintió. Pero no había necesidad de asustar al niño. Se enjuagó los ojos con la falda.

Gareth levantó la mirada diciendo:

—Por favor, amada Diosa, dale a mi prima Morgana un hijo fuerte para que podamos crecer y ser caballeros juntos.

Contra su voluntad, Morgause sonrió y le acarició la regordeta mejilla.

—Estoy segura de que la Diosa atenderá una oración como ésa. Ahora debo volver con Morgana.

Mas sintió los ojos de Lot puestos en ella cuando partió de la estancia y recordó lo que le había dicho antes, que sería mejor para ellos que el hijo de Morgana no sobreviviera.

Me alegraré de que Morgana supere todo esto, pensó y, casi por vez primera, se lamentó de haber aprendido tan poco de la gran magia de Avalon ahora que necesitaba algún conjuro o hechizo para aliviar el estado de Morgana. Aquello estaba resultando muy difícil, tan espantosamente difícil para la muchacha, que Morgause consideró que no había comparación entre aquel parto y los suyos propios.

Regresó a la sala de las mujeres. Las comadronas habían puesto a Morgana de rodillas sobre la paja, para ayudar al niño a salir del útero; pero se caía como un ser inerte en cuanto la soltaban, de forma que hubieron de mantenerla erguida entre dos. Gritaba ahora entre jadeos, mordiéndose los labios y esforzándose para dejar de hacerlo, procurando ser valiente. Morgause fue a arrodillarse ante Morgana sobre la paja manchada de sangre; extendió las manos y Morgana se agarró a ellas mirándola casi sin reconocerla.

—¡Madre! —gritó—. Madre, sabía que vendrías.

Luego, su rostro volvió a contraerse, la cabeza le cayó hacia atrás y sus labios articularon gritos inaudibles.

—Sosténgala, señora mía —dijo Megan—. No, por detrás, así; sosténgala erguida —y Morgause tomando a Morgana por debajo de los brazos, sintió que la muchacha se estremecía por la náusea, sollozaba y se debatía ciegamente, tratando de liberarse. Había perdido la capacidad de colaborar, e incluso la de permanecer pasiva, de modo que gritaba estentóreamente en cuanto la tocaban. Morgause cerró los ojos, sujetando el frágil y convulso cuerpo con todas sus fuerzas. Morgana volvió a gritar, «¡Madre! ¡Madre!» pero Morgause no sabía si estaba llamando a Igraine o a la Diosa. Luego se desplomó hacia atrás en los brazos de Morgause, inconsciente. Se produjo un penetrante olor a sangre en la habitación y Megan alzó algo oscuro y arrugado.

—Mire, Lady Morgana —dijo—, ha tenido un hermoso niño.—Entonces se inclinó sobre él para exhalar aire en su pequeña boca. Se produjo un agudo y atroz sonido, el grito de un recién nacido que se enfrenta con furia al frío mundo al que ha llegado.

Pero Morgana continuaba inmóvil en los brazos de Morgause, presa de un gran agotamiento que ni siquiera le permitió abrir los ojos para mirar a su hijo.

LAVARON AL BEBÉ y le pusieron pañales. Morgana se había tomado una taza de leche caliente con miel, y hierbas para evitar la hemorragia; ahora dormitaba, exhausta, y no se movió cuando Morgause se inclinó para besarla levemente en la frente.

Viviría y se recuperaría. Aunque Morgause nunca hubiera visto a mujer alguna luchando de forma tan violenta, estaba viva, como también lo estaba su hijo. Y la comadrona dijo que, después de todo lo que habían tenido que hacer para que naciera con vida, era improbable que Morgana volviera a tener otro. Lo cual, pensó Morgause, carecía de importancia.

Tomó el niño envuelto en pañales y contempló sus diminutos rasgos. Parecía respirar bastante bien, aunque a veces, cuando un niño no llora al instante y es necesario insuflarle aire por la boca, la respiración puede fallarle más tarde y producirle la muerte. Pero era una saludable y rosada criatura, incluso las uñas las tenía de color rosa. El pelo negro, perfectamente liso, con vello en los pequeños brazos y piernas; sí, era de la estirpe de las hadas, como Morgana. Ciertamente podría ser hijo de Lancelot y estar por tanto doblemente cercano al trono de Arturo.

El niño sería entregado de inmediato a un ama de cría... y entonces Morgause titubeó. Sin duda, cuando hubiera descansado un poco, Morgana querría tener y amamantar a su hijo; siempre ocurría así, no importaba cuán duro fuera el parto. Y, cuanto más difícil es, mayor júbilo siente la madre al poder dar el pecho a su hijo; cuanto más trabajosa es la lucha, mayor el deleite y el amor que le produce la criatura al estar en sus brazos.

Pensó entonces, contra su voluntad, en las palabras de Lot. *Si deseo ver a Gawaine en el trono, he de considerar que este niño se interpone en su camino.* No quiso escuchar a Lot cuando lo dijo, mas ahora, con el niño en sus manos, no pudo dejar de considerar el beneficio que obtendría si éste quedara descuidado por su ama, o que fuera demasiado débil para mamar. Y en el caso de que Morgana no llegara nunca a amamantarlo o, al menos, a tenerlo entre sus brazos, no sentiría demasiado pesar; de ser designio de la Diosa que no viviera...

Sólo deseo ahorrarle tristeza...
El hijo de Morgana, y posiblemente Lancelot, ambos del linaje real de Avalon... si algo le sucediera a Arturo, el pueblo aceptaría a ese niño para el trono.

Pero ni siquiera estaba segura de que fuese hijo de Lancelot.

Y aunque ella había tenido cuatro hijos, Morgana era la pequeña a la cual había mimado y cuidado como a una muñeca, acurrucándola en su brazos; le había cepillado el pelo, lavado y hecho regalos. ¿Podía dejar que muriera la criatura de Morgana? ¿Quién puede afirmar que Arturo no vaya a tener una docena de hijos de su reina, quienquiera que llegue a serlo?

Mas el hijo de Lancelot... sí, al hijo de Lancelot podría abandonarlo a la muerte sin sentir escrúpulos. Lancelot no era un pariente más cercano de Arturo que Gawaine, aunque Arturo le prefiriera, encomendándole todas las cosas. Justamente lo que le había ocurrido a ella, siempre a la sombra de Viviane, como la hermana que pasa desapercibida, descartada para el puesto de Reina Suprema. Nunca le había perdonado a Viviane que eligiese a Igraine para Uther. Y el leal Gawaine siempre estaría a la sombra del más brillante Lancelot. Si Lancelot había estado jugando con Morgana o la había deshonrado, esto aumentaría el número de razones que tenía para odiarle.

No obstante, no veía causa que obligara a Morgana a dar a luz al bastardo de Lancelot con pesar y en secreto. ¿Creía Viviane que su preciado hijo era demasiado bueno para Morgana, acaso? Morgause había notado que ella sollozaba a escondidas durante todos aquellos largos meses, ¿se hallaba enferma debido al amor y al abandono?

Viviane, maldita sea, que juega con las vidas como si fuesen papeles de una representación. Echó a Igraine en brazos de Uther sin preocuparse de Gorlois, reclamó a Morgana para Avalon, ¿querría también hacer naufragar la vida de Morgana?

¡Si sólo pudiera estar segura de que el niño era hijo de Lancelot!

40

Como había lamentado, cuando Morgana estaba dando a luz, no tener suficiente poder mágico para aliviar el parto, lamentaba ahora saber tan poco sobre magia. No había tenido, cuando moraba en Avalon, ni interés ni perseverancia para estudiar la ciencia de los druidas. Empero, siendo la hija adoptiva de Viviane, había aprendido alguna que otra cosa de la sacerdotisa, que la había mimado; informal y bienintencionadamente, como se es indulgente con un niño, le había enseñado ciertos hechizos y conjuros sencillos.

Bueno, ahora los utilizaría. Cerró las puertas de la cámara y encendió un nuevo fuego; arrancó tres pelos del sedoso vello de la cabeza del niño e, inclinándose sobre la cabeza de Morgana, le arrancó también a ella varios. Pinchó el dedo del niño con una aguja, acunándolo después para acallar los espasmódicos berridos; luego, echando secretas hierbas en el fuego con los pelos y la sangre, musitó una palabra que le habían enseñado y miró fijamente las llamas.

Contuvo el aliento en silencio cuando las llamas se arremolinaron, se apagaron y, por un instante, una cara la miró, una cara joven coronada de rubio pelo y ensombrecida por una cornamenta que oscurecía los ojos azules semejantes a los de Uther...

Morgana dijo la verdad cuando afirmó que se dirigió hacia ella en la forma del Astado; sin embargo, había mentido... ella debería haberse dado cuenta; habían realizado el Gran Matrimonio para Arturo antes de la coronación. ¿También había planeado esto Viviane, un hijo que hubiera de nacer de los dos linajes reales?

Hubo un leve ruido a sus espaldas y levantó la mirada; vio que Morgana se había levantado y se encontraba allí, apoyándose en el bastidor del lecho, con el rostro blanco como la muerte.

Apenas se movían sus labios; sólo los negros ojos, muy hundidos a causa del sufrimiento, iban desde el fuego a los objetos de brujería que estaban ante el hogar.

—Morgause —dijo—, júrame, si me amas, júrame que

no le contarás esto a Lot ni a nadie. Júralo o te arrojaré todas las maldiciones que conozco.

Morgause dejó al niño en la cuna y se volvió hacia Morgana, tomándola del brazo y conduciéndola hasta el lecho.

—Vamos, tiéndete, descansa, pequeña. Debemos hablar sobre esto. ¡Arturo! ¿Por qué? ¿Qué está haciendo Viviane?

Morgana repitió, todavía más agitada.

—¡Júrame que no dirás nada! ¡Jura que no hablarás nunca de esto con nadie! ¡Júralo! ¡Júralo! —Tenía un fulgor salvaje en los ojos. Morgause, mirándola, temía que le provocara fiebre.

—Morgana, hija...

—¡Júralo! O te maldeciré por el viento y el fuego, el mar y la piedra.

—¡No! — la interrumpió Morgause, asiéndole las manos para intentar calmarla—. Lo juro, lo juro.

No quería jurarlo. Pensó, *Debería haberme negado, debería hablar de esto con Lot...* mas era demasiado tarde; ya lo había hecho y Morgause no sentía deseo alguno de cargar con la maldición de una sacerdotisa de Avalon.

—Descansa ahora —le dijo apaciblemente—. Debes dormir, Morgana. —La joven cerró los ojos y Morgause se sentó acariciándole la mano y pensando. *Gawaine es un hombre de Arturo, ocurra lo que ocurra. Lot no obtendrá ningún bien de tenerlo en el trono. No importa cuantos hijos pueda tener Arturo, éste es el primero. Arturo recibió una educación cristiana y tiene en mucho ser rey de los cristianos; pensaría que este niño es fruto del incesto y la vergüenza. Bien vale saber un malvado secreto de un rey. Incluso de Lot, aunque le amo, me he empeñado por conocer ciertos detalles sobre sus pecados y lances lujuriosos.*

El niño se despertó y lloró en la cuna. Morgana, como todas las madres cuando tienen pequeños, abrió los ojos ante aquel sonido. Casi estaba demasiado débil para moverse, pero susurró:

—Mi hijo, ¿es ése mi hijo? Morgause, quiero tener a mi hijo conmigo.

Morgause se agachó y empezó a coger el atado de pañales en los brazos. Luego titubeó; si Morgana tomaba una sola vez al niño, querría darle el pecho, le amaría, se inquietaría por su bienestar. Mas, de entregarlo a una ama de cría antes de que le viese la carita... bueno, entonces no llegaría a sentir gran afecto por él y se convertiría en un hijo para sus padres adoptivos. Era conveniente tener al primer vástago de Arturo, al hijo que no se atrevería a reconocer, y que sentiría el mayor de los cariños por Lot y por Morgause, como si fueran sus verdaderos padres; que los hijos de Lot fueran sus hermanos en mayor grado que los descendientes que pudiera tener Arturo cuando se desposase.

Las lágrimas corrían lentamente por el rostro de Morgana. Le rogó.

—Dame a mi bebé, Morgause, déjame tener a mi bebé, quiero...

Morgause repuso tierna aunque inexorablemente.

—No, Morgana; no eres lo bastante fuerte para tenerlo y amamantarlo y —buscó rápidamente una mentira que la muchacha, inexperta en el oficio de comadrona, se creería— si lo coges una sola vez, no tomará el pecho de su ama de cría, así pues debemos entregárselo de inmediato. Podrás tenerlo cuando estés un poco más fuerte y él se halle bien alimentado.

Y a pesar de que los ojos de Morgana estaban inundados de lágrimas y alargaba los brazos, gimiendo, Morgause sacó al niño de la estancia. *Ahora,* reflexionó, *será adoptado por Lot y siempre dispondremos de un arma contra el Rey Supremo. Ahora me he asegurado de que Morgana, cuando se reponga lo suficiente, se ocupará poco de él y se alegrará de dejármelo a mí.*

II

Ginebra, hija del rey Leodegranz, se encontraba sobre el alto muro del jardín vallado, asiéndose a las piedras con ambas manos y mirando a los caballos que estaban en el prado.

De detrás le llegaba el dulce olor de los potes de hierbas que la mujer de su padre guardaba en la despensa para hacer medicinas y elixires. El jardín era uno de sus lugares favoritos, quizá el único sitio de puertas afuera que le gustaba realmente. Se sentía más segura en el interior, por regla general, o cuando se encontraba a cubierto; pero los muros que cercaban el jardín de la cocina lo hacían estar casi tan resguardado como el interior del castillo. Subida al muro podía contemplar el valle que era tan extenso que se perdía más allá de cuanto abarcaba la vista... Ginebra volvió la mirada hacia la seguridad del jardín por un momento, ya que las manos volvían a hormiguearle al estar entumecidas y le faltaba el aliento. Allí, sobre el muro que protegía su jardín, allí se estaba a salvo; si tornaba a sentir un pánico asfixiante podía darse la vuelta y bajar del muro para resguardarse en el interior del jardín.

La esposa de su padre, Alienor, en una ocasión le preguntó exasperada, cuando ella le hizo un comentario sobre esto.

—¿A salvo de qué, niña? Los sajones nunca llegan tan al este. Estando sobre la colina, podríamos verlos a tres leguas de distancia si se acercaran. Es la larga panorámica que tenemos desde aquí la que nos hace estar a salvo.

Ginebra nunca pudo explicarse. Expuesto así, parecía razonable. ¿Cómo podía explicarle a la sensata y práctica Alienor que era la misma dimensión de los cielos y de las inmensas tierras lo que la atemorizaba? Nada había de *qué* atemorizarse y era ridículo estarlo.

Mas eso no impidió que siguiera jadeando y respirando dificultosamente, ni que percibiera el entumecimiento que le subía desde el estómago hasta la garganta, ni que sus manos sudaran perdiendo sensibilidad. Todos se hallaban exasperados con ella; el clérigo de la hacienda le decía que nada había en el exterior salvo las buenas y verdes tierras de Dios, su padre le gritaba que no quería locuras mujeriles en su casa. En consecuencia, aprendió a no comentarlo. Sólo en el convento hubo alguien que la entendiera. Oh, el querido convento en el que se había sentido tan protegida como un ratón en su madriguera y nunca jamás hubo de traspasar las puertas para nada, salvo hasta el claustro del jardín. Le gustaría estar allí de nuevo, pero ya era una mujer adulta, y su madrastra tenía pocos hijos y necesitaba a Ginebra.

La idea del matrimonio la asustaba también. Pero entonces tendría una casa propia en la que haría cuanto quisiera, sería la señora, y nadie se atrevería a burlarse de ella.

Más abajo corrían los caballos, empero los ojos de Ginebra estaban puestos en el esbelto hombre vestido de rojo, con oscuros rizos sobre la curtida frente, que se movía entre ellos. Tan veloz era como los caballos; bien podía entender el nombre que sus enemigos los sajones le habían dado: la flecha élfica. Alguien le había dicho en voz baja que tenía sangre de las hadas. Lancelot del Lago, se llamaba a sí mismo, y ella le había visto en el Lago Mágico aquel pavoroso día en el que se extravió, acompañado de aquella terrible hada.

Lancelot capturó el caballo que deseaba; uno o dos de los hombres de su padre le gritaron una advertencia y

Ginebra contuvo el aliento aterrorizada, ansiando gritar también; ni siquiera el rey montaba a aquel caballo, sólo uno o dos de sus mejores domadores. Lancelot, riendo, hizo un ademán desdeñoso ante la información; dejó que el domador se acercara a sujetar el caballo mientras él le ponía la silla de montar. Pudo oír su risueña voz.

—¿Qué interés habría en montar la yegua de una dama, que cualquiera puede llevar con bridas hechas de paja trenzada? Quiero que veáis que con cueros colocados así puedo controlar a la más salvaje de vuestras monturas y hacerla entrar en batalla con la caballería. Así, de este modo. —Dio un tirón de una hebilla que se hallaba bajo el corcel, luego se subió con una sola mano. El corcel se encabritó. Ginebra lo contempló con la boca abierta cuando éste se echó hacia adelante, obligando al caballo a bajar y a someterse, haciéndolo conducirse sosegadamente. El brioso animal se movió luego hacia los lados, intranquilo, y Lancelot hizo un gesto a uno de los soldados de a pie del rey para que le diera una larga pica.

—Ved ahora —gritó—. Suponiendo que esa bala de paja sea un sajón viniendo hacia mí con una de sus grandes y romas espadas...

Y dejó que el caballo se lanzara a través del cercado; los demás corceles se diseminaron cuando pasó como una exhalación hacia la bala de paja y la empaló con la larga pica, luego desenvainó la espada rodeándola, dejando al caballo al trote, trazando en torno a la bala de paja grandes círculos con la espada. Incluso el rey retrocedió cuando corrió hacia ellos. Detuvo al corcel en seco ante el rey, se bajó e hizo una reverencia.

—¡Mi señor! Os pido licencia para adiestrar a los caballos y a los hombres, para que podáis llevarlos al combate cuando regresen los sajones, derrotándolos como se hiciera en el Bosque de Celidon el pasado verano. Hemos tenido victorias, mas un día se librará una gran batalla que decidirá para siempre si han de ser los sajones o los romanos quienes rijan estas tierras. Estamos entrenando a todos los caballos que podemos obtener, pero los vuestros son mejores que cuantos podamos comprar o criar.

—No he jurado alianza a Arturo —replicó al padre de Ginebra—. Con Uther era otra cuestión; era un disciplinado guerrero y un hombre de Ambrosius. Arturo es poco más que un muchacho.

—¿Aún seguís creyendo eso, después de todas las batallas que ha ganado? —preguntó Lancelot—. Lleva más de un año ocupando el trono, es vuestro Rey Supremo, señor. Hayáis jurado o no, cada contienda que hace contra los sajones os protege también a vos. Hombres y caballos, no es pedir mucho.

Leodegranz asintió.

—No es este lugar apropiado para discutir la estrategia de un reino, Lord Lancelot. He sido testigo de lo que podéis hacer con el caballo. Vuestro es.

Lancelot hizo una gran reverencia y le dio las gracias formalmente al Rey Leodegranz, pero Ginebra vio que sus ojos brillaban con el júbilo de los de un muchacho. Se preguntó qué edad tendría.

—Entremos en el salón —anunció su padre—, beberemos juntos y os haré una oferta.

Ginebra se descolgó del muro y atravesó corriendo el jardín hacia las cocinas, donde la esposa de su padre supervisaba a las mujeres que hacían el pan.

—Señora, mi padre va a entrar con el emisario del Rey Supremo, Lancelot; querrán alimentos y bebida.

Alienor la miró perpleja.

—Gracias, Ginebra. Ve a arreglarte y tú misma podrás servir el vino. Yo estoy demasiado ocupada.

Ginebra corrió hacia su estancia, se puso su mejor atuendo sobre la sencilla saya que vestía y un collar de cuentas de coral en torno al cuello. Destrenzó su rubio pelo y lo dejó suelto. Se puso una pequeña diadema de oro, y bajó cuidadosamente con gráciles movimientos. Sabía que el azul le favorecía más que ningún otro color, y no le importaba que su precio fuese alto.

Cogió un recipiente de bronce, lo llenó con agua templada del caldero que estaba colgado cerca del fuego y puso hojas de rosas en él; penetró en el salón cuando su padre y Lancelot hacían su entrada. Soltó el cuenco, tomó las capas de éstos y las colgó, luego les ofreció agua caliente y aromatizada para que se lavasen las manos. Lancelot sonrió y supo que la había reconocido.

—¿No nos encontramos en la Isla de los Sacerdotes, señora?

—¿Conocéis a mi hija, señor?

Lancelot asintió y Ginebra dijo, con suave y tímido tono, ya que sabía lo mucho que desagradaba a su padre que hablase con descaro.

—Padre, él me mostró el camino hacia el convento cuando me perdí.

Leondegranz le sonrió indulgente.

—Mi pequeña distraída, si da tres pasos más allá de su puerta, se extravía. Bien, señor Lancelot, ¿qué piensas de mis corceles?

—Os he asegurado que son mejores que cuantos podamos comprar o criar —respondió—. Tenemos algunos procedentes de los dominios sarracenos del sur de España y los hemos cruzado con las jacas de las montañas, tenemos pues caballos recios que pueden soportar nuestro clima, son raudos y bravos. Pero necesitamos más. Son muy pocos los que podemos criar. Vos tenéis muchos y yo puedo enseñaros a adiestrarlos para que podáis conducirlos al combate...

—No —le interrumpió el rey—, soy ya un hombre viejo. No quiero aprender nuevos métodos de hacer la guerra. Me he desposado cuatro veces, mas todas mis antiguas mujeres sólo me dieron niñas enfermizas que murieron antes de ser destetadas, a veces antes de ser bautizadas. Tengo hijas; cuando la mayor se case, su marido conducirá a mis hombres a la batalla y podrá adiestrarlos como desee. Dile a tu Rey Supremo que venga y discutiremos el asunto.

Lancelot repuso, algo envarado:

—Soy primo de mi señor Arturo y su capitán, majestad, mas ni aun así puedo indicarle adónde tiene que ir.

—Rogadle, pues, que venga a ver a un anciano que no quiere alejarse del hogar —dijo al rey, con cierta ironía—. Si no desea venir a verme, tal vez sí lo haga para saber cómo voy a disponer a mis caballos y a los hombres armados que van a montarlos.

Lancelot se inclinó.

—No dudo que lo hará.

—Es suficiente con eso, entonces; sírvenos un poco de vino, hija —le indicó el rey y Ginebra se acercó tímidamente y vertió vino en las copas—. Ahora vete, pequeña mía, para que mi invitado y yo podamos hablar.

Ginebra, rechazada, aguardó en el jardín hasta que un sirviente salió solicitando el caballo y la armadura de Lancelot. El corcel que había montado al ir hasta allí y el que su padre le había regalado fueron llevados hasta la puerta, y ella siguió observando las sombras del jardín hasta que le vio aproximarse; luego salió y permaneció esperando. El corazón le latía con fuerza, ¿la creería demasiado atrevida? Pero al verla sonrió, y tal sonrisa llegó hasta su corazón.

—¿No os da miedo este fiero corcel? —Preguntó ella.

Lancelot negó con la cabeza.

—Señora mía, no creo que haya nacido un caballo que yo no pueda montar.

Ginebra dijo, casi en un susurro:

—¿Es cierto que controláis a los caballos con vuestra magia?

El emitió una resonante carcajada.

—En modo alguno, señora; no tengo ningún poder mágico. Me gustan los caballos, entiendo el modo en que se comportan y cómo funcionan sus mentes, eso es todo. ¿Os parezco un hechicero?

—Pero afirman que tenéis sangre de las hadas —repuso ella y su sonrisa se tornó en un gesto de gravedad.

—Mi madre es ciertamente de la vieja raza que gobernó esta tierra antes de que el pueblo romano llegase hasta aquí, antes incluso que las Tribus del norte. Es sacerdotisa de la isla de Avalon y una mujer muy sabia.

—Puedo ver que tenéis en buen concepto a vuestra madre —dijo Ginebra—, mas las hermanas de Ynis Witrin afirmaban que las mujeres de Avalon son brujas siniestras y sirven a los demonios...

El sacudió la cabeza, aún grave el semblante.

—No es así —dijo—. No conozco bien a mi madre; fui educado en otra parte. La temo, tanto como la amo. Mas puedo aseguraros que no es una mujer mala. Llevó a mi señor Arturo al trono y le donó una espada para combatir a los sajones, ¿os resulta eso maligno? En cuanto a sus poderes mágicos, son sólo los ignorantes quienes la acusan de ser una hechicera. No me parece malvado que una mujer pueda ser sabia.

Ginebra agachó la cabeza.

—Yo no soy sabia; soy muy estúpida. Aun entre las hermanas, únicamente aprendí a leer en el misal, lo cual decían era cuanto debía aprender y esas cosas que aprenden las mujeres sobre cocina, hierbas, elixires, vendar las heridas...

—Para mí, todo eso es un misterio mayor que el de entrenar a los caballos —repuso Lancelot, con una amplia sonrisa. Luego se inclinó en el corcel y le acarició la mejilla—. Dios mediante, si los sajones se retiran dentro de pocas lunas, volveré a veros, cuando venga con el séquito del Rey Supremo. Rezad por mí, señora.

Partió con su montura y Ginebra se quedó observándolo con el corazón desbocado, pero esta vez la sensación resultó casi placentera. Regresaría, *quería* regresar. Y su padre había dicho que se desposaría con alguien que pudiera conducir a los caballos y a los hombres en la batalla, ¿quién mejor que el primo del Rey Supremo, capitán de su caballería? ¿Estaba pensando, pues, en casarla con Lancelot? Se sintió ruborizada de deleite y felicidad. Por vez primera se consideró bonita, decidida y valiente.

Ya en el interior del salón su padre dijo:

—Un hombre apuesto, este Saeta Elfica, y bueno para

los caballos, mas demasiado atractivo para que puedan reconocérsele más cualidades.

Ginebra afirmó, sorprendiéndose de su arrojo.

—Si el Rey Supremo le ha nombrado el primero de entre sus capitanes, debe ser el mejor de los guerreros.

Leodegranz se encogió de hombros.

—Siendo primo del Rey, difícilmente se habría quedado sin un mando en sus ejércitos. ¿Ha tratado de ganarse tu corazón o —añadió, frunciendo el ceño de una forma que le produjo miedo— tu doncellez?

De nuevo percibió que se sonrojaba, y se encolerizó consigo misma.

—No, es un hombre de honor y cuanto me ha dicho no excede lo que podría haber dicho en vuestra presencia, padre.

—No te ilusiones precipitadamente —le advirtió Leodegranz severo—. Puedes aspirar a mucho más. No es más que uno de los bastardos del Rey Ban y de Dios sabe qué damisela de Avalon.

—Su madre es la Señora de Avalon, Sacerdotisa Suprema del Viejo Pueblo y él es hijo de un rey.

—¡Ban de Benwick! Ban tiene una docena de hijos legítimos —exclamó su padre—. ¿Por qué casarte con el capitán de un rey? Si todo sale según mis planes te casarás con el Rey Supremo.

Ginebra retrocedió diciendo:

—¡Me daría pánico ser la Reina Suprema!

—Todo te produce pánico, en cualquier caso —le espetó su padre con brutalidad—. Por eso necesitas a un hombre que cuide de ti, alguien mejor que el capitán del Rey Supremo. —Vio que los labios de ella temblaban y dijo, afable nuevamente—. Vamos, vamos, pequeña, no llores. Debes confiar en que yo sé lo que es mejor para ti. Para eso estoy, para protegerte y darte como esposa a un hombre digno de confianza, pequeña y hermosa cabecita dorada.

Si se hubiera encolerizado, Ginebra habría podido

aferrarse a la rebelión. Pero, pensó angustiosamente, ¿cómo puedo quejarme del mejor de los padres, que sólo tiene el deseo de mi propio bien en el corazón?

III

U n día, recién comenzada la primavera, al año siguiente de la coronación de Arturo, la dama Igraine se hallaba en el claustro, inclinada sobre un mantel de lino fino que estaba bordando para el altar.

Toda su vida le había gustado hacer labores delicadas, mas cuando era una chiquilla y después, ya desposada con Gorlois, la habían tenido ocupada, como a todas las mujeres, tejiendo, hilando y cosiendo prendas para su familia. Siendo la reina de Uther, con gran cantidad de sirvientes, pudo dedicarse a hacer finos bordados, ondulados festones y cordoncillos de seda; allí, en el monasterio, entregaba sus habilidades a un buen servicio; de no haberlas tenido, pensó, su labor sería como la de tantas otras monjas: tejer los sencillos y oscuros trajes de lana que todas, incluida ella misma, llevaban, o los suaves, aunque aburridos, linos blancos para las tocas y los paños del altar. Sólo dos o tres hermanas podían tejer sedas o hacer finos bordados, e Igraine era la más hábil de todas.

Estaba ligeramente preocupada. De nuevo, al sentarse ante el bastidor aquella mañana, creyó oír el grito y se volvió antes de que su voluntad la contuviera; le parecía como si Morgana estuviese gritando «¡Madre!», con entonación agónica y desesperada. Pero el claustro se encontraba silencioso y vacío a su alrededor y, al cabo de un momento, Igraine se persignó y volvió a concentrarse en su labor.

Aun así... Con resolución descartó la tentación. Mucho

tiempo atrás había renunciado a la Visión, considerándola obra del Demonio; no quería mezclarse en brujerías. No pensaba que Viviane fuese mala en sí, mas los Viejos Dioses de Avalon estaban ciertamente aliados con el Maligno o no podrían perseverar en su fuerza sobre una tierra cristiana. Y había entregado su hija a esos Viejos Dioses.

A finales del verano anterior, Viviane le había enviado un mensaje que decía: «Si Morgana está contigo, dile que todo va bien». Atribulada, le envió su respuesta, informándola de que no la había visto desde la coronación de Arturo y que hasta entonces había creído que estaba a salvo en Avalon. La Madre Superiora del convento se escandalizó ante el hecho de que un mensajero de Avalon preguntara por una de sus damas; aun cuando Igraine le explicó que portaba un mensaje de su hermana, la dama seguía disgustada y dijo con firmeza que no habría ningún intercambio, ni siquiera de mensajeros, con un lugar tan impío.

Igraine, entonces, se sintió profundamente desasosegada; si Morgana había dejado Avalon debía ser a causa de una disputa con Viviane. Era insólito que una juramentada sacerdotisa del mayor rango abandonase la Isla de no ser en aras de los asuntos de Avalon. El que Morgana se hubiese marchado sin que la Señora lo supiera, y lo consintiera, era algo sin precedentes que le helaba la sangre. ¿Adónde podría haber ido? ¿Se habría fugado con algún amante, llevando una vida disipada, sin atenerse a las normas de Avalon ni de la Iglesia? ¿Se habría ido con Morgause? ¿Yacía muerta en alguna parte? No obstante, aunque rezaba continuamente por su hija, Igraine rehusó la tentación constante de utilizar la Visión.

Empero, le parecía que Morgana había estado próxima a ella durante gran parte del invierno; no la pálida y sombría sacerdotisa a quien viera en la entronización, sino la misma que fue el único consuelo en aquellos desesperados y solitarios años de Cornwall de una muchacha que era esposa y madre. La pequeña Morgana, con su atavío y cintas de color azafrán, una chiquilla solemne, de negros ojos que resaltaban contra el color de su atuendo; Morgana con su hermano pequeño en los brazos; sus dos hijos durmiendo con las cabecitas, una dorada y otra oscura, sobre la almohada. ¿Con cuánta frecuencia había rechazado a Morgana a causa de su amado Uther, tras haberle dado un hijo y heredero para el reino? Morgana no era feliz en la corte de Uther, ni había amado a éste mucho. Y fue por ese motivo, así como por las súplicas de Viviane, por lo que la había dejado marchar para ser educada en Avalon.

Sólo ahora se sentía culpable; ¿no se había precipitado al dejar partir a su hija, para poder pensar exclusivamente en Uther y en su hijo? Contra su voluntad, un viejo dicho de Avalon resonó en su mente: *la Diosa no derrama sus presentes sobre quienes los rechazan...* al enviar lejos a sus hijos, uno para ser adoptado (por su propia seguridad, se recordó, acordándose de Arturo cuando cayó blanco como la muerte del semental) y la otra a Avalon, al enviarlos lejos, ¿había esparcido la semilla de la desgracia? ¿Se negó la Diosa a concederle otro hijo porque ella estuvo pronta a dejar partir al primero? Había discutido todo esto con su confesor más de una vez, y éste la había tranquilizado diciéndole que había sido un acierto enviar lejos a Arturo, todo muchacho debe irse antes o después; mas, le indicó reiteradas veces, no deberíais haber enviado a Morgana a Avalon. Si la niña era infeliz en la corte de Uther, debería haber sido enviada a algún convento para instruirse.

Consideró, después de enterarse de que Morgana no se hallaba en Avalon, que debía mandar un mensajero a la corte del Rey Lot para descubrir si estaba allí; pero entonces llegó el invierno con gran crudeza y cada día llevaba en sí una nueva batalla contra el frío, los sabañones y una atroz humedad que se extendía por todas partes. Incluso las hermanas comenzaron a pasar hambre a mitad del invierno, ya que compartieron cuantos alimentos tenían con mendigos y campesinos.

En una ocasión, en los duros días del invierno, creyó

oír la voz de Morgana, gritándole angustiada: «¡Madre! ¡Madre!». *Morgana sola y aterrorizada, ¿estará muriéndose? ¿Dónde, oh Diosa, dónde?* Sus dedos asieron con fuerza la cruz que pendía de su cinturón, como en el de todas las hermanas del convento. *Señor Jesús, cuida de ella y guárdala. María, Madre divina, aunque sea una pecadora y una hechicera... ten compasión de ella. Jesús, tú que tuviste compasión de la prostituta Magdalena, que era peor que ella...*

Turbada, se apercibió de que una lágrima había caído sobre la fina labor que estaba haciendo; podía manchar su trabajo. Se enjugó los ojos con el velo de lino y apartó el bastidor del bordado, entrecerrando los ojos para ver mejor. Ah, se estaba haciendo vieja, la vista se le nublaba un poco de vez en cuando, ¿o eran las lágrimas las que nublaban su vista?

Volvió a inclinarse con resolución sobre el bordado, mas el rostro de Morgana parecía estar otra vez ante ella y pudo oír en su imaginación aquel desesperado grito, como si a Morgana le estuviesen arrancando el alma del cuerpo. También ella había gritado así, a la madre a quien apenas podía recordar, cuando nació Morgana..., ¿llaman a voces todas las mujeres a sus madres cuando están de parto? El terror la sobrecogió. Morgana dando a luz en aquel terrible invierno en alguna parte... Morgause se chanceó en la coronación de Arturo, diciendo que Morgana era tan remilgada con los alimentos como una mujer encinta. Contra su voluntad, Igraine se descubrió contando con los dedos; si aquello era cierto, debería haber tenido un hijo a finales del invierno. Y ahora, incluso en la plácida primavera, le parecía volver a escuchar aquel grito. Anheló ir en busca de su hija, pero, ¿adónde, adónde?

Unos pasos sonaron a sus espaldas, y una tos de aviso; una de las jóvenes que se estaban educando en el monasterio le anunció:

—Señora, unos visitantes os aguardan en la habitación exterior; entre ellos hay un eclesiástico, ¡el Arzobispo en persona!

Igraine dejó a un lado el bordado. Después de todo, no lo había manchado; *todas las lágrimas que derraman las mujeres, no dejan marca alguna en el mundo,* pensó con amargura.

—¿Por qué el Arzobispo, de entre todos sus feligreses, desea verme precisamente a mí?

—No me lo ha dicho, señora, y no creo que tampoco se lo haya dicho la Madre Superiora —repuso la muchacha, que no perdía la ocasión de cotillear un rato—, mas ¿no mandasteis presentes a aquella iglesia cuando el Rey Supremo fue coronado?

Igraine lo había hecho, pero no creía que el Arzobispo se desplazara para hablarle de pasadas caridades. Quizás deseaba algo más. Los clérigos no suelen ser codiciosos para sí mismos, aunque todos, especialmente los que ofician en iglesias ricas, procuran oro y plata para sus altares.

—¿Quiénes son los demás? —inquirió, sabiendo que la joven estaba ansiosa por hablar.

—Señora, no lo sé; pero me he enterado de que la Madre Superiora quería prohibirle la entrada a uno de ellos, porque —abrió mucho los ojos— es un brujo y un hechicero, según dicen, y druida.

Igraine se puso en pie.

—Es Merlín de Bretaña, mi padre, y no es un hechicero, pequeña, sino un hombre culto adentrado en las artes de la sabiduría. Incluso los padres de la iglesia reconocen que los druidas son hombres buenos y nobles, que rinden culto en armonía con ellos, ya que aceptan que Dios está en todas partes y a Cristo como uno de los muchos profetas de Dios.

La muchachita hizo una reverencia, por corrección, cuando Igraine se apartó de la labor de bordado y se colocó el velo sobre el rostro.

Al penetrar en la estancia donde aguardaban, no sólo vio a Merlín y a un extraño hombre austero con el oscuro atavío que los eclesiásticos empezaban a utilizar para distinguirse de los seculares, sino a un tercero al que apenas reconoció hasta que se volvió para mirarla. Por un instante fue como si estuviese contemplando el semblante de Uther.

—¡Gwydion! —exclamó; y después, rectificando de inmediato—. ¡Arturo! Perdóname, olvidé tu verdadero nombre.

Se habría arrodillado ante el Rey Supremo, mas se adelantó rápidamente y se lo impidió.

—Madre, no os arrodilléis jamás ante mí. Yo lo prohibo.

—Esta es mi madre, la reina de Uther —dijo Arturo y el Arzobispo estiró los labios en lo que Igraine supuso pretendía ser una sonrisa.

—Pero ahora cuenta con un honor más grande que el de la realeza, el de estar desposada con Cristo. —dijo.

Difícilmente desposada, pensó Igraine, *sólo una viuda que se ha refugiado en su casa.* Mas permaneció en silencio, e inclinó la cabeza.

Arturo anunció:

—Señora, éste es Patricius, Arzobispo de la Isla de los Sacerdotes, ahora denominada Glastonbury, que acaba de llegar.

—Sí, por voluntad de Dios —dijo el Arzobispo—. Habiendo últimamente expulsado a todos los malignos de Irlanda, vengo ahora a arrojarlos de todas las tierras cristianas. He encontrado en Glastonbury un grupo de clérigos corruptos, que toleran entre ellos incluso el culto común de los druidas, ante lo cual nuestro Señor que murió por nosotros en la cruz, habría derramado lágrimas de sangre.

Taliesin, Merlín, alegó con voz suave:

—¿Por qué ibais a ser más riguroso que el mismo Cristo, hermano? Cuando él, me parece recordar, fue muy censurado por relacionarse con proscritos, pecadores, e incluso con recaudadores de tributos y con rameras como Magdalena, cuando habrían querido que fuera un nazareno como Juan el Bautista. Y, al final, agonizando en la cruz entre dos ladrones, le prometió al que se había arrepentido que aquella misma noche se reuniría con él en el Paraíso, ¿no es así?

—Pienso que demasiada gente lee las divinas Escrituras y cae en errores como ése —dijo Patricius con severidad—. Aquellos que presumen de haber aprendido aprenderán, confío, a escuchar a los sacerdotes para recibir interpretaciones verdaderas.

Merlín sonrió afablemente.

—No puedo unirme a vos en tal deseo, hermano. Me he consagrado a la creencia de que es voluntad de Dios que todos los hombres han de esforzarse por encontrar la sabiduría en su interior, sin esperar que le venga de algún otro. Los bebés, tal vez, deban recibir la comida masticada por el ama de cría, mas los hombres pueden comer y beber la sabiduría por sí mismos.

—¡Vamos, vamos! —Los interrumpió Arturo, sonriendo—. No quiero controversias entre mis dos consejeros más queridos. La sabiduría de Lord Merlín me es indispensable; él me llevó al trono.

—Señor —repuso el Arzobispo—, Dios os llevó hasta él.

—Con la ayuda de Merlín —dijo Arturo—, y le juré que atendería siempre sus consejos. ¿Queréis que cometa perjurio, Padre Patricius? —Pronunció el nombre con el acento de la región del norte, tierras en las cuales fue educado—. Vamos, madre, sentaos y hablemos.

—Primero dejadme pedir vino para refrescaros después de tan larga cabalgada.

—Os lo agradezco, madre; y si os place, mandad un poco también a Cai y Gawaine, que han venido con nosotros. No me habrían dejado partir sin escolta. Insistieron en hacerme el servicio de chambelanes y caballerizos, como si yo no pudiera levantar una mano por mí mismo. Puedo guardarme tan bien como cualquier soldado, con tan sólo la ayuda de uno o dos caballerizos, mas no habrían permitido...

—Tus Caballeros tendrán lo mejor —afirmó Igraine y salió a dar órdenes para que sirvieran comida y vino a los visitantes y a su comitiva. Llevaron el vino para los invitados e Igraine lo escanció.

—¿Cómo te va, hijo mío? —le preguntó.

Mirándolo superficialmente, daba la impresión de ser diez años más viejo que el muchacho de ligera complexión que fuera coronado el pasado verano. Había crecido más de medio palmo y tenía los hombros más anchos. Mostraba una roja cicatriz en la cara, que comenzaba a aclararse, Dios sea loado... bueno, ningún guerrero escapa a una o dos heridas.

—Como veis, madre, he estado luchando y Dios ha sido misericordioso —dijo—. Vengo ahora en misión pacífica. Pero, ¿cómo os encontráis aquí?

Ella sonrió.

—Oh, aquí no ocurre nada —respondió—. Mas me han llegado noticias de Avalon. Morgana ha abandonado la Isla. ¿Se halla en tu corte?

El negó con la cabeza.

—No, madre, en realidad no tengo una corte que merezca tal nombre —repuso—. Cai guarda mi castillo, he de obligarle a hacerlo, preferiría venir conmigo a la batalla, pero le insté a quedarse y mantener mi casa en orden y a salvo. Dos o tres caballeros de mi padre, demasiado viejos para cabalgar, permanecen allí con sus mujeres e hijos más pequeños. Morgana está en la corte de Lot, me lo dijo Gawaine cuando su hermano, el joven Agraviane, llegó hasta el sur para pelear en mis ejércitos. Según él, Morgana fue para asistir a su madre; sólo la ha visto una vez o dos, pero se encontraba bien y de buen ánimo. Tañe el arpa para Morgause y guarda las llaves de su aparador de especias. Deduzco que Agraviane está encantado con ella. —Una expresión de dolor atravesó su cara e Igraine se preguntó el por qué, aunque nada dijo.

—Demos gracias a Dios de que Morgana esté a salvo y en familia. He estado muy inquieta por ella. —No era aquél el momento, ciertamente, no con el sacerdote presente, de preguntar si Morgana había dado a luz un hijo—. ¿Cuándo llegó al sur Agraviane?

—Fue a principios del otoño, ¿no, Lord Merlín?

—Creo que sí.

Entonces Agraviane no tendría las noticias que le interesaban; ella misma había visto a Morgana sin adivinar nada. Si en realidad le sucedía lo que ella pensaba y no era todo un producto de su imaginación.

—Bien, madre, he venido a hablar de asuntos de mujeres. Parece ser que debo casarme. Por ahora, el único heredero con que cuento es Gawaine.

—No me gusta esta situación —dijo Igraine—. Lot ha estado aguardando durante todos estos años. Siento miedo de que su hijo esté tras de ti.

Los ojos de Arturo llamearon de furia.

—¡Ni siquiera vos debéis hablar así de mi primo Gawaine, madre! Es uno de mis Caballeros juramentados y le quiero como al hermano que nunca tuve, incluso tanto como a Lancelot. De desear Gawaine mi trono, sólo hubiera tenido que descuidar la vigilancia durante cinco minutos y me habrían partido el cuello, algo más grave que este corte en la cara, y Gawaine *sería* Rey Supremo. Le confiaría mi vida y mi honor.

Igraine quedó sorprendida de su vehemencia.

—Entonces me alegro de que cuentes con un partidario tan leal y digno de confianza, hijo mío —añadió, con una cáustica sonrisa—. Ciertamente debe apenar mucho a Lot el que sus hijos te quieran tan bien.

—No sé lo que he hecho para que me aprecien tanto, pero lo hacen, y lo considero una bendición.

—Sí —dijo Taliesin—, Gawaine te será adicto y leal hasta la muerte, Arturo, y aun más allá de ésta si es voluntad de Dios.

El Arzobispo intervino con austeridad:

—El hombre no puede presumir de conocer los designios de Dios.

Taliesin le ignoró y dijo:

—Es aun más de confianza que Lancelot, Arturo, aunque me aflija mencionarlo.

Arturo sonrió, e Igraine pensó, mientras su corazón se

oprimía, que tenía todo el encanto de Uther y que, por tanto, también él podía inspirar gran lealtad a sus seguidores. ¡Cómo se parece a su padre!

—Vamos —dijo Arturo—, habré de reprenderos a vos también, Lord Merlín, si habláis así de mi mejor amigo. También a Lancelot le confiaría mi vida y mi honor.

Merlín repuso, suspirando:

—Oh, sí, podéis confiarle vuestra vida, estoy seguro... mas no tanto en lo que respecta a la otra cuestión, aunque es cierto que os ama y protegería vuestra vida con la suya.

—En verdad —dijo Patricius—, Gawaine es un buen cristiano, pero no estoy tan seguro respecto a Lancelot. Llegará un momento, confío, en el que toda esa gente que se llama a sí misma cristiana sin serlo pueda verse descubierta. Quienquiera que no acepte la autoridad de la Santa Iglesia sobre la interpretación de la voluntad de Dios está contra ella. Cristo dijo: «Quien no está conmigo está contra mí». Sobre toda Bretaña existen personas que casi podrían considerarse paganas. En Tara me enfrenté a ellas cuando encendí los Fuegos de Pascua de Resurrección en sus colinas y el rey de los druidas no pudo evitarlo. Incluso en la reverenciada Isla de Glastonbury, donde el santificado José de Arimatea dejó sus huellas, encontré a los clérigos venerando un manantial sagrado. ¡Eso es superstición! ¡Lo cerraré aunque tenga que apelar al mismo Obispo de Roma!

Arturo sonrió y dijo:

—No puedo imaginar que el Obispo de Roma tenga la más mínima idea de cuanto ocurre en Bretaña.

Taliesin comentó cortésmente:

—Padre Patricius, haréis un mal servicio al pueblo de esta tierra si cerráis el manantial sagrado. Es un don de Dios.

—Es parte del culto pagano. —Los ojos del Arzobispo fulguraron con el austero fuego del fanatismo.

—Proviene de Dios —insistió el druida—, porque no hay nada en el universo que no provenga de Dios; y el pueblo sencillo necesita signos y símbolos sencillos. ¿Cómo puede ser maligno que adoren a Dios en aguas que son fruto de su magnanimidad?

—Dios no puede ser adorado mediante símbolos realizados por el hombre.

—En eso estamos totalmente de acuerdo, hermano —dijo Merlín—, porque una parte de la sabiduría druida descansa en la afirmación de que Dios, que está detrás de todo, no puede ser loado en ninguna morada de humana factura, sino tan sólo bajo el cielo. Pero vosotros construís iglesias y las engalanáis con oro y plata. ¿Dónde se halla por tanto, la maldad de beber de las sagradas corientes que Dios creó y bendijo con dones de visión y curación?

—Es el Maligno quien os otorga conocimientos sobre cosas semejantes —repuso Patricius desafiante, y Merlín rió.

—Ah, mas Dios da lugar a dudas como también el Diablo y, al final de los tiempos, todos irán a El y obedecerán sus designios.

Arturo les interrumpió antes de que Patricius pudiese replicar.

—Bondadosos padres, no hemos venido hasta aquí para discutir sobre teología.

—Es cierto —dijo Igraine, aliviada—. Estábamos hablando de Gawaine y del otro hijo de Morgause. Se llama Agravaine ¿verdad? Y de tu matrimonio.

—Lástima —adujo Arturo—, que dado que los hijos de Lot me quieren bien y éste, no lo pongo en duda, está ansioso de tener en su linaje al heredero del Rey Supremo, Morgause no tenga una hija, de forma que yo pudiera ser su yerno y su nieto mi heredero.

—Eso estaría bien —dijo Taliesin—, porque ambos sois de la estirpe real de Avalon.

Patricius frunció el ceño.

—¿No es Morgause hermana de vuestra madre, mi señor Arturo? Las nupcias con su hija serían sólo un poco menos inconvenientes que contraerlas con vuestra propia hermana.

Arturo pareció inquietarse.

—Estoy de acuerdo —dijo Igraine—; aunque Morgause tuviera una hija, no sería apropiado pensar en ella.

Arturo repuso:

—Me resultaría fácil tomar afecto a una hermana de Gawaine. La idea de desposarme con una extraña no me complace, y supongo que a la mujer elegida tampoco le complacerá.

—Eso le sucede a todas las mujeres —dijo Igraine y se sorprendió al escucharse; ¿sentía todavía amargura por lo que ocurrió tanto tiempo atrás?—. Los matrimonios deben ser decididos por quienes son más sabios de lo que una doncella pueda ser.

Arturo suspiró.

—El rey Leodegranz me ha ofrecido a su hija —anunció—. No recuerdo su nombre. Y también me ha ofrecido, como dote, a cien de sus mejores hombres, todos armados y, oíd esto madre, cada uno con un magnífico caballo de los que él cría, y que Lancelot podría adiestrar. Uno de los secretos de los césares era que sus mejores ejércitos luchaban a caballo. Aparte de ellos, en Bretaña únicamente los escitas han utilizado caballos y sólo para trasladar suministros y, a veces, para enviar mensajes. De tener cuatrocientos hombres que pudieran luchar a caballo... Bueno, madre, podría devolver a los sajones a sus costas aullando como sus propios perros.

Igraine rió.

—Eso difícilmente puede parecer un motivo para casarse, hijo mío. A los caballos se los puede comprar y a los hombres contratar.

—Pero —repuso Arturo— Leodegranz no piensa vender de modo alguno. Creo que tiene en mente que, a cambio de su dote, y sin duda es una regia dote, pretende quedar atado por lazos regios con el Rey Supremo. No es que sea el único, pero ha ofrecido más de cuanto podría ofrecerme ningún otro. No me complace enviar a un vulgar mensajero para comunicarle al rey que he decidido desposarme con su hija, de forma que él tenga que enviarla a mi corte como si fuera un paquete. ¿Iréis para darle mi respuesta al rey y escoltarla hasta mi corte? Eso es lo que deseaba pediros.

Igraine comenzó a mostrar su acuerdo, luego recordó que había hecho votos en aquel lugar.

—¿No podéis enviar a alguno de vuestros hombres de confianza, a Lancelot o Gawaine?

—Gawaine es un mujeriego. No estoy seguro de desear que acompañe a mi prometida —dijo Arturo, riendo—. Dejemos que sea Lancelot.

Merlín repuso, sombrío:

—Igraine, presiento que deberías ir.

—¿Por qué, abuelo —inquirió Arturo—, tiene Lancelot tales encantos que teméis que mi prometida se enamore de él?

Taliesin suspiró. E Igraine intervino de inmediato:

—Iré, si me da licencia la abadesa de este lugar.

La Madre Superiora, pensó, no podía negarse a dejarla que se ocupara de las nupcias de su hijo. Y se apercibió de que, a pesar de que hacía años desde que había dejado de ser reina, no le era fácil sentarse pasivamente a esperar que las olas de los grandes acontecimientos movieran la tierra.

Acaso era ése el sino de todas las mujeres, pero ella lo evitaría en la medida de sus fuerzas.

IV

Ginebra sintió aquella náusea familiar atenazándole la boca del estómago; empezó a preguntarse si tendría que correr hacia el retrete antes de partir. ¿Qué haría si sentía necesidad *después* de haber montado e iniciado la marcha? Miró a Igraine, que se erguía alta y serena, como a la Madre Superiora del antiguo convento. Igraine le había parecido amable y maternal en aquella primera visita, el año anterior, cuando fue concertado el matrimonio. Ahora, que estaba allí para escoltarla a su boda, le parecía severa e imperiosa, sin posibilidad alguna de comprender el terror que la sobrecogía. ¿Cómo podía mostrarse tan serena? Ginebra se aventuró a preguntarle en voz baja, mirando a los corceles y la litera que esperaban:

—¿No sentís miedo? Está tan lejos...

—¿Miedo? No —respondió Igraine—, he estado muchas veces en Caerleon y no es probable que los sajones estén en los caminos para atacarnos. Viajar en invierno es molesto, debido al barro y a la lluvia, pero es mejor que caer en manos de los bárbaros.

Ginebra acusó el golpe, sintió que la vergüenza la atenazaba y apretó los puños, mirando sus fuertes y feos zapatos de viaje.

Igraine extendió el brazo y le tocó la mano, acariciando los pequeños dedos.

—Me había olvidado de que nunca has salido de tu casa, excepto de ida y vuelta al convento. Estabas en Glastonbury, ¿no?

Ginebra asintió.

—Me gustaría estar allí de nuevo.

Sintió sobre sí los penetrantes ojos de Igraine por un instante, y se estremeció; quizá la señora supiera que ella era desgraciada por tener que casarse con su hijo, y eso la disgustara... pero Igraine sólo dijo, cogiéndole la mano firmemente:

—Yo no me sentía feliz cuando me casé en primeras nupcias con el Duque de Cornwall, no lo fui hasta que no tuve a mi hija en los brazos. Pero apenas tenía quince años; tú ya tienes casi dieciocho, ¿no es así?

Apretando la mano de Igraine, Ginebra sintió que disminuía su pánico; pero a pesar de eso, al traspasar la puerta, le pareció que el cielo amedrentador, bajo, lleno de nubes tormentosas, constituía una inmensa amenaza. El sendero que había ante la casa era un mar de barro en el que los caballos habían estado chapoteando. Ahora habían sido colocados en orden de marcha con más hombres, y le parecía a Ginebra que no había visto a tantos reunidos en toda su vida. Gritaban y se llamaban unos a otros, los corceles relinchaban y el patio estaba lleno de confusión. Pero Igraine la cogió fuertemente de la mano y Ginebra, apocada, la siguió.

—Agradezco que hayáis venido a escoltarme, señora.

Igraine sonrió.

—Soy demasiado mundana, me agrada tener la oportunidad de viajar más allá de los muros del convento. —Dió una larga zancada para evitar excrementos de caballo que humeaban en el lodo—. Vigila tus pasos, aquí, pequeña. Mira, tu padre ha escogido esas dos bonitas jacas para nosotras. ¿Te gusta cabalgar?

Ginebra negó con la cabeza.

—Creí que podría viajar en una litera.

—Puedes, si lo deseas —repuso Igraine, mirándola con asombro—, pero te cansarás de ella, creo. Cuando mi hermana Viviane viajaba, se ponía calzones de hombre. Debería haber encontrado un par para ti; sin embargo, usarlos a mi edad no me parece adecuado.

Ginebra se ruborizó.

—No podría —dijo trémula—, está prohibido que una mujer lleve prendas de hombre, lo dicen las Sagradas Escri...

Igraine rió sofocadamente.

—No parece que el Apóstol conociera la región del norte. El vivía en clima cálido —comentó— y he oído que los hombres del país en el que nuestro Señor moró nada sabían de calzones, vestían largas túnicas como las que usaban algunos romanos y todavía usan. Creo que eso significa únicamente que a las mujeres no les era dado llevar el atuendo de algunos hombres en particular, no que no pudieran llevar atuendos hechos para los hombres. Y, ciertamente, mi hermana Viviane es la más recatada de las más recatadas de las mujeres; es una sacerdotisa de Avalon.

Ginebra tenía los ojos muy abiertos.

—¿Es una bruja, señora?

—No, no, es una mujer sabia, experta en hierbas y medicinas, posee la Visión, mas ha hecho voto de no herir jamás a hombre o bestia. Ni tan siquiera come carne —agregó Igraine—. Vive con tanta austeridad como cualquier abadesa. Mira —dijo, señalando—, ahí está Lancelot, el jefe de los Caballeros de Arturo. Ha venido a escoltarnos, y para conducir los caballos y a los hombres.

Ginebra sonrió, percibiendo que el sonrojo se adueñaba de sus mejillas.

—Conozco a Lancelot —dijo—, vino para informar a mi padre de lo que podría lograrse con los caballos.

Igraine comentó.

—Sí, cabalga como uno de aquellos arcanos centauros de los que se decía que eran mitad hombre y mitad caballo.

Lancelot bajó de su montura. Tenía las mejillas tan enrojecidas a causa del frío, como la capa romana con que se cubría; llevaba el cuello subido para protegerse. Se inclinó ante las dos damas.

—Señora —le dijo a Igraine—, ¿estáis lista para cabalgar?

—Eso creo. El equipaje de la princesa ya está cargado en aquella carreta —contestó Igraine, mirando a la carreta que estaba repleta de bultos y cubierta con pieles: el armazón de una cama, un gran busto tallado, un telar pequeño y uno grande, pucheros y ollas.

—Sí. Espero que no se atasque en este lodazal —dijo Lancelot, observando la yunta de bueyes que tiraba de ella—. No es esa carreta la que me preocupa, sino la otra, el regalo de bodas del rey a Arturo —añadió, sin entusiasmo, mirando a la segunda que era mucho mayor—. Pensaba que sería mejor haber hecho una mesa para la casa del Rey en Caerleon, si Uther no hubiese dejado bastantes mesas y muebles. No es que critique el mobiliario nupcial de mi señora —añadió, dirigiéndole a Ginebra una sonrisa que la hizo ruborizarse—; pero, ¿una mesa, como si mi señor Arturo no tuviese suficientes enseres en su salón?

—Ah, pero esa mesa es uno de los tesoros de mi padre —dijo Ginebra—. Fue un trofeo de guerra ganado a un rey de Tara, a quien uno de mis antepasados venció, llevándose luego la mejor mesa de su salón... es redonda, como veréis, para que un bardo pueda sentarse en el centro y cantar para los comensales, o los sirvientes pasen alrededor para escanciar vino o cerveza. Y cuando agasajaba a reyes amigos no necesitaba situar a unos en lugares preferentes respecto a los otros... por tanto, mi padre pensó que era adecuada para un Rey Supremo, que debe dar asiento a sus nobles Caballeros sin privilegiar a ninguno.

—Es ciertamente un presente para un rey —afirmó Lancelot cortésmente—, aunque hagan falta tres yuntas de bueyes para tirar de él, señora. Y sólo Dios sabe cuántos ebanistas y carpinteros se necesitarán para ensamblarla de nuevo cuando lleguemos. Por otra parte, en vez de viajar con la marcha de una compañía de caballería deberemos hacerlo con la del más lento de los bueyes.

Bueno, la boda no puede comenzar hasta que lleguéis, señora mía. —Irguió la cabeza, se quedó un momento escuchando y gritó—. ¡Ya voy, hombre! ¡No puedo estar en todas partes al mismo tiempo! —Hizo una reverencia—. Señoras, he de hacer que este ejército avance. ¿Puedo ayudaros a subir al caballo?

—Creo que Ginebra prefiere viajar en la litera —dijo Igraine.

Lancelot repuso, sonriendo:

—Será como si el sol se ocultase tras una nube, pero sea como deseáis, señora. Espero que otro día nos iluminéis, quizás.

Ginebra se sintió agradablemente turbada, como siempre le ocurría cuando Lancelot le dedicaba hermosos halagos. Nunca sabía si hablaba en serio o si se burlaba de ella. Súbitamente, al verlo alejarse, volvió a sentir miedo. Los caballos que la rodeaban, los grupos de hombres yendo y viniendo, como si realmente constituyeran el ejército de que Lancelot había hablado, y ella no era más que un bulto que pasaba desapercibido entre el equipaje, casi un trofeo de guerra. En silencio, dejó que Igraine la ayudase a subir a la litera, la cual estaba decorada con cojines y una alfombrilla de piel, y se ovilló en su extremo.

—¿Dejo las cortinas descorridas para que nos entre un poco de luz y aire? —preguntó Igraine, aposentándose cómodamente en los cojines.

—¡No! —exclamó Ginebra con voz ahogada—. Me sentiría mejor si están cerradas.

Encogiéndose de hombros, Igraine corrió las cortinas. Miró por una rendija y vio a los primeros jinetes iniciar la marcha y las carretas bambolearse una tras otra. Una regia dote, en verdad, tantos hombres. Jinetes armados, con armas y pertrechos, para ser incorporados a los ejércitos de Arturo; le parecían una legión romana, según la descripción que había oído de ellas.

Ginebra apoyaba la cabeza en los cojines; su rostro estaba pálido y mantenía los ojos cerrados.

—¿Estás enferma? —Le preguntó Igraine, perpleja.

Ginebra movió la cabeza.

—Todo es tan grande... —contestó en un murmullo—. Estoy... estoy asustada.

—¿Asustada? Pero, querida niña —se extrañó Igraine, y tras un momento dijo—: Pronto te sentirás mejor.

Ginebra, con los brazos cruzados sobre los ojos, apenas se dio cuenta cuando la litera empezó a moverse; se había sumido un estado de duermevela en el cual podía mantener el pánico bajo control. ¿Adónde iba, bajo aquel inmenso cielo que todo lo cubría, atravesando vastos páramos y gran cantidad de colinas? El nudo de pánico que sentía en el estómago se apretaba más y más. A su alrededor percibía el ruido de los caballos y de los hombres, un ejército en marcha. Era solamente una parte integrante del conjunto, de los caballos, de los hombres y sus pertrechos, de los muebles y la mesa. Era únicamente una prometida rodeada de todos los complementos, prendas, vestidos, joyas, un telar, una rueca, algunos peines y útiles para hilar linos. No era ella misma, allí no había nada para ella, era sólo una propiedad de un Rey Supremo que ni siquiera se había molestado en ir a ver a la mujer que le mandaban con todos los caballos y pertrechos. Unicamente una yegua más, una yegua de cría que debía cumplir su función al servicio del Rey Supremo, la esperanza de un hijo real.

Ginebra creyó que iba a asfixiarse a causa de la rabia que crecía en ella. Pero no, no debía encolerizarse, no era adecuado estar airada; la Madre Superiora del convento le dijo que el cometido de una mujer era casarse y tener hijos. Había deseado ser monja, permanecer en el convento y aprender a leer y escribir hermosas misivas con una bonita pluma o pincel, mas eso no era apropiado para una princesa; debía acatar la voluntad de su padre como si se tratara de la Diosa. Las mujeres debían tener especial cuidado en cumplir los designios de Dios porque fue por medio de una mujer que la humanidad cayó en el Pecado Original y todas habían de ser conscientes de que era asunto suyo expiar aquel pecado del Edén. Ninguna mujer podía ser en realidad buena a excepción de María, la Madre de Cristo; todas las demás eran malignas, nunca habían tenido oportunidad de ser otra cosa. Era su castigo por ser como Eva, llena de pecado y rabia, rebelándose contra la voluntad de Dios. Musitó una plegaria y se deslizó de nuevo hacia una semiconsciencia.

Igraine, resignándose a ir tras las cerradas cortinas aunque ansiara el aire fresco, se preguntó qué diablos era lo que le sucedía a la muchacha. No había dicho una sola palabra en contra del matrimonio. Bueno, ella, Igraine, tampoco se rebeló contra su matrimonio con Gorlois; recordando la joven colérica y aterrorizada que había sido, se condolió de Ginebra. Pero, ¿por qué tenía que ir acurrucada tras las cortinas en vez de ir al encuentro de su nueva vida con la cabeza levantada? ¿De qué tenía miedo? ¿Le parecía Arturo un monstruo? No iba a desposarse con un viejo que tuviera tres veces su edad. Arturo era joven, dispuesto a honrarla y a respetarla.

Durmieron aquella noche en una tienda emplazada en terreno seco cuidadosamente escogido, escuchando el ulular del viento y el repiquetear de la lluvia. Igraine se despertó en una ocasión durante la noche y oyó el llanto de Ginebra.

—¿Qué te pasa, pequeña? ¿Estás enferma?

—No, señora. ¿Cree que le gustaré a Arturo?

—No hay razón para que no sea así —respondió Igraine con gentileza—. Ciertamente sabes que eres hermosa.

—¿Lo soy? —Dicha con aquella suave voz, la pregunta parecía ingenua; no un tímido ruego para obtener un cumplido o una afirmación como habría sido de haberse formulado en otro tono—. Lady Alienor afirmaba que mi nariz es demasiado grande y que tengo pecas como el ganado.

—Lady Alienor... —Igraine se recordó que debía ser caritativa; Alienor no era mucho mayor que Ginebra y había dado a luz cuatro hijos en seis años—. Creo que es quizás un poco corta de vista. Eres realmente bonita. Tienes el pelo más lindo que he visto nunca.

—No creo que a Arturo le preocupe la belleza —repuso Ginebra—, ni siquiera se ha molestado en averiguar si soy bizca o coja, o de labios leporinos.

—Ginebra —dijo Igraine amablemente—, todas las mujeres se casan por su dote, y el Rey Supremo debe desposarse atendiendo a sus consejeros. ¿No crees que él yace desvelado por las noches, preguntándose qué es lo que le habrá tocado en suerte, y que no te recibirá con gratitud y gozo cuando te vea hermosa, amable y educada? El se ha resignado a hacer lo que le dicta su deber y será muy feliz cuando descubra que no eres, ¿cómo decías?, de labios leporinos, coja o bizca. Es joven y no tiene mucha experiencia con las mujeres. Y Lancelot, estoy segura, le habrá dicho que eres guapa y virtuosa.

Ginebra dejó escapar un suspiro.

—Lancelot es primo de Arturo, ¿no?

—Es cierto. Es hijo de Ban de Benwick y de mi hermana, la Gran Sacerdotisa de Avalon. Nació del Gran Matrimonio, ¿sabes algo de eso? En la Baja Bretaña, algunas gentes practican los viejos ritos paganos —dijo Igraine—. Incluso Uther, cuando le ungieron como Rey Supremo, fue llevado a la Isla del Dragón y coronado según los viejos ritos, aunque no le pidieron que se desposase con la tierra; es Merlín quien lo hace en Bretaña y se sacrifica por el Rey de ser necesario...

—No sabía que esos viejos ritos fueran todavía practicados en Bretaña —dijo Ginebra—. ¿Fue Arturo coronado según ellos?

—Si lo fue —dijo Igraine—,no me lo ha dicho. Quizá las cosas ya hayan cambiado y esté contento con que Merlín sea el principal de sus consejeros.

—¿Conocéis a Merlín, Señora?

—Es mi padre.

—¿Es eso cierto? —Ginebra la escrutaba en la oscuridad—. Señora, ¿es cierto que cuando Uther Pendragon llegó hasta vos, antes de que os desposarais con él, fue gracias a las artes mágicas de Merlín que lo disfrazó de Gorlois, de manera que yacisteis con él pensando que era el Duque de Cornwall y, por tanto, seguíais siendo una mujer casta y leal?

Igraine parpadeó; tenía noticias de las habladurías sobre que dio a luz con una premura que no era decorosa, mas ésta nunca había llegado hasta sus oídos.

—¿Eso dicen?

—A veces, señora. Hay historias de bardos al respecto.

—No es cierto —repuso Igraine—. Llevaba la capa de Gorlois y su anillo, el cual le había arrebatado en combate. Gorlois había traicionado a su Rey Supremo y perdió el derecho a la vida. Pero, cuenten las historias que cuenten, yo sabía perfectamente que era Uther y no otro. —Se le formó un nudo en la garganta; incluso ahora le seguía pareciendo que Uther seguía vivo en alguna parte, lejos, en campaña.

—¿Amabais a Uther? ¿No fue entonces obra de la magia de Merlín?

—No —contestó Igraine—, yo le amaba, aunque creo que al principio decidió casarse conmigo porque yo pertenecía a la estirpe regia de Avalon. Y, por tanto, como ves, un matrimonio dispuesto en aras del bien del reino puede tornarse feliz. Amaba a Uther, y deseo que tengas igual fortuna, que tú y mi hijo lleguéis a amaros del mismo modo.

—También yo lo deseo. —Ginebra se aferró de nuevo a la mano de Igraine. A ésta los dedos le parecieron pequeños y suaves, fácilmente dañables, en nada semejantes a los suyos fuertes y diestros. No eran unas manos para atender a los niños o curar las heridas de los hombres, sino para ejecutar finas labores con la aguja o para rezar. Leodegranz debiera haber dejado a esta muchacha en el convento y Arturo buscado esposa en algún otro sitio. Las cosas sucederían según la voluntad de Dios; lamentaba el miedo que sentía Ginebra, pero asimismo se dolía de Arturo, a quien le había tocado una prometida tan infantil y poco voluntariosa.

No obstante, ella misma no era mucho mejor cuando

le fue enviada a Gorlois; acaso la fortaleza de la muchacha creciera con los años.

El campamento se puso en movimiento con los primeros rayos del sol, aprestándose para la jornada que les llevaría hasta Caerleon. Ginebra tenía un pálido y demacrado aspecto y, cuando trató de levantarse, sintió un vahído que la obligó a tenderse de costado y vomitar. Durante un momento Igraine estuvo considerando una sospecha poco caritativa, luego la descartó; la muchacha, enclaustrada y tímida, estaba mareada a causa del miedo, nada más. Le dijo animosamente:

—La litera cerrada te producirá mareo. Hoy deberías ir en tu montura y tomar el aire fresco o llegarás a las nupcias con el rostro amarillo en lugar de rosado. —Y añadió para sí, *Y si vamos a viajar otro día con las cortinas cerradas ciertamente me volveré loca; serían unas nupcias dignas de recordarse, con una novia enferma y pálida, y la madre del novio desquiciada*—. Vamos, si te levantas y cabalgas, Lancelot lo hará a tu lado, para charlar contigo y animarte.

Ginebra se trenzó el pelo e incluso se dedicó un momento a arreglarse el velo; comió algo, bebió cerveza de cebada y se guardó un trozo de pan, diciendo que se lo tomaría después, mientras cabalgaba.

Lancelot estaba levantado y afanándose desde el alba.

—Debes cabalgar junto a mi señora —le pidió Igraine—. Está abatida, ya que nunca antes había salido de su hogar.

—Será un placer, señora. —dijo sonriendo, y sus ojos se iluminaron.

Igraine marchaba en solitario tras los jóvenes, lo cual le agradó porque le permitía pensar. Ambos eran atractivos. Lancelot tan moreno y brioso, Ginebra dorada y blanca. También Arturo era rubio y los niños que tuvieran iban a ser deslumbrantes. Se apercibió, no sin sorpresa, de que ya se veía como abuela. Sería agradable tener pequeños alrededor para mimarlos y jugar con ellos; mas estos no serían suyos, por lo que no tendría que preocuparse, impacientarse o apurarse. Viajaba en una placentera ensoñación; se había acostumbrado a soñar despierta en el convento. Mirando a los jóvenes que cabalgaban juntos, vio que ella iba muy erguida en la motura, el color afloraba a su rostro y sonreía. Había estado acertada al hacerla salir para que tomase el aire.

Y luego observó cómo se miraban.

¡Santo Dios! Uther me miraba así cuando estaba desposada con Gorlois, como si se estuviera muriendo de hambre y yo fuese un alimento más allá de su alcance... ¿Qué podría suceder si se amaran? Lancelot es honorable y Ginebra, lo juraría, virtuosa; así pues, ¿qué podría devenir de esto salvo el desastre? Luego se recriminó por tales sospechas; iban a una prudente distancia, no pretendían que sus manos se encontraran, sonreían porque eran jóvenes y era un hermoso día; Ginebra se dirigía a casarse y Lancelot llevaba hombres y caballos a su rey, su primo y amigo. *¿Por qué no iban a ser felices y a hablar alegre y jovialmente? Soy una mujer mal pensada y vieja.* Pero siguió sintiéndose preocupada.

¿Qué derivará de esto? Santo Dios, ¿sería traicionero por mi parte pedir un atisbo de la Visión? Y después se preguntó si quedaría algún modo honorable de que Arturo rehusara aquel matrimonio. Pues, si Arturo se desposaba con una mujer que ya había entregado su corazón *sería* una tragedia. Bretaña estaba llena de doncellas dispuestas a amarlo y a casarse con él. Mas la dote ya estaba aceptada, la novia había abandonado la casa de su padre, los reyes súbditos y los hombres de la alianza estaban congregados para asistir al matrimonio de su joven rey.

Igraine resolvió consultar a Merlín. Como consejero principal de Arturo, acaso pudiera todavía evitar aquel matrimonio; mas, ¿podría hacerlo sin provocar la guerra y el desastre? Sería asimismo lastimoso que Ginebra fuera repudiada públicamente, en presencia de toda Bretaña. No, era demasiado tarde, las nupcias debían tener lugar como estaba acordado. Igraine suspiró y siguió cabalgando con la cabeza gacha, la belleza de aquel espléndido día se había disipado. Se dijo, colérica, que todas sus dudas y temores carecían de base, que eran imaginaciones de una vieja y ociosa mujer, o que todas aquellas fantasías se las enviaba el Maligno para tentarla a utilizar la Visión a la que ya había renunciado, tornándose nuevamente en un instrumento de la brujería.

Sin embargo, durante toda la jornada, sus ojos volvían una y otra vez a Ginebra y a Lancelot, al aura casi visible que los rodeaba, un aura de ansiedad, deseo y anhelo.

Llegaron a Caerleon poco antes del atardecer. El castillo se alzaba sobre una colina, en el lugar donde había estado emplazada una vieja fortificación romana, y algunas de sus piedras estaban aún de pie. Igraine pensó que debía ser muy similar al primer edificio. Durante un momento, al ver las laderas repletas de tiendas y gente, se preguntó vagamente si el lugar estaría siendo asediado, mas luego se percató de que todos habían ido para ver desposarse al Rey Supremo. Al contemplar a la multitud, Ginebra volvió a palidecer y aterrorizarse. Lancelot procuraba conseguir que la larga y desordenada columna adquiriese algún vestigio de dignidad, y Ginebra se echó el velo sobre el rostro para seguir cabalgando en silencio junto a Igraine.

—Es una lástima que todos deban verte cansada y agotada por el viaje —comentó Igraine—, pero mira, ahí está Arturo; viene a recibirnos.

La muchacha estaba tan fatigada que apenas levantó la cabeza. Arturo, con una larga túnica azul y la espada balanceándose a su costado en la vaina carmesí exquisitamente bordada, se había detenido para hablar un momento con Lancelot, en la cabeza de la columna; luego, los hombres congregados y los jinetes se separaron para abrirle paso hacia Igraine y Ginebra.

Se inclinó ante su madre.

—¿Habéis tenido buen viaje, señora? —Pero levantó la mirada hacia Ginebra, e Igraine percibió su expresión de asombro al ver la belleza de su prometida, y casi pudo leer los pensamientos de la joven.

Sí, soy hermosa, Lancelot me cree hermosa. ¿Complaceré a mi señor Arturo?

Arturo alargó la mano para ayudarla a desmontar; ella dio un traspié y él extendió ambos brazos.

—Mi dama y esposa, bienvenida a tu hogar y a mi casa. Es posible que seas feliz aquí, es posible que este día sea tan jubiloso para ti como lo es para mí.

Ginebra sintió el rubor en sus mejillas. Sí, Arturo era apuesto, se dijo, con aquel pelo rubio y los ojos sinceros, serios y grises. ¡Cuán distinto parecía del alegre y animado Lancelot! Y la miraba de un modo tan distinto..., Lancelot la miraba como si fuese la estatua de la Virgen en el altar de una iglesia, pero Arturo lo hacía reservadamente, inquisitivamente, como si fuera una extraña y todavía no estuviera seguro de si era amiga o enemiga.

—Os doy las gracias, mi esposo y señor —dijo—. Como podéis ver, os traigo la dote prometida de hombres y caballos...

—¿Cuántos caballos? —preguntó él rápidamente. Ginebra quedó confusa. ¿Qué sabía ella de sus preciados caballos? ¿Tenía que dejar tan claro que lo que pretendía conseguir con el pactado matrimonio eran los caballos y no a ella? Se irguió en toda su estatura; era más alta que algunos hombres y para una mujer aquello era bastante, y dijo con dignidad:

—No lo sé, mi señor Arturo. No los he contado. Debéis preguntarle al capitán de la caballería. Estoy segura de que Lord Lancelot os podría decir su número exacto, desde la primera yegua al último potro.

Una gran muchacha, pensó Igraine, viendo que el color subía a las pálidas mejillas de Arturo debido al reproche. Este sonrió arrepentido.

—Perdóname, señora mía, nadie espera que debas interesarte por tales asuntos. Estoy seguro de que Lancelot me lo referirá todo en el momento apropiado. Estaba pensando también en los hombres que han venido contigo; parece apropiado que les dé la bienvenida por ser mis nuevos súbditos, tanto como a mi señora y mi reina. —Por un instante, él pareció casi tan joven como era. Abarcó con la mirada la multitud integrada por hombres, caballos y bueyes, y extendió los brazos desconsolado—. Con toda esta algarabía, dudo que pueda hacerme oír, de todas formas. Permíteme conducirte a las puertas del castillo. —La tomó de la mano y la llevó a lo largo del sendero, buscando los sitios más secos—. Me temo que es este un viejo y funesto lugar. Era la fortaleza de mi padre, pero nunca he vivido aquí desde que tengo uso de razón. Acaso algún día, si los sajones nos dejan en paz por un tiempo, podamos encontrar algún sitio más apropiado como hogar; aunque, de momento, éste debe servir.

Cuando atravesaban los portalones, Ginebra alargó la mano para palpar el muro de firme piedra romana, alto y seguro como si hubiese estado allí desde el principio del mundo; tras él, todo estaba a salvo. Dejó correr el dedo casi amorosamente por la piedra.

—Creo que es hermoso. Sin duda será seguro... quiero decir que sin duda seré feliz aquí.

—Eso espero, Lady Ginebra —repuso él, diciendo su nombre por vez primera, pronunciándolo con extraño acento. Ella se preguntó de súbito dónde le habrían educado—. Soy muy joven para estar al mando de todos... de todos estos hombres y reinos. Me complacerá tener ayuda. —La voz era trémula como si estuviese atemorizado, mas, ¿cómo podía un hombre estar atemorizado?—. Mi tío político, Lot, Rey de Orkney, está casado con la hermana de mi madre, Morgause, y ha afirmado que su mujer gobierna tan bien como él, cuando está ausente en la guerra o en el consejo. Estoy deseoso de haceros igual honor, señora, y dejaros gobernar a mi lado.

El pánico atenazó de nuevo el estómago de Ginebra. ¿Qué le importaba a ella lo que esos salvajes bárbaros, los hombres de las Tribus del norte, hicieran; o lo que hicieran sus mujeres?

—Nunca podría pretender tanto, mi señor y rey —dijo con voz tímida y estremecida.

Igraine alegó con firmeza.

—Arturo, hijo mío, ¿en qué estás pensando? Ginebra ha estado cabalgando durante dos días y se encuentra exhausta. No es éste el momento de urdir la estrategia de los reinos, con los zapatos aún llenos de barro del camino. Te ruego que nos permitas ir al encuentro de tus chambelanes y ya mañana tendrás tiempo de familiarizarte con tu prometida.

Ginebra pensó que la piel de Arturo era más blanca aún que la suya; era aquella la segunda vez que le veía azorarse como un niño al que reprenden.

—Os pido disculpas, madre, y a ti, señora mía. —Levantó un brazo, y a su ademán un joven moreno y esbelto, con cicatrices en la cara y una pronunciada cojera, se acercó a ellos prestamente.

—Mi hermano adoptivo, Cai, y mi chambelán —dijo Arturo—. Cai, esta es Ginebra, mi señora y reina.

Cai hizo una reverencia y le sonrió.

—Estoy a vuestro servicio.

—Como puedes ver —manifestó Arturo—, mi señora se ha traído su mobiliario y sus pertenencias. Señora, te doy la bienvenida a tu propio hogar. Indícale a Cai cuanto te parezca oportuno sobre cómo disponer tus cosas. Ahora, te pido licencia para alejarme; debo ver a los hombres, los caballos y los pertrechos. —Volvió a hacer una profunda reverencia, y a Ginebra le pareció ver el alivio reflejado en su cara. Se preguntó si ella le había desagradado o si su único interés en aquel matrimonio era realmente la dote en corceles y hombres, como había pensado. Bueno, estaba preparada para aquello; aunque, aun así, un recibimiento más personal y entusiasta le habría sido placentero. Se dio cuenta de que el moreno joven lleno de cicatrices al que había llamado Cai aguardaba expectante sus palabras. Era gentil y deferente, no necesitaba temerle.

Suspiró, alargando de nuevo la mano para tocar los fuertes muros que la rodeaban como si buscase aplomo y un modo de dar firmeza a su voz, para que al hablar mostrase un tono regio.

—En la mayor de las carretas, Lord Cai, hay una mesa

irlandesa. Es el regalo nupcial de mi padre a mi señor Arturo. Se trata de un trofeo de guerra, es muy antigua y valiosa. Ocupaos de que sea montada en el mayor de los salones de festejos de Arturo. Pero, antes de eso, ocupaos de que preparen una habitación para mi señora Igraine y que alguna doncella de compañía la aguarde esta noche.

Quedó sorprendida, al notar que su voz sonaba como la de una reina. Y que Cai la aceptaba sin reservas como tal.

—Se hará en seguida, mi señora y reina. —Dijo, haciendo una reverencia.

V

Durante toda la noche, grupos de viajeros estuvieron congregándose ante el castillo. Apenas comenzado el día, Ginebra se asomó para ver la ladera de la colina que conducía al castillo, cubierta de caballos, tiendas y multitud de hombres y mujeres.

—Parece un festejo —le dijo a Igraine, que había compartido su lecho en la última noche de su doncellez, y ésta sonrió.

—El momento en que un Rey Supremo toma esposa, pequeña, es un festejo mayor que cualquier otro en estas tierras. Mira, ésos son los seguidores de Lot de Orkney.

Pensó, sin expresarlo en voz alta: *Tal vez Morgana esté con ellos*. Cuando era joven decía en voz alta cualquier pensamiento que le pasara por la mente, pero no ahora.

Que extraño era, dijo Igraine, que durante todos sus años de fertilidad a la mujer se le enseña a pensar primero, y casi exclusivamente, en sus hijos. Si se dedica a pensar en sus hijas es únicamente para que éstas, cuando sean mayores, pasen a manos de otro, teniendo que adaptarse a otra familia. ¿Ocurría tan solo que Morgana había tenido a su primer hijo, siempre el más cercano al corazón? Arturo retornó físicamente tras su larga ausencia, pero, como todos los hombres, había crecido tan lejos de ella que ya no había modo alguno de atravesar semejante distancia. Mas con Morgana, y esto lo descubrió en la coronación de Arturo, la unían lazos del alma que nunca se

82

romperían. ¿Era exclusivamente porque Morgana pertenecía a la estirpe de Avalon como ella? ¿Era ésta la razón por la que toda sacerdotisa anhela alumbrar una hija que pueda seguir sus pasos sin llegar a perderla nunca?

—Hay tanta gente... —dijo Ginebra—. No creía que hubiese tanta gente en toda Bretaña.

—Y el que tú vayas a ser Reina Suprema de todos ellos es... es estremecedor, lo sé —afirmó Igraine—. Así me sentía cuando me desposé con Uther.

Y, durante un instante, volvió a pensar que Arturo había elegido mal a su reina. Ginebra era hermosa, sí, y tenía buen carácter, y buena educación; sin embargo una reina debe ser capaz de ocupar su sitio al frente de la corte. Quizá ella fuera demasiado tímida y retraída.

Expresándolo en los términos más simples, la reina es la esposa del rey; no sólo anfitriona y ama de su casa, ya que cualquier chambelán o ama de llaves puede hacer eso, sino que, como las sacerdotisas de Avalon, es un símbolo de todas las realidades de la vida, un recordatorio de que la vida es algo más que luchas, guerras y dominios. Un rey, cuando todo está dicho y hecho, pelea para proteger a quienes son incapaces de hacerlo por sí mismos, por las mujeres que dan a luz, por los niños pequeños y por los ancianos, hombres avejentados y abuelas. Ciertamente, entre las Tribus, las mujeres más fuertes luchan codo a codo con los hombres (había, desde antiguo, una escuela de instrucción para la guerra regida por mujeres), empero, desde los inicios de la civilización era asunto de los hombres cazar y mantener a los invasores alejados del hogar en el que las mujeres embarazadas, los niños pequeños y los viejos se refugiaban, y era asunto de los hombres mantener aquel hogar a salvo para ellos. Como el Rey se une a la Suprema Sacerdotisa en el matrimonio simbólico con la tierra en señal de que llevará la fortaleza a su reino, así la Reina, en una unión similar con el Rey, crea el símbolo de una fortaleza central que está detrás de todos los ejércitos y las batallas, el hogar y la fortaleza donde los hombres recobran sus fuerzas... Igraine sacudió la cabeza impaciente. Todos aquellos símbolos y verdades internas eran apropiados, tal vez, para una sacerdotisa de Avalon, pero ella, Igraine, había sido reina sin necesidad de tales ideas y ya habría tiempo más que suficiente para que Ginebra pensase en tales cosas cuando fuera vieja y no le hicieran falta. En estos civilizados tiempos, una reina no es una sacerdotisa para los aldeanos que cultivan los campos de cebada, del mismo modo que un rey no es el gran cazador que corre entre los ciervos.

—Vamos, Ginebra, Cai ha dispuesto para ti doncellas de compañía, pero, siendo la madre de tu marido, es conveniente que yo te vista para las nupcias, puesto que tu madre no puede estar aquí y arreglarte para este día.

La joven tenía el aspecto de un ángel cuando se halló ataviada; su hermoso pelo flotaba como oro a la luz del sol, casi oscureciendo la luminosidad de la dorada guirnalda que portaba. El vestido era blanco, de un tejido que era como una tela de araña. Ginebra le dijo a Igraine, con tímido orgullo, que se lo habían traído de un remoto país, aún más lejano que Roma, y era más valioso que el oro. Su padre adquirió una pieza para el altar de piedra de su iglesia y otra más pequeña para una santa reliquia, entregándole otra a ella, de la cual había hecho el vestido de novia. Aún le había sobrado para una túnica de gala, que era su regalo de bodas para Arturo.

Lancelot llegó para acompañarlas a la temprana misa que precedería a la boda; después, podrían dedicar todo el día a la fiesta y el divertimento. Hubiera resultado magnífico con la capa carmesí que llevara anteriormente, mas iba ataviado para cabalgar.

—¿Te marchas, Lancelot?

—No —dijo sombrío, pero sólo tenía ojos para Ginebra—. Como una de las atracciones del día, los nuevos jinetes, y la caballería de Arturo, mostrarán de lo que son capaces; y yo soy uno de los jinetes que hará exhibición de tales juegos esta tarde. Arturo cree llegado el momento de dar a conocer sus planes al pueblo.

Y, de nuevo, Igraine vio aquella desesperanzada y penetrante mirada en sus ojos cuando la dirigió a Ginebra y el brillo en la sonrisa de la muchacha cuando lo miró a él. No pudo escuchar lo que se estaban diciendo el uno al otro, aunque sin duda sería algo bastante inocente. Mas no necesitaban palabras. Igraine experimentó una vez más la angustiosa seguridad de que aquello no iba a dar lugar a nada bueno, sino tan solo al desastre.

Recorrieron los corredores. En el camino se les fueron uniendo sirvientes, nobles, todos aquellos que se dirigían a la misa. En las escaleras de la capilla se encontraron con dos jóvenes que, al igual que Lancelot, llevaban largas y negras plumas en la capa; Cai, recordó, también portaba una. ¿Era un distintivo de los Caballeros de Arturo?

Lancelot inquirió:

—¿Dónde se encuentra Cai, hermano? ¿No debiera estar aquí para escoltar a mi señora a la iglesia?

Uno de los recién llegados, un hombre grande y recio que no obstante, pensó Ginebra, se parecía a Lancelot, respondió:

—Cai, y también Gawaine, están vistiendo a Arturo para las nupcias. De hecho, pensé que tú estarías con ellos; vosotros tres sois como hermanos para Arturo. El me envió para ocupar vuestro lugar como pariente de Lady Igraine; señora —le dijo a Igraine, inclinándose—, ¿es posible que no me reconozcáis? Soy hijo de la Dama del Lago. Me llamo Balan y éste es mi hermano adoptivo, Balin.

Ginebra inclinó la cabeza cortésmente. Pensó: ¿Puede este grande y hosco Balan ser en verdad hermano de Lancelot? ¡Es como si un toro dijera que es hermano del más fino de los sementales del sur! Balin, su hermano adoptivo, era bajo y rubicundo, con el pelo tan claro como los sajones y la barba semejante también a la de éstos.

—Lancelot, si es tu voluntad estar con mi señor y rey... —dijo.

—Creo que deberías ir con él, Lancelot —comentó Balan riendo—. Como todos los hombres que están a punto de casarse, le traicionan los nervios. Nuestro señor puede luchar como el mismo Pendragón en el campo de batalla, mas esta mañana, disponiéndose para su prometida, no parece otra cosa que el muchacho que es.

Pobre Arturo, pensó Ginebra, *este matrimonio es más una ordalía para él que para mí. Al menos yo no he de hacer más que obedecer la voluntad de mi padre y rey.* Experimentó cierta hilaridad, velozmente reprimida; pobre Arturo, habría tenido que aceptarla por el bien del reino aunque hubiera sido vieja o fea o con marcas de viruela. Era otro de sus dolorosos deberes, como conducir a sus hombres a la batalla contra los sajones. El, al menos, sabía lo que podía esperar de los sajones.

—Mi señor Lancelot, ¿preferís hallaros al lado de mi señor Arturo? —dijo con gentileza.

Sus ojos le respondieron claramente que no deseaba dejarla. Se había convertido, en sólo un día o dos, en una experta en la comprensión de mensajes no pronunciados. Nunca había intercambiado con Lancelot palabra alguna que no hubiera podido pronunciar en voz alta en presencia de Igraine, su padre y todos los obispos de Bretaña reunidos. Mas, por vez primera, él parecía debatirse entre deseos en conflicto.

—Lo último que querría es irme de vuestro lado, señora, pero Arturo es mi amigo y primo.

—Prohiba Dios que yo alguna vez me interponga entre vos y vuestro primo —manifestó ella y extendió su pequeña mano para que éste la besara—. Este matrimonio os convierte en mi leal pariente, también. Id con mi señor el rey y decidle... —titubeó, sorprendida de su propia valentía, ¿sería decoroso decir aquello?—. Contadle que gustosamente le devuelvo al más leal de sus capitanes y que le aguardo con amor y obediencia, señor.

Lancelot sonrió, y a ella le pareció que aquella sonrisa tiraba de algún recóndito hilo en su interior haciendo que sus labios se movieran a la par que los de él. ¿Cómo podía ser tan sensible a sus gestos? Toda su vida parecía concentrarse en el tacto de aquellos labios en sus dedos. Tragó saliva y, de repente, supo la naturaleza de sus sentimientos. A pesar de su sumiso mensaje de amor y obediencia a Arturo, hubiera vendido su alma para hacer retroceder el tiempo y poder decirle a su padre que sólo accedería a desposarse con Lancelot y jamás con ningún otro. Era algo tan real como el sol que la rodeaba y la hierba bajo sus pies, tan real... —volvió a tragar saliva— tan real como Arturo, a quien ahora engalanaban para la boda, mientras ella iba a la Santa Misa para prepararse.

¿Es una broma de Dios que yo haya ignorado mis sentimientos hasta que ha sido demasiado tarde? ¿O es alguna perversa treta del Demonio para apartarme del deber para con mi padre y mi marido? No oyó lo que dijo Lancelot; sólo se apercibió de que había soltado su mano, dando la vuelta para alejarse. Apenas escuchó las amables palabras de los hermanos Balin y Balan, ¿cuál de ellos era el hijo de la sacerdotisa del Lago? Balan; hermano de Lancelot, aunque no se pareciera a él más que un cuervo a una gran águila.

Se dio cuenta de que Igraine le estaba hablando.

—Te dejo con los Caballeros, querida. Deseo hablar con Merlín antes de misa.

Tardíamente, Ginebra supo que Igraine esperaba su permiso para marcharse. Su rango ya como Reina Suprema era algo real. Difusamente oyó sus propias palabras dirigidas a Igraine cuando ésta se retiró.

Igraine cruzó el patio, pidiendo excusas a las personas a quienes tenía que apartar para conseguir el paso en su búsqueda de Taliesin entre la multitud. Todo el mundo vestía ropas de fiesta, menos él, que llevaba su habitual túnica gris.

—Padre...

—Igraine, hija. —Taliesin bajó la vista hacia ella y a Igraine le pareció reconfortante que el viejo druida le hablara como cuando tenía catorce años—. Pensaba que te encontrarías atendiendo a la novia. ¡Qué hermosa es! Arturo se ha encontrado un tesoro. También he oído decir que es lista y culta, y piadosa, lo cual agradará al obispo.

—Padre —le suplicó Igraine, bajando la voz para que

nadie pudiese oírla—. Debo preguntaros esto: ¿hay algún medio honorable por el que Arturo pudiera evitar este matrimonio?

Taliesin parpadeó, consternado.

—No, no lo creo. No cuando todo está dispuesto para unirlos tras la misa. Dios nos ayude, ¿es estéril o indecorosa o...? —Merlín sacudió la cabeza angustiado—. A menos que fuera leprosa y lo llevara en secreto o tuviera un hijo de otro hombre, no hay modo alguno de detenerlo e, incluso entonces, no se podría soslayar el escándalo o la ofensa, haciendo que Leodegranz se convirtiese en un enemigo. ¿Por qué lo preguntas, Igraine?

—La considero virtuosa. Pero he visto el modo en que mira a Lancelot y éste a ella. ¿Qué consecuencias se pueden derivar de esto salvo la desgracia, cuando la novia está enamorada del mejor amigo de su prometido?

Merlín la miró de forma penetrante; sus viejos ojos veían tan bien como siempre.

—Oh, se trata de eso, ¿verdad? Siempre he pensado que Lancelot tiene demasiados encantos y atractivo para su propio bienestar. Mas es joven honorable, después de todo; puede que sólo sean caprichos de juventud y, cuando los novios estén casados y yazcan juntos, lo olviden o piensen en ello con una cierta nostalgia, como en algo que podría haber ocurrido.

—En nueve casos de diez, diría que estáis en lo cierto —repuso Igraine—, pero a ellos no les habéis visto y yo sí.

Merlín suspiró de nuevo.

—Igraine, Igraine, no afirmo que estés equivocada, pero, cuando todo está hecho, ¿qué remedio queda? Leodegranz lo encontraría tan insultante que iría a la guerra contra Arturo y éste ya tiene bastantes problemas en su reino. ¿No has oído hablar de ese rey del norte que ha enviado un mensaje a Arturo diciendo que ha cortado las barbas de once reyes para hacerse una capa y que Arturo debía rendirle tributo o vendría a cortársela también a él?

—¿Y qué hizo Arturo?

—Le respondió, a través de un mensajero, que su barbá apenas había crecido aún y no le serviría para la capa; mas, si la quería, podía venir a buscarla, si conseguía abrirse paso entre los cadáveres de los sajones. Y le envió la cabeza de uno de ellos, muerto en la última refriega de la que acababa de regresar, diciendo que aquella barba era la más adecuada para la capa que de un amigo a cuyo lado debería combatir. Finalmente dijo que él podía enviar un presente a un rey amigo, pero que no exigía tributos, ni los pagaba. Así pues, todo quedó en nada; aunque, como puedes ver, Arturo no debe aumentar el número de sus enemigos y Leodegranz sería uno terrible. Más le vale casarse con la muchacha, y creo que afirmaría lo mismo aunque la hubieses encontrado en el lecho con Lancelot, lo cual no ha sucedido y no es probable que suceda.

Igraine descubrió que se estaba retorciendo las manos.

—¿Qué haremos?

Merlín le acarició ligeramente la mejilla.

—Haremos lo que siempre hemos hecho, lo que debemos hacer: acatar la voluntad de los Dioses. Haremos cuanto sea posible. Ninguno de nosotros está embarcado en este asunto para conseguir nuestra felicidad, pequeña. Tú, que fuiste educada en Avalon, lo sabes. Cualquier cosa que intentemos hacer para conformar nuestro destino, sólo tendrá éxito si coincide con la voluntad de los Dioses o, como sin duda el obispo preferiría que dijera, con la de Dios. Cuanto más viejo me hago, más me convenzo de que no existe ninguna diferencia entre las distintas palabras que se emplean para expresar las mismas verdades.

—La Dama no se alegraría de oíros afirmar eso —dijo un hombre moreno y de delgado rostro que se hallaba tras él, vestido con los oscuros ropajes que podían pertenecer a un sacerdote o a un druida. Taliesin se dio media vuelta y sonrió.

—No obstante, Viviane sabe que es cierto, al igual que yo... Igraine, creo que no conoces al nuevo jefe de los bardos. Le he traído para que cante y actúe en la boda de Arturo, Kevin, señora.

Kevin hizo una reverencia. Igraine observó que caminaba apoyándose en un bastón tallado; el arpa, en su estuche, la llevaba un muchacho de unos doce o trece años. Muchos bardos o arpistas que no eran druidas estaban ciegos o tullidos, era raro que ningún muchacho sano dispusiera de tiempo y ocio para aprender tales artes en aquellos días de guerra; mas los druidas solían escoger a aquellos que no tuvieran taras corporales y fuesen animosos de espíritu. Era extraño que algún hombre con deformidades fuera admitido en el adiestramiento druida, ya que se entendía que los Dioses marcaban las imperfecciones interiores de aquel modo. Pero habría sido inexcusablemente duro hablar de aquello; sólo podía imaginar que sus dones eran tan grandes que había sido aceptado a pesar de todo.

La había disuadido de su propósito y, cuando reflexionó, se dio cuenta de que Taliesin tenía razón. No había manera de detener las nupcias sin el escándalo y probablemente la guerra. En el interior del edificio de adobe y argamasa en el cual se hallaba la iglesia, llameaban las luces y la campana comenzó a repicar. Igraine se adentró en la iglesia. Taliesin se arrodilló rígidamente; y lo mismo hizo el muchacho que portaba el arpa de Kevin, pero éste no lo hizo. Por un instante Igraine se preguntó si, no siendo cristiano, estaría desafiando los oficios, como Uther una vez pareció hacer. Luego decidió, considerando la torpeza de su andares, que posiblemente tendría una pierna rígida y no podía doblar la rodilla ni lo más mínimo. Vio cómo el obispo miraba hacia su lado, frunciendo el ceño.

—Escuchemos las palabras de Jesucristo nuestro Señor —empezó el obispo—. Mirad, cuando dos o tres se reúnen en mi nombre, allí estoy yo entre ellos y, sea lo que fuere que pidan en mi nombre, así se hará...

Igraine se arrodilló, cubierto el rostro con el velo, pero se apercibió, no obstante, de que Arturo, que había entrado en la iglesia con Cai, Lancelot y Gawaine, llevaba una fina túnica blanca y una capa azul, sin más ornamento que la corona de oro con la que fue ungido, y el carmesí y las joyas de la vaina de la gran espada. Le parecía ver, sin emplear sus ojos, a Ginebra, con su ligero vestido blanco, toda blanca y dorada al igual que Arturo, arrodillada entre Balin y Balan. Lot, canoso y delgado, estaba situado entre Morgause y uno de sus hijos más jóvenes, y tras él... fue como si un arpa hubiese emitido una alta y prohibida nota entre los cánticos del sacerdote. Levantó la cabeza, con cautela, e intentó ver a quién se arrodillaba allí. La faz y la silueta de Morgana estaban escondidas tras Morgause.

Pero le parecía que podía *sentirla* allí, como si fuese una nota equivocada en la armonía del sagrado sacrificio. ¿Volvía, al cabo de todos aquellos años, a leer los pensamientos? En cualquier caso, ¿qué hacía una sacerdotisa de Avalon en el templo? Cuando Viviane los visitaba, a Uther y a ella en los años de su matrimonio, casi siempre se había abstenido de asistir al divino servicio; y en las escasas ocasiones en que asistió, se limitó a escuchar y observar con la cortés y grave atención que el acto requería. Ahora podía ver a Morgana... había cambiado, estaba más delgada, más hermosa, sencillamente vestida con la fina lana oscura, con un apropiado tocado blanco en la cabeza. Nada hacía salvo permanecer arrodillada con la mirada baja, dando la imagen de una respetuosa atención. Pero incluso el sacerdote, al parecer, podía captar el trastorno y la impaciencia que de ella emanaban; se detuvo dos veces y la miró, aunque en modo alguno podría haberla acusado de hacer algo que no fuera completamente decoroso y apropiado; por tanto, al cabo de un instante, continuó el oficio.

La atención de Igraine también había sido alterada. Procuró mantener la mente puesta en el servicio, murmuró las respuestas adecuadas; sin embargo, no podía pensar en las palabras del sacerdote, ni en su hijo que estaba desposándose, ni en Ginebra que, podía sentirlo sin verlo, miraba a su alrededor a través del velo que la cubría tratando de descubrir a Lancelot, que se hallaba junto a Arturo. Ahora únicamente podía pensar en su hija. Cuando el oficio hubiera terminado y también la boda, podría verla, saber dónde había ido y qué le había pasado. Entonces, al levantar la vista sólo un momento, mientras el clérigo leía la historia de las bodas de Caná, y mirar a Arturo, observó que sus ojos también estaban clavados en Morgana.

VI

Situada entre las damas de Morgause, Morgana escuchaba en silencio los servicios, la cabeza inclinada y el rostro cubierto con una atenta y respetuosa máscara. Interiormente estaba dominada por la impaciencia. Le parecía absurdo que una casa construida por las manos del hombre pudiera convertirse a consecuencia de las palabras de un sacerdote en un lugar adecuado para el Espíritu, cosa que no estaba en las manos del hombre. Sus pensamientos corrían desbocados. Se había cansado de la corte de Morgause; ahora se encontraba de nuevo en la corriente principal de los acontecimientos, y era como si hubiera sido arrojada desde un remanso de agua estancada hacia el centro de un río bravo y caudaloso. Volvía a sentirse viva. Incluso en Avalon, tranquila y recogida como era, tenía la sensación de estar en contacto con el flujo de la vida; pero, entre las mujeres de Morgause, se sentía vana, estancada, inútil. Ahora se encontraba en movimiento de nuevo, después de la larga pausa vivida desde el nacimiento de su hijo. Pensó en él durante un momento, en Gwydion. Ya apenas la conocía; cuando iba a cogerlo para mirarlo, se revolvía y luchaba por deshacerse de ella y volver con su madre adoptiva. Aun ahora, el recuerdo de sus bracitos alrededor de su cuello la hacía sentirse débil y pesarosa; pero apartó su recuerdo. Ni siquiera sabía que era su hijo, crecería creyéndose uno de los vástagos de Morgause. Morgana se alegraba de que así fuera, aunque a la vez sufriera por ello.

Bien, suponía que todas las mujeres experimentaban igual pesar cuando se veían obligadas a dejar a sus hijos; pero todas las mujeres debían afrontarlo, salvo las amas de casa que se conforman con hacer por sus hijos lo que cualquier madre adoptiva o sirvienta podría llevar a cabo, y no cuentan con ninguna otra tarea más importante para sus manos. Incluso una pastora ha de dejar a los niños para cuidar el rebaño, cuanto más una sacerdotisa o una reina. Viviane había entregado a sus hijos. Y también Igraine.

Arturo era viril y apuesto; había crecido, tenía los hombros más anchos, había dejado de ser el esbelto muchacho que fue hasta ella con la cara manchada por la sangre del ciervo. *Aquello* fue poder; y ¿qué era lo que estaba diciendo el sacerdote? ¿Acaso significaba que por la unión del hombre y la mujer en el matrimonio, el fermento del Espíritu transformaría la cópula en algo sagrado, al igual que en el Sagrado Matrimonio? Por el bien de Arturo esperaba que así le sucediera con aquella mujer, quienquiera que fuese; podía ver, desde donde se encontraba tras Morgause, únicamente una nube de claro cabello dorado, culminado por el oro aún más claro de una corona nupcial y un blanco traje de fino y costoso tejido. Arturo levantó los ojos para mirar a la novia y se encontró los de Morgana. Ella vio que su cara cambiaba, y pensó, inquieta: *Así pues, me ha reconocido. No puedo haber cambiado tanto como él; ha pasado de muchacho a adulto y yo era entonces ya una mujer, y no he cambiado en exceso.*

Esperaba que la prometida de Arturo le amase, y que él le correspondiera. En su mente resonaron las desoladas palabras de Arturo: *Durante toda mi vida te recordaré, te amaré y te bendeciré.* Pero eso no debía ser. Debía olvidar, debía llegar a ver a la Diosa sólo en su esposa elegida. Lancelot se encontraba a su lado. ¿Cómo podían los años haber cambiado tanto a Arturo y dejar a Lancelot intacto, inmutable? No, también había cambiado; parecía triste y tenía una larga cicatriz en la cara que le llegaba hasta el nacimiento del pelo como una pequeña raya blanca. Cai se veía más delgado y encorvado, la cojera más pronunciada; miraba a Arturo como un fiel sabueso mira a su dueño. Entre el miedo y la esperanza, Morgana observó a su alrededor para ver si Viviane había ido a la boda de Arturo. Pero la Dama del Lago no se encontraba allí. Merlín sí se hallaba presente, con la encanecida cabeza agachada, al parecer dedicado a la oración y tras él, de pie, una alta sombra. Era Kevin el Bardo.

La misa concluyó; el obispo, un hombre alto, de aspecto ascético y rostro triste, pronunciaba las palabras de despedida. Incluso Morgana inclinó la cabeza (Viviane le había enseñado a mostrar, al menos, respeto externo a las manifestaciones de otra fe, ya que, según decía, toda la fe pertenece a los Dioses). El único que no inclinó la cabeza fue Kevin, que permaneció orgullosamente erguido. Morgana deseó tener el valor suficiente para levantarse y ponerse junto a él. ¿Por qué era Arturo tan reverente? ¿No había hecho solemne juramento por el cual tendría a Avalon en igual estima que a los sacerdotes? ¿Habría de llegar un día en que ella, o Kevin, debiesen recordarle a Arturo su promesa? De seguro aquel blanco y piadoso ángel con el cual se estaba desposando no sería de ninguna ayuda. Debían haber casado a Arturo con una mujer de Avalon; no sería la primera vez que una sacerdotisa con los votos se uniera a un rey. La idea la inquietó y trató de superarla imaginándose fugazmente a Cuervo como Reina Suprema. Al menos ella tendría la cristiana virtud del silencio... Morgana agachó la cabeza y se mordió el labio, temiendo echarse a reír de repente.

La misa llegó a su fin; la gente empezó a encaminarse hacia la puerta. Arturo y sus Caballeros permanecieron donde estaban y, a un gesto de Cai, Lot y Morgause se le aproximaron, Morgana en pos de ellos. Observó que Igraine, Merlín y el silencioso arpista también se quedaron. Levantó los ojos y encontró la mirada de su madre; supo, con la misma certidumbre que le hubiera procurado la Visión, que, de no haber estado presente el obispo, se hubiera lanzado a los brazos de Igraine. Se azoró un poco y apartó la mirada de los ansiosos ojos de ésta.

Había pensado en Igraine lo menos posible, consciente sólo de que en su presencia debía ocultar algo que ella jamás debía saber: la identidad del padre de su hijo... En una ocasión, durante aquella larga y desesperada lucha que apenas podía recordar, creyó haber gritado, como una niña, llamando a su madre; pero nunca estuvo segura. Incluso ahora, temía tener contacto con la madre que una vez poseyó la Visión, que conocía las costumbres de Avalon. Morgana podía arreglárselas para apartar de sí todas las enseñanzas que había recibido en su infancia y la conciencia de la culpa, empero, ¿le recriminaría Igraine por lo que, en definitiva, no hizo voluntariamente?

Lot hincó la rodilla ante Arturo y éste, la joven faz seria y cortés, lo levantó besándolo en ambas mejillas.

—Me complace que hayáis venido a mi boda, tío. Me alegra contar con un pariente leal guardando las costas del norte. Vuestro hijo Gawaine es para mí un querido amigo y uno de mis allegados Caballeros. Y con vos, tía, tengo una deuda por haberme entregado a vuestro hijo como leal Caballero.

Morgause sonrió. Era, reflexionó Morgana, hermosa todavía; mucho más que Igraine.

—Bien, señor, en breve se acrecentará vuestra deuda, ya que tengo dos hijos más jóvenes que sólo hablan del momento en el que puedan comenzar a servir al Rey Supremo.

—Serán bienvenidos como sus hermanos mayores —repuso Arturo con amabilidad, y miró más allá de Morgause hacia donde Morgana se hallaba arrodillada.

—Bienvenida, hermana. Cuando fui coronado os hice una promesa, que ahora voy a cumplir. Vamos. —Extendió la mano hacia ella. Morgana se puso en pie, percibiendo en el contacto de su mano la tensión que en él había. El no la miró a los ojos. La condujo, pasando junto a los que allí estaban, hacia donde se encontraba la mujer vestida de blanco, arrodillada bajo la nube que formaban sus dorados cabellos.

—Señora mía —dijo él dulcemente y, por un instante, Morgana no estuvo segura de a cuál de las dos se dirigía; él pasó la mirada de una a otra, y cuando Ginebra se levantó, sus ojos se encontraron con Morgana y la reconoció con sorpresa.

—Ginebra, ésta es mi hermana, Morgana, Duquesa de Cornwall. Es mi deseo que ocupe un primer lugar entre tus damas de compañía, por ser la de más alta alcurnia entre todas.

Morgana notó que Ginebra se humedecía los labios con su pequeña y rosada lengua, como una gata.

—Mi señor y rey, la dama Morgana y yo nos hemos conocido anteriormente.

—¿Qué? ¿Dónde? —Inquirió Arturo, sonriendo.

—Fue cuando ella estaba siendo educada en un convento de Glastonbury, mi señor —dijo Morgana—. Se extravió entre las nieblas y llegó hasta las costas de Avalon.

Como en aquel remoto día, le pareció que todo se cubría con algo gris y asfixiante, cual ceniza. Y sintió que, a pesar del exquisito y recatado vestido y el velo primorosamente tejido, había una grosera, enanoide y terrenal criatura bajo la etérea blancura y el preciado oro de Ginebra. Esta impresión tan sólo duró un instante, entonces Ginebra se adelantó para abrazarla, besándola en la mejilla como era conveniente hacer con un familiar. Morgana, devolviendo el abrazo, la notó frágil y exquisita como el cristal, muy distinta de su solidez semejante a la madera; se apartó, tímida y tensa, para no tener que sentir cómo Ginebra se apartaba de *ella*. Sus labios eran ásperos comparados con la suavidad de pétalos de rosa de los de la otra muchacha.

Ginebra dijo amablemente:

—Doy la bienvenida a la hermana de mi señor y marido, Duquesa de Cornwall, ¿puedo llamaros Morgana, hermana?

Morgana respiró hondo y murmuró:

—Como os plazca, señora mía. —Cuando lo dijo, supo que se había expresado sin gracia, pero no se le ocurría qué hubiera podido decir en lugar de aquello. Junto a Arturo, vio a Gawaine que la observaba con un leve gesto de disgusto. Lot era cristiano sólo porque resultaba oportuno, sin embargo Gawaine era devoto a su manera. Su desaprobadora mirada envaró a Morgana; tenía tan buenas razones para estar allí como él. Sería divertido ver a alguno de aquellos rígidos Caballeros de Arturo perdiendo los buenos modales en los fuegos de Beltane. Bueno, Arturo había jurado honrar al pueblo de Avalon tanto como a los cristianos que poblaban su corte. Acaso fuera ése el motivo principal de que se encontrara allí.

—Espero que seamos amigas, señora —dijo Ginebra—. Recuerdo que vos y Lord Lancelot me devolvisteis a mi camino cuando me perdí en aquellas espantosas nieblas, aun ahora me estremezco al recordar tan horrible lugar, —dijo elevando la mirada al rostro de Lancelot, que se hallaba tras Arturo. Morgana, tratando de familiarizarse con lo que la rodeaba, siguió sus ojos y se preguntó por qué Ginebra se dirigía a él; después se dio cuenta de que ella no podía remediarlo, estaba atada como con una cuerda a los ojos de Lancelot... y él la observaba como un perro hambriento mira un hueso cubierto de carne. Si Morgana había de encontrarse nuevamente con aquella exquisita criatura rosada y blanca en presencia de Lancelot, era bueno para ambas que fuera justamente en la boda de Ginebra. Percibía la mano de Arturo aún en la suya y aquello también la inquietaba; aquel lazo también se rompería cuando él llevase a Ginebra al lecho. Esta se convertiría en la Diosa de Arturo y no volvería a mirar a Morgana de aquel modo que la perturbaba tanto. Era su hermana, no su amante; era la madre no de su hija, sino del hijo del Astado, y así debía ser.

Pero tampoco yo he roto ese lazo. Es cierto que estuve enferma después de tener a mi hijo, y que no deseaba caer como manzana madura en el lecho de Lot, por tanto representé el papel de la Dama Castidad en cualquier lugar donde éste podía verme. Continuó observando a Lancelot, tratando de interceptar la mirada que intercambiaba con Ginebra.

El sonrió, mas sus ojos estaban puestos más allá de ella. Ginebra cogió a Morgana con una mano y a Igraine con la otra.

—Pronto seréis como mi propia hermana y mi propia madre —dijo—, ya que ni mi madre ni mi hermana están vivas. Venid y permaneced a mi lado durante las nupcias, madre y hermana.

A pesar de tratar de endurecer su corazón cuanto le fue posible contra los encantos de Ginebra, Morgana se sintió enternecida por tan espontáneas palabras y apretó los cálidos y pequeños dedos de la muchacha. Igraine avanzó, eludiendo a Ginebra, para poner su mano sobre la de Morgana, y ésta dijo:

—No he tenido tiempo para saludaros adecuadamente, madre mía —y soltó durante un momento la mano de Ginebra para besar a Igraine. Pensó, cuando las tres estuvieron enlazadas por un instante: *Todas las mujeres, de hecho, son hermanas en aras de la Diosa.*

—Vamos, pues —indicó Merlín con júbilo—. Testimoniemos y sellemos el matrimonio, después habrá lugar para el júbilo y la algazara.

Morgana pensaba que el obispo tenía un aspecto sombrío, pero también éste dijo de forma bastante afable:

—Ahora que nuestros espíritus se encuentran enaltecidos y en estado de gracia, alegrémonos como es apropiado al pueblo cristiano en un día de buenos augurios.

Situada junto a Ginebra en la ceremonia, Morgana percibió que la muchacha temblaba. Sus pensamientos volvieron al día en que fuera abatido el ciervo. Al final, ella misma se vio estimulada y exaltada por el ritual, aunque, aun así, estaba atemorizada y se aferró a la vieja sacerdotisa. De repente, en un impulso de amabilidad, deseó poder dar a Ginebra, quien después de todo había sido instruida en un convento y no poseía la antigua sabiduría, algunas de las instrucciones que recibían las sacerdotisas más jóvenes. Entonces sabría cómo dejar que las corrientes vitales del sol, el verano y la tierra fluyeran a su través. Podría realmente tornarse en la Diosa para Arturo y éste el Dios para ella, consiguiendo que aquel casamiento no fuese un mero formulismo, sino un verdadero lazo interno en todos los niveles de la vida... Casi se encontró buscando las palabras, luego recordó que Ginebra era cristiana y no le agradecería tales enseñanzas. Suspiró, frustrada, sabiendo que callaría.

De nuevo se encontró con la mirada de Lancelot y la sostuvo durante un momento; se descubrió rememorando aquel luminoso día en Tor, cuando debieron unirse como hombre y mujer, Diosa y Dios... sabía que él también recordaba, pero bajó la vista, persignándose, como había hecho el sacerdote, con la cruz.

La sencilla ceremonia terminó. Morgana añadió su nombre como testigo en el contrato matrimonial, notando cuán fluida y suave era su firma al compararla con la desigual de Arturo; las letras de Ginebra eran torpes e infantiles, ¿tan poco le habían enseñado las monjas de Glastonbury? Asimismo firmó Lancelot, Gawaine, el Rey Bors de Bretaña, quien había ido como testigo, Lot, Ectorius y el rey Pellinore, cuya hermana fue la madre de Ginebra. Pellinore estaba acompañado de su joven hija, a quien hizo adelantarse, indicándoselo con ademán solemne.

—Mi hija, Elaine... tu prima, mi señora y reina. Os ruego que aceptéis sus servicios.

—Me hará feliz contarla entre mis damas —dijo Ginebra, sonriendo. Morgana consideró que la hija de Pellinore se parecía mucho a Ginebra, rosada y áurea, aunque menos brillante, lucía un vestido de lana teñido de color azafrán, el cual empañaba los reflejos dorados y cobrizos de su cabello—. ¿Cómo te llamas, prima? ¿Cuántos años tienes?

—Elaine, señora mía, y tengo trece años. —Hizo una marcada reverencia, que la hizo tambalearse y Lancelot

100

hubo de cogerla para ayudarle a recuperar el equilibrio. Se sonrojó intensamente y se cubrió el rostro con el velo. Lancelot sonrió indulgente y Morgana sintió una lacerante punzada de celos. No la miraba a ella, contemplaba únicamente a aquellas angélicas muchachas blancas y aúreas; sin duda él también la creía pequeña y fea. Y en aquel instante toda la simpatía que experimentara por Ginebra se tornó en ira, y hubo de volver el rostro.

Ginebra hubo de pasarse las siguientes horas dando la bienvenida, al parecer, a los reyes de toda la Bretaña, siendo presentada a sus esposas, hermanas e hijas. Cuando llegó la hora de sentarse para el festejo, además de a Morgana, Elaine, Igraine y Morgause, tuvo que atender a Flavilla, madre adoptiva de Arturo y madre de Sir Cai; a la reina de Gales del Norte, la cual se llamaba como ella, Ginebra, aunque era morena y de aspecto romano, y a media docena más. Le susurró a Morgana:

—¡No sé cómo voy a recordar todos sus nombres! ¿Las llamo simplemente «señora mía» y espero que no sepan por qué?

Morgana le susurró a su vez, compartiendo momentáneamente el sentido del humor que denotaba su voz:

—Eso es la ventaja de ser Reina Suprema, señora, nadie se atreverá a preguntaros el porqué. Hagáis lo que hagáis, lo considerarán bien hecho. Y, si no lo consideran, no se atreverán a decíroslo.

Ginebra sonrió levemente:

—Pero debéis llamarme por mi nombre, Morgana, no señora. Cuando así me llamáis, miro a mi alrededor para descubrir a alguna vieja dama como Flavilla o la esposa del Rey Pellinore.

Por fin comenzó el banquete. Morgana tenía más apetito ahora que cuando asistió a la coronación de Arturo. Estaba sentada entre Ginebra e Igraine y comió de buena gana; la austeridad de Avalon parecía estar muy lejos. Incluso comió un poco de carne, aunque no le gustaba y, puesto que no había agua en la mesa y la cerveza era generalmente para los lacayos, bebió vino, lo cual verdade-

ramente le gustó. Aquello la hizo flotar, aunque no era
tan fuerte como los licores de cebada comunes en la corte
de Orkney, que le desagradaban y nunca bebía.

Al cabo de un tiempo, Kevin se adelantó para tocar y
las conversaciones fueron silenciándose. Morgana, que no
había escuchado a un buen arpista desde que abandonara
Avalon, escuchó, permitiendo que el pasado reapareciera.
Repentinamente echó de menos a Viviane. Aun cuando
levantó los ojos y vio a Lancelot que, siendo el más allegado de los Caballeros de Arturo, se sentaba más cercano
a él que ningún otro, incluido Gawaine, su heredero, y
compartía su plato, tan sólo pensó en él como en el com-
pañero de sus años en el Lago.

*Viviane, no Igraine, es mi verdadera madre, y fue a
ella a quien llamé a gritos...* Agachó la cabeza, parpadeando para que las lágrimas no resbalaran por su rostro.

La música finalizó y escuchó la matizada voz de Kevin.

—Tenemos a otro músico aquí —dijo—, ¿cantará la
dama Morgana para nosotros?

¿Cómo ha sabido que ansiaba tocar el arpa?

—Será un placer tañer vuestra arpa, señor. Mas no
lo hecho con una buena desde hace muchos años, sólo he
dispuesto de una inferior en la corte de Lot.

Arturo alegó en tono descontento.

—¿Cómo, hermana mía, vais a cantar como un músico
asalariado para toda esta gente?

Kevin parecía ofendido, y con motivo, pensó Morgana.
Con súbita ira, Morgana se levantó de la silla, y dijo:

—Lo que el Maestro Arpista de Avalon condescien-
de a hacer, es para mí un honor. Mediante la música, sólo
se sirve a los Dioses. —Tomó el arpa de manos de Kevin
y se sentó sobre una banqueta. El arpa era mayor que la
suya y momentáneamente sus manos titubearon sobre las
cuerdas; después, habiéndoles tomado la medida, ejercitó
los dedos con seguridad, tocando una canción del norte
que había aprendido en la corte de Lot. Agradeció que el
vino le hubiese aclarado la garganta; escuchó las ricas y
dulces tonalidades de su voz, que había recuperado, aun-

que no se hubiese dado cuenta hasta aquel instante. Era una voz de contralto, profunda e intensa, educada por los bardos de Avalon, y se sintió orgullosa de ella. *Puede que Ginebra sea hermosa, pero yo poseo la voz de un bardo.*

E, incluso ésta, acercose cuando hubo terminado para decirle:

—Tenéis una hermosa voz, hermana. ¿Aprendisteis a cantar tan bien en Avalon?

—Sí, señora, la música es sagrada. ¿No os enseñaron a tañer el arpa en el convento?

Ginebra retrocedió.

—No, para una mujer es indecoroso levantar la voz ante el Señor...

Morgana rió entre dientes.

—Los cristianos sois demasiado aficionados a la palabra *indecoroso*, especialmente al referirse a las mujeres —repuso—. De ser mala la música, también lo sería para los hombres y, de ser algo bueno, ¿no deberían las mujeres hacer todas las cosas buenas que pudieran, para así compensar el pecado que cometiera una de ellas en los orígenes del mundo?

—Empero, no me lo habrían permitido. En una ocasión fui castigada por tocar el arpa —repuso Ginebra con tristeza—. Pero nos habéis hecho presa de vuestro hechizo y sólo puedo pensar que esta magia es buena.

—Todos los hombres y las mujeres de Avalon aprenden un poco de música —dijo Kevin—, pero muy pocos poseen las cualidades de la dama Morgana. Una hermosa voz nace, no se hace. Y, si es un don de Dios, me parece una arrogancia tenerlo en poca estima, sea concedido a hombre o mujer. No podemos pensar que Dios haya cometido un error al otorgar tal don a una mujer, ya que Dios no comete errores, así pues, hemos de aceptarlo dondequiera que lo encontremos.

—No puedo discutir de teología con un druida —dijo Ectorius—, pero, si una de mis hijas naciera con tal talento, lo consideraría una tentación, porque ella podría verse tentada de ir más allá del lugar establecido para una mujer. No se nos ha relatado que María, la Madre de nuestro Señor, cantara o bailara.

Merlín manifestó suavemente:

—Aunque se nos ha dicho que cuando el Espíritu Santo descendió sobre ella, alzó la voz para cantar: Glorifica mi alma al Señor... Y dijo en griego: Megalýnei hē psychē mou tòn Kýrion...

Unicamente Ectorius, Lancelot y el obispo reconocieron las palabras en griego, aunque también Morgana las había oído más de una vez. El obispo afirmó categóricamente:

—Mas cantó sólo en presencia de Dios. Exclusivamente de María Magdalena se nos dice que cantara o bailara ante los hombres y aquello fue antes de que nuestro Redentor salvara su alma, ya que formaba parte de su perverso proceder.

Igraine alegó, con un ramalazo de humor:

—El Rey David era cantor y, según nos dicen, tañía el arpa. ¿Suponéis que pegó a alguna de sus esposas o hijas por tocar el arpa?

Morgana intervino:

—Si María Magdalena, recuerdo la historia, tocaba el arpa y cantaba, y a pesar de ello se salvó, en ninguna parte se nos dice que Jesús la conminara a sentarse dócilmente y permanecer en silencio. Si vertió un valioso bálsamo en la cabeza de Jesús y éste no consintió que sus Compañeros la reprendiesen, bien puedo haber aceptado asimismo sus demás dones. Los Dioses otorgan lo mejor, no lo peor, a los hombres.

Patricius repuso secamente:

—Si ésta es la forma en que la religión se conoce en Bretaña, estamos muy necesitados de los concilios que nuestra iglesia ha convocado. —Frunció el ceño y Morgana, lamentando ya sus precipitadas palabras, inclinó la cabeza. No era muy apropiado suscitar una disputa entre Avalon y la iglesia en los esponsales de Arturo. Pero, ¿por qué no hablaba Arturo? Luego todos lo hicieron a un tiempo y Kevin, tomando el arpa de nuevo, comenzó a tañer una alegre melodía, que sirvió de pretexto para que los lacayos les ofrecieran bebidas que nadie quiso en aquel momento.

Al cabo de un rato Kevin soltó el arpa y Morgana, como habría hecho en Avalon, le escanció vino y se arrodilló para ofrecérselo. El sonrió y, tomándolo, le hizo señas para que se sentara a su lado.

—Lady Morgana, os doy las gracias.

—Es un deber y un placer servir a un bardo, Maestro Arpista. ¿Hace mucho que faltas de Avalon? ¿Se encuentra bien mi tía Viviane?

—Bien, aunque muy envejecida —respondió él suavemente—. Y me han dicho que os echa de menos. Creo que debéis volver.

Morgana sintió una oleada de angustia; apartó la mirada.

—No puedo. Pero dadme noticias de mi hogar.

—Si deseáis más noticias sobre Avalon debéis ir allí. Yo no he ido desde hace un año, desde que me veo obligado a informar de las noticias de todo el reino a la Señora. Taliesin ya es demasiado viejo para hacer de Mensajero de los Dioses.

—Bien —repuso Morgana—, algo tendréis que contarle de este matrimonio.

—Le contaré que estáis viva y os halláis bien —dijo Kevin—, puesto que se preocupa por vos. Ya no dispone de la Visión. Y también le hablaré de su joven hijo, jefe de los Caballeros de Arturo —añadió, curvando los labios en una sarcástica sonrisa.

—Sois malintencionado, no me cabe duda —dijo Morgana.

—Arturo trata de extender el cristianismo por toda la tierra —dijo Kevin—. En cuanto al obispo, es un ignorante.

—¿Porque no tiene oído para la música? —Morgana no se había dado cuenta hasta entonces de cuánto añoraba poder hacer comentarios con un igual, ¡el chismorreo de las damas de Morgause era tan nimio, tan doméstico!

—Yo afirmaría que cualquier hombre que carezca de oído para la música es un ignorante, pues sin eso no hace más que rebuznar —replicó Kevin—, pero aún hay más. ¿Es esta época para unas nupcias?

Morgana llevaba tanto tiempo alejada de Avalon que por un momento no supo a qué se refería, pero Kevin señaló hacia el cielo.

—La luna está menguando. Es mal tiempo para desposarse y Taliesin se lo dijo. Sin embargo, el obispo quiso que se celebraran poco después de la luna llena para que toda esta gente dispusiera de luz suficiente para viajar a sus casas y porque es la fiesta de uno de sus santos... ¡no sé cuál! Merlín le habló a Arturo también, informándole de que este matrimonio no iba a darle ninguna alegría, aunque no sé la razón. Pero no había forma alguna de evitarlo; al parecer, todo había ido demasiado lejos ya.

Morgana supo instintivamente a qué se refería el viejo druida. Había visto como Ginebra miraba a Lancelot. ¿Fue un atisbo de la Visión lo que la hizo desconfiar de Ginebra aquel día en Avalon?

Aquel día apartó a Lancelot para siempre de mí, pensó Morgana; luego, acordándose de que había hecho votos de guardar su doncellez para la Diosa, se quedó desconcertada. ¿Los habría roto por él? Humilló la cabeza avergonzada, casi temiendo, fugazmente, que Kevin pudiera leer sus pensamientos.

Viviane le había dicho que una sacerdotisa debe atemperarlo todo según su propio juicio. Fue un instinto acertado, con votos o sin ellos, el que la condujo a desear a Lancelot... *Más me habría valido, incluso por Avalon, tomar a Lancelot entonces; Arturo habría recibido a una reina con el corazón intacto, pues Lancelot se encontraría unido a mí por un místico vínculo y el hijo que yo hubiera alumbrado sería un descendiente de la arcana estirpe de Avalon...*

Pero tenían otros planes y debido a ellos tuvo que dejar Avalon para siempre, dando a luz a un hijo que había destruido cualquier esperanza de concebir una hija para el templo de la Diosa. Después de Gwydion, no podría volver a llevar ninguna otra vida. De haber confiado en su juicio y en su instinto, Viviane se habría encolerizado con ella, pero hubiesen podido encontrar a alguna sacerdotisa apropiada para Arturo, de alguna forma...

Intentando hacer lo correcto me equivoqué; obedeciendo las palabras de Viviane contribuí a la desgracia y el desastre de este matrimonio, pues ahora sé que acabará siendo una desgracia...

—Dama Morgana —dijo Kevin con gentileza—, estáis preocupada. ¿Puedo hacer algo para ayudaros?

Morgana negó con la cabeza, conteniendo nuevamente las lágrimas. Se preguntó si él sabía que fue entregada a Arturo. No podía aceptar su compasión.

—Nada, Lord Kevin. Quizá comparta vuestros temores por estos esponsales que se llevan a cabo con la luna menguante. Me inquieto por mi hermano, nada más. Y compadezco a la mujer con la cual se ha desposado. —Al decir aquellas palabras supo que eran ciertas; porque, a pesar de tenerle miedo a Ginebra, sin dejar de odiarla, la compadecía por estar casándose con un hombre que no la amaba, amando a un hombre con quien no podía casarse.

Si aparto a Lancelot de Ginebra, le haré un favor a mi hermano, y también a su esposa, porque si lo aparto de ella, le olvidará. En Avalon le habían enseñado a examinar sus motivaciones y ahora, al mirar en su interior, supo que no estaba siendo sincera consigo misma. Si apartaba a Lancelot de Ginebra, no sería para servir a su hermano o al reino, sino pura y exclusivamente porque ella lo deseaba.

No por ti misma. Por el bien de otro puedes utilizar tu magia, pero no debes engañarte. Conocía bastantes filtros amorosos. ¡Sería por el bien de Arturo! *Redundaría en beneficio del reino,* se repitió, *apartar a Lancelot de la esposa de su hermano;* pero la insobornable conciencia de la sacerdotisa continuó diciéndole: *No puedes hacerlo. Está prohibido utilizar la magia para que el universo acate tu voluntad.*

No obstante, aun así lo intentaría. Debía hacerlo sin ayuda, tan sólo sus argucias femeninas. Se dijo con intensidad que Lancelot la había deseado antes, sin la ayuda de la magia, ¡de seguro podía hacer que la deseara nuevamente!

EL BANQUETE HABÍA AGOTADO a Ginebra. Comió más de lo que quería y, aunque sólo había bebido una copa de vino, se sentía acalorada en demasía y se quitó el velo, abanicándose. Arturo había estado hablando con muchos de los invitados, acercándose lentamente a la mesa en la cual ella tomaba asiento con las damas. Finalmente llegó hasta ella, acompañado de Lancelot y Gawaine. Las mujeres se deslizaron en el banco, haciendo sitio, y Arturo se sentó a su lado.

—Es el primer momento que tengo para hablar contigo, esposa mía. —Ella alargó su pequeña mano hacia él.

—Lo comprendo. Esto es más un consejo que una fiesta de bodas, mi esposo y señor.

Sonrió él casi con tristeza.

—Todos los acontecimientos de mi vida parecen dar en lo mismo. Un rey no hace nada en privado. Bueno —se corrigió, sonriendo, completamente azorado—, *casi* nada. Creo que habrá algunas excepciones, esposa mía. La ley requiere que nos vean llegar al tálamo juntos, aunque confío en que cuanto suceda luego sólo nos concierna a nosotros.

Ella bajó la mirada, sabiendo que la había visto sonrojarse. Una vez más, avergonzada, se dio cuenta de que nuevamente se había olvidado de él, de que había estado contemplando a Lancelot y pensando, con la vaporosa dulzura de un sueño, cuánto habría deseado que fuera con él la unión en matrimonio, ¿qué maldito destino la convertía en Reina Suprema? Tenía puestos en ella los ojos y no se atrevió a devolverle la mirada. Dejó de observarla incluso antes de que la sombra de la dama Morgana, que se acercaba a ellos, los cubriera; Arturo le hizo sitio a su lado.

—Ven y toma asiento con nosotros, hermana mía, siempre habrá sitio para ti —dijo, con voz tan pastosa que Ginebra se preguntó casi inconscientemente cuánto habría bebido—. Hemos preparado algunos entretenimientos para cuando la fiesta decaiga un poco, quizás algo más excitante que la música del bardo, aunque asimismo hermoso. No sabía que cantaras, hermana mía. Sabía que eras una hechicera, pero no que practicaras el canto. ¿Nos has hechizado a todos?

—Espero que no —repuso Morgana, riendo—, y nunca me atreveré a cantar de nuevo, ¿cómo era aquella vieja historia sobre el bardo que convierte a unos malignos gigantes en un círculo de piedras, conservándolos así, fríos y pétreos, hasta nuestros días?

—Nunca la he oído —replicó Ginebra—, aunque en el convento me contaron la historia de un grupo de personas malvadas que se burlaban de Cristo en el vía crucis y se convirtieron en cuervos que volaron por todo el mundo graznando lastimeras chanzas interminablemente... y otra historia sobre un santo que transformó a un círculo de hechiceras, las cuales celebraban maléficos ritos, en un anillo de piedras.

Lancelot dijo con pereza:

—Si tuviera tiempo libre para estudiar en lugar de dedicar todo el que tengo a ser un guerrero, consejero o jinete, creo que procuraría descubrir quién construyó en realidad el anillo de piedra y por qué.

Morgana reía.

—Eso es sabido en Avalon. Viviane podría contártelo si quisiera.

—Pero —repuso Lancelot—, cuanto afirman las sacerdotisas y los druidas puede no ser mucho más cierto que vuestras pías fábulas de monjas, Ginebra... perdonadme, debería decir mi señora y reina. Arturo, perdonarme, no pretendía ser poco respetuoso con la dama, la llamé por el nombre con que me había dirigido a ella cuando era más joven, y aún no era reina.—Morgana sabía que simplemente pretextaba una excusa para decir su nombre en voz alta.

Arturo bostezó.

—Mi querido amigo, no me molestaré si mi dama no lo hace. Dios no quiera que yo sea la clase de marido que pretende encerrar a su esposa en una celda lejos del resto de los seres humanos. Un marido que no sabe celebrar el respeto y la lealtad de su esposa probablemente no los merece. —Se inclinó para tomar la mano de Ginebra—. Creo que el festejo se demora. Lancelot, ¿cuánto falta para que los jinetes estén listos?

—Creo que lo estarán en breve —contestó Lancelot, apartando deliberadamente los ojos de Ginebra—. ¿Desea mi señor y rey que vaya a comprobarlo?

Morgana pensó: *Se está torturando, no puede soportar el verla junto a Arturo, ni tampoco dejarla sola con él.* Dijo, burlándose deliberadamente de algo cierto:

—Creo, Lancelot, que los novios desean hablar unos momentos a solas. ¿Por qué no los dejamos y bajamos a ver si los jinetes están dispuestos?

Lancelot repuso:

—Mi señor —y como Ginebra abría ya la boca para protestar, prosiguió bruscamente—: dadme licencia para retirarme.

Arturo le dio permiso y Morgana lo cogió de la mano. Dejó que ella lo condujese, mas se volvió a mitad de camino, como si no pudiera estar sin mirar a Ginebra. Morgana tenía el corazón destrozado, a la vez que sentía que iba a serle difícil soportar la tristeza de Lancelot y que haría cualquier cosa por alejarlo de allí para no verle con los ojos clavados en Ginebra. A sus espaldas oyó decir a Arturo:

—Hasta ayer por la tarde no supe que el destino me había concedido no sólo una esposa, sino una esposa muy bella.

—No fue el destino, mi señor, sino mi padre —respondió ella.

Antes de poder escuchar la réplica de Arturo estuvieron demasiado lejos.

—Recuerdo que, en una ocasión —dijo Morgana—, hace años, en Avalon, hablaste de la caballería como la clave de la victoria sobre los sajones, ésta y un ejército disciplinado, como el de los romanos. Supongo que es eso lo que planeáis para los jinetes.

—Es cierto, los he estado adiestrando. No podía imaginar que una mujer recordara un asunto de estrategia militar, prima.

Morgana rió.

—Vivo con el temor a los sajones, como todas las mujeres de estas islas. Una vez pasé por una aldea que había sido arrasada por una horda de sajones y toda mujer, desde las chiquillas de cinco años hasta las ancianas de noventa ya sin dientes y pelo, habían sido violadas. Cualquier posibilidad de deshacernos de ellos de una vez para siempre me interesa quizá más que a los hombres y a los soldados, quienes sólo han de temer a la muerte.

—No había pensado en eso —repuso Lancelot sombrío—. Las tropas de Uther Pendragón no fueron limpiando los campos para complacer a las mujeres, como tampoco las de Arturo; más, por lo general, no se produce ninguna violación. Había olvidado, Morgana, que fuisteis educada en Avalon donde pensáis con frecuencia en cosas que significan poco o nada para el resto de las mujeres. —La miró apretando su mano—. Había olvidado las arpas de Avalon. Creía que odiaba aquel sitio, que no deseaba volver nunca. Pero, a veces, algún pequeño detalle me devuelve hasta allí. El sonido de un arpa. La luz del sol en los círculos de piedra. La fragancia de las manzanas y el zumbar de las abejas. Los peces chapoteando en un lago y los gritos de las aves acuáticas en el ocaso...

—¿Recuerdas el día que subimos a Tor? —le preguntó ella quedamente.

—Lo recuerdo —respondió él con repentina amargura—. Ojalá aquel día no hubieses estado sujeta a la Diosa mediante una promesa.

111

—También yo lo he deseado tan intensamente como está en mi memoria. —dijo ella en tono bajo. Le falló la voz y Lancelot la miró a los ojos, preocupado.

—Morgana, Morgana, nunca te había visto llorar.

—¿Eres como tantos hombres que se asustan de las lágrimas de una mujer?

El sacudió la cabeza pasando un brazo sobre sus hombros.

—No —confesó con tono quedo—, las hace parecer mucho más reales, mucho más vulnerables. Las mujeres que nunca lloran son las que me asustan, porque sé que son más fuertes que yo y siento un poco de miedo ante sus reacciones. Siempre me asustó Viviane. —Ella notó que había estado a punto de decir *mi madre* y había reprimido tales palabras.

Estaban atravesando el bajo dintel de los establos; la larga hilera de los caballos, atados allí, ensombrecía el día. Se encontraron con un agradable olor a heno y paja. En el exterior, veían hombres afanándose de un lado a otro, levantando pilas de heno, poniendo en pie maniquíes de cuero relleno, y algunos entraban y salían, ensillando los corceles.

Alguien vio a Lancelot y gritó:

—¿Estarán el Rey Supremo y sus excelencias prestos para recibirnos pronto, señor? No queremos sacar los caballos y mantenerlos fuera para que no se impacienten.

—Enseguida —gritó Lancelot.

El soldado que se hallaba tras el corcel resultó ser Gawaine.

—Ah, prima —le dijo a Morgana—. Lance, no la traigas aquí, no es lugar para una dama, algunas de estas bestias todavía no están domadas. ¿Sigues resuelto a sacar a ese semental blanco?

—Estoy resuelto a que Arturo lo monte en la próxima batalla, aunque me rompa el cuello para conseguirlo.

—No bromees con cosas así —repuso Gawaine.

—¿Quién dice que esté bromeando? Si Arturo no puede hacerlo, yo mismo lo conduciré a la batalla y lo montaré esta tarde en honor a la Reina.

—Lancelot —dijo Morgana—, no arriesgues el cuello en tal empeño. Ginebra no sabe distinguir un corcel de otro, quedará impresionada si cabalgas sobre un caballo domado de extremo a extremo del patio como si hubieras realizado la proeza de un centauro.

La forma en que la miró, durante un instante, fue casi desdeñosa, y Morgana pudo leer con claridad sus pensamientos: *Esta mujer no puede comprender mi necesidad de mostrarme fuerte en este día.*

—Ve y ensilla, Gawaine, e informa al campamento de que estaremos listos dentro de media hora —dijo Lancelot—, pregunta a Cai si desea empezar él.

—¿No me digáis que Cai va a cabalgar con la pierna tullida? —inquirió uno de los hombres que hablaba con un extraño acento. Gawaine se volvió hacia él, diciéndole:

—¿Vas a impedirle que haga el único ejercicio militar en el que esa pierna no marca diferencia alguna, obligándole a permanecer en las cocinas y los cenadores de las damas?

—No, no, ya veo lo que queréis decir —repuso el extraño soldado y se concentró en ensillar el caballo. Morgana tocó la mano de Lancelot; él la miró de nuevo con ojos traviesos. *Aquí*, pensó ella, *disponiendo las cosas, arriesgando el cuello, trabajando por Arturo, se olvida del amor y es feliz otra vez. Si pudiera dedicar todo su tiempo a estas ocupaciones, no necesitaría ir detrás de Ginebra ni de ninguna otra mujer.*

—Muéstrame a ese peligroso corcel que vas a montar —dijo.

La condujo por entre filas de hermosos caballos atados. Vio el pálido hocico plateado, la larga crin como de lino... Era un gran caballo, tan alto como el propio Lancelot. El animal inclinó la cabeza y dio un resoplido que era como un sueño de dragones respirando fuego.

—Oh, qué hermoso eres —dijo Lancelot, pasándole la mano por el hocico; gesto que hizo retroceder al caballo.

Y dirigiéndose a Morgana—: Lo he entrenado yo mismo y puesto con mis propias manos el bocado y estribo. Es mi presente de bodas para Arturo, el cual no tiene tiempo para domar al caballo que quisiera utilizar. Juré que estaría preparado para sus nupcias, para que lo montara, dócil como un cachorrillo.

—Es un magnífico regalo —repuso Morgana.

—No, es la única cosa que podía darle —dijo Lancelot—. No soy rico. Y, en cualquier caso, él no necesita ni joyas ni oro. Es el único regalo que podía hacerle.

—Es como si te regalaras a ti mismo —replicó Morgana, mientras pensaba: *Cómo aprecia a Arturo; esa es la razón de que esté tan atormentado. No es el deseo que siente por Ginebra lo que le tortura, sino la posible ofensa a Arturo. Si fuera simplemente un mujeriego como Gawaine, no sentiría pena por él. Ginebra es virtuosa y me gustaría que lo alejara.*

—Sería para mí un placer montarlo. No temo a ningún corcel —dijo.

El sonrió.

—Morgana, tú no tienes miedo a nada, ¿verdad?

—Eso no es cierto, primo —contestó, poniéndose seria de pronto—, me asustan muchas cosas.

—Bueno, creo que yo soy más cobarde que tú. Le temo a la batalla, a los sajones, a que me den muerte antes de haber saboreado todo lo bueno que hay en esta vida —dijo él—. Por eso nunca rehúyo ningún desafío... Y temo que tanto Avalon como los cristianos puedan estar equivocados, que no haya Dioses, ni Cielo ni otra vida, de forma que, al morir, desaparezca para siempre. Así pues temo morir antes de haber disfrutado la vida hasta la saciedad.

—No me parece que te hayas privado de mucho —repuso Morgana.

—Sí, Morgana, hay muchas cosas que anhelo, y siempre que renuncio a una lo lamento amargamente y me pregunto qué debilidad o absurda prevención me impide hacer cuanto deseo... —dijo él y, de repente, apartándose de las crines del caballo, la rodeó con sus brazos y la estrechó.

Desesperación, pensó ella con amargura, *no me desea, pretende olvidar a Arturo y Ginebra por un momento, olvidar que esta noche estarán uno en brazos del otro.* Sus manos se movieron, con mecánica destreza, sobre sus senos; oprimió sus labios contra los de ella y Morgana pudo sentir su cuerpo entero contra el de ella. Permaneció en sus brazos, inmóvil, sintiendo un desfallecimiento y una creciente ansiedad que era como dolor; apenas era consciente de los leves movimientos que realizaba su cuerpo para adaptarse a él. Mas, cuando Lancelot empezó a acercarse a una de las balas de heno, se despertó en ella una confusa protesta.

—Querido, estás loco, hay cincuenta soldados de Arturo y jinetes en este establo.

—¿Te importa? —murmuró él y le respondió quedamente, estremecida por el éxtasis:

—No. ¡No! —Dejó que la tendiera. Aunque en un rincón de su mente, con aspereza, resonaba un pensamiento: *Una princesa, Duquesa de Cornwall, una sacerdotisa de Avalon, revolcada en los establos como una vaquera, sin tan siquiera el pretexto de los fuegos de Beltane.* Mas no le hizo caso y dejó que sus manos la acariciaran, sin oponer resistencia. *Mejor es esto que romperle el corazón a Arturo.* No sabía si aquél era un pensamiento suyo o del hombre que cubría su cuerpo, cuyas manos arrebatadas de furia y fiereza le estaban haciendo daño; la besaba de modo casi salvaje, aplastándole la boca con rabia. Sintió que le tiraba del vestido e hizo ademán de quitárselo.

Y entonces se oyeron voces, un clamor, gritos, un alboroto similar al de una fragua, un chillido estentóreo, y de súbito una docena de voces gritando al tiempo.

—¡Capitán! ¡Lord Lancelot! ¿Dónde está? ¡Capitán!

—Estará por ahí, creo... —Uno de los jóvenes soldados corrió por entre la hilera de caballos. Imprecando soezmente por lo bajo, Lancelot se colocó entre Morgana y el joven soldado, ella se tapó el rostro con el velo y se hundió, medio desnuda ya, en la paja para no ser vista.

—¡Maldita sea! No puedo desaparecer ni por un instante.

—Oh, señor, venid en seguida, uno de los nuevos caballos... había una yegua en celo y dos de los sementales comenzaron a pelear, creo que uno de los hombre se ha roto una pierna.

—¡Demonios y furias! —Lancelot velozmente volvía a ponerse las prendas, levantándose, irguiéndose ante el muchacho que había ido a interrumpirlo—. Ya voy.

El joven había entrevisto a Morgana; ella deseó, horrorizada que no la hubiera reconocido. Aquello podía convertirse en una fuente de habladurías para la corte. *No es malo que puedan conocer... no respecto a mí, que alumbré un hijo de mi hermano.*

—¿He interrumpido algo, señor? —preguntó el joven, mirando en torno a Lancelot, casi riendo disimuladamente. Morgana se preguntó desconsolada. *¿Qué supondrá esto para su reputación? ¿O no desacredita a un hombre el verse sorprendido sobre el heno?* Lancelot ni siquiera respondió; empujó al joven, que casi cae al suelo.

—Busca a Cai y al herrero, y lárgate. —Volviose de inmediato, atropelladamente, besando a Morgana, que ya había conseguido ponerse en pie—. ¡Dioses! ¡Por todos los malditos...! —La estrechó fuertemente, con manos ansiosas, y la besó con tal violencia que sintió como un contacto ardiente sobre el rostro—. ¡Dioses! Esta noche, ¡júralo! ¡Júralo!

Ella no podía hablar. Sólo fue capaz de asentir, aturdida, entumecida, con todo el cuerpo pidiéndole a gritos la culminación de lo que quedara inacabado, al verle alejarse corriendo. Un minuto o dos después, un joven llegó hasta ella y le hizo una deferente reverencia, mientras que los soldados se apresuraban de un lado a otro y en alguna parte dejaba oír el terrible y casi humano grito de un animal agonizante.

—¿Dama Morgana? Soy Griflet. Lord Lancelot me

envía para escoltaros a los pabellones. Me dijo que os trajo hasta aquí para mostraros el corcel que está entrenando para mi señor rey, pero que resbalasteis y caísteis en el heno, y que estaba tratando de ver si os habíais hecho daño cuando empezaron a llamarlo a voces; la pelea que se desató a causa del caballo del rey Pellinore. Os ruega que le excuséis y retornéis al castillo.

Bueno, pensó, al menos aquello explicaba el que la falda estuviera arrugada y llena de heno, así como el pelo y el tocado. No necesitaba presentarse ante Ginebra ni ante su madre con el aspecto de la mujer que fuera sorprendida en adulterio. El joven Griflet extendió el brazo y ella se apoyó pesadamente, diciendo:

—Creo que me he torcido el tobillo —y fue cojeando durante todo el trayecto hasta el castillo.

El haberse caído golpeándose duramente explicaría lo del heno. Una parte de ella se alegraba de la pronta ocurrencia de Lancelot; la otra, desolada, clamaba porque la reconociera y la protegiera.

Arturo había salido con Cai hacia los establos, turbado por el incidente de los caballos. Consintió que Ginebra le mostrase su preocupación e Igraine ordenase que le proporcionaran agua fría y tela de lino para vendarle el tobillo; y aceptó un lugar junto a Igraine, en la sombra, cuando hombres y cabalgaduras salieron para hacer los ejercicios. Arturo les dirigió un breve discurso sobre la nueva legión de Caerleon, la cual reviviría los gloriosos días de Roma y salvaría al país. Su padre adoptivo, Ectorius, estaba radiante. Entonces aparecieron una docena de jinetes y mostraron las habilidades adquiridas por el nuevo adiestramiento, con las cuales los caballos podían detenerse a mitad del galope y girar.

—Después de esto —declaró Arturo con grandilocuencia—, nadie volverá a decir que los caballos sólo sirven para tirar de los carros. —Sonrió a Ginebra—. ¿Qué os parecen mis caballeros, señora? Los comparo a los viejos *equites romanos*, hombres nobles que podían poseer y equipar monturas propias.

—Cai cabalga tan bien como un centauro —le dijo Igraine a Ectorius, y él sonrió deleitado—. Arturo, nunca has sido lo bastante generoso para darle a Cai uno de tus mejores caballos.

—Cai es demasiado bueno como soldado y como amigo, para languidecer en la casa —dijo Arturo con decisión.

—¿No es tu hermano adoptivo? —preguntó Ginebra.

—Así es. Resultó herido en su primera contienda y temí que después de aquello se ocultara en el hogar entre mujeres y para siempre —dijo Arturo—. Espantoso sino para un soldado. Pero a caballo pelea tan bien como cualquiera.

—Mirad —exclamó Igraine—, la legión ha abatido la serie completa de blancos; ¡nunca había visto montar así!

—No creo que nada pudiera resistir un ataque semejante —manifestó el rey Pellinore—. Es una pena que Uther Pendragón no viva para verlo, muchacho; excusadme, mi señor y rey.

—El mejor amigo de mi padre puede llamarme como desee, estimado Pellinore. —dijo Arturo con viveza—. Pero los elogios han de ser para mi amigo y capitán, Lancelot.

Un hijo de Morgause, Gaheris, hizo una reverencia ante Arturo.

—Mi señor, ¿puedo ir a los establos para ver cómo los desensillan? —Era un brillante y risueño muchacho de unos catorce años.

—Puedes —respondió Arturo—. ¿Cuándo vendrá para unirse a Gawaine y a Agravaine, tía?

—Este año, tal vez, si sus hermanos pueden enseñarle las artes militares y vigilarlo de cerca —contestó Morgause, luego levantó la voz— ¡No! ¡Tú no, Gareth! —E intentó agarrar el gordezuelo chico de seis años—. ¡Gaheris! ¡Tráelo!

Arturo extendió los brazos riendo.

—No os preocupéis por eso. Los muchachos revolotean por los establos como las moscas sobre los perros.

Me han contado como monté al semental de mi padre cuando apenas tenía seis años. No lo recuerdo; fue poco antes de irme a vivir con Ectorius —añadió.

Morgana tuvo un repentino estremecimiento, rememorando a un niño que yacía como muerto y algo semejante a una sombra en un cuenco de agua. No, se había desvanecido.

—¿Te duele mucho el tobillo, hermana? —inquirió Ginebra solícita—. Recuéstate sobre mí...

—Gawaine se cuidará de él —dijo Arturo, continuando con la conversación anterior—. Creo que es el mejor hombre que tenemos para entrenar a los jóvenes caballeros y jinetes.

—¿Mejor que Lord Lancelot? —preguntó Ginebra.

Morgana pensó: *Sólo desea pronunciar su nombre. Pero él me deseó a mí, hace poco, y esta noche será demasiado tarde... más vale así que romperle el corazón a Arturo. Hablaré con Ginebra si debo hacerlo.*

—¿Lancelot? —dijo Arturo—. Es nuestro mejor jinete, sin embargo demasiado temerario para mi gusto. Todos los jóvenes le adoran, por supuesto... Mirad, ahí está vuestro pequeño Gareth, tía, correteando tras él como un cachorrillo... harían cualquier cosa por una palabra amable suya. Pero no es tan buen maestro para ellos como Gawaine; resulta demasiado ampuloso y le gusta exhibirse. Gawaine les enseña despacio, celosamente; les hace aprender el arte paso a paso, así nunca se hieren debido a un descuido. Gawaine es el mejor de mis maestros de armas. Mirad, ya está Lancelot sobre ese corcel que está adiestrando para mí. —Prorrumpió en una carcajada.

—¡Qué diablillo! —exclamó Igraine, mirando a Gareth.

Gareth había saltado como un monito a la silla de cuero y Lancelot, riendo, aupó al chico y lo colocó ante él, lanzándose al galope, subiendo velozmente la colina hacia el lugar a cubierto en el que el grupo real se encontraba observando. Fueron a galope tendido directamente hacia ellos, de forma que incluso Arturo abrió la boca asombrado e Igraine retrocedió, empalideciendo. Lancelot detuvo al caballo y éste levantó los cuartos delanteros en el aire y giró.

—Vuestro corcel, Lord Arturo —dijo haciendo un molinete, sujetando las riendas con una sóla mano—, y vuestro primo. Tía Morgause, tomad a este mozalbete y dadle una buena zurra —añadió, dejando que Gareth se deslizara casi sobre el regazo de Morgause—. ¡Podía haber muerto bajo las patas del caballo!

Gareth no prestó atención a la reprimenda de Morgause, miraba a Lancelot con los ojos azules muy abiertos por la admiración.

—Cuando seas mayor —aseguró Arturo, dando una cordial palmadita al chico—, te haré caballero y saldrás a caballo para vencer a los gigantes y a los jinetes malos, y a rescatar hermosas damas.

—Oh, no, mi señor Arturo —repuso el muchacho, mientras continuaba mirando al corcel blanco montado por Lancelot—. Lord Lancelot me hará caballero e iremos a explorar juntos.

Ectorius sonrió levemente.

—El joven Aquiles ha encontrado a su Patroclus, al parecer —dijo.

—Me ha eclipsado —declaró Arturo de buen humor—. Ni siquiera mi esposa puede apartar la mirada de Lancelot y le ruega que la llame por su nombre de pila, y ahora el pequeño Gareth preferiría que *él* le hiciera caballero. Si Lancelot no fuera mi más allegado amigo, me volvería loco de celos.

Pellinore estaba observando al jinete que iba trotando de un lado a otro con la montura.

—Ese condenado dragón sigue aún oculto en el lago de mis tierras y sale para matar a la gleba y al ganado —dijo—. Quizá si tuviera un corcel como ése para hacerle frente... Creo que entrenaré a un caballero para la batalla e iré tras él nuevamente. La última vez estuve a punto de perder la vida.

—¿Un dragón, señor? —preguntó el pequeño Gareth—. ¿Y echa fuego?

120

—No, hijo, pero despide un espantoso hedor y hace un ruido como de sesenta jaurías de sabuesos ladrando al mismo tiempo —respondió Pellinore.

—Los dragones no exhalan fuego, muchacho. Esa creencia deriva de la denominación de dragones que se daba a las estrellas fugaces, a consecuencia de su larga cola llameante. Puede que alguna vez haya habido dragones que exhalaran fuego, pero de ello no tiene recuerdo ningún ser viviente —aclaró Ectorius.

Morgana no estaba atendiendo; pero, aun así, se preguntó qué parte de la historia de Pellinore sería cierta y hasta qué punto había exagerado para impresionar al muchacho. Contemplaba a Lancelot, que continuaba haciendo gala de su caballo.

Arturo dijo, dirigiéndose a Ginebra:

—Yo nunca hubiera adiestrado a un caballo así. Lancelot lo prepara para que pueda montarlo en la batalla. Hace dos meses era tan salvaje como uno de los dragones de Pellinore y ahora puedes comprobar lo que ha cambiado.

—Todavía me sigue pareciendo salvaje —repuso Ginebra—. Aunque a mí me producen miedo incluso los caballos más dóciles.

—Un animal que va a ser montado en la guerra no puede ser manso como la jaca de una mujer —dijo Arturo—. Ha de ser brioso... ¡Santo cielo! —gritó, levantándose de pronto.

De alguna parte emergió una confusa forma blanca; un ave de alguna clase, un ganso tal vez, levantando el vuelo repentinamente, justo bajo los cascos del caballo. Lancelot, que estaba cabalgando confiado, con la vigilancia relajada, se vio sorprendido cuando el caballo se encabritó asustado; al tratar de controlarlo, cayó casi bajo los cascos y, con un movimiento reflejo, consiguió hacerse a un lado.

Ginebra gritó. Morgause, el resto de las damas le hicieron coro, mientras Morgana, olvidándose de que supuestamente tenía un tobillo lastimado, saltó corriendo hacia las bridas del corcel, sujetándolas, obligándolo con gran fuerza a alejarse de donde Lancelot yacía inconsciente. Morgana se arrodilló a su lado, palpándole de inmediato la sien, en la cual comenzaba ya a ennegrecerse una herida de la que salía un reguero de sangre que se mezclaba con el polvo.

—¿Está muerto? —¡gritó Ginebra—. ¿Está muerto?

—No —respondió Morgana con brusquedad—. Traigan un poco de agua fría, deben haber sobrado vendas de lino. Se ha roto la muñeca, creo. Con ella quiso amortiguar la caída para no romperse el cuello. Y el golpe que se ha dado en la cabeza... —Se agachó, colocando el oído sobre su pecho, sintiéndolo subir y bajar. Cogió la jofaina de agua fría que la hija de Pellinore le entregó, humedeciéndole la frente con un trozo de lino—. Que alguien atrape a ese ganso y le retuerza el pescuezo, y que reprendan al muchacho que los cuida. Lord Lancelot podía haberse partido la cabeza o haber resultado dañado el caballo del Rey Supremo.

Gawaine fue quien condujo al caballo de vuelta a los establos. Lo que podía haber sido una tragedia acabó con los festejos y, uno por uno, los invitados comenzaron a marcharse hacia sus pabellones y cuarteles. Morgana vendó la cabeza de Lancelot y su muñeca rota; y, por fortuna, logró completar el trabajo antes de que él se agitara, gimiera y se oprimiese la muñeca a causa del dolor. Luego, tras consultar a la dueña del castillo, envió a Cai a buscar unas hierbas que le harían dormir, y le llevaron al lecho. Permaneció con él, aunque no la reconocía; sólo gemía y miraba a su alrededor con ojos desenfocados.

En una ocasión la miró y murmuró: «Madre...» y a ella le sangró el corazón. Poco después, cayó en un pesado e inquieto sopor. Cuando volvió a la consciencia, la reconoció.

—¿Morgana? ¿Prima? ¿Qué ha ocurrido?

—Te caíste del caballo.

—¿Del caballo? ¿De qué caballo? —inquirió, confuso; y cuando ella se lo hubo aclarado, replicó con firmeza—:

Eso es ridículo. Yo nunca me caigo de un caballo —y volvió a dormirse.

Morgana continuó sentada a su lado, dejando que le mantuviera la mano cogida, y creía que iba a estallarle el corazón. Sus labios aún recordaban la presión de sus besos. Pero la ocasión había pasado, ella era consciente de esto. Aunque él pudiera recordarlo, las cosas no cambiarían; nunca la había querido, excepto como paliativo de sus sentimientos por Ginebra, de su angustia porque era la esposa de su primo y rey.

Estaba oscureciendo. Desde el castillo, llegaban nuevos sonidos de música. Kevin tocaba el arpa. Se oía la algarada, los cantos, la fiesta. De súbito se abrió la puerta, y Arturo, portando una antorcha en la mano, entró.

—¿Hermana, cómo está Lancelot?

—Vivirá; tiene la cabeza muy dura —contestó con forzada frivolidad.

—Desearíamos que estuvieras presente cuando la novia sea llevada al tálamo, como fuiste testigo en el contrato de matrimonio —dijo Arturo—. Pero supongo que no debe quedarse solo y que no querrás dejarle con un chambelán, ni siquiera con Cai. Es afortunado de tenerte aquí. Eres su hermana adoptiva, ¿verdad?

—No —respondió Morgana, con inesperada ira.

—Arturo fue hasta la cabecera de la cama y tomó la mano herida de Lancelot. Este gimió, se agitó y lo miró parpadeando.

—¿Arturo?

—Aquí estoy, amigo mío —dijo Arturo, y Morgana pensó que nunca había oído la voz de un hombre tan llena de ternura.

—¿Está bien vuestro caballo?

—Sí, está bien, maldito sea —respondió Arturo—. Si hubieses muerto, ¿de qué me serviría? —Casi estaba sollozando.

—¿Cómo sucedió?

—Un condenado ganso levantó el vuelo —repuso Arturo—. El muchacho que los cuida está escondido. Creo

123

que sabe que le azotarán hasta dejarlo medio muerto.

—No hagáis eso —dijo Lancelot—. Es sólo una pobre y estúpida criatura sin mucho juicio. No debe culpársele porque los gansos sean más listos que él, y uno se le haya escapado. Prométemelo, Gwydion.

Ella se sorprendió al oírle utilizar aquel viejo nombre. Arturo le apartó la mano y se inclinó para besarle la mejilla, evitando cuidadosamente la zona contusionada.

—Lo prometo, Galahad. Ahora duérmete.

Lancelot le oprimió la mano con fuerza.

—He estado a punto de arruinar tu noche de bodas, ¿no es cierto? —le preguntó, en un tono en el que Morgana reconoció el de su propia ironía.

—Créeme que sí. Mi esposa ha llorado tanto por *ti*, que me pregunto si habría llorado de la misma forma si hubiese sido yo el accidentado —declaró Arturo, riendo.

—Arturo, aunque seas el Rey, él debe estar tranquilo ahora —dijo Morgana con acritud.

—Es cierto —concedió él—. Mañana enviaré a Merlín para que lo vea; no debe quedarse solo esta noche, sin embargo...

—Yo me quedaré con él —repuso ella, colérica.

—Bueno, si estás segura...

—¡Vuelve con Ginebra! ¡Tu esposa te está esperando!

Arturo suspiró, vencido. Al cabo de un momento confesó:

—No sé qué decir, hermana. Ni qué hacer.

Esto es ridículo, ¿espera que yo le instruya, o que instruya a la novia? Al ver su mirada, bajó los ojos.

—Arturo, es sencillo. Haz cuanto te sugiera la Diosa —dijo con amabilidad.

Parecía un niño afligido. Por último, habló con voz ronca, luchando con las palabras.

—Ella no es la Diosa. Es sólo una muchacha y está... está asustada. —Un momento después continuó—: Morgana, ¿no entiendes que yo todavía...?

Ella no podía soportar lo que pretendía decir.

—¡*No!* —exclamó con violencia, levantando la mano

124

para hacerle guardar silencio—. Arturo, recuerda una cosa al menos. Para ella tú serás siempre el Dios. Ve a ella como el Astado...

Arturo se persignó, estremecido. Finalmente susurró:

—Dios me perdone; éste es el castigo... —Permanecieron, mirándose el uno al otro, incapaces de hablar.

—Morgana, sé que no tengo derecho, pero ¿querrías darme un beso? —dijo él.

—Hermano mío. —Suspiró ella, se puso de puntillas y lo besó en la frente. Luego hizo en su cabeza el signo de la Diosa—. Bendito seas —musitó—. Arturo, ve con ella, ve con tu esposa. Te prometo, te prometo en nombre de la Diosa que todo sucederá adecuadamente; te lo juro.

El tragó saliva, ella vio cómo se movían los músculos de su garganta. Luego, ya alejándose, murmuró:

—Dios te bendiga, hermana.

La puerta se cerró a sus espaldas.

Morgana se dejó caer en una silla, inmóvil; contemplando al dormido Lancelot, algunas imágenes cruzaron su mente atormentándola. El rostro de Lancelot, sonriéndole a la luz del sol en Tor. Ginebra, asustada en el agua, con las faldas empapadas, aferrándose a la mano de Lancelot. El Astado, la cara manchada con la sangre del ciervo, descorriendo la cortina de la boca de la cueva. Los labios frenéticos de Lancelot sobre los suyos, ¿había sido tan sólo unas horas atrás?

—Al menos —murmuró con furia—, no se pasará la noche de bodas de Arturo soñando con Ginebra.

Se tendió en el borde del lecho, oprimiendo el cuerpo cuidadosamente contra el del herido; yació en silencio, sin sollozar, debatiéndose en una angustia que era demasiado profunda para deshacerse en lágrimas. No cerró los ojos en toda aquella noche, luchando contra la Visión, luchando contra los sueños, esforzándose por conseguir el silencio y la adormecida carencia de pensamientos que le enseñaran en Avalon.

Y a gran distancia, en el otro extremo del castillo, Ginebra yacía despierta, contemplando con culpable ternura el pelo de Arturo brillando a la luz de la luna, su pecho subiendo y bajando en sosegado respirar. Las lágrimas corrían por sus mejillas.

Deseo tanto amarle, pensaba.

—Oh, Dios, santa Virgen María —rogó—, ayudadme a amarle como es mi deber, es mi rey y señor; y es tan bondadoso, que merece a alguien que le ame mucho más de lo que yo puedo.

Sentía que a su alrededor, la noche destilaba tristeza y angustia.

Pero, ¿por qué?, se preguntó. *Arturo es feliz. Nada tiene que reprocharme. ¿De dónde proviene este pesar que se halla en el aire mismo?*

VII

Un día, a últimos del verano, la Reina Ginebra, con varias de sus damas, se encontraba sentada en el salón de Caerleon. Era por la tarde y hacía mucho calor; la mayoría pretendían estar hilando, o cardando las últimas lanas de aquella primavera para hilar, mas las agujas se movían con pereza; e incluso la Reina, que era la mejor hilandera de todas, había dejado de trabajar en el fino paño del altar que estaba elaborando para el obispo.

Morgana dejó a un lado la lana cardada para hilar y suspiró. En esta época del año siempre sentía añoranza, echaba de menos las nieblas provenientes del mar sobre los acantilados de Tintagel... no las había vuelto a ver desde que era una niña pequeña.

Arturo y sus hombres, con la legión de Caerleon, habían partido a caballo hacia la costa sur, para examinar el nuevo fuerte que los sajones de las tropas aliadas habían construido allí. En aquel verano no se había producido ningún ataque y bien podía ser que los sajones, salvo aquéllos que eran aliados de Arturo y vivían pacíficamente en el condado de Kentish, dieran por perdida Bretaña. En dos años, la legión de caballería de Arturo había reducido la lucha con los sajones a un esporádico ejercicio estival; pero Arturo estaba dedicando este período de calma a fortificar todas las defensas de las costas.

—Vuelvo a estar sedienta —dijo la hija de Pellinore, Elaine—. ¿Puedo ir, mi señora, a pedir que traigan más jarras de agua?

—Llama a Cai, él se ocupará de eso —respondió Ginebra.

Morgana pensó: *Ha madurado muchísimo; de ser una chiquilla asustadiza y tímida se ha convertido en una reina.*

—Debíais haberos desposado con Cai cuando lo quiso el Rey, dama Morgana —dijo Elaine, retornando de hacer el recado y tomando asiento en un banco junto a Morgana—. Es el único hombre en el castillo que tiene menos de sesenta años y su mujer nunca dormirá sola más de medio año seguido.

—Tú eres conveniente para él, si lo deseas —repuso Morgana afablemente.

—Todavía me pregunto si tú no lo eres —dijo Ginebra, como si se tratara de un viejo agravio—. Sería tan apropiado. Cai, un hermano adoptivo del Rey que cuenta en alto grado con su favor y tú, hermana de Arturo y Duquesa de Cornwall por derecho propio, ahora que Lady Igraine nunca abandona el convento.

Drusilla, hija de uno de los reyezuelos del norte, se sonrió con disimulo.

—Decidme, de casarse el hermano y la hermana del rey, ¿no se trataría de un incesto?

—Hermana y hermano adoptivo, so pánfila —la corrigió Elaine—. Pero, decidme, dama Morgana, ¿fueron únicamente las cicatrices y la cojera lo que os disuadió? Cai no es apuesto, pero sería un buen marido.

—No me engañas —replicó Morgana, fingiendo un buen humor que no sentía, ¿no pensaban aquellas mujeres más que en el matrimonio?—. Nada te importa mi felicidad conyugal con Cai, lo único que deseas son unas nupcias para romper la monotonía del verano. No deberías ser tan insaciable. Sir Griflet se desposó con Meleas la primavera pasada, y eso ya es suficiente de momento.

—Observó a Meleas, a quien el vestido empezada a quedarle estrecho debido al embarazo—. Hasta tendrás un niño alborotando y corriendo el año que viene por estas fechas.

128

—Pero todavía no os habéis casado, dama Morgana —dijo Alienor de Galis—, y difícilmente podríais esperar un partido mejor que el hermano adoptivo del Rey Supremo.

—No me corre prisa el desposarme, y Cai me tiene tanto en su ánimo como yo a él en el mío.

Ginebra emitió una risita ahogada.

—Es cierto. El tiene una lengua tan satírica como la tuya, y un temperamento muy dulce. Su mujer habrá de tener más paciencia que santa Brigida y tú, Morgana, siempre tienes preparada una respuesta cortante.

—Y, además, de casarse, habría de hilar para su hogar —dijo Meleas—. Y Morgana acostumbra a eludir la parte que le corresponde.

Su uso comenzó a girar de nuevo y la rueca cayó lentamente hasta el suelo. Morgana se encogió de hombros.

—Es verdad que apenas cardo lana, aunque no hay mucha para cardar —repuso, y con renuencia recogió la rueca.

—Eres la mejor hilandera de todas nosotras, sin embargo —dijo Ginebra—. Tu hilo es siempre uniforme y nunca se rompe. El mío se rompe con sólo mirarlo.

—Siempre he sido muy hábil. Quizá sólo ocurre que me he cansado de hilar, puesto que mi madre me enseñó a hacerlo cuando era muy pequeña —concedió Morgana y empezó, de mala gana, a girar la hebra entre los dedos.

La verdad era que odiaba aquella tarea y evitaba hacerla siempre que le era posible... girando, dando vueltas a la hebra entre los dedos, dejando el cuerpo totalmente inmóvil y tan sólo los dedos en movimiento mientras la rueca giraba y giraba, para acabar cayendo al suelo... agáchate y recógelo, y vuelve a darle vueltas con las manos... era demasiado fácil caer en el trance. Las mujeres estaban comentando los pequeños acontecimientos del día, Meleas y sus náuseas matutinas, una mujer venida de la corte de Lot contando escandalosas historias sobre la lujuria de éste... *yo podría contar muchas cosas si lo deseara, ni siquiera la sobrina de su esposa logró no ser objeto de sus lujuriosos deseos... Hube de aguzar el ingenio y obsequiarle con mordaces réplicas para mantenerme alejada de su lecho; nada le importa que la mujer sea doncella o matrona, duquesa o vaquera, con tal de que lleve faldas...* giraba la hebra, gira, mira el huso rotando, rotando.

Gwydion debía estar ya muy crecido, tiene tres años, los suficientes para jugar con una espada y caballeros de madera como los que ella había hecho para Gareth, en lugar de hacerlo con gatitos y tabas. Recordaba a Arturo sobre su regazo cuando era una chiquilla en Caerleon, en la corte de Uther... afortunadamente Gwydion no se parecía a su padre; una pequeña réplica en la corte de Lot habría desatado las lenguas, sin duda. Tarde o temprano, alguien uniría el huso y la rueca llevando la hebra precisa hasta la respuesta... Morgana sacudió la cabeza con fuerza. Era demasiado fácil caer en trance al hilar, mas debía hacer su parte, eran necesarias hebras para tejer en el invierno y las damas estaban haciendo un mantel para los banquetes... Cai no era el único hombre de menos de cincuenta años que había en el castillo; también estaba Kevin el Bardo, que había llegado portando noticias del País Estival... con cuanta lentitud bajaba el huso hasta el suelo... gira, gira la hebra, como si los dedos tuviesen vida propia, sin nada que ver con la suya... incluso en Avalon había aborrecido hilar... en Avalon, entre las sacerdotisas, había intentado ampliar su parte en el trabajo con los potes de tinte, para no seguir hilando, lo cual dejaba que su mente divagara mientras los dedos se movían... mientras la hebra daba vueltas, era como la danza espiral a lo largo de Tor, vueltas y vueltas, como el mundo gira en torno al sol en el cielo, aunque el pueblo ignorante pensase que era de otra forma... Las cosas no eran siempre como parecían, pudiera ser que la rueca girase en torno a la hebra, como ésta daba vueltas a sí misma una y otra vez, retorciéndose como una serpiente... como un dragón en el firmamento... si fuera un hombre y pudiese cabalgar con la legión de Caerleon, al menos no tendría que estar hilando, hilando, hilando, vueltas y vueltas... mas incluso la legión de Caerleon giraba en torno a los sajones y éstos en torno a ella, vueltas y vueltas, como la sangre giraba en sus venas, roja sangre fluyendo, fluyendo... derramándose sobre la tierra.

Morgana oyó su propio grito únicamente después de que hubiera roto el silencio de la estancia. Dejó caer el huso, que fue rodando sobre la sangre que parecía un fluido carmesí, derramándose, vertiéndose sobre la tierra...

—¡Morgana! Hermana, ¿te has pinchado la mano con la rueca? ¿Estás herida?

—Sangre sobre la tierra... —tartamudeó Morgana—. Mirad, allí, allí, justo delante del gran asiento del Rey.

Elaine la sacudió; aturdida, Morgana se pasó la mano ante los ojos. No había sangre, sólo el lento paso del sol de la tarde.

—Hermana, ¿qué has visto? —preguntó Ginebra con interés.

¡Madre Diosa! ¡Ha sucedido de nuevo! Morgana trató de recobrar el aliento.

—Nada, nada... debo haberme quedado dormida y haber soñado por un momento.

—¿No habéis visto nada? —Calla, la gruesa mujer del despensero, escrutaba con avidez a Morgana. Esta rememoró la última vez, hacía más de un año, que cayera en trance mientras hilaba y previó que el caballo favorito de Cai se había roto una pata en los establos y debían matarlo.

—No, no es nada más que un sueño —dijo impaciente—. La pasada noche soñé que comía carne de ganso y no la he probado desde Pascua. ¿Ha de ser todo sueño una premonición?

—Si vas a hacer profecías, Morgana —se burló Elaine—, deberías concentrarte en algo útil; por ejemplo, en cuándo regresarán los hombres a casa para poder calentar el vino, o si Meleas está haciendo pañales para un niño o para una niña, o cuándo se quedará embarazada la Reina.

—No seas impertinente —le dijo Calla, pues los ojos de Ginebra estaban inundados de lágrimas.

Morgana tenía la cabeza dolorida por las secuelas de aquel trance inesperado; era como si pequeñas luces cruzaran ante sus ojos, gusanos de pálidos colores que crecían y ocupaban todo su campo de visión. Entendió que debía abstenerse de contestar, mas, aunque tal pensamiento cruzara su mente, explotó.

—¡Estoy tan hastiada de esa vieja broma! No soy ninguna hechicera de aldea para andar con conjuros para partos, filtros amorosos, augurios y hechizos. ¡Soy una sacerdotisa, no una bruja!

—Vamos, vamos —dijo Meleas contemporizando—. Dejad tranquila a Morgana. Con este sol cualquiera puede ver cosas que no son y, aunque hubiera visto sangre derramándose sobre la tierra, podría significar que una sirvienta con pocas entendederas había dejado caer una tajada de carne a medio asar y la roja sangre chorreara. ¿Queréis beber algo, señora? —Fue hasta la vasija del agua, hundió el cucharón para llenarlo y Morgana bebió con ansia—. Nunca he oído de ninguna premonición cuya veracidad haya podido comprobarse. Una bien podría preguntar cuándo atrapará finalmente el padre de Elaine al dragón que persigue y le dará muerte, si dentro o fuera de temporada.

Como era predecible, la chanza funcionó. Calla prosiguió la broma.

—Si es que alguna vez ha habido un dragón y no está meramente buscando una excusa para alejarse del hogar cuando está harto.

—Si yo fuera un hombre y estuviera desposado con la señora Pellinore —dijo Alienor—, bien podría preferir la compañía de un dragón imposible de encontrar a la compañía de ella en el lecho.

—Cuéntame, Elaine —pidió Eleas—, si verdaderamente hay un dragón, o si tu padre lo persigue porque es más sencillo que vigilar el ganado. Los hombres no tienen que sentarse a hilar cuando hay una guerra; pero me imagino

132

que, cuando hay paz, llegan a cansarse de los corrales y los pastos.

—Nunca he visto al dragón —repuso Elaine—. Dios no lo quiera. Pero *algo* se lleva a las vacas de vez en cuando y, en una ocasión, descubrí un gran rastro gelatinoso en los campos y capté el hedor; encontré allí una vaca a la que habían estado devorando y que se hallaba cubierta por una repugnante gelatina. No era el trabajo de un lobo, aquello, ni tampoco el de un glotón.

—Las vacas desaparecen —se mofó Calla—. El pueblo de las hadas no es, supongo, tan cristiano como para no robar una vaca de vez en cuando, siempre que le sea imposible encontrar ciervos.

—Y hablando de vacas —dijo Ginebra con firmeza—, creo que debo preguntar a Cai si hay alguna oveja o algún cabrito para hacer una matanza. Necesitamos alimentarlos con gachas y pan con mantequilla. E incluso la mantequilla está empezando a enranciarse con este calor. Ven conmigo, Morgana. Me gustaría que la Visión te permitiera informarme de cuándo va a llover. Vosotras, quitad toda la lana y las hebras de los bancos y dejad la labor. Elaine, pequeña, lleva el bordado a mi cámara y procura que no se manche con nada.

Según salían hacia el vestíbulo, preguntó en voz baja:

—¿De veras viste sangre, Morgana?

—Estaba soñando —repitió esta obstinadamente.

Ginebra le dirigió una penetrante mirada, pero a veces entre ellas había verdadero afecto y, por tal motivo, no insistió en el tema.

—Si la viste, quiera Dios que sea sangre sajona y se vierta muy lejos de este hogar. Vamos a preguntarle a Cai si hay carne almacenada. No estamos en temporada de caza y no quiero que los hombres se vean obligados a salir de cacería cuando regresen. —Bostezó—. Me gustaría que se acabase el calor. Debería desencadenarse una tormenta. La leche se cortó esta mañana. Le diré a las criadas que hagan cuajada y no se la echen a los cerdos.

—Eres una notable ama de casa, Ginebra —dijo Morgana con ironía—. Yo no habría pensado en eso, es algo que queda fuera de mi alcance; pero el olor del requesón impregna a las vaqueras y, antes de soportarlo, preferiría engordar bien a los cerdos.

—Ya están bastante cebados en esta época con todas las bellotas maduras —repuso Ginebra, oteando nuevamente el cielo—. Mira, ¿no ha sido eso el relumbrar de un relámpago?

Morgana miró en aquella dirección, y vio rayas fulgurantes que cruzaban el cielo.

—Sí. Los hombres volverán mojados y muertos de frío. Debemos disponer vino caliente para ellos —dijo en tono distraído, luego se sobresaltó al ver parpadear a Ginebra.

—Ahora creo que ciertamente posees la Visión, no se oye ruido alguno de cascos ni han pasado aviso desde la atalaya —comentó Ginebra—. De todas formas le pediré a Cai que compruebe si hay carne. —Y se alejó por el patio, mientras Morgana permanecía apretándose la dolorida cabeza con una mano.

Esto no es bueno. En Avalon había aprendido a controlar la Visión, sin dejarla aparecer de improviso en un momento de distracción... En breve iba a convertirse en una verdadera bruja de aldea, vendiendo conjuros y prediciendo si el próximo nacimiento traería niño o niña y los nuevos amores de las damiselas, a causa del puro aburrimiento y de las insignificancias de la vida entre las mujeres. Los chismes la hacían ponerse a hilar, el hilar la sumergía en el trance... *Algún día, [pensó], me sumergiré tanto que le daré a Ginebra el conjuro que desea para poder concebir un hijo de Arturo... la esterilidad es una pesada carga para una reina y tan sólo una vez ha mostrado signos de hallarse en estado.*

No obstante encontraba soportable la compañía de Ginebra y de Elaine; la mayoría de las demás mujeres nunca habían tenido un pensamiento que no estuviera relacionado con la comida, o la próxima rueca o hebra. Ginebra y Elaine habían recibido algunas enseñanzas y, ocasionalmente, estando sentada en su compañía, casi podía imaginarse entre las sacerdotisas en la Casa de las Doncellas.

La tormenta se desató justamente antes de que se iniciara el atardecer, el granizo cayó en el patio y rebotó en el empedrado y, tras él, una copiosa lluvia. Cuando el vigía dio el aviso de que se aproximaban jinetes, Morgana no puso en duda de que se trataba de Arturo y sus hombres. Ginebra envió a buscar antorchas para iluminar el patio y, poco después, entre los muros de Caerleon, se apiñaban los hombres y los corceles. Ginebra había estado hablando con Cai y éste mandó matar, no un cabrito, sino una oveja, de manera que había carne asándose y vino caliente para los recién llegados. La mayor parte de la legión acampó en el patio exterior y en el valle y, como cualquier comandante, Arturo revisó el campamento de los hombres y a las monturas en los establos antes de entrar en el patio donde le aguardaba Ginebra.

Llevaba una venda en la cabeza bajo el yelmo y se apoyaba ligeramente en el brazo de Lancelot, pero trató de disipar la preocupación de ella.

—Ha sido una escaramuza. Jinetes a lo largo de la costa. Las tropas aliadas de los sajones ya habían dado cuenta de la mayoría antes de nuestra llegada. ¡Ah! Huelo a cordero asado, esto es magia, ¿cómo sabíais que veníamos?

—Morgana me anunció que lo haríais; también hay vino caliente —contestó Ginebra.

—Bien, bien, es una bendición para un hombre hambriento tener una hermana dotada con la Visión —dijo Arturo, riendo alegremente a Morgana, lo cual resonó en su dolorida cabeza y en sus alterados nervios. La besó y se volvió hacia Ginebra.

—Estás herido, esposo mío, déjame ver... —dijo ella.

—No, no, te aseguro que no es nada. Nunca pierdo mucha sangre, ya lo sabes; no, si llevo esta vaina conmigo —dijo—, pero, ¿cómo has pasado todos estos meses, señora? Pensaba...

A ella se le inundaron lentamente los ojos.

—De nuevo me he equivocado. Oh, mi señor, esta vez estaba tan segura, tan segura...

Le tomó la mano, incapaz de expresar su propia contrariedad ante el dolor de su esposa.

—Bueno, bueno, debemos conseguir que Morgana te proporcione algún encantamiento —dijo, observando, con el rostro momentáneamente sombrío y poblado de arrugas, cómo Meleas daba la bienvenida a Griflet con un amoroso beso, adelantando con orgullo el hinchado vientre—. Todavía no somos viejos, Ginebra mía.

Sin embargo, pensó Ginebra, *tampoco soy tan joven. la mayoría de las mujeres que conozco, salvo Morgana y Elaine, las cuales aún no se han desposado, tienen ya hijos e hijas crecidos antes de llegar a la edad de veinte años; Igraine dio a luz a Morgana con quince años cumplidos y Meleas tan sólo catorce y medio, ¡nada más!* Trató de aparentar calma y despreocupación, pero un sentimiento de culpabilidad roía sus entrañas. Lo más importante que una reina podía hacer por su señor, su primer deber, era darle un hijo; y ella no había cumplido con aquel deber, aunque lo había intentado.

—¿Cómo está mi querida dama? —Lancelot hizo una reverencia, sonriendo, y ella extendió las manos para que las besara—. Una vez más retornamos a casa para encontraros más hermosa que nunca. Sois la única dama cuya belleza no se marchita. Empiezo a creer que Dios ha ordenado que, mientras las demás mujeres envejecen, engordan y se ajan, vos permanezcáis siempre hermosa.

Ella le sonrió sintiéndose reconfortada. Acaso fuera una compensación por no estar embarazada y fea... vio que éste miraba a Meleas con burlona sonrisa y comprendió que ella nunca le podía parecer fea a Lancelot. Incluso Arturo tenía un aspecto deslucido, como si hubiese dormido con la misma túnica durante toda la campaña, y se hubiese cubierto para protegerse del barro, la lluvia y el rocío, con la bonita aunque deteriorada capa. Sin embargo Lancelot parecía vigoroso y descansado, la capa y la túnica tan limpias como si se hubiese ataviado para las fiestas de Pascua; el pelo recortado y bien peinado, el cinturón de cuero pulido y hasta las plumas de águila veíanse erectas, secas, inalterables. Parecía, pensó Ginebra, que el rey era él en lugar de Arturo.

Cuando las sirvientas llevaron redondas bandejas con carne y pan, Arturo condujo a Ginebra a su lado.

—Ven y siéntate entre Lancelot y yo; así podremos hablar. Hace mucho tiempo que sólo oigo rudas voces de hombre, y que no huelo la fragancia de un vestido femenino. —Le acarició la trenza con la mano—. Ven tú también, Morgana, siéntate a mi lado. Estoy cansado de hacer campañas, quiero oír hablar de naderías y olvidar las conversaciones del campamento. —Dió un mordisco a una rebanada de pan con hambre voraz—. Qué bueno es comer pan recién horneado; estoy hastiado del pan duro del ejército y de la carne que se pone rancia de estar guardada.

Lancelot se volvió para sonreír a Morgana.

—¿Y tú, cómo estás tú, prima? Supongo que no hay nuevas del País Estival ni de Avalon. Hay alguien aquí que está ansioso de conocerlas; mi hermano Balan que ha venido con nosotros.

—No tengo noticias de Avalon —contestó Morgana, sintiendo que Ginebra la observaba, ¿o estaba mirando a Lancelot?—. Pero no he visto a Balan desde hace muchos años, e imaginaba que él podría informarme a mí.

—Está aquí —dijo Lancelot, abarcando con un gesto a los hombres que se hallaban en el salón—. Arturo lo instó a cenar aquí por ser pariente mío y sería una gentileza por tu parte, Morgana, que le llevases una copa de vino de la gran mesa. Como todos los hombres, también anhela ser recibido por una mujer, aunque ésta sea una pariente y no la amada de su corazón.

Morgana cogió una de las copas, de asta engarzada en madera, que se encontraba en la gran mesa e hizo señas a una sirvienta para que escanciase vino en ella; luego la levantó entre las manos y fue rodeando la mesa por entre los caballeros. Era consciente, y la complacía, de estar siendo el centro de sus miradas, aun cuando supiera que mirarían a cualquier mujer bien criada y finamente vestida después de tantos meses de campaña; no era un especial cumplido a su belleza. Al menos Balan, su primo, casi un hermano, no la contemplaría con tanta lascivia.

—Te saludo, deudo. Lancelot, tu hermano, te envía un poco de vino de la mesa del Rey.

—Te ruego que lo pruebes primero, señora —dijo, luego parpadeó—. ¿Morgana, eres tú? Apenas te he reconocido, has cambiado mucho. Siempre te he recordado con los ropajes de Ávalon. Ahora me doy cuenta de cuánto te pareces a mi madre. ¿Cómo se encuentra la Señora?

Morgana se llevó la copa a los labios, mera cortesía en aquella corte, aunque acaso tuviera sus orígenes en la época en la cual los manjares destinados al rey eran probados antes por un invitado, cuando el intento de envenenar a reyes rivales era frecuente. Se la alargó y Balan tomó un largo trago ante de volver a mirarla.

—Había esperado recibir de ti noticias de Viviane, prima.

—No he vuelto a Avalon desde hace muchos años —dijo ella.

—Sí, supe que estabas en la corte de Lot —repuso éste—. ¿Disputaste con Morgause? He oído comentar que fácilmente lo hace con cualquier mujer...

Morgana negó con la cabeza.

—No, pero deseaba mantenerme lejos del lecho de Lot, y eso *no* era fácil de conseguir. La distancia entre Orkney y Caerleon si es suficiente.

—Y por eso viniste a la corte de Arturo para ser dama de compañía de la Reina —dijo Balan—. Me atrevería a decir que ésta es una corte más decorosa que la de Morgause. Ginebra guarda bien a sus doncellas y consigue buenos matrimonios para ellas... Veo que la esposa de Griflet va a tener su primer hijo. ¿No te ha encontrado un marido para ti, deuda?

Morgana se obligó a replicar alegremente:

—¿Me estáis haciendo una oferta, señor?

El rió entre dientes.

—Eres para mi una pariente demasiado cercana, Morgana, de otro modo sí te haría esa oferta. He escuchado rumores sobre que Arturo te había propuesto a Cai y él me parece un buen partido, ya que has abandonado Avalon.

—Cai no me pretende más que yo a él —repuso Morgana secamente—, y nunca he afirmado que no vaya a regresar a Avalon, aunque sólo lo haré si Viviane me pide que vuelva allí.

—Cuando no era más que un muchacho —dijo Balan, sus oscuros ojos descansando sobre Morgana, haciéndola apreciar su parecido con Lancelot a pesar de las notables diferencias—, pensaba mal de la Señora, de Viviane, pensaba que no me quería como debe hacerlo una madre. Mas ahora pienso mejor de ella. Como sacerdotisa, no le quedaba tiempo para criar a un hijo. Y por eso me dejó en manos de alguien que no tenía otra función que aquélla, y me dejó en compañía de mi hermano adoptivo, Balin... Oh, si cuando era un niño también me sentía culpable por eso, por preocuparme más de Balin que de Lancelot, el cual es de mi propia carne y de mi propia sangre. Sin embargo, ahora sé que Balin es mi verdadero hermano del alma y Lancelot, aunque le admiro por ser un gran caballero, siempre será un extraño para mí. Y también —añadió Balan muy serio—, cuando Viviane me dio en adopción a la Dama Priscilla, fui a dar a una casa en la que llegué a conocer al verdadero Dios y a Cristo. Me parece extraño pensar que, de haber continuado en Avalon con mi familia, sería un pagano, como lo es Lancelot...

Morgana sonrió levemente.

—Bueno —dijo—, en ese punto no puedo compartir tu gratitud, porque creo que la Señora hizo mal al consentir que su hijo abandonara a sus Dioses. Aunque la misma Viviane me ha dicho con frecuencia que los hombres han de proceder en lo religioso y en lo espiritual como crean que es mejor, siguiendo un camino u otro. Si yo hubiera sido realmente devota y cristiana en lo más íntimo, ella sin duda me habría dejado vivir con la fe que había arraigado con fuerza en mi corazón. Empero, aunque fui educada hasta los once años por Igraine, quien era tan buena cristiana como cualquiera, considero que acaso estaba decretado que yo viera las cosas según el espíritu que nos viene de la Diosa.

—Balin podría argüir contigo sobre esto mejor que yo —repuso Balan—, porque es más piadoso y mejor cristiano. Yo probablemente te diría lo que sin duda los sacerdotes han argumentado, que sólo existe una fe verdadera en la cual hombre y mujer puedan confiar. Eres de mi familia, sé que mi madre es una mujer buena y tengo fe en que Cristo tendrá sus bondades en cuenta en el postrero día. En cuanto al resto, yo no soy un clérigo y no veo por qué no haya de dejar todos estos asuntos para los sacerdotes que de ellos han recibido enseñanzas. Quiero bien a Balin, mas pienso que debería haber sido clérigo, no guerrero, ya que su fe y su conciencia son tan puras. —Miró hacia la gran mesa y dijo—: Cuéntame, Morgana, tú que le conoces mejor que yo, ¿qué es lo que aflige tan profundamente el corazón de Lancelot?

Morgana agachó la cabeza y respondió:

—Si lo sé, Balan, no es secreto que pueda contar.

—Tienes razón al pedirme que me meta en mis propios asuntos —dijo Balan—, mas me duele ver lo desconsolado que está. Yo pensaba mal de nuestra madre, como he dicho, por que siendo tan joven me alejó de su casa, pero me entregó a otra amorosa madre y a un hermano de mi edad, quien se crió conmigo como un igual en todas las cosas, y me dio un hogar. A Lancelot le hizo menos bien. Nunca ha tenido un hogar, ni en Avalon ni en la corte de Ban de Benwick, donde se le consideraba como uno más de los bastardos no reconocidos por el rey... Viviane le hizo daño en verdad y desearía que Arturo le concediera una esposa, para que por fin pudiera tener un hogar.

—Bueno —declaró Morgana animosamente—, si el

rey desea que me despose con Lancelot, sólo tiene que fijar la fecha.

—¿Tú y Lancelot? ¿No eres una pariente demasiado cercana para eso? —inquirió Balan; luego reflexionó un momento—. No, supongo que Igraine y Viviane son sólo hermanas de madre, Gorlois y Ban de Benwick no estaban en absoluto emparentados. Aunque algunos eclesiásticos afirman que el parentesco por adopción debería ser equiparado al de sangre respecto al matrimonio... bueno, Morgana, beberé en honor de tu boda con agrado el día en que Arturo te entregue a mi hermano y te conmine a amarle y a cuidarle, ya que Viviane nunca lo hizo. Y ninguno de vosotros necesitaría dejar la corte: tú la dama favorita de la reina y Lancelot el mejor del Rey. Espero que llegue a suceder. —Posó los ojos en ella con amable interés—. También tú estás adentrada en la edad en la cual Arturo debería entregarte a algún hombre.

¿Y por qué habría de entregarme el Rey, como si yo fuera uno de sus caballos o perros? se preguntó Morgana, pero se encogió de hombros; había vivido largo tiempo en Avalon, en ocasiones se olvidaba de que los romanos habían hecho de esto la ley común, que las mujeres eran enseres para los hombres. El mundo había cambiado y de nada servía rebelarse contra lo que no podía ser alterado.

Poco después volvió a su puesto, bordeando la gran mesa que Ginebra le entregara a Arturo como regalo de boda. El gran salón de Caerleon, enorme como era, no resultaba lo bastante grande; en un punto se vio obligada a subirse a los bancos porque, dado el gran tamaño de la mesa, estaban pegados a las paredes. Los muchachos que servían las bebidas y los manjares tenían que pasar de lado con las humeantes bandejas y copas.

—¿No está Kevin aquí? —preguntó Arturo—. Entonces debemos conseguir que Morgana cante para nosotros. También deseo oír tocar el arpa y todas las cosas usuales entre hombres civilizados. No me sorprende que los sajones pasen todo su tiempo haciendo la guerra. He oído los lúgubres aullidos de sus cantores y no tienen motivo alguno para permanecer en casa.

Morgana pidió a uno de los ayudantes de Cai en el castillo que fuera a recoger el arpa a su cámara. Al volver, éste hubo de subirse a una de las curvas banquetas y perdió el equilibrio; únicamente la rapidez de Lancelot, lanzándose para sujetar al muchacho con el arpa, evitó que el instrumento cayera.

Arturo frunció el ceño.

—Hizo bien mi suegro al enviarme esta gran mesa redonda —dijo—, pero no hay cámara en Caerleon lo bastante grande para albergarla. Cuando los sajones sean expulsados para siempre, creo que debo construir un salón para ella.

—Entonces nunca será construido. —Cai reía—. Decir «cuando los sajones sean expulsados para siempre» es como decir «cuando el Infierno se hiele» o «cuando las frambuesas crezcan en los manzanos de Glastonbury».

—O cuando el Rey Pellinore capture al dragón —añadió Meleas entre risas.

Arturo sonrió.

—No debes burlarte del dragón de Pellinore —dijo—, porque hay noticias de que han vuelto a verlo y él ha partido para encontrarlo y darle muerte de una vez por todas; de hecho, le preguntó a Merlín si conocía algún conjuro para atrapar dragones.

—Oh, sí, han vuelto a verlo, como una silueta sobre las colinas que se torna de piedra con la luz del sol, o el anillo de piedras danzando en las noches de luna llena —ironizó Lancelot—. Siempre hay quienes tienen las visiones que desean, algunos ven santos y milagros, y otros dragones o a gente del viejo pueblo de las hadas. Mas nunca he conocido a hombre o mujer viviente que haya visto a un dragón o a un hada.

Morgana recordó, sin quererlo, aquel día en Avalon cuando salió a buscar raíces y hierbas, extraviándose en un extraño lugar en el que el hada habló con ella y le propuso adoptar a su hijo... ¿qué era en realidad lo que había visto? ¿Era tan solo la enfermiza fantasía de una mujer embarazada?

—¿Y dices eso, tú que fomentas que se te llame Lancelot del Lago? —Le preguntó suavemente, y él se volvió en redondo hacia ella.

—En ocasiones eso me parece irreal, ¿no te ocurre a ti lo mismo, prima?

—Es cierto, aunque a veces siento nostalgia de Avalon... —Respondió.

—También yo, prima —dijo.

Nunca, desde la noche en la cual Arturo se desposara, mediante alguna palabra o mirada, le había dado a entender que alguna vez hubiese sentido por ella algo distinto a lo que se siente por una compañera de infancia o una hermana. Ella creía tener controlado el dolor que su actitud le provocaba; pero la amabilidad reflejada en sus hermosos ojos negros cuando se encontraron con los de ella, lo reavivó.

Tarde o temprano ha de hacerse notorio lo que ha dicho Balan: ambos estamos solteros, la hermana del Rey y su mejor amigo...

Arturo prosiguió.

—Bien, cuando los sajones sean expulsados para siempre... y no os riáis como si tal fuera un evento fabuloso. Puede hacerse ahora, y creo que lo saben, entonces me construiré un castillo y un salón lo bastante grande para dar cabida a esta mesa. Ya he elegido el emplazamiento, es una fortaleza, situada sobre una colina, que estaba allí mucho antes de que llegaran los romanos; está junto al Lago mismo y cerca de la isla en la cual reina tu padre, Ginebra. Conoces el lugar, donde los ríos desembocan en el Lago.

—Lo conozco —dijo ella—. De pequeña fui allí un día para coger fresas. Había un viejo pozo en ruinas y encontramos dardos élficos. El antiguo pueblo que moraba en la cresta había dejado abandonadas sus flechas.

Cuán extraño es, pensó Ginebra, rememorar que había habido un tiempo en el que le gustaba salir bajo el alto e inmenso cielo, sin preocuparse de si un muro o un recinto cerrado le daban seguridad. Ahora dejar el resguardo de los muros le producía náuseas y vértigo. A veces, incluso sentía el aguijón del miedo en el estómago al atravesar el patio y tenía que apresurarse a tocar la seguridad de los muros.

—Es fácil hacer una fortaleza allí —manifestó Arturo—, aunque espero, cuando hayamos acabado con los sajones, que dispongamos de descanso y paz en estas islas.

—Un innoble deseo para un guerrero, hermano —dijo Cai—. ¿Qué harás en tiempos de paz?

—Llamaré a Kevin el Bardo para que componga canciones, domaré caballos y los montaré por placer —repuso Arturo—. Mis Caballeros y yo criaremos a nuestros hijos sin poner una espada en sus manos antes de llegar a ser completamente adultos. Y no temeré que queden tullidos o resulten muertos antes de verlos crecidos. Cai, ¿no habría sido mejor que no hubieras necesitado ir a la guerra antes de ser lo bastante mayor como para guardarte por ti mismo? En ocasiones considero injusto que fueras tú y no yo quien se quedara cojo, porque Ectorius quería mantenerme a salvo para Uther. —Miró con preocupación y afecto a su hermano de adopción, y Cai le sonrió.

—Y —dijo Lancelot—, mantendremos vivas las artes de la guerra convocando torneos, como hacían antaño, coronando al ganador con laureles. ¿Cómo son los laureles?, Arturo. ¿Crecen en estas islas, o sólo en la tierra de Aquiles y Alejandro?

—Merlín podría responderte a eso —contestó Morgana, viendo el aire perplejo de Arturo—. Tampoco yo lo sé; sin embargo, haya laureles o no, disponemos de plantas suficientes para coronar a los campeones de los torneos.

—Y, asímismo, concederemos guirnaldas a los arpistas —dijo Lancelot—. Canta, Morgana.

—Mejor será que cante para vosotros ahora —repuso ésta—, porque imagino que cuando los hombres celebren torneos, no permitirán que canten las mujeres.

Tomó el arpa y comenzó a tocar. Estaba sentada próxima al lugar donde aquella tarde vio sangre derramándose en el hogar del Rey... ¿llegaría a suceder en realidad, o era una fantasía? ¿Por qué habría de creer que aún poseía la Visión? Ahora nunca se le presentaba de no ser en aquellos inoportunos trances...

Cantó una triste melodía que escuchara en Tintagel, lamento de la mujer de un pescador que presenció como los barcos se hundían en el mar. Sabía que los tenía a todos subyugados con su voz, en el silencio del salón, se puso a cantar viejas canciones de las islas que aprendiera en la corte de Lot: una leyenda sobre una ondina que emergió del mar en busca de su amado mortal; canciones de las solitarias pastoras; canciones para hilar y para cardar lino. Aunque la voz se le iba agotando, le pedían que continuara; pero levantó la mano a modo de protesta.

—Es suficiente. No, ya no puedo cantar más. Tengo la voz enronquecida como la de un cuervo.

Poco después, Arturo mandó a los sirvientes que apagaran las antorchas e hizo que los invitados se fueran a dormir. Era una de las tareas de Morgana comprobar que todas las mujeres solteras, doncellas de compañía de la Reina, fueran al lecho bien guardadas en la estancia que se encontraba detrás de la cámara de la Reina, en el extremo opuesto del edificio que albergaba a soldados y guardias. Mas se demoró un momento, mirando a Arturo y a Ginebra, quienes estaban deseando a Lancelot las buenas noches.

—Le he dicho a las mujeres que preparen la mejor cama libre para ti, Lancelot —indicó Ginebra, y éste sonrió moviendo la cabeza.

—Soy un soldado. Es mi deber cerciorarme de que los hombres y los caballos estén seguros antes de irme a dormir.

Arturo se reía, rodeando la cintura de Ginebra con el brazo.

—Debemos casarte, Lance, para que no pases noches

tan frías. Te nombré capitán de caballería, pero no es necesario que pases la noche con los caballos.

Ginebra sintió una punzada de dolor en el pecho al encontrarse con la mirada de Lancelot. Casi le parecía poder leer sus pensamientos, que él podría repetir en voz alta lo que había dicho una vez: *Mi corazón está tan colmado por mi reina que no le queda sitio para ninguna otra dama...* Contuvo el aliento, pero Lancelot sólo suspiró y le sonrió; ella rectificó su pensamiento: *No, soy una mujer casada, una mujer cristiana, incluso tener tales imaginaciones es pecado; debo hacer penitencia.* Y luego, con un nudo en la garganta que no le permitía ni tragar saliva, la idea apareció sin ser reclamada. *Ya es bastante penitencia el que deba estar separada del único a quien amo...* y emitió un grito sofocado, ante lo cual Arturo la miró sorprendido.

—¿Qué tienes, amor, te has hecho daño?

—Me he pinchado con un alfiler —respondió ella y apartó la mirada, pretendiendo buscar el alfiler entre los pliegues del vestido.

Vio que Morgana la observaba y se mordió el labio. *Siempre me está observando... y posee la Visión, ¿conoce todos mis pecaminosos pensamientos? ¿Es por eso que me mira con tanto desdén?*

Empero, Morgana nunca le había mostrado más que la amabilidad de una hermana. Y cuando se quedó embarazada, en el primer año de su matrimonio, cuando cogió unas fiebres y abortó, estando de cinco meses, no podía soportar tener a ninguna de las damas en derredor y Morgana cuidó de ella casi como una madre. ¿Por qué era ahora tan inquisitiva?

Lancelot volvió a desearles buenas noches, y se retiró. Ginebra era casi dolorosamente consciente de que Arturo la rodeaba con el brazo, de la franca ansiedad de sus ojos. Habían estado separados mucho tiempo. Mas sintió un agudo y súbito resentimiento. Desde aquella vez no había vuelto a quedarse embarazada, ¿es que él no era capaz de darle un hijo?

Oh, sin embargo era seguramente culpa suya. Una de las comadronas le había explicado que había una enfermedad del ganado a consecuencia de la cual las crías nacían muertas de vez en cuando, y a veces las mujeres también padecían esa enfermedad, de forma que no llevaban al niño más de uno o dos meses, tres como mucho. De alguna forma, en algún descuido podía haber contraído aquella enfermedad, yendo quizás a los establos en un momento en que no debiera, o bebiendo leche de una vaca que hubiese malparido y, por esta razón, la vida del hijo y heredero de su señor había sido truncada... Sintiéndose culpable, siguió a Arturo hacia la cámara.

—Es algo más que una broma, Ginebra —dijo Arturo, sentándose para quitarse las calzas de cuero—. Debemos hacer que Lancelot se despose. ¿Has visto cómo corren todos los niños hacia él y cuán bueno es con ellos? Debería tener hijos propios. ¡Ya lo tengo! ¡Lo casaremos con Morgana!

—¡No! —La palabra salió de su boca sin que pudiera evitarlo, y Arturo la miró sobresaltado.

—¿Qué te sucede? ¿No te parece perfecto? ¿No te parece una decisión adecuada? Mi querida hermana y mi mejor amigo. Y sus hijos, tenlo en cuenta, serían herederos cercanos al trono en cualquier caso, si los Dioses no nos enviaran algún hijo... No, no, no llores, amor mío —rogó y Ginebra supo, humillada y avergonzada, que tenía el rostro contraído por el llanto—. No pretendía reprocharte nada, mi amor querido, los niños vienen cuando lo desea la Diosa y sólo ella sabe cuándo los tendremos, o si en definitiva los tendremos. Y, aunque Gawaine me es querido, no es mi voluntad que un hijo de Lot acceda al trono si yo muriera. Morgana es hija de mi madre y Lancelot mi primo.

—De seguro que a Lancelot no le importa tener o no hijos —repuso Ginebra—. Es el quinto, o el sexto, hijo del Rey Ban, y bastardo.

—Nunca pensé que te oiría, de entre toda la gente, reprochar a mi pariente y mejor amigo su nacimiento —dijo

Arturo—. Y no es un bastardo cualquiera, sino hijo de la arboleda y del Gran Matrimonio.

—¡Creencias paganas! De ser yo el Rey Ban, libraría a mi reino de tan repugnantes hechicerías. ¡E igual deberías hacer tú!

Arturo se removió intranquilo, estirándose bajo el cobertor.

—Lancelot tendría pocas razones para estimarme si expulsara a su madre de este reino. Y he jurado honrar a Avalon por la espada que me donaron al entronizarme.

Ginebra miró la gran espada Excalibur, que pendía del borde del lecho en el interior de la mágica vaina cubierta de místicos símbolos que parecían brillar con pálido resplandor plateado, como burlándose de ella. Apagó la luz y se tendió junto a Arturo, diciendo:

—Nuestro Señor Jesús te guardará mejor que todos esos perversos encantamientos. Nada tenías que ver con esas viles Diosas y con la brujería antes de ser ungido como Rey, ¿verdad? Sé que tales cosas se realizaban en tiempos de Uther, pero ésta es una tierra cristiana.

Arturo se removió intranquilo y alegó:

—Hay muchos pueblos en estas tierras, el Viejo Pueblo que moraba aquí mucho antes de la llegada de los romanos... no podemos arrebatarles a sus Dioses. Y, en cuanto a lo que sucediera antes de ser entronizado, eso no te concierne, Ginebra.

—Los hombres no pueden servir a dos amos — dijo ésta, sorprendiéndose de su propio atrevimiento—. Me gustaría que fueses un rey totalmente cristiano, mi señor.

—Debo fidelidad a todo el pueblo —repuso Arutro—, no sólo a quienes siguen a Cristo.

—Me parece —dijo ella—, que esos son tus enemigos, no los sajones. La auténtica guerra para un rey cristiano es únicamente contra quienes no siguen a Cristo.

Arturo rió inquieto.

—Me estás recordando al obispo Patricius. El cristianizaría a los sajones antes que someterlos con la espada, para poder vivir en paz con ellos. Por mi parte, soy como

148

los sacerdotes que aquí moraban en épocas pasadas, a los cuales pidieron que enviasen misioneros a los sajones, ¿y sabes qué respondieron, esposa mía?

—No, nunca lo he oído.

—Dijeron que no enviarían ningún misionero a los sajones, a menos que los obligaran a recibirlos en paz.

—Arturo reía ahora francamente, mas Ginebra no sonrió y, al cabo de un rato, él lanzó un suspiro.

—Bien, piensa en eso, Ginebra. Me parece el mejor de los matrimonios posibles, mi mejor amigo y mi hermana. Entonces sería él mi hermano y sus hijos mis herederos...

En la oscuridad la rodeó con los brazos y añadió:

—Y ahora debemos esforzarnos, tú y yo, mi amor, por conseguir que no sea necesario ningún otro heredero que el que tú puedas darme.

—Dios lo quiera —susurró ella, sumergiéndose en sus brazos y procurando expulsar de su mente todo lo que no fuera Arturo.

MORGANA, demorándose después de asegurarse de que las mujeres ocupaban el lecho, permaneció junto a la ventana, desasosegada. Elaine, que compartía el suyo, murmuró:

—Ven a dormir, Morgana; es tarde, debes estar cansada.

Negó con la cabeza.

—Creo que la luna se me ha metido en la sangre esta noche; no tengo sueño.

No deseaba yacer y cerrar los ojos; aunque no poseyera la Visión, los pensamientos la atormentarían. A todo su alrededor los hombres recién llegados se unían a sus esposas y pensó, sonriendo irónicamente en la oscuridad, es como Beltane en Avalon... incluso los soldados que eran solteros, estaba segura, de alguna forma habrían encontrado mujeres para pasar la noche. Todos, desde el Rey y su esposa, hasta los que se ocupaban de los establos, yacían en los brazos de alguien aquella noche, excepto las doncellas de la Reina. Ginebra consideraba su deber el proteger la castidad de éstas, incluso Balan lo había dicho. *Y yo estoy guardada con las doncellas de la Reina.*

Lancelot, en los esponsales de Arturo... eso había quedado en nada, aunque la culpa no fuera de ellos. *Y Lancelot ha permanecido lejos de la corte tan a menudo como le ha sido posible... sin duda, para no tener que ver a Ginebra en brazos de Arturo. Y ahora está aquí...* al igual que ella, estaba solo esa noche, entre los soldados y los jinetes, de seguro soñando con la Reina, con la única mujer que le era inaccesible. Cualquier otra mujer de la corte, desposada o doncella, estaba deseosa de tenerle, incluyéndola a ella. De no ser por la adversa suerte, habría yacido con él en la coronación de Arturo y, siendo un hombre de honor, si la hubiese dejado embarazada, se habría casado con ella.

No es probable que hubiera concebido, teniendo en cuenta el daño que sufrí al nacer Gwydion... pero no tenía por qué decírselo. Y podría haberle hecho feliz, aun sin darle un hijo. Hubo un tiempo en el que me deseó, antes de conocer a Ginebra, y asimismo después... de no ser por el infortunio, le habría hecho olvidarla en mis brazos...

Y no soy tan poco agraciada... cuando estaba cantando esta noche, muchos de los caballeros me miraban con deseo...

Podría hacer que Lancelot me deseara...

—¿No vienes a la cama, Morgana? —preguntó Elaine, impaciente.

—Todavía no... creo que voy a dar un paseo por el exterior —repuso Morgana, aunque a las damas de la Reina les estaba prohibido hacerlo, y Elaine se asustó con aquella timidez que tanto exasperaba a Morgana. Se preguntó si a Elaine se le habría contagiado el miedo de la Reina como si fuera una fiebre, o si era un nueva moda de comportamiento.

—¿No te da miedo hacerlo con todos los hombres acampados alrededor?

—¿No crees que ya estoy cansada de yacer sola? —Morgana rió. Mas vio que la broma ofendía a Elaine y dijo, con mayor gentileza—: Soy la hermana del Rey. Nadie me pondría la mano encima contra mi voluntad. ¿Realmente me crees tan tentadora que ningún hombre puede resistirse? Tengo veintiséis años, no soy una joven y delicada virgen como tú, Elaine.

Morgana se echó, sin desvestirse, junto a Elaine. En la oscuridad y el silencio, como había temido, su fantasía, ¿o era la Visión?, configuraba imágenes: Arturo con Ginebra, hombres y mujeres a todo su alrededor, en el castillo, unidos por el amor o la simple lujuria.

Y Lancelot, ¿estaba también solo? La asaltó el recuerdo nuevamente, imponiéndose a la imaginación, y recordó aquel día radiante en Tor, los besos de Lancelot, atravesando su cuerpo como un cuchillo, la amargura y el pesar de haber sido ofrendada en algún sentido. Y luego, cuando Arturo se desposó con Ginebra, él estuvo a punto de desgarrarle el vestido, poseyéndola en los establos, la había deseado entonces...

Ahora, nítida como la Visión, le llegó aquella imagen a la mente, Lancelot caminando solo por el patio con expresión vacía a causa de la soledad y la frustración... *No he utilizado la Visión ni mis poderes mágicos para atraerlo hacia mí con propósitos egoístas... se ha presentado sin que yo lo pretendiera...*

En silencio, moviéndose con sigilo para no despertar a la muchacha, se liberó del brazo de Elaine, deslizándose ágilmente del lecho. Sólo se había quitado los zapatos, y se agachó para ponérselos; luego, sin hacer ruido salió de la estancia, tan sigilosamente como un espíritu en Avalon.

Es un sueño fruto de mi propia imaginación. Si él no está allí, pasearé un rato bajo la luz de la luna para aplacar mi ansiedad y luego volveré al lecho. No habré causado ningún perjuicio. Mas la imagen persistía en su mente y comprendió que Lancelot estaba allí afuera solo e insomne, como ella.

El también pertenecía a Avalon... *las mareas solares fluyen por sus venas*... Morgana, deslizándose furtivamente más allá de la puerta, ante el adormecido vigilante, vislumbró el firmamento. La luna, en cuarto creciente, dejaba caer sus brillantes rayos sobre el empedrado que se encontraba delante de los establos. No, no es aquí; al otro lado... Por un momento pensó Morgana: *No está aquí, fue sólo un sueño, estaba fantaseando.* Casi se dispuso a volver a la cama, súbitamente avergonzada; si el vigilante la encontrara allí, todos sabrían que la hermana del Rey salía furtivamente de la casa cuando las personas honestas estaban durmiendo, sin duda por su inclinación a las aventuras.

—¿Quién vive? ¡Quieto, date a conocer! —La voz era grave y áspera, y pertenecía a Lancelot; súbitamente, a pesar de su alegría, Morgana tuvo miedo; la Visión se había mostrado como cierta; mas, ¿y ahora qué? Lancelot se llevó la mano a la espada; parecía muy alto y delgado entre las sombras.

—Morgana —dijo quedamente, y él apartó la mano de la espada.

—Prima, ¿eres tú?

Ella se aproximó y su rostro, contraído por la preocupación, se suavizó al verla.

—¿A estas horas? ¿Has venido a buscarme? ¿Hay algún problema? ¿Arturo, la Reina?

Incluso ahora piensa exclusivamente en la Reina, reflexionó Morgana, y experimentó un hormigueo de ira en las yemas de los dedos, y en todo su ser.

—No, todo está en calma por lo que sé —dijo—. No estoy enterada de los secretos del tálamo real.

El se sonrojó, sólo una sombra cubriéndole la cara en la oscuridad, y apartó la mirada.

—No podía dormir —prosiguió ella—, ¿cómo me preguntas qué estoy haciendo aquí si tampoco tú estás en el lecho? ¿O te ha nombrado Arturo su vigilante nocturno?

152

Pudo percibir la sonrisa de Lancelot.

—No más que a ti. Estaba desvelado cuando todos a mi alrededor dormían. Acaso la luna se me ha metido en la sangre.

Era la misma frase que ella había utilizado dirigiéndose a Elaine y, de alguna forma, aquello le pareció un buen augurio, un símbolo de que sus mentes se movían en una misma dirección y de que respondían el uno a la llamada del otro como una silente arpa vibra cuando se tañe una nota tras otra.

Lancelot prosiguió hablando quedamente en la oscuridad, a su lado.

—He permanecido insomne estas últimas noches, evocando tantas noches en la batalla.

—¿Y deseas volver a la guerra como todos los soldados?

Suspiró.

—No. Aunque quizás sea indigno de un soldado soñar, tarde o temprano, con la paz.

—No lo creo así —repuso Morgana en voz baja—. ¿Para qué hacéis la guerra si no es para que todo el pueblo pueda disfrutar de la paz? Si un soldado ama su oficio en demasía, se convierte en una simple arma para matar. ¿Qué otra cosa trajo a los romanos a nuestra pacífica isla sino el amor a la batalla y a la conquista por sí mismas?

Lancelot sonrió.

—Tu padre era uno de esos romanos, prima. Al igual que el mío.

—Pero tengo en mayor estima a las pacíficas Tribus, las cuales únicamente querían cultivar en paz la cosecha de cebada y adorar a la Diosa. Yo pertenezco al pueblo de mi madre, y al tuyo.

—Sí, aunque esos poderosos héroes de antaño de los que hablábamos antes, Aquiles, Alejandro, consideraban que la guerra y la batalla eran los asuntos más apropiados para un hombre e, incluso ahora, en estas islas, se está dando el que todos los hombres piensen en la batalla como en el más importante de los asuntos, y en la paz meramente como un tranquilo y femenino interludio. —Suspiró—. Son éstos graves pensamientos, y no me sorprende que no podamos conciliar el sueño, Morgana. Esta noche daría todas las grandes armas jamás forjadas y todas las galantes canciones sobre Aquiles y Alejandro por una manzana de los árboles de Avalon... —Volvió la cabeza. Morgana le tomó de la mano.

—También yo, primo.

—No sé por qué siento nostalgia de Avalon; no he vivido mucho tiempo allí —dijo Lancelot, meditando—. Y, aun así, creo que es el lugar más maravilloso de este mundo, si en realidad se encuentra en él. La vieja magia druida, creo, lo sacó de este mundo, porque era demasiado maravilloso para los imperfectos hombres y debe ser como un sueño del cielo, imposible... —Se recordó con ligera risa—. ¡A mi confesor no le gustaría oírme decir tales cosas!

Morgana se sonrió por lo bajo.

—¿Te has vuelto cristiano pues, Lance?

—No muy bueno, me temo —respondió él—. Sin embargo, esa fe me parece tan sencilla y buena, me gustaría poder creer. Afirman: cree en lo que no has visto, profesa lo que no conoces, eso es más virtuoso que creer en cuanto has visto. Incluso Jesús, aseguran, cuando volvió de la muerte, reprendió a un hombre que habría introducido las manos en sus heridas para comprobar si era un espectro o un ser real, porque era más perfecto creer sin haber visto.

—Pero todos volveremos de la muerte —repuso Morgana muy quedamente—, una y otra vez. No vivimos una sola vez, sino muchas hasta llegar a ser como los mismos Dioses.

El inclinó la cabeza. Ahora que sus ojos se habían adaptado a la escasa luz de la luna, podía verlo claramente, la delicada línea de la sien curvándose hacia el ojo, el largo y estrecho ángulo de la mandíbula, la suave oscuridad de las cejas y el pelo rizado sobre la frente. Nuevamente su belleza le oprimía el corazón.

—Había olvidado que eres una sacerdotisa y crees... —dijo él.

Se tomaban de la mano ligeramente; ella sintió que la de él se estremecía y la soltó.

—A veces no sé en qué creer. Quizá he estado demasiado tiempo lejos de Avalon.

—Tampoco yo lo sé —confesó Lancelot—, pero he visto a tantos hombres morir, y a tantas mujeres y niños pequeños en esta larga, larga guerra, que es como si hubiese estado luchando desde que tuve fuerzas para empuñar una espada. Y, cuando los veo morir, pienso que la fe es una ilusión, y la verdad que morimos todos como lo hacen las bestias, dejando de existir para siempre, como la hierba segada y las nieves del año pasado.

—Pero también retornan esas cosas —susurró Morgana.

—¿Lo hacen? ¿O es ésa la ilusión? —Su voz resonaba con amargura—. Acaso nada de eso tenga significado alguno, todos los discursos sobre Dioses y Diosas sean fábulas para consolar a los niños. Ah, Dios, Morgana, ¿por qué estamos hablando de esto? Deberías irte a descansar, prima, al igual que yo.

—Me iré si lo deseas —dijo ella y, cuando se volvía para hacerlo, la felicidad la embargó porque él le cogió la mano.

—No, no, cuando estoy solo caigo presa de todas estas angustiosas y lamentables dudas. Si he de tenerlas, prefiero hablar de ellas en voz alta para oír cuán ridículas son. Quédate conmigo, Morgana.

—Tanto tiempo como desees —susurró y sintió lágrimas en los ojos.

El alargó los brazos y le rodeó la cintura; la estrecharon, para aflojarse luego, víctimas del remordimiento.

—Eres tan pequeña. No me acordaba de cuán frágil eres. Podría romperte con mis manos, prima... —Erraron sus manos hasta el pelo de Morgana, que lo llevaba suelto bajo el velo. Lo acarició, enrollando las puntas en sus dedos—. Morgana, Morgana, en ocasiones me pareces una de las pocas cosas por las que vale la pena vivir, como aquella mujer del viejo pueblo de las hadas de la que habla la leyenda, la mujer elfo, viene de una tierra desconocida para dirigir palabras de belleza y esperanza a un mortal, luego vuelve a partir hacia las islas del oeste y nunca se la vuelve a ver.

—Yo no me marcharé —susurró ella.

—No.

En un extremo del empedrado del patio había un apeadero en el cual los hombres se sentaban a veces para esperar a que estuvieran preparados sus caballos; la condujo hasta él y dijo:

—Siéntate a mi lado —luego titubeó—. No, éste no es lugar para una dama —y empezó a reírse—. Ni tampoco lo era el establo aquel día, ¿te acuerdas, Morgana?

—Pensaba que tú lo habías olvidado después de que aquel demoníaco corcel...

—No deberías llamarlo demoníaco. Le ha salvado la vida a Arturo en la batalla más de una vez, por lo que él lo consideraría su ángel de la guarda —repuso Lancelot—. Ah, fue aquél un día desdichado. Te habría agraviado, prima, de tomarte de esa manera. A menudo he deseado pedirte perdón, oírte decir que me disculpas y no me guardas rencor.

—¿Rencor? —Le miró sintiéndose de repente aturdida por una oleada de intensa emoción—. ¿Rencor? Unicamente, tal vez, a quienes nos interrumpieron.

—¿De veras? —Era la voz de él suave. Le tomó el rostro entre las manos y se inclinó, resueltamente, para besarla en los labios. Morgana se inclinó levemente hacia él. Iba esmeradamente afeitado, a la usanza romana, y percibió la cosquilleante suavidad de su cara contra la mejilla. La atrajo hacia sí, emitiendo un tierno murmullo. El beso continuó hasta que ella, finalmente, con renuencia, hubo de apartarse para respirar y él sonrió levemente, arrebatado.

—Aquí estamos de nuevo... es como si hubiésemos estado antes... y ésta vez le cortaré la cabeza a quienquiera que nos interrumpa... aunque estamos besándonos en el patio del establo como un sirviente y una muchacha de las cocinas. ¿Y ahora qué, Morgana? ¿Adónde vamos?

Nada se le ocurría a ella, no había sitio alguno, al parecer, seguro para ellos. No podía llevarlo a la estancia donde dormía con Elaine y cuatro doncellas de Ginebra, y Lancelot había afirmado que prefería dormir entre los soldados. Algo en un rincón de su mente le decía que no era éste el modo; la hermana del Rey y su mejor amigo no debieran estar buscando un pajar. El modo apropiado, si de veras sentían ambos lo mismo, era esperar el alba y pedir licencia a Arturo para casarse...

Empero, en su corazón, tan escondida que le era necesario buscarla, estaba la convicción de que no era aquello lo que deseaba Lancelot; en un momento de pasión podía llegar a desearla, pero nada más. Y, por un momento de pasión, ¿lo atraparía en una promesa para toda la vida? El proceder en las fiestas tribales era más honesto, el hombre y la mujer se unían con las mareas lunares y solares en la sangre, tal era el designio de la Diosa; y únicamente si querían, más tarde, compartir un hogar y criar hijos el matrimonio se hacía indispensable. En el fondo sabía, igualmente, que no anhelaba casarse con Lancelot ni con ningún otro, aunque entendía que, por su bien, por el de Arturo e incluso por el de Ginebra, lo mejor sería alejarlo de la corte.

Pero sólo fue un pensamiento fugaz. Su proximidad le daba vértigo, el palpitar de su corazón resonándole en la mejilla. La deseaba; no pensaba ahora en Ginebra ni en nadie, salvo en ella.

Que sea de nosotros lo que la Diosa disponga, hombre y mujer...

—Ya sé —susurró y le cogió de la mano. Rodeando los establos y la fragua había un sendero que conducía al huerto. La hierba era tupida y suave, y a veces las mujeres se sentaban allí en las tardes luminosas.

Lancelot extendió la capa sobre la hierba. A su alrededor se percibía el indefinible aroma de las verdes manzanas, y Morgana pensó; *Es casi como si estuviéramos en Avalon.* Con esa habilidad que él tenía para apresar sus pensamientos, murmuró:

—Esta noche hemos encontrado un rincón de Avalon —y la tendió a su lado. Le quitó el velo, acariciándole el cabello, y ahora ya no parecía tener prisa, tomándola con gentileza, una y otra vez se inclinaba para besarla en la mejilla o en la frente.

—La hierba está seca, no ha caído rocío. Es bastante probable que llueva antes del amanecer. —Murmuró él, acariciándole los hombros y las pequeñas manos.

Percibía su mano, dura y encallecida por la espada, tan dura que se sorprendió al recordar que era cuatro años más joven que ella. Había oído la historia... él nació cuando Viviane creía haber dejado atrás la fertilidad. Sus largos dedos podían rodearle toda la mano y ocultarla; jugueteaba él con sus dedos, con los anillos. Experimentó vértigos, estremecimientos, pasión inundándola como el oleaje sube y cubre la playa, se sumergió para quedar anegada por sus besos. El murmuró algo que no pudo escuchar.

Hubo de ayudarle a despojarse del vestido. Los trajes utilizados en la corte eran mucho más complicados que las sencillas prendas que llevara como sacerdotisa y se sintió torpe, desmañada. ¿Le gustaría ella? Sus senos no se habían recuperado desde que nació Gwydion.

Mas él pareció apercibirse del cambio. Poco después perdió la noción de todo, nada existía en el mundo para ella mas que las manos que la tocaban, el pulso y el tacto en sus propios dedos recorriendo la suavidad de aquellos hombros... de alguna forma siempre había pensado que el pelo del pecho en los hombres debía ser basto y crespo, pero no era así el de Lancelot, sino suave y sedoso como sus propios cabellos, rizados y abundantes. Fugazmente, rememoró la primera vez, con un joven que no tenía más de diecisiete años y apenas sabía nada, viéndose obligada a guiarlo, a mostrarle qué debía hacer... y para ella fue esa la única vez, llegaba a Lancelot siendo casi virgen... Con súbito pesar deseó que esta *fuera* la primera vez, pudiendo haberse convertido de tal modo en una dichosa remembranza; debería haber sido así, así era como debería haber sido... Apretó el cuerpo contra el suyo, aferrándose implorante, gimiendo; no podía soportar ya aguantar más tiempo...

Parecía que no estaba todavía dispuesto, aunque toda ella era un alentar por él, fluyendo el cuerpo con el pulso de la vida y el deseo. Se apretó contra él, anhelante, labios ávidos, implorantes. Susurró su nombre, suplicando ya, casi temerosa. El siguió besándola gentilmente, acariciándola y aquietándola; mas no deseaba sosiego ahora, su cuerpo clamaba plenitud, en anhelo voraz, en agonía. Intentó hablar, rogarle, pero sólo acertó a emitir un sollozo.

El la atrajo amablemente hacia sí, acariciándola aún.

—Calma, no, calma, espera, todavía no. No quiero herirte o deshonrarte, nunca pienses eso. Aquí, tiéndete aquí junto a mí, espera, procuraré complacerte...

Presa de la angustia y la confusión, le dejó hacer pasivamente, aunque, mientras su cuerpo estallaba en gritos por el placer que había recibido, una curiosa ira crecía en su interior. ¿Qué era del flujo de la vida entre dos cuerpos, varón y hembra, las mareas de la Diosa creciendo y compeliéndolos? De alguna forma, le parecía que él estaba conteniendo aquel oleaje, que estaba haciendo de su amor una simulación y un juego, una excusa. Y a él no parecía importarle, era como si pensara que debiera ser así para que ambos pudieran obtener placer... como si nada le preocupase más que los cuerpos, como si no hubiese mayor conjunción con el todo de la vida. Para una sacerdotisa, educada en Avalon y armonizada con las grandes mareas de la vida y la eternidad, este cuidadoso, contenido, deliberado encuentro amoroso le resultaba casi un ultraje, una negativa a entregarse en los dos a la voluntad de la Diosa.

Y después, en las profundidades del placer mezclado

con la humillación, comenzó a disculparlo. No había sido educado en Avalon como ella, sino que pasó de la adopción a la corte y a la disciplina militar; había sido un soldado casi desde que tuvo fuerzas para levantar una espada, se había pasado la vida en las contiendas, y acaso no supiera; o quizás sólo estaba acostumbrado a mujeres de las que únicamente daban un momento de alivio para el cuerpo, o a las que tan sólo juegan con el encuentro amoroso sin dar nada... El había dicho: *no quiero herirte o deshonrarte,* como si verdaderamente creyese que pudiera haber algo errado o deshonroso en aquel encuentro. Agotado, se había apartado un poco de ella, pero seguía. Cerró los ojos, cogiéndose a él, colérica y desolada. Bueno, bueno, quizá fuera lo que se merecía; había hecho el papel de ramera al ir con él hasta allí, tal vez tan sólo se había ganado el que la tratase como a una... y estaba tan entontecida que había consentido que la tomara así, le habría permitido hacer cuanto quisiera, sabiendo que si exigía más perdería incluso esto, y lo deseaba, estaba todavía sedienta de él con un intolerable dolor que nunca quedaría completamente aplacado. Y Lancelot no la amaba en absoluto... su corazón continuaba ansiando a Ginebra, o alguna otra mujer a la que pudiera tener sin dar más de sí mismo que un huero roce de la piel... una mujer que se contentara con entregarse sin pedir a cambio más que placer. A través del dolor y la sed de su amor, una tenue franja de desdén iba abriéndose paso y era la mayor agonía de todas. Y sabía que no por esto lo amaba menos, sabía que lo amaría siempre, como en aquel momento de ansia y desesperación.

Se incorporó, cogiendo el vestido, ajustándolo a sus hombros con dedos trémulos. El permanecía silencioso, y extendió las manos para ayudarle en su tarea. Mucho tiempo después dijo pesaroso:

—Nos hemos equivocado, Morgana, tú y yo. ¿Estás enfadada conmigo?

No podía hablar; el dolor le atenazaba la garganta.

Finalmente repuso, esforzando la voz para articular las palabras:

—No, no estoy enfadada —y comprendió que debería alzar la voz y gritarle en demanda de cuanto él no podía darle, ni a ninguna mujer, quizás.

—Eres mi prima, mi deuda... no se ha hecho ningún daño —dijo con voz estremecida—. Al menos no habré de maldecirme por haberte traído el deshonor ante toda la corte. No te haría eso ante el mundo. Créeme, prima, te quiero bien.

Ella no pudo reprimir los sollozos ahora.

—Lancelot, te lo ruego, en nombre de la Diosa, no hables así, ¿qué daño hemos hecho? Así lo ha querido la Diosa, ambos lo deseábamos.

El hizo un ademán angustiado.

—Hablas así de la Diosa y de tales cosas paganas cuando debería guardarme el pecado... Casi me das miedo, prima, y sin embargo te he mirado con lujuria y perversidad, sabiendo que era errado. —Se puso las prendas con manos temblorosas. Por último dijo, casi angustiado—: Este pecado me parece más grave, supongo, de lo que es. Desearía que no te parecieras tanto a mi madre, Morgana.

Era como un golpe en pleno rostro, como un golpe cruel y rastrero. Por un momento no pudo articular palabra. Luego, durante un instante, fue como si toda la cólera de la Diosa la poseyera y se sintió crecida, alzada, entendió que se trataba del encanto de la Diosa embargándola como sucediera en la barca de Avalon; se sintió, pequeña e insignificante como era, elevándose sobre él, y vio al poderoso caballero encogiéndose, pequeño y atemorizado, como todos los hombres resultan a los ojos de la Diosa.

—Eres... eres un despreciable cretino, Lancelot —dijo—. ¡No vale la pena maldecirte!

Dándose la vuelta huyó de él, dejándole allí sentado con los calzones a medio poner, mirándola con asombro y vergüenza. Palpitaba su corazón desbocado. Una parte de ella había deseado gritarle, tan agudamente como una

gaviota; la otra quería deshacerse y pedir agónica, desesperada, el profundo amor que le había negado, rehusado,
rechazando a la Diosa que había en ella... Fragmentos de
ideas revolotearon en su mente, un viejo cuento sobre
la Diosa que se vio sorprendida y rechazada por un hombre, y cómo ésta hizo que lo despedazaran los sabuesos
con los que iba de cacería... y el pesar porque cuanto
había soñado en todos aquellos largos años quedaba reducido a rescoldos y ceniza para ella.

*Un sacerdote diría que éste es el precio del pecado. Ta-
les cosas le oí decir, con bastante frecuencia, al sacerdote
de la casa de Igraine antes de partir para educarme en
Avalon ¿Soy en el fondo más cristiana de lo que creo ser?*
Y nuevamente era como si debiera rompérsele el corazón
debido a la ruina y el naufragio de su amor.

En Avalon aquello nunca habría sucedido, quienes
se acercaban a la Diosa por aquel camino jamás habrían
rehusado su poder... Anduvo de un lado a otro, con la rabia que no se aplacaba ardiendo en las venas, sabiendo que
nadie podría entender cómo se sentía salvo otra sacerdotisa de la Diosa. *Viviane*, pensó anhelante, *Viviane lo com-
prendería, o Cuervo, o cualquiera de las educadas en la
Casa de las Doncellas... ¿qué he estado haciendo todos
estos largos años, alejada de la Diosa?*

HABLA MORGANA...

*Tres días más tarde fui a solicitar la venia de Arturo
para marcharme de su corte y cabalgar hacia Avalon; tan
sólo dije que sentía nostalgia de la Isla y de Viviane, mi
madre adoptiva. Y en aquellos días no hablé con Lancelot
de no ser para intercambiar las pequeñas cortesías coti-
dianas cuando no podíamos evitar encontrarnos. Incluso
en éstas observé que no quería mirarme a los ojos; me
sentí colérica y avergonzada, y me propuse rehuirlo.*

162

Así pues tomé el caballo y cabalgué hacia el este atravesando las colinas; no retorné a Caerleon durante muchos años, ni supe nada de cuanto acaeciera en la corte de Arturo... pero esa es una historia para otra ocasión.

VIII

En el verano del siguiente año, los sajones fueron concentrándose fuera de la corte, y Arturo y sus hombres se pasaron todo el año reuniendo un ejército para la batalla que sabían que habría de producirse. Arturo se puso al frente de sus hombres e hizo retroceder a los sajones, mas esta no fue la batalla decisiva ni la victoria que había esperado; ciertamente produjeron grandes daños a los sajones, que les obligarían a grandes esfuerzos para recobrarse, pero Arturo no contaba con hombres y caballos suficientes para derrotarlos firme y definitivamente, como pretendía hacer. En aquella contienda sufrió una herida, la cual no parecía seria; pero se infectó y se inflamó, y hubo de pasar gran parte del otoño en cama. Cayeron los primeros copos de nieve sobre los muros de Caerleon antes de que pudiese caminar un poco por el patio, apoyándose en un bastón; y las cicatrices ya nunca se borrarían de su piel.

—Hasta bien entrada la primavera no podré montar a caballo —le dijo lúgubremente a Ginebra, que se encontraba muy cerca del muro, envuelta en una capa azul.

—Bien puede ser —dijo Lancelot— y aun tardar más, mi señor, si coges frío en la herida antes de que esté completamente sanada. Te ruego que entres. Mira, hay nieve sobre la capa de Ginebra.

—Y en tu barba, Lance, ¿o es que está empezando a encanecerse? — inquirió Arturo con sorna, y Lancelot rió.

—Ambas cosas, supongo, aunque en eso me llevas ventaja, mi rey, tu barba es tan clara que las canas no se notarán cuando lleguen. Aquí, apóyate en mi brazo.

Arturo habría rehusado, pero Ginebra dijo:

—No, cógete de su brazo, Arturo, estropearás todas nuestras atenciones médicas si te caes, y las piedras están resbaladizas con esta nieve que se funde al caer.

Arturo suspiró, apoyándose en el brazo de su amigo.

—Ahora me hago una idea de lo que debe ser hacerse viejo.

Ginebra fue hacia él y le cogió del otro brazo.

—¿Me amarás y me sustentarás así cuando de veras el pelo y la barba encanezcan y haya de ir con un bastón como Merlín? —preguntó riendo.

—Aunque tengas noventa años, mi señor —respondió Lancelot, riendo con él—. Puedo imaginarme la escena, Ginebra sujetándote de un brazo y yo del otro, dirigiéndonos con pasos torpes hacia el trono. Todos tendremos más o menos los noventa. —Súbitamente se puso serio—. Estoy preocupado por Taliesin, mi señor. Cada vez está más débil y le falla la vista. ¿No debería volver a Avalon y descansar sus últimos años en paz?

—Sin duda debería hacerlo —repuso Arturo—. Pero dice que no me dejará solo, aconsejado únicamente por sacerdotes.

—¿Qué mejores consejeros podéis tener que los sacerdotes, mi señor? —preguntó Ginebra. Le inquietaba la palabra *Avalon;* le atemorizaba pensar que Arturo había jurado defender su pagano proceder.

Entraron en el salón donde estaba ardiendo el fuego y Arturo hizo un ademán de contrariedad cuando Lancelot le dejó en su silla.

—Sí, coloca al anciano junto al fuego y dale el jarabe. Me sorprende que me permitáis llevar zapatos y calzas en vez de un camisón de dormir.

—Mi querido señor... —empezó a decir Ginebra, mas Lancelot le puso una mano en el hombro.

—No te apures, deuda, todos los hombres son así, prestos a enojarse cuando están enfermos. No se da cuenta de lo bien atendido que está por bellas mujeres y agasajado con delicados alimentos y ropa limpia, y esos jarabes que tanto desdeña... Yo me he encontrado herido en el campo de batalla, atendido por un hosco viejo demasiado tullido para luchar, yaciendo sobre mis propios excrementos porque no podía moverme y nadie se acercaba para ayudarme, contando exclusivamente con un poco de cerveza amarga y pan duro para mojar en ella. Deja de gruñir. Arturo, o procuraré que te cures de tus heridas de la manera viril que corresponde a un verdadero soldado.

—Sí, estoy seguro de que lo haría —dijo Arturo, sonriendo con afecto a su amigo—. No temes demasiado a tu rey, Príncipe Galahad. —Cogió la cuchara de asta de la mano de su esposa y empezó a comer la mezcla hecha con vino caliente, miel y pan ensopado—. Sí, es bueno y calienta el estómago; tiene especias, ¿verdad? de esas que me pediste que mandara traer desde Londinium...

Cai se acercó, cuando Arturo había terminado, y preguntó.

—¿Cómo sigue la herida después de haber estado caminando una hora, mi señor? ¿Te duele mucho?

—No tanto como la última vez, y eso es todo lo que puedo decir —contestó Arturo—. Es la primera vez que experimento lo que es el auténtico miedo, miedo a morirme sin haber completado mi trabajo.

—Dios no lo permitirá —manifestó Ginebra.

Arturo le dió palmaditas en la mano.

—Eso me digo a mí mismo, pero una voz interior no deja de afirmar que ése es el gran pecado de la soberbia: la creencia de que no se puede ser sustituido en la obra que Dios quiere que se haga. He pensado mucho sobre tales cosas mientras yacía incapaz de poner un pie en el suelo.

—No veo que tengas tanto por hacer, exceptuando la victoria final sobre los sajones, mi señor —repuso Cai—, mas ahora debes irte al lecho. Estás cansado por el ejercicio en el exterior.

Cuando Arturo quedó tendido sobre su cama, Cai le

quitó la ropa y examinó la gran herida que todavía, aunque levemente, rezumaba en las prendas.

—Mandaré llamar a las mujeres —dijo—, no debes volver a ponerte prendas sobre esto, lo has rozado. Es una suerte que no se haya abierto mientras estabas caminando. —Cuando las mujeres hubieron llevado humeantes cuencos y mojado las compresas de hierbas en agua caliente, pusieron paños doblados sobre la herida que obligaron a Arturo a estremecerse y protestar.

—Sí, más aun con eso eres afortunado —le reconvino Cai—. Si la espada te hubiese golpeado un palmo más hacia el lado, Ginebra tendría más razones para apenarse y serías conocido a todo lo ancho y largo de Bretaña como el rey castrado... como el de aquella vieja leyenda. ¿No conoces la historia del rey que fue herido en la ingle y todos sus poderes se desvanecieron, haciendo que la tierra se marchitase en espera de que llegase algún joven capaz de fertilizarla y renovarle...?

Ginebra se estremeció y Arturo dijo enfadado, retorciéndose de dolor debido al calor de la compresa:

—¡Esa no es historia para contársela a un hombre herido!

—Creí que te haría ser más consciente de tu buena fortuna, pues tu tierra no se marchitará quedando estéril —repuso Cai—. Para Pascua, me atrevería a decir que la Reina podría volver a estar embarazada, si tienes suerte.

—Dios lo quiera —exclamó Arturo, mas su esposa se estremeció.

Una vez más había concebido y una vez más todo se había estropeado, tan rápidamente que apenas se percató de estar encinta. ¿Iba a ser siempre así? ¿Era incapaz de tener un hijo? ¿Era un castigo de Dios a ella que se había estado esforzando en hacer de su esposo un cristiano mejor?

Una de las mujeres quitó el paño para reemplazarlo.

—No, deja que lo haga mi dama, tiene las manos más delicadas —dijo Arturo, y Ginebra tomó el paño humeante, tan caliente que se quemó los dedos; mas aceptó el

167

dolor como penitencia. Era culpa suya, todo era culpa suya. Había sido un error el que se casara con ella. Entonces tenía dieciocho años y ya habían pasado sus años más fértiles. Tal vez...

Si Morgana estuviera aquí, con seguridad la instaría a hacerme un conjuro que me devolviese la fertilidad...

—Me parece que ahora necesitaríamos los saberes curativos de Morgana —dijo—. La herida de Arturo no mejora como debiera y ella es una notable experta en las artes curativas, como la Señora de Avalon. ¿Por qué no enviamos recado a Avalon instando a una de ellas a venir?

Cai frunció el ceño:

—No veo que haya necesidad de eso. La herida de Arturo está bastante mejorada. He visto muchas peores que sanaron por completo.

—Empero, me agradaría recibir a mi buena hermana —dijo Arturo—, o a mi amiga y benefactora, la Señora del Lago. Más, por lo que Morgana me dijo, no creo que vaya a verlas juntas...

—Enviaré un mensaje a Avalon rogándole a mi madre que venga —intervino Lancelot—, si así lo quieres, Arturo —pero miraba a Ginebra.

Sus miradas se encontraron momentáneamente. En aquellos meses de la enfermedad de Arturo, a ella le parecía que había estado siempre a su lado, dándole una fortaleza que no habría tenido sin él. Durante los primeros días, cuando nadie creía que Arturo pudiese vivir, lo había velado con ella, incansable, con un amor por Arturo que la hacía avergonzarse de sus pensamientos. *Es primo de Arturo, como Gawaine, se halla en igual proximidad al trono por ser hijo de la hermana de Igraine; si algo le ocurriera a Arturo, sería el rey que necesitamos... en los días de antaño el rey era únicamente el marido de la reina...*

—¿La llamaremos, pues, a Lady Viviane? —inquirió Ginebra.

—Sólo si tú deseas verla —respondió Arturo suspirando—. Pienso ahora que todo lo que necesito es una gran cantidad de esa paciencia que el obispo me aconsejó la última vez que hablé con él. Dios ha sido bondadoso conmigo por cierto, pues los sajones no cayeron sobre mí cuando yacía imposibilitado y, si sigue mostrándome su gracia, seré capaz de cabalgar cuando vuelvan. Gawaine está reuniendo a los hombres en el norte, ¿no está con Lot y Pellinore?

—Sí —Lancelot reía—. Le ha dicho a Pellinore que el dragón ha de esperar hasta que nos hayamos enfrentado al caballo blanco... debe venir y traer a todos sus hombres cuando le convoquemos. Y Lot también vendrá, aunque se está haciendo viejo. No dejará pasar ninguna oportunidad de que alguno de sus hijos ocupe tu lugar.

Y así ocurrirá ciertamente, si no le doy un heredero a Arturo, pensó Ginebra. Era como si cualquier palabra que se dijera sobre cualquier asunto, fuese una flecha, un escarnio dirigido a su corazón por haber fracasado en el primer deber de una reina. Arturo la amaba, podrían haber sido felices de haberse librado del sentimiento de culpa por no tener hijos. Casi se había alegrado de su herida, pues así no pensaría en yacer con mujer alguna y nada podía reprocharle; podía cuidarlo y mimarlo, tenerlo para sí como raramente puede una esposa cuando su marido pertenece a todo un reino. Podía amarlo, sin estar pensando siempre en su incapacidad; cuando la tocara, pensar en el amor y no únicamente en el temor y en la atormentada esperanza. *Esta vez me dejará por fin encinta; y, si así ocurre, ¿irá todo bien o abortaré el preciado futuro del reino?* Le había cuidado, asistiéndole noche y día como una madre asiste a un niño enfermo; y cuando él empezó a recobrar las fuerzas, se sentó a su lado, le dio conversación, cantó para él, aunque no tuviera la dulce voz de Morgana. Fue a las cocinas y le preparó por sí misma las cosas que a un hombre enfermo puede apetecerle comer, para lograr que se recuperase del estado en que quedó a principios del verano.

Aunque, ¿de qué sirven todos mis cuidados si no me cercioro de que habrá un sucesor para el reino?

—Ojalá estuviese Kevin aquí —dijo Arturo—, o Morgana, me gustaría escuchar un poco de música; no disponemos ahora en la corte de buenos juglares.

—Kevin ha vuelto a Avalon —indicó Lancelot—. Merlín me contó que ha ido por asuntos sacerdotales, tan secretos que nada más podía revelarme. Me sorprende que los clérigos permitan que estos misterios druídicos se den en una tierra cristiana.

Arturo se encogió de hombros.

—No tengo poder sobre la conciencia de ningún hombre.

—Dios será loado según sea su voluntad, Arturo, no como los hombres decidan, y por eso nos envió a Cristo —intervino Ginebra.

—Mas no lo envió a esta tierra —replicó Arturo—, y cuando el santo José vino a Glastonbury, e introdujo su báculo en la tierra y floreció, los druidas le dieron la bienvenida y él no desdeñó el compartir su sabiduría.

—El obispo Patricius afirma que ésa es una historia maligna y herética —insistió Ginebra— y los sacerdotes que compartieron el culto con los druidas deberían ser despojados del sacerdocio y expulsados como él hizo con los druidas.

—No lo hará en mis días —dijo Arturo con firmeza—. He jurado proteger a Avalon. —Sonrió extendiendo la mano hacia donde la gran espada. Excalibur pendía en la vaina de terciopelo carmesí—. Y tienes razones para estar agradecida por tal magia, Ginebra; de no haber tenido esa vaina conmigo, nada podría haberme salvado. Aun portándola, estuve a punto de desangrarme hasta morir y sólo su mágico poder restañó la sangre. ¿No sería yo peor que un ingrato si traicionara su buena voluntad?

—¿Eso crees? —preguntó ella—. ¿Vas a poner la magia y las brujerías por encima de los designios de Dios?

—Amada mía —dijo Arturo acariciándole el rubio cabello—, ¿crees que el hombre puede lograr algo que se oponga a la voluntad de Dios? Si esta vaina impidió que me desangrara hasta morir, es porque no era voluntad de

Dios que feneciera. Me parece que mi fe está más cercana a Dios que la tuya si temes que algún brujo pueda alterar sus deseos. Todos estamos en sus manos.

Ginebra miró fugazmente a Lancelot; en su cara se dejaba ver una sonrisa y, por un momento, se le ocurrió que se estaba burlando de ellos; mas después, pensó que estaba equivocada, que lo que le pareció una sonrisa no había sido más que una leve sombra.

—Bien, si te apetece oír música, Arturo, Merlín vendrá a tocar para ti, supongo; aunque se hace viejo y su voz ya no es adecuada al canto, sus manos todavía tienen gran habilidad para tañer el arpa.

—Llamadle, pues —dijo Arturo riendo—. Se nos cuenta en las Escrituras que el viejo Rey Saúl mandó llamar a su joven arpista para que tocase y aliviase su mente, pero, heme aquí, un joven rey que necesita que su viejo arpista toque y le alegre el alma.

Lancelot fue en busca de Merlín y, cuando éste llegó con el arpa, permanecieron largo tiempo en el salón escuchando la música.

Ginebra recordó a Morgana tocando en aquel mismo lugar. *Ojalá estuviera aquí para darme algún encanto, aunque no antes de que mi señor se recobre...* y luego, observando a Lancelot que se encontraba al otro lado del fuego, se sintió desfallecer. Estaba él sentado en un banco echado hacia atrás y escuchando la música con las manos entrelazadas detrás de la cabeza, las largas piernas extendidas hacia el hogar. Los demás hombres y mujeres se habían apiñado muy cerca para escuchar la música; Elaine, la hija de Pellinore, había sido lo bastante audaz para acercarse y tomar asiento en el banco junto a Lancelot, mas él no le prestaba ninguna atención.

Lancelot sería un buen esposo. Debería decidirme y escribir al Rey Pellinore diciéndole que habría de dar la mano de Elaine a Lancelot; es mi prima y no muy distinta a mí, y tiene la edad adecuada. Sin embargo, supo que no lo haría; se dijo que tiempo habría más que suficiente cuando Lancelot les indicara que deseaba desposarse.

Si Arturo no se recobrara...

Oh, no, no, nunca debo pensar en eso... Se persignó disimuladamente. Mas, reflexionó, hacía mucho que no estaba en los brazos de Arturo y era probable que no pudiese engendrar un hijo... Se descubrió preguntándose cómo sería yacer con Lancelot, ¿podría éste darle el hijo que anhelaba? Supongamos que tomaba a Lancelot como amante. Sabía que había mujeres que se daban a tales cosas... Morgause ya no lo llevaba en secreto; ahora que había pasado la fertilidad sus aventuras eran tan escandalosas como las del mujeriego de Lot. Sintió que el rubor le subía a las mejillas y esperó que nadie lo hubiese notado, mientras miraba las manos de Lancelot que descansaban sobre sus piernas y se preguntaba cómo sería verse acariciada por ellas. No, no debía pensar en eso.

Cuando las mujeres toman amantes deben tener cuidado de no quedarse encinta, no tener un hijo que les traería la desgracia a ellas o la vergüenza a sus maridos; mas si fuera estéril, nada importaría... sería su buena fortuna... En el nombre de Dios, ¿cómo podía ella, una mujer casta, tener tan malos pensamientos? Ya la habían asaltado tales ideas anteriormente y, cuando las dijo en confesión, el sacerdote le respondió que era razonable que debido a la larga enfermedad de su marido, sus pensamientos se volvieran hacia estas cosas; no debía sentirse culpable, sino orar mucho y cuidar de su esposo, pensando que para *él* era aún más difícil. Y Ginebra lo había reconocido como un consejo bueno, sensato y cortés, mas sentía que no había comprendido del todo hasta qué punto era una mujer pecadora y cuán malignos y despreciables eran sus pensamientos. De otra forma, con seguridad, la habría reprendido imponiéndole una pesada penitencia, tras lo cual se habría sentido mejor y más libre...

Lancelot nunca le reprocharía que fuera estéril.

Se dió cuenta de que alguien había pronunciado su nombre y levantó la cabeza, confundia, como si sus pensamientos estuvieran expuestos ante todos.

—No, no más música, mi señor Merlín —dijo Arturo—. Mirad, está oscureciendo y mi dama se duerme sobre el banco. Está agotada de tanto atenderme. Cai, ocúpate de que los hombres cenen, pero yo me retiraré al lecho y allí comeré algo.

Ginebra se puso en pie, fue hasta Elaine y le pidió que ocupara su lugar en el salón; ella acompañaría al Rey. Cai se dirigió a ver a los sirvientes y Lancelot se demoró para ayudar a Arturo, que con la ayuda del bastón y cojeando, iba hacia su cámara. Lancelot colocó a Arturo en el lecho con tanto cuidado como cualquier enfermera.

—Si necesitas algo durante la noche, manda a buscarme; ya sabes donde duermo —le dijo en voz baja a Ginebra—. Puedo levantarle con mayor facilidad que nadie.

—Oh, no, no, creo que no habrá necesidad alguna por ahora —repuso ella—, pero te lo agradezco.

Parecía tan alto, de pie, junto a ella... apoyó la mano amablemente sobre su mejilla.

—Si quieres ir a dormir con tus doncellas, me quedaré para velarlo. Tienes aspecto de necesitar una larga noche de sueño ininterrumpido. Eres como una madre cariñosa que no descansa hasta que su niño puede dormir sin agitarse. Yo cuidaré de Arturo, no es necesario que te quedes ahora.

—Eres tan bueno conmigo —dijo ella—, pero prefiero estar junto a él.

—Mándame llamar si me necesitas. No trates de levantarlo tú —insistió Lancelot—, prométemelo, Ginebra.

Cuán dulce sonaba su nombre en aquellos labios; más dulce que cuando decía *mi reina* o *mi señora...*

—Te lo prometo, amigo mío.

El se inclinó, dándole un ligerísimo beso en la frente.

—Pareces tan cansada —le dijo—. Vete al lecho y duerme bien.

Demoró él la mano un momento en su mejilla y, cuando la apartó sintió como si la mejilla quedase fría y desprotegida. Después fue a tenderse en el lecho junto a Arturo.

Durante un tiempo creyó que él dormía. Pero finalmente le oyó decir en la oscuridad:

—Ha sido un buen amigo para con nosotros, ¿no es cierto, esposa mía?

—Ningún hermano habría sido mejor.

—Cai y yo nos criamos como hermanos y le quiero bien, mas es cierto lo que afirman, la sangre es más espesa que el agua, y los parentescos de sangre comportan una proximidad que no había imaginado hasta conocer a algunos de los que llevan mi sangre... —Arturo se movía en la cama, intranquilo, suspirando—. Ginebra, hay algo que quiero decirte.

Ella estaba atemorizada, le palpitaba el corazón, ¿había visto a Lancelot besándola, la acusaría de desleal?

—Prométeme que no vas a volver a llorar, no puedo soportarlo —prosiguió él—. Te juro que no tengo intención alguna de hacerte reproches, mas llevamos desposados varios años y tan sólo en dos ocasiones has tenido la esperanza de un hijo. No, no, te lo ruego, no llores, déjame hablar —le suplicó—. Puede que no sea culpa tuya, sino mía. He poseído a otras mujeres, como hacen todos los hombres. Pero, aunque nunca he intentado ocultar quién era, en todos estos años no ha venido ninguna mujer hasta mí, ni sus allegados, para decirme que tengo un hijo bastardo. Es posible que sean mis semillas las que carecen de vida, de forma que cuando concibes, el niño ni tan siquiera llega a formarse...

Ella inclinó la cabeza, dejando que el cabello le ocultase el rostro. ¿También se lo reprochaba él?

—Ginebra, escúchame, debe haber un sucesor para este reino. Si me dieses un hijo que ocupase el trono, ten por seguro que yo no te haría preguntas jamás. En lo que a mí respecta, reconoceré como mío y educaré como a mi heredero a cualquier hijo que tengas.

Ella sintió que el ardor que le subía hasta el rostro iba a convertirse en llamas. ¿Cómo podía creerla capaz de traicionarlo?

—Jamás, jamás podría hacer eso, mi señor y mi rey.

—Conoces el proceder de Avalon... No esposa mía, no me interrumpas, déjame hablar, donde, cuando un hombre y una mujer se encuentran en esta situación, se afirma que el hijo ha nacido del Dios. Ginebra, me gustaría que Dios nos enviase un hijo, quienquiera que represente el papel de procreador, ¿me entiendes? Y, si ocurriera que aquel que así cumple fuese el más querido de mis amigos y el más cercano de mis parientes, le bendeciría al igual que al hijo que alumbraras. No, no, no llores, no diré nada más —declaró él suspirando, extendiendo los brazos hacia ella, dejándola apoyarse sobre su hombro—. No merezco que me ames tanto.

Al cabo de un rato se durmió, pero Ginebra continuó despierta, con las lágrimas corriéndole por el rostro. *Oh, no, pensó, mi querido amor, mi amado señor, soy yo quien no es digna de tu estima, y ahora casi llegas a darme licencia para que te traicione.* De súbito, y por vez primera en su vida, envidió a Arturo y a Lancelot. Eran hombres, llevaban una existencia activa, debían salir al mundo y arriesgarse a morir en la batalla, mas estaban exentos de aquellas terribles decisiones. Cualquier cosa que ella hiciera, cualquier decisión que tomara, por nimia que fuese, si excedía de escoger entre cabrito o carne de vaca seca para la cena, era un peso sobre su alma, y ahora la obligaban a decidir sobre algo que afectaba al destino de los reinos. La elección era suya, podía darle o no un heredero al reino; uno que fuera de la sangre de Uther Pendragón o... que no lo fuera. ¿Cómo podía ella, una mujer, tomar tal decisión? Ginebra se tapó la cabeza con las mantas, se encogió y permaneció allí.

Aquella misma tarde había estado sentada observando a Lancelot, el cual escuchaba al arpista, y la idea había llegado a su mente en forma furtiva. Le había amado durante mucho tiempo, pero ahora empezó a darse cuenta de que sólo era deseo; en el fondo no era mejor que Morgause, que se acostaba cuando le apetecía con los caballeros de su marido e incluso, murmuraban, con apuestos pajes y sirvientes. Arturo era bueno, y ella había llegado a quererlo; había encontrado la seguridad en Caerleon. No consentiría que el pueblo que habitaba en torno al castillo y en la campiña pudiera llegar a rumorear su escandalosa conducta como lo hacían con la de Morgause.

Ginebra deseaba ser buena, mantener limpia el alma y plena de virtud, pero también significaba mucho para ella que el pueblo la viera virtuosa y pensara en ella como en una reina buena e intachable; nada malo sabía sobre Morgana, por ejemplo, había vivido a su lado durante tres años y era, hasta donde sabía, tan virtuosa como ella misma. Empero se rumoreaba que Morgana era una bruja porque había morado en Avalon y tenía conocimientos y saber sobre hierbas curativas y apariciones, con lo cual los cortesanos y la gente de los alrededores hacía correr el bulo de que estaba confabulada con el pueblo de las hadas y con el demonio, e incluso ella, conociendo a Morgana como la conocía, a veces se preguntaba cómo podía ser completamente falso lo que tanta gente comentaba.

Y al día siguiente debía encontrarme con Lancelot y realizar su trabajo al lado de Arturo, sabiendo que le había dado licencia... ¿cómo podría volver a mirar a Lancelot a los ojos? El tenía sangre de Avalon, era hijo de la Dama del Lago, y cabía la posibilidad de que pudiera leer los pensamientos, de que pudiera mirarla y saber cuanto estaba pensando.

Y entonces la ira hizo acto de presencia, tan violentamente que se asustó; fue recorriendo su tembloroso cuerpo en oleadas. Ginebra, yaciendo allí airada y temerosa, pensó que nunca volvería a atreverse a atravesar las puertas de aquella habitación ante el miedo que le producía tener que decidir. Todas las mujeres de la corte deseaban a Lancelot; sí, incluso la misma Morgana; ella había visto a su cuñada mirándole y, por tal motivo, cuando Arturo tiempo atrás dijo que debían desposarse, quedó consternada, pues Lancelot seguramente encontraría a Morgana demasiado audaz. Y quizá incluso se habían enfadado, porque un día o dos antes de que Morgana partiera para Avalon, notó que se hablaban menos de lo acostumbrado y que evitaban mirarse.

Echaba en falta a Morgana, sí... mas, con todo, se alegraba de que no estuviera en la corte, y no enviaría a nadie a Tintagel para recabar noticias de ella, si estaba allí. Se imaginó repitiéndole a Morgana cuanto Arturo acababa de decir; se moriría de vergüenza y, aun así, sospechaba que Morgana podría reírse de ella. Seguramente diría que le tocaba a ella decidir si tomaba o no como amante a Lancelot; o tal vez, incluso, que le tocaba decirlo a Lancelot.

Entonces fue como si una ardiente llama le atravesara, como los fuegos del infierno, pensar que pudiera ofrecerse a Lancelot y él llegar a rechazarla. Con seguridad se moriría de vergüenza. No sabía cómo iba a poder soportar el mirar de nuevo a Lancelot, o a Arturo, o a ninguna de las damas que nunca habían sido tentadas de tal forma. Hasta consideraba vergonzoso hablar de esto a los sacerdotes, pues sabrían que Arturo era menos cristiano de lo que debía ser. ¿Cómo podría soportar el salir al exterior de nuevo, dejar el seguro y protegido espacio de esta estancia y este lecho? *Aquí*, ningún equívoco podría sobrevenirle o dañarla.

Se sentía casi enferma. Mañana le contaría a las damas que se hallaba excesivamente fatigada de cuidar a Arturo noche y día. Continuaría siendo, como siempre había sido, una buena y virtuosa reina, y una mujer cristiana; ni siquiera podía imaginar ser otra cosa. Arturo estaba angustiado a causa de la herida y de la larga inactividad, eso era todo; cuando se encontrara sano y seguro de sí sería incapaz de pensar en cosas semejantes y, sin duda, le estaría agradecido porque ella no había escuchado sus desvaríos y los había salvado a ambos de un espantoso pecado.

Mas, cuando estaba a punto de caer en un profundo sueño, recordó algo que había dicho una de sus damas, hacía mucho tiempo; fue unos pocos días antes de que Morgana abandonase la corte. Había dicho que Morgana debería hacerle un conjuro... Bueno, debería; si Morgana le encantaba de manera que no le quedase más remedio que amar a Lancelot, se vería libre de aquella horrible elección... *Cuando regrese Morgana*, reflexionó, *hablaré de esto con ella.* Pero Morgana no había visitado la corte en los dos últimos años y pudiera ser que nunca más lo hiciera.

IX

me estoy haciendo demasiado vieja para estos viajes, pensó Viviane mientras cabalgaba bajo la lluvia a finales de invierno, con la cabeza gacha, el cuerpo estrechamente envuelto en la capa. Y surgió en ella el resentimiento: *Esto debería ser ya una tarea de Morgana, ella estaba destinada a ocupar mi puesto en Avalon.*

Taliesin la había informado, cuatro años atrás, de que Morgana estuvo en Caerleon para los esponsales de Arturo y entró a formar parte de las damas de Ginebra, permaneciendo allí. *¿La Dama del Lago, doncella de compañía de una reina?* ¿Cómo se atrevía Morgana a abandonar el camino elegido y verdadero de aquella manera? Y cuando envió un mensaje a Caerleon diciendo que Morgana debía regresar a Avalon, el mensajero volvió diciendo que Morgana había dejado la corte... creían que para ir a Avalon.

Sin embargo, no se encuentra en Avalon. Ni en Tintagel con Igraine, ni en la corte de Lot en Orkney. ¿Adónde había ido?

Algún daño podía haberle sobrevenido de sus solitarios viajes. Podía haber sido capturada por uno de los merodeadores u hombres sin amo que atestaban la región; podía haber perdido la memoria o haber sido violada, asesinada, arrojada en alguna fosa y sus huesos no habían sido encontrados... *Oh, no*, pensó Viviane, *de haber sufrido algún daño, lo habría visto en el espejo... o con la Visión...*

Empero, no podía estar segura. La Visión le llegaba ahora de forma irregular y, cuando pretendía ver más allá, no aparecía más que una enloquecedora bruma grisácea ante sus ojos, el velo de lo desconocido, sin que se atreviera a rasgarlo. Y el destino de Morgana quedaba oculto en algún lugar de aquel velo.

Diosa, rezó como hiciera tan a menudo anteriormente, *Madre, te he entregado mi vida, devuélveme a mi hija mientras aún sigo viva...* incluso en el momento de expresarlo, sabía que no habría ninguna respuesta, sólo una lluvia gris como el velo de lo desconocido, la respuesta de la Diosa estaba oculta en el inexorable cielo.

¿Se había cansado tanto cuando hizo este trayecto la última vez, medio año atrás? Era como si siempre hubiese cabalgado con anterioridad tan ligeramente como una muchacha, y ahora las sacudidas le parecía que repercutieran en cada hueso de su delgado cuerpo, mientras que el frío trepaba por ella y se afianzaba con pequeños y gélidos dientes.

Uno de su escolta se volvió, diciendo:

—Señora, puedo ver las granjas allá abajo. Llegaremos antes del anochecer, según parece.

Viviane le dio las gracias al hombre, procurando no mostrar tanto agradecimiento como de hecho sentía. No podía mostrar debilidad ante la escolta.

Gawan fue a su encuentro en el pequeño patio cuando estaba desmontando del asno, sujetándola para que no pusiera el pie sobre los excrementos.

—Bienvenida, señora —dijo—, como siempre es un placer veros. Mi hijo Balin y vuestro hijo estarán aquí por la mañana, di aviso en Caerleon para que así lo hicieran.

—¿Es tan grave, viejo amigo? —Preguntó Viviane, y Gawan asintió.

—Apenas la reconoceréis, señora —dijo—. Ha languidecido hasta convertirse en una sombra, come y bebe poquísimo y dice que es como si tuviera un fuego encendido en las entrañas. Ya no puede faltar mucho, a pesar de todas vuestras medicinas.

Viviane asintió suspirando.

—Eso me temía —declaró—. Cuando esta enfermedad hace presa en alguien, nunca afloja sus garras. Quizá pueda proporcionarle algún alivio.

—Quiéralo Dios —dijo Gawan—, porque las medicinas que nos dejasteis la última vez que estuvisteis aquí poco hacen ya. Se desvela y grita por la noche como una niña pequeña, cuando cree que las sirvientas y yo no la escuchamos. Ni siquiera tengo valor para rezar porque nos sea arrebatada y deje de sufrir, Señora.

Viviane volvió a suspirar. La última vez que recorrió aquel camino, hacía medio año, les había dejado las medicinas y drogas más fuertes que tenía, y casi había deseado que Priscilla cogiese fiebres en el otoño y muriera rápidamente, antes de que las medicinas perdieran efecto. Poco más podía hacer. Dejó que Gawan la condujera al interior de la casa y le ayudase a acomodarse ante el fuego. Una sirvienta le ofreció un cuenco de sopa caliente de una marmita que se hallaba junto al hogar.

—Habéis cabalgado mucho bajo la lluvia, señora —dijo él—. Sentaos y descansad, veréis a mi esposa tras la comida de la tarde. A veces duerme un poco a estas horas del día.

—Si puede reposar aunque sea un poco es una bendición, y no la molestaré —dijo Viviane, poniendo las heladas manos en torno al cuenco de sopa y hundiéndose en el banco sin respaldar. Una de las sirvientas le quitó las botas y la capa, otra llegó con un paño caliente para secarle los pies, y Viviane, remangándose las faldas para que las huesudas rodillas sintieran el calor del fuego, descansó por un momento cómoda y despreocupada, olvidándose de su lúgubre cometido. Luego un agudo y doliente grito se dejó oír desde una habitación interior, la sirvienta se sobresaltó y se puso a temblar. Le dijo a Viviane:

—Es la señora, pobrecilla. Debe haberse despertado. Esperaba que durmiese hasta que hubiésemos dispuesto la comida de la noche. Debo ir con ella.

—Yo iré también —manifestó Viviane, siguiendo a la

mujer hasta la cámara interior. Gawan se hallaba sentado junto al fuego y vio una expresión de espanto en su cara mientras el agudo grito daba a su fin.

Anteriormente siempre, desde que Priscilla había caído enferma, Viviane encontró alguna traza de su antigua y risueña belleza, alguna semejanza con la joven y alegre mujer que adoptó a su hijo Balan. Ahora, el rostro, los labios y el cabello eran de un mismo gris amarillento e incluso los azules ojos parecían descoloridos, como si la enfermedad hubiese sustraído todo el color de la mujer. Asimismo, la última vez que la visitó, Priscilla estaba levantada y hacendosa una parte del día; ahora pudo darse cuenta de que la mujer llevaba meses en la cama... en sólo medio año se había producido tan gran cambio. Y, anteriormente, las medicinas y las pócimas de Viviane siempre le supusieron alivio, comodidad, y una parcial recuperación. Ahora sabía que era demasiado tarde para cualquier tipo de ayuda.

Durante un instante los descoloridos ojos vagaron desenfocados por la estancia, los labios moviéndose débilmente sobre la hundida mandíbula. Luego Priscilla vio a Viviane, parpadeó un poco y dijo en un susurro:

—¿Sois vos, señora?

Viviane fue a su lado y, con cuidado, le cogió la marchita mano.

—Lamento verte enferma. ¿Cómo te encuentras, mi querida amiga? —dijo.

Los pálidos y agrietados labios se contrajeron en un rictus que Viviane, durante un momento, creyó que era un gesto de dolor; luego se apercibió de que pretendía ser una sonrisa.

—Difícilmente puedo imaginarme más enferma —susurró—. Creo que Dios y su Madre se han olvidado de mí. Pero me alegro de volveros a ver y espero vivir lo suficiente para encontrarme de nuevo con mis hijos queridos y bendecirlos... —Suspiró débilmente, tratando de levantar un poco el cuerpo—. Me duele tanto la espalda de estar aquí tendida, que cuando me tocan es como si me clavaran cuchillos. Tengo tanta sed, pero no me atrevo a beber por miedo al dolor...

—Te pondré tan cómoda como pueda —dijo Viviane y, dando a los sirvientes las órdenes necesarias, curó las llagas debidas a estar postrada en el lecho y le humedeció la boca con un elixir refrescante, para que, aun sin beber, la sequedad dejara de atormentarla. Luego se sentó junto a ella, tomándola de la mano, evitando pronunciar palabra para no turbarla. Poco después del anochecer, se oyeron ruidos en el patio y Priscilla se sobresaltó nuevamente. Sus ojos parecían enfebrecidos a la luz de la lámpara.

—¡Son mis hijos! —gritó.

Y, ciertamente, al cabo de un instante, Balan y su hermano de adopción, Balin, hijo de Gawan, entraron en la estancia encorvados porque el techo era muy bajo.

—Madre —dijo Balan, inclinándose para besar la mano a Priscilla; tras hacerlo se volvió hacia Viviane—. Señora mía.

Viviane se incorporó para acariciarle la mejilla a su hijo mayor. No era tan apuesto como Lancelot; era un hombre grande y fornido, mas tenía los ojos negros y hermosos como los suyos y los de Lancelot. Balin era más bajo, un hombre recio de ojos grises. Tenía, le constaba, sólo diez días menos que su hijo. Su aspecto era como lo fuera una vez el de Priscilla, el pelo rubio y las mejillas sonrosadas.

—Mi pobre madre —musitó, acariciándole la mano a Priscilla—, mas ahora que la Dama Viviane a venido para ayudarte, volverás a estar bien muy pronto. Aunque, estás tan delgada, madre, debes intentar comer más, ponerte fuerte y buena de nuevo...

—No —susurró ella—, nunca volveré a ponerme fuerte hasta que me reúna con Jesús en el Cielo, querido hijo.

—Oh, no Madre, no debes decir eso —gritó Balin, y Balan, encontrándose con la mirada de Viviane, suspiró.

Declaró con tono tan quedo que ni Priscilla ni su hijo pudieron oirlo:

—No puede reconocer que se está muriendo, señora...

madre mía. Siempre insisté en que se puede recobrar. En verdad, había llegado a esperar que se nos fuera en otoño, cuando todos cogimos las fiebres, pero, ¡siempre ha sido tan vigorosa! —Balan sacudió la cabeza, tenía el robusto cuello enrojecido. Viviane notó que las lágrimas le afluían a los ojos; las enjugó de inmediato. Poco tiempo después indicó que todos debían salir de la estancia y dejar que la enferma volviera a reposar.

—Despídete de tus hijos, Priscilla, y bendícelos —dijo, y a Priscilla se le iluminaron ligeramente los ojos.

—Ojalá fuera ésta la despedida, antes de que empeore más. No les habría dejado verme como me encontraba esta mañana —murmuró y Viviane captó una mirada de terror en sus ojos. Se inclinó sobre Priscilla y dijo con gentileza:

—Puedo prometerte que no sufrirás más dolor, creo, querida mía, si es así como deseas acabar.

—Por favor —musitó la agonizante mujer, y Viviane sintió cómo aquella mano semejante a una garra apretaba la suya suplicante.

—Te dejaré aquí con tus hijos, pues —señaló Viviane amablemente—, ambos son hijos tuyos, querida mía, aunque hayas alumbrado únicamente a uno de ellos. —Penetró en la otra estancia y encontró allí a Gawan.

—Traedme mis alforjas —dijo y, cuando esto hicieron, buscó algo en uno de los bolsillos. Luego se volvió hacia el hombre—. Disfruta ahora de unos momentos de alivio y yo poco puedo hacer salvo poner fin a sus sufrimientos. Presumo que eso es lo que desea.

—¿No hay esperanza, entonces? ¿Ninguna en absoluto?

—No. Ya sólo le queda sufrir y no puedo creer que vuestro Dios disponga que haya de seguir sufriendo.

Gawan dijo, estremecido:

—A menudo afirmó que desearía haber tenido coraje para arrojarse al río mientras aún podía caminar.

—Ha llegado la hora, pues, de que se vaya en paz

—declaró Viviane con calma—, mas quería que supieras que, haga lo que haga, es por su propia voluntad.

—Señora —contestó Gawan—, siempre he confiado en vos y mi esposa os quiere bien. Nada más pido. Si sus sufrimientos se terminan, sé que os bendecirá. —Su cara reflejaba pesar. Siguió a Viviane hacia la habitación interior. Priscilla había estado hablando tranquilamente con Balin; le soltó la mano y él se reunió, sollozando, con su padre. Alargó la mano hacia Balan y dijo con voz trémula:

—También tú has sido un buen hijo para mí. Cuida siempre de tu hermano y reza, te lo ruego, por mi alma.

—Lo haré, madre —repuso Balan y fue a abrazarla, mas ella profirió un leve y estremecido grito de dolor según se acercaba, por lo cual sólo le cogió de la mano y la estrechó entre los dedos.

—Ya tengo tu medicina, Priscilla —dijo Viviane—. Da las buenas noches y duerme...

—Estoy tan cansada —susurró la agonizante mujer—, me complacerá dormir... bendita seáis, señora, y vuestra Diosa también...

—En su nombre, que otorga la gracia —musitó Viviane y le levantó la cabeza a Priscilla para que pudiese tragar.

—Me asusta beber, sabe amargo, y cualquier cosa que bebo algo me produce dolor —susurró Priscilla.

—Te juro, hermana mía, que cuando te hayas bebido esto, ya no volverás a sentir ningún dolor —dijo Viviane con firmeza e inclinó la copa. Priscilla bebió levantando una débil mano para tocar el rostro a Viviane.

—Dadme un beso de despedida también, señora —expresó, con aquella cadavérica sonrisa y Viviane oprimió los labios contra la frente que era ya una calavera.

He traído vida y ahora me presento cual la corva Muerte... Madre, sólo hago por ella lo que desearía que hicieran por mí algún día, pensó Viviane y tornó a temblar, levantando la mirada para encontrarse con la del ceñudo Balin.

—Vamos —dijo con sosiego—, dejémosla descansar.

Salieron hacia la otra estancia. Gawan se quedó allí con la mano sobre la de su esposa; era conveniente, consideró Viviane, que permaneciera con ella.

Las sirvientas habían dispuesto la comida de la tarde, Viviane ocupó su lugar, y comió y bebió, pues estaba desfallecida por la larga cabalgada.

—¿Habéis venido desde la corte de Arturo, en Caerleon, en un día, muchachos? —preguntó y luego sonrió, ¡aquellos «muchachos» eran hombres!

—Sí, desde Caerleon —respondió Balan— y ha sido un infortunado viaje a causa del frío y de la lluvia. —Se sirvió pescado salado y untó mantequilla en el pan, luego alargó el plato de madera a Balin—. No estás comiendo nada, hermano mío.

Balin temblaba.

—No tengo ánimos para comer estando nuestra madre de este modo. Mas demos gracias a Dios porque habéis venido, señora, y pronto volverá a encontrarse bien. Vuestras medicinas hicieron mucho por ella la última vez, fue como un milagro, y ahora mejorará de nuevo, ¿verdad?

Viviane lo miraba fijamente, ¿era posible que no se diese cuenta?

—Lo mejor sería que pudiera reunirse con su Dios en lo imperecedero, Balin —dijo con calma.

Clavó los ojos en ella, sus facciones estaban contraídas.

—¡No! No puede morirse —gritó—. Señora, decidme que la ayudaréis, que no la dejaréis morir.

Viviane repuso con severidad:

—Yo no soy vuestro Dios, la vida y la muerte no son de mi incumbencia. ¿La dejarías seguir padeciendo semejante miseria por más tiempo?

—Pero vos sois diestra en todos los aspectos del saber mágico —protestó Balin airado—. ¿Para qué habéis venido, si no es para volverla a sanar? Acabo de oíros afirmar que ibais a poner término a su dolor.

—Hay una sola cura para la enfermedad que ha hecho presa en tu madre —dijo Viviane, poniéndole a Balin una mano compasiva sobre el hombro—, y que sea misericordiosa.

—Balin, ha muerto —anunció Balan, haciendo ademán de poner su mano grande y callosa sobre la de su hermano—. ¿De veras querrías que siguiera sufriendo?

Empero, Balin levantó la cabeza y miró a Viviane.

—Así que utilizaste tus trucos de hechicera para curarla cuando honraba a esa maligna y diabólica Diosa —gritó—, y ahora que ya no puedes sacarle ningún provecho la dejas morir.

—Basta, hombre —dijo Balan, y ahora el tono de voz era rudo y tenso—. No has reparado en que nuestra madre la bendijo y le dio un beso de despedida, era cuanto ella deseaba para...

Sin embargo, Balin miraba a Viviane y después levantó la mano como si fuera a golpearla.

—¡Judas! —gritó—. También tú has traicionado con un beso. —Y se volvió, corriendo hacia la habitación interior—. ¿Qué has hecho? ¡Asesina! ¡Despreciable asesina! ¡Padre! ¡Padre, es una asesina y una perversa hechicera!

Gawan, con el rostro muy pálido, apareció en la puerta de la estancia, haciendo desesperados gestos para acallarlo, pero Balin lo apartó de un empujón e irrumpió en la estancia. Viviane fue detrás, viendo que Gawan había cerrado los ojos de la finada mujer.

Asimismo lo vio Balin y se volvió hacia ella, voceando incoherentemente.

—¡Asesina! ¡Traidora, hechicera! ¡Bruja despreciable y asesina!

Gawan rodeó a su hijo con los brazos para contenerlo.

—No hables así ante tu difunta madre de alguien en quien confiaba y quería.

Pero Balin deliraba y gritaba, pugnando por acercarse a Viviane. Esta trató de hablar, de tranquilizarlo, mas nada oía. Finalmente se fue a la cocina y se sentó junto al fuego.

Balan entró, le cogió la mano y dijo:

—Lamento que lo esté tomando de este modo. Recapacitará y, cuando la conmoción se le haya pasado, te lo agradecerá tanto como yo. Pobre madre, ha sufrido mucho, pero ya ha acabado todo y también yo os bendigo. —Agachó la cabeza, tratando de no llorar—. Era... era como una madre para mí.

—Lo sé, hijo mío, lo sé —murmuró Viviane, acariciándole la cabeza como si fuera el desmañado chico de hacía más de veinte años—. Es justo que llores por tu madre adoptiva, no tendrías corazón si no lo hicieras —y él se deshizo en sollozos, arrodillándose junto a ella, con la cara hundida en su regazo.

Balin entró y se detuvo ante ellos; estaba congestionado por la furia.

—Sabes que ha matado a nuestra madre, Balan, y vienes a que te consuele.

Balan levantó la cabeza, conteniendo el llanto.

—Hizo la voluntad de nuestra madre. Y eres tan estúpido que no lo ves. Aunque no hubiera hecho nada, nuestra madre no habría vivido otros quince días, ¿le reprochas que le haya evitado ese último dolor?

Empero Balin gritó desolado.

—¡Mi madre, mi madre está muerta!

—Calla, era mi madre adoptiva, mi madre también —repuso Balan airado, y luego su expresión se ablandó—. Ah, hermano, hermano, también yo me duelo, ¿por qué íbamos a disputar? Vamos, bebe un poco de vino, sus padecimientos han terminado y está con Dios. Más nos valdría rezar que estar en discordia de esta manera. Vamos, hermano, siéntate y descansa, estás muy tenso.

—No —exclamó Balan—, no descansaré bajo el techo que da cobijo a la despreciable hechicera que mató a mi madre.

Gawan apareció, pálido y colérico, y golpeó a Balin en la boca.

—¡Haya paz! —dijo—. La Señora de Avalon es nuestra invitada y nuestra amiga! ¡No agraviarás la hospitalidad de este hogar con tales palabras! Siéntate, hijo mío, y come, o dirás cosas que todos lamentaremos.

Pero Balin miraba a su alrededor como un animal salvaje.

—Ni comeré ni descansaré bajo este techo mientras cobije a esa... a esa mujer.

—¿Te atreves a insultar a mi madre? —inquirió Balan.

Y Balin gritó:

—Todos estáis contra mí, así pues me iré de esta casa que alberga a quien mató a mi madre. —Dióse vuelta y salió corriendo de la casa. Viviane se hundió en la silla, Balan fue a ofrecerle el brazo y Gawan escanció una copa de vino para ella.

—Bebed, señora, y aceptad mis disculpas por mi hijo —expresó—. Está fuera de sí; pronto recobrará la cordura.

—¿Debo ir en pos suya, padre, por temor a que se haga daño? —preguntó Balan y Gawan negó con la cabeza.

—No, no, hijo, quédate aquí con tu madre. Las palabras le harán poco bien en estos momentos.

Temblando, Viviane tomó un sorbo de vino. Asimismo a ella le abrumaba la pena que sentía por Priscilla, por la época en que ambas fueron jóvenes, cada una con un recién nacido en los brazos... Priscilla había sido tan bonita y alegre; se reían juntas y jugaban con sus hijos. Ahora Priscilla yacía muerta después de una devastadora enfermedad y había tenido en la mano la copa que le trajo la muerte. El que lo hubiera hecho por voluntad de Priscilla sólo le aliviaba la conciencia, no mitigaba su tristeza.

Fuimos jóvenes juntas, ahora ella yace muerta y yo soy vieja, vieja como la corva Muerte misma y, de aquellos hermosos niños que jugaban a nuestros pies, uno tiene ya el pelo cano y el otro me mataría si pudiera, como a una despreciable hechicera y asesina... A Viviane le pareció que los huesos le temblaban con gélido pesar. Permaneció junto al fuego, mas seguía temblando y no podía entrar en calor. Se arropó con el chal y Balan se acercó para conducirla al mejor asiento, le puso un cojín tras la espalda y una copa de vino caliente en las manos.

—Ah, vos también la amabais —dijo él—. No os preocupéis por Balin, señora, recobrará la razón con el tiempo. Cuando pueda volver a pensar con claridad, comprenderá que cuanto habéis hecho ha sido una gran merced para con nuestra madre. —Se interrumpió, el rubor subía lentamente a sus gruesos carrillos—. ¿Estáis enojada conmigo, señora, porque todavía sigo creyendo que mi madre es quien acaba de morir?

—Es algo razonable —dijo Viviane, tomando el vino caliente y acariciando la encallecida mano de su hijo. Una vez fue tan pequeño, pensó, que podía arrullarlo en mis brazos, cual un capullo de rosa, y ahora mi mano se pierde en la de él—. La Diosa sabe que ella fue una madre para ti como yo no lo fui nunca.

—Sí, debería haber sabido que lo comprenderíais —comentó Balan—. Morgana me dijo otro tanto cuando la vi por última vez en la corte de Arturo.

—¿Morgana? ¿Se encuentra ahora en la corte de Arturo, hijo mío? ¿Estaba allí cuando partiste?

Balan sacudió la cabeza con pesadumbre.

—No, la vi por última vez hace años, señora. Abandonó la corte de Arturo, dejadme pensar... fue antes de que a éste le hirieran gravemente... así pues, hará tres años en el solsticio de Verano. Creía que estaba con vos en Avalon.

Viviane negó con la cabeza y se apoyó en el brazo de la alta silla.

—No he vuelto a ver a Morgana desde las nupcias de Arturo. —Y después pensó, quizá se haya ido allende los mares. Le preguntó a Balan—. ¿Qué es de tu hermano Lancelot? ¿Está en la corte o ha regresado a la Baja Bretaña?

—No hará eso, creo, mientras viva Arturo —respondió Balan—, aunque ahora no suele estar en la corte... —y Viviane, con un vislumbre de la Visión, escuchó las palabras que Balan se reservaba, no deseando hablar de chismes y escándalos: *Cuando Lancelot está en la corte, los hombres reparan en cómo nunca aparta los ojos de la*

Reina Ginebra y por dos veces le ha contestado que no a Arturo cuando pretendió desposarlo. Balan prosiguió rápidamente—: Lancelot ha afirmado que pondrá todas las cosas en orden en el reino de Arturo y por eso siempre está fuera recorriendo las tierras. Ha dado muerte a más bandidos y bandas de merodeadores que ningún otro de los Caballeros de Arturo. Afirman que él solo es toda una legión, señora —y Balan levantó la cabeza para mirar afligido a Viviane—. Vuestro hijo menor, Madre, es un gran caballero, tanto como el Alejandro de las viejas leyendas. Hay quienes dicen, incluso, que es mejor como caballero que el propio Arturo. Yo no os he proporcionado tanta gloria, mi señora.

—Todos hacemos las cosas que los Dioses disponen que hagamos, hijo mío —repuso Viviane con gentileza—. Me alegro de ver que no envidias a tu hermano por ser mejor como caballero que tú.

Balan sacudió la cabeza.

—Eso sería como si envidiase a Arturo por no ser yo el rey, madre —dijo él—. Lancelot es modesto y bueno con todos los hombres, y piadoso cual una doncella, ¿no sabíais que se ha convertido al cristianismo, señora?

Viviane negó.

—No me sorprende —declaró, con un rastro de desprecio que no supo se reflejaría en su voz hasta haber hablado—. Tu hermano siempre ha temido aquellas cosas que no puede comprender. —Se detuvo entonces y dijo—: Lo siento, hijo mío. No pretendía ofenderte. Sé que tú profesas ese credo.

Balan parpadeó sonriendo.

—Acaba de suceder un milagro, señora, y es que pidáis perdón a alguien por algo que hayáis dicho.

Viviane se mordió el labio.

—¿Verdaderamente es así como me ves, hijo mío?

Asintió.

—Sí, siempre me has parecido la más orgullosa de las mujeres, y creo que es correcto que seáis exactamente así —dijo.

Y Viviane se burló de sí misma por haber llegado a esto, pidiendo una palabra de aprobación a su hijo. Miró a su alrededor en busca de algún nuevo tema de conversación.

—Me has dicho que Lancelot por dos veces rehusó casarse. ¿A qué crees que espera? ¿Desea una dote mayor de la que ninguna mujer puede aportarle?

Nuevamente fue como si escuchase los pensamientos de Balan: *No puede tener a la que desearía tener, pues está desposada con el Rey...* pero su hijo únicamente comentó.

—Afirma que no tiene intención de casarse con mujer alguna y se jacta de apreciar más a su caballo que a cualquier mujer que no pueda cabalgar con él en la batalla. Dice con sorna que algún día tomará a una de las escuderas de los sajones como esposa. Tampoco nadie puede igualarlo con las armas, ni en los torneos que Arturo celebra en Caerleon. A veces adopta alguna compensación, monta sin escudo, o cambia con alguien el caballo, para no disponer de excesiva ventaja. Balin le desafió una vez y le ganó en una carrera, pero no aceptó el trofeo, porque descubrió que Lancelot llevaba rotas las cinchas de la silla de montar.

—Así pues, ¿Balin es igualmente un hombre de honor y un buen caballero? —preguntó Viviane.

—Oh, sí, madre, no debéis juzgar a mi hermano por lo de esta noche —dijo Balan ansioso—. Cuando cabalgó contra Lancelot, ciertamente no supe a cuál de los dos animar. Lancelot le ofreció el trofeo, alegando que lo había ganado en justa lid, ya que él había perdido el control de su montura, ¡eso dijo! Pero Balin no lo aceptó y estuvieron disputando cortésmente como dos héroes de las antiguas epopeyas que Taliesin solía contarnos cuando éramos niños.

—Puedes estar orgulloso de tus dos hermanos —declaró Viviane y la charla derivó hacia otras cosas.

Transcurrido cierto tiempo, ella dijo que debía ir a ayudar a amortajar a Priscilla. Sin embargo, cuando penetró en la estancia vio que todas las mujeres le tenían miedo y que había llegado un sacerdote de la aldea. La saludó de manera ciertamente cortés, pero Viviane pudo adivinar por sus palabras que la creía una de las hermanas del cercano convento; de hecho, el oscuro vestido de viaje la hacía tener tal aspecto y no deseaba enfrentarse con él aquella noche. Así pues, cuando la invitaron a retirarse al mejor lecho de invitados, lo hizo, y finalmente se durmió. Mas cuanto había hablado con Balan parecía deambular por su cabeza, en sueños, y por un instante, le pareció ver a Morgana a través de grises nieblas que se iban aclarando. Corría adentrándose en un bosque de extraños árboles coronados con flores que nunca habían crecido en Avalon, y Viviane dijo en su sueño, y volvió a repetirlo una vez despierta: «No debo demorarme, tengo que buscarla con la Visión, o con lo que me quede de ella».

A la mañana siguiente se encontraba presente cuando Priscilla fue sepultada en la tierra. Balin había vuelto y permaneció sollozando junto a la tumba; después de las exequias y de que la gente entrara en la casa para beber cerveza, ella se le aproximó y le dijo con gentileza:

—¿Vas a abrazarme para que ambos podamos perdonarnos? Créeme, comparto tu pesar. Priscilla y yo hemos sido amigas durante toda la vida, ¿le habría dado a mi hijo en adopción de ser de otra forma? Y soy la madre de tu hermano adoptivo. —Extendió los brazos, pero Balin mostró una expresión dura y fría, volviéndose para darle la espalda y alejarse.

Gawan le rogó que se quedara un día o dos y reposase allí, mas Viviane pidió que le trajeran el asno; debía volver a Avalon, alegó, y observó que Gawan, aunque su hospitalidad había sido sincera, se sintió aliviado; si alguien había informado al clérigo de su identidad, podrían producirse ciertas situaciones que no deseaba en la celebración del funeral de su esposa. Balan le preguntó:

—¿Queréis que os acompañe a Avalon, señora? A veces hay bandidos y mala gente en el camino.

7.

—No —contestó, dándole la mano y sonriendo—. No tengo aspecto de llevar oro encima, y los hombres que cabalgan conmigo son de las Tribus, podríamos escondernos en las colinas si fuéramos atacados. Ni resulto una tentación para ningún hombre que pueda pretender tomar a una mujer. —Se echó a reír y prosiguió—: Y con Lancelot empeñado en dar muerte a todos los salteadores de esta región, pronto será como se dice que era, una virgen con un bolso de oro podía cabalgar de un extremo a otro de la tierra sin que hombre alguno la incomodara. Quédate aquí, hijo mío, duélete por tu madre y haz las paces con tu hermano. No debes estar en discordia con él por mi culpa, Balan. —Y entonces se estremeció como si tuviera frío, porque le había venido una imagen a la mente, la imagen de un entrechocar de espadas y de su hijo desangrándose por una gran herida...

—¿Qué os sucede, señora? —le preguntó suavemente.

—Nada, hijo mío. Pero prométeme que te mantendrás en concordia con tu hermano Balin.

El inclinó la cabeza.

—Lo haré, Madre. Y le contaré que vos lo habéis dicho, para que no piense que tenéis resentimientos contra él.

—Por la Señora que no los tengo —repuso Viviane, mas continuaba sintiendo un frío helado, a pesar de que el sol invernal le daba en la espalda—. Que ella te bendiga, hijo mío, y también a tu hermano, aunque dudo que desee mis bendiciones. ¿Las aceptas tú, Balan?

—Sí —respondió, se inclinó para besar la mano de Viviane, y permaneció mirándola cuando se alejó cabalgando.

Se dijo a sí misma, mientras viajaba hacia Avalon, que seguramente lo que había visto era fruto del cansancio y el miedo, y que, en cualquier caso, Balan era uno de los Caballeros de Arturo, por lo que existía la posibilidad, en esta guerra contra los sajones, de que sufriese alguna herida. Sin embargo, la imagen persistía en su mente, Balan y su hermanastro de cualquier modo se pelearían por su culpa, hasta que finalmente hizo un firme gesto para desterrarla y deseó no ver más la cara de su hijo mentalmente hasta que pudiera volver a verlo en persona.

Estaba también preocupada por Lancelot. Había dejado muy atrás la edad en la cual un hombre ha de casarse. Había bastantes hombres a los que no les interesaban las mujeres y sólo buscaban la compañía de hermanos y compañeros de armas, y a menudo se había preguntado si el hijo de Ban era uno de ellos. Bueno, Lancelot debía elegir su propio camino; ella lo había aceptado cuando él dejó Avalon. Si le profesaba una gran devoción a la Reina era sin duda únicamente para que sus camaradas no le considerasen un amante de donceles.

Apartó a sus hijos de la mente. Ninguno de ellos estaba tan próximo a su corazón como Morgana, y Morgana... ¿dónde estaba Morgana? Antes se había sentido intranquila; sin embargo ahora, al escuchar las noticias de Balan, temía por su vida. Aquel mismo día iba a enviar mensajeros desde Avalon a Tintagel, donde moraba Igraine y al norte, a la corte de Lot, adonde Morgana podía haberse dirigido para estar con su hijo... había visto al joven Gwydion una o dos veces en el espejo, empero, nunca le prestó mucha atención, mientras crecía y medraba. Morgause era amable con todos los niños pequeños, ya que había tenido hijos propios, y Viviane esperaba a que Gwydion alcanzara la edad de ser adoptado para ocuparse de él. Entonces se lo llevaría a Avalon...

Con una férrea disciplina conseguida en años, se las arregló para alejar de su mente incluso a Morgana y viajar hacia su destino con el talante que conviene a una sacerdotisa que acaba de desempeñar el papel de la corva Muerte para su más vieja amiga; un talante sobrio, mas sin mostrar gran pesar, porque la muerte es sólo el comienzo de una nueva vida.

Priscilla era cristiana. Creía que ahora estaría en el Cielo con su Dios. *Aunque también ella volverá a nacer en este mundo imperfecto, buscando la perfección de los Dioses, una y otra vez... Balan y yo nos hemos separado como extraños, y así debe ser. He dejado de ser la Madre, y no debo sentir mayor aflicción que cuando dejé de ser la Doncella por su...* Sin embargo, tenía el corazón pleno de rebeldía.

Verdaderamente, había llegado la hora de su relevo en el gobierno de Avalon, de que una mujer más joven fuese la Señora del Lago y ella exclusivamente una mujer sabia, otorgando avisos y consejos, aunque sin volver a ostentar aquel tremendo poder. Sabía desde hacía mucho tiempo que la Visión la estaba abandonando. Pero no dejaría de detentar el poder hasta que pudiera dejarlo en las manos de aquélla a la cual había preparado para recibirlo. Había imaginado que podría aguardar hasta que Morgana hubiese superado su amargura y retornase a Avalon.

Mas, si algo le ha acaecido a Morgana... y aunque no sea así, ¿tengo derecho a continuar siendo la Dama cuando la Visión me ha abandonado?

Por un instante, al llegar hasta el Lago, sintió tanto frío y estaba tan calada por la humedad que, cuando la tripulación de la barca se volvió hacia ella para que hiciera descender las nieblas, no logró recordar el hechizo. *En verdad ha llegado sobradamente la hora en que debía transmitir mis poderes...* Entonces las palabras del conjuro le volvieron a la mente, y las dijo; pero gran parte de aquella noche yació insomne, atemorizada.

Cuando llegó la mañana, estudió el cielo; la luna estaba decreciendo y no sería bueno consultar el espejo en aquel momento. *¿Me servirá de algo volver a mirar el espejo, ahora que la Visión me ha abandonado?* Con férrea disciplina, se obligó a no hablar de esto con ninguna de las sacerdotisas que la atendían. Pero más tarde, en aquel mismo día, se encontró con las otras mujeres sabias y les preguntó:

—¿Queda alguna en la Casa de las Doncellas que siga siendo virgen y no haya ido nunca a la arboleda o a los fuegos?

—Está la hija pequeña de Taliesin —contestó una de las mujeres.

Por un instante Viviane se halló confusa, ya que Igraine había crecido, se había desposado y enviudado, y era madre del Rey Supremo, y asimismo Morgause estaba casada y era madre de muchos hijos. Luego se rehizo y dijo:

—No sabía que tuviera una hija en la Casa de las Doncellas.

Hubo una época, reflexionó, en la cual ninguna muchacha era llevada a la Casa de las Doncellas sin su conocimiento, y había sido ella la que comprobase si tenían la Visión y su aptitud para el saber druídico. Aunque, en los últimos años, había dejado que esto se le escapase.

—Decidme. ¿Qué edad tiene? ¿Cómo se llama? ¿Cuándo llegó hasta nosotras?

—Se llama Niniane —respondió la vieja sacerdotisa—. Es hija de Branwen, ¿la recuerdas? Branwen dijo que Taliesin procreó a esta chica en los fuegos de Beltane. Parece que haya transcurrido muy poco tiempo, pero debe tener once o doce años, quizá más. Fue adoptada lejos, en el norte, y volvió a nosotras hace cinco o seis estaciones. Es una buena muchacha y bastante dócil, ya no vienen a nosotras tantas doncellas como para que podamos decidir y elegir de entre ellas, señora. Ya no las hay como Cuervo o como tu deuda Morgana. Y, ¿dónde se encuentra Morgana? ¡Debería volver!

—Ciertamente volverá con nosotras —dijo Viviane, y sintió vergüenza de confesar que ni tan siquiera sabía dónde estaba, si se encontraba viva o si había muerto. *¿Cómo tengo la insolencia de ser la Señora de Avalon cuando no sé ni el nombre de mi sucesora, ni quién mora en la Casa de las Doncellas?* Aunque, de ser Niniane hija de Taliesin y de una sacerdotisa de Avalon, seguramente poseería la Visión. Y, aunque no la poseyera, ella podía compelirla a ver, si todavía era doncella.

—Ocupaos de que Niniane me sea enviada antes del alba —dijo—, dentro de tres días.

Y a pesar de que viera una docena de preguntas en los ojos de la vieja sacerdotisa, reparó con cierta satisfacción en que seguía siendo la incuestionable Señora de Avalon, pues la mujer no las formuló.

NINIANE SE PRESENTÓ A ELLA una hora antes del amanecer, finalizada la reclusión de la luna oscura; Viviane, desvelada, se había pasado gran parte de la noche entre inquietantes preguntas. Sabía que le iba a ser difícil dejar su posición de autoridad; aunque, de poder dejarla en manos de Morgana, lo haría sin lamentarse. Dirigió su mirada al pequeño cuchillo en forma de hoz que Morgana había abandonado cuando huyó de Avalon, luego levantó el rostro y miró a la hija de Taliesin.

La vieja sacerdotisa, como yo misma, pierde la noción del tiempo; de seguro tiene más de once o doce años. La chica parecía asustada y Viviane recordó cómo temblaba Morgana cuando por vez primera la vio como la Señora de Avalon.

—¿Tú eres Niniane? ¿Quiénes son tus padres? —le preguntó con amabilidad.

—Soy hija de Branwen, señora, pero no conozco el nombre de mi padre. Sólo se me informó de que fui procreada en Beltane. —Bueno, aquello era bastante razonable.

—¿Cuántos años tienes, Niniane?

—Este año cumpliré catorce inviernos.

—Y tú, ¿has estado en los fuegos, pequeña?

La chica negó con la cabeza.

—Todavía no me han llamado para eso. —dijo.

—¿Posees la Visión?

—Creo que sólo un poco, señora.

—Ya veremos, pequeña —dijo Viviane, suspirando—, ven conmigo.

La condujo al exterior de su aislada casa, subiendo por el oculto sendero al Manantial Sagrado. La muchacha era más alta que ella, esbelta, con el cabello rubio y ojos violeta. No era muy distinta a Igraine cuando tenía aquella edad, pensó Viviane, aunque ésta tuviera el pelo más rojizo que dorado. De súbito le pareció que podía ver a Niniane coronada y ataviada como la Señora, y agitó la cabeza para disipar la indeseada visión. Ciertamente sólo se trataba de una errática ensoñación...

Llevó a Niniane hasta el estanque, luego se detuvo momentáneamente para mirar al cielo. Extrajo el cuchillo en forma de hoz que le fuera concedido a Morgana cuando se hizo sacerdotisa.

—Mira en el espejo, pequeña mía —le dijo con calma—, y contempla dónde se encuentra quien esto portaba.

Niniane la miró dubitativa.

—Señora, ya os lo he dicho, poseo poca Visión.

Viviane comprendió de repente que la joven temía fracasar.

—No importa. Percibirás con la Visión que una vez fue mía. No tengas miedo, pequeña, mira por mí en el espejo.

Todo era silencio mientras Viviane observaba la inclinada cabeza de la chiquilla. En la superficie del espejo parecía que tan sólo el viento soplaba provocando ondas, como siempre. Luego Niniane dijo con voz tranquila y extraña:

—Ah, veo... duerme en los brazos del rey gris... —y nada más.

¿A qué puede estar refiriéndose? Viviane nada pudo deducir de tales palabras. Deseaba gritar a Niniane, obligar a la remisa Visión a presentarse, mas se obligó, llevando a cabo el mayor esfuerzo de su vida, a permanecer callada, sabiendo que incluso los agitados pensamientos podían empañar la Visión para la doncella.

—Habla, Niniane. ¿Ves el día en el cual regresará a Avalon? —dijo, en un susurro.

De nuevo el vacío del silencio. Una pequeña brisa, el viento del amanecer, se había levantado y nuevamente las ondas iban y venían por la cristalina superficie del agua. Finalmente Niniane habló suavemente.

—Se halla en el bote... tiene ya el cabello cano... —y volvió a callar, suspirando como si sintiera dolor.

—¿Ves algo más, Niniane? Habla, cuéntame.

El dolor y el pánico atravesaron el rostro de la muchacha cuando musitó:

199

—Ah, la cruz... la luz me quema, el caldero entre las manos. ¡Cuervo! Cuervo, ¿nos dejarás ahora? —Inspiró sofocada a causa de la conmoción y de la angustia, y se desmayó cayendo sobre el suelo.

Viviane permaneció inmóvil, las manos apretadas, y luego, suspirando profundamente, se agachó para levantar a la muchacha. Hundió la mano en el agua, para echársela a Niniane en el rostro. Al cabo de un instante la niña abrió los ojos, miró a Viviane atemorizada y se puso a llorar.

—Lo lamento, señora. No he podido ver nada —gimió.

Eso es. Ha hablado, pero no recuerda nada de cuanto viera. Bien podría haberle ahorrado esto, para el bien que supone. Era inútil encolerizarse con ella, había hecho únicamente lo que le habían ordenado. Viviane le acarició el rubio cabello desde la frente.

—No llores; no estoy enojada contigo. ¿Te duele la cabeza? Ve y descansa, mi pequeña —dijo con gentileza.

La Diosa reparte sus dones según es su voluntad. ¿Por qué, Madre de todos, me instas a cumplirla con instrumentos defectuosos? Me has quitado el poder para hacer tu voluntad, ¿por qué me has quitado el que te serviría cuando yo ya no esté aquí? Niniane, oprimiéndose la frente con las manos, fue bajando despacio por el sendero hacia la Casa de las Doncellas y, poco después, Viviane la siguió.

¿Habían sido sólo desvaríos las palabras de Niniane? No lo creía así, estaba segura de que había visto *algo*. Aunque Viviane nada podía deducir de cuanto Niniane viera y los pocos intentos que hizo para expresarlo en palabras nada significaron para ella. Y ahora Niniane lo había olvidado todo, de forma que no le podía hacer más preguntas.

Duerme en los brazos del rey gris. ¿Significaba aquello que Morgana estaba yaciendo en los brazos de la muerte?

¿Volvería Morgana? Niniane sólo había dicho: «*Se halla en el bote...* Así pues, retornaría a Avalon. *Tiene el cabello cano.* El regreso no estaba próximo, si es que se producía. Aquello, al menos, era inequívoco.

La cruz. La luz me quema. Cuervo, Cuervo, el caldero entre las manos. Aquello, ciertamente, no era más que delirio, un intento de expresar una tenue visión en palabras. Cuervo portaría el caldero, el arma mágica del agua v de la Diosa... sí, Cuervo había recibido poder para ostentar la Gran Regalía. Viviane se quedó mirando la pared de su cámara, preguntándose si aquello significaba que, al faltar Morgana, Cuervo detentaría el poder de la Señora del Lago. Le parecía que no había ningún otro modo de interpretar las palabras de la niña. E, incluso así, podían no significar nada.

Hiciera lo que hiciera, seguiría estando a oscuras. ¡Podía haberme dirigido a Cuervo, que únicamente me respondería con silencio!

Aunque, de encontrarse Morgana de verdad en los brazos de la muerte, o de haberse perdido totalmente para Avalon, ninguna otra sacerdotisa era adecuada para llevar tal peso. Cuervo había cedido su voz a la Diosa para las profecías, ¿iba a quedar desasistido el lugar de la Diosa porque Cuervo hubiera escogido la senda del silencio?

Viviane permaneció a solas en la morada, mirando a la pared, ponderando las crípticas palabras de Niniane una y otra vez en su corazón. Se levantó y fue sola por el silente sendero para volver a mirar en las inmóviles aguas, mas eran grises, grises cual el inexorable cielo. Una vez le pareció que algo se movía allí.

—¿Morgana? —susurró, y clavó la mirada en la quietud del estanque.

Pero el rostro que la observaba no era el de Morgana. Era rígido, desapasionado como el de la misma Diosa, coronado por meros juncos...

...¿Es mi propio reflejo lo que veo o la corva Muerte?
Finalmente, agotada, se alejó.

Esto lo he sabido desde la primera vez que pisé el sendero; llega un momento en el cual sólo encuentras desesperación cuando tratas de rasgar el velo del templo, clamas llamándola y sabes que no te responderá porque no está, porque no estuvo nunca, no hay ninguna Diosa sino únicamente tú misma, y estás sola en la quimera de los ecos en un templo vacío...

No hay nadie allí, nunca lo hubo, y toda la Visión no es más que un conjunto de ilusiones...

Mientras bajaba fatigada por la colina, vio la luna nueva en el cielo. Pero ahora nada significaba para ella salvo que este ritual de silencio y reclusión había concluido por el momento.

¿Qué tengo yo que ver con toda esta quimera de la Diosa? La suerte de Avalon descansa en mis manos y Morgana se ha ido, estoy sola con las ancianas, las niñas y muchachas a medio instruir... ¡sola, completamente sola! Estoy vieja y cansada y la muerte me aguarda...

En la morada las mujeres habían encendido un fuego y había una copa de vino humeante junto a la silla que ocupaba de costumbre para que pudiera romper el ayuno de la luna oscura. Se sentó, cansada, y una de las sacerdotisas que la atendían se presentó calladamente a quitarle los zapatos y le puso un cálido chal sobre los hombros.

No hay nadie más que yo. Pero todavía tengo a mis hijas, no estoy del todo sola.

—Gracias, hijas mías —dijo, con desacostumbrada calidez, y una de las asistentas inclinó la cabeza tímidamente sin hablar. Viviane no sabía su nombre, *¿por qué soy tan olvidadiza?*, y consideró que debía estar bajo voto de silencio en aquel momento.

—Es para nosotras un privilegio serviros, Madre. ¿Os váis a descansar? —dijo la segunda suavemente.

—Todavía no —respondió Viviane, y luego en un impulso añadió—: Ve a pedirle a la sacerdotisa Cuervo que venga a atenderme.

Pareció transcurrir mucho tiempo antes de que, con silenciosos pasos, Cuervo entrase en la habitación. Viviane la saludó inclinando la cabeza y ella se acercó haciendo una reverencia; luego, siguiendo la indicación de Viviane, fue hasta el asiento situado enfrente. Viviane le alargó la copa, medio llena todavía de vino caliente y Cuervo tomó un sorbo, agradeciéndoselo con una sonrisa, y la dejó a un lado.

—Hija mía —dijo al fin Viviane, en tono suplicante—, rompiste tu silencio una vez antes de que Morgana nos abandonara. Ahora la estoy buscando y no me es posible encontrarla. No está en Caerleon, ni en Tintagel, ni con Lot y Morgause en Lothian... y me hago vieja. No hay nadie que me sustituya... Te lo pregunto a ti como al oráculo de la Diosa: ¿Volverá Morgana?

Cuervo guardó silencio. Luego sacudió la cabeza, y Viviane se inquietó.

—¿Quieres decir que Morgana no regresará? ¿O que no lo sabes? —Pero la joven sacerdotisa hizo un extraño ademán de impotencia y duda.

—Cuervo —dijo Viviane—, sabes que debo ceder mis funciones y no hay ninguna que pueda ostentarlas, ninguna que tenga el viejo adiestramiento de una sacerdotisa; ninguna ha llegado tan lejos, únicamente tú. De no retornar Morgana a nosotras, deberás ser la Dama del Lago. Has hecho un juramento de silencio y lo has cumplido con fidelidad. Ha llegado la hora de que lo abandones y tomes de mis manos la custodia de este lugar; no queda ninguna otra solución.

Cuervo movió la cabeza. Era una mujer alta, de ligera complexión y, pensó Viviane, había dejado de ser joven; era ciertamente diez años mayor que Morgana, debía estar cerca de los cuarenta y cuatro. *Y hasta aquí vino siendo una pequeña doncella con los senos aún sin florecer.* Tenía el cabello largo y negro y el rostro moreno y lívido, grandes ojos bajo oscuras y espesas cejas. Parecía reconcentrada y austera.

Viviane se cubrió el semblante con las manos y dijo con voz ronca a causa de las lágrimas que no podía derramar:

—Yo... no puedo Cuervo.

Al cabo de un instante, con el rostro cubierto todavía,

sintió una gentil caricia en la mejilla. Cuervo se había puesto en pie y estaba inclinada sobre ella. No habló, sólo la abrazó estrechamente, permaneciendo así un instante. Viviane, sintiendo la calidez de la sacerdotisa que se apretaba contra ella, comenzó a sollozar y sintió que podría seguir llorando y llorando sin ánimos de parar nunca. Por último, cuando el cansancio la obligó a detenerse, Cuervo la besó en la mejilla y se marchó silenciosamente.

X

En una ocasión Igraine había dicho a Ginebra que Cornwall estaba en el fin del mundo. Así le pareció a Ginebra. En aquel lugar parecía que nunca habían existido sajones merodeadores o un Rey Supremo. O una Reina Suprema. Allí, en el remoto convento de Cornish, aún cuando en un día claro se pudiese mirar hacia el mar y ver la rígida silueta del castillo de Tintagel, Igraine y ella no eran más que dos damas cristianas. Ginebra pensó, sorprendiéndose: *Me alegro de haber venido.*

Pero, cuando Arturo le pidió que fuera, sintió miedo de abandonar los muros que rodeaban Caerleon. El viaje había sido para ella una prolongada pesadilla, aun cabalgando por la rápida y cómoda calzada romana del sur. Cuando dejaron la calzada romana y comenzaron a viajar a través de los altos y expuestos páramos, Ginebra se refugió en la litera presa del pánico, incapaz de discernir que le producía mayor espanto, si el cielo abierto o las largas extensiones de hierba, sin árboles, donde las rocas se alzaban cortantes y frías como los huesos de la misma tierra. Entonces, durante algún tiempo, no vieron ninguna criatura viviente a excepción de los cuervos que trazaban círculos a gran altura, aguardando a que alguien muriera, o algún caballo salvaje de los páramos en la lejanía, deteniéndose para alzar la cabeza adornada por una larga crin antes de huir rápidamente.

Allí, en el distante convento de Cornish, todo era quietud y paz; una campana daba las horas con suave tañido y las rosas crecían en el recinto ajardinado del claustro y se introducían en los agujeros del desmoronado muro de ladrillos. Antes había sido una villa romana. Las hermanas habían levantado el suelo de una gran estancia, decían, porque mostraba una escandalosa escena pagana. Ginebra sentía curiosidad por saber qué representaba, mas nadie se lo dijo y le daba vergüenza preguntarlo. Rodeando los ángulos de la habitación había hermosos mosáicos con delfines y peces caprichosos y, en el centro, habían sido colocados ladrillos comunes. A veces se sentaba allí con las hermanas dando puntadas en la labor de costura mientras Igraine reposaba.

Igraine estaba agonizando. Dos meses atrás había llegado el mensaje a Caerleon. Arturo tuvo que dirigirse hacia el norte para ver la fortificación de la muralla romana y no pudo ir, y Morgana tampoco estaba. Dada la imposibilidad de Arturo para trasladarse allí, y que no podían pedir a Viviane que, a su edad, hiciera tan largo viaje, él rogó a Ginebra que fuera y se quedase con su madre; y, tras realizar un gran esfuerzo para persuadirla, ella accedió.

Ginebra poco sabía de la atención que es necesario prestar a los enfermos. Cualquiera que fuese el mal que afectaba a Igraine, al menos no era doloroso; sin embargo le faltaba el aliento y no podía caminar mucho sin toser y boquear. La hermana que la asistía había dicho que era una congestión en los pulmones, pero no esputaba sangre ni tenía fiebre o calentura. Tenía pálidos los labios y azules las uñas, y los tobillos tan hinchados que apenas podía caminar; parecía demasiado exhausta para levantarse y permanecía en el lecho la mayor parte del tiempo. De todas formas a Ginebra no le pareció que estuviera tan enferma, pero la hermana afirmó que verdaderamente estaba agonizando y le quedaría como mucho una semana de vida.

Eran aquéllos los días más propicios del verano y, por la mañana, Ginebra cogió una rosa blanca del jardín del convento y la dejó sobre la almohada de Igraine. La noche anterior, Igraine había podido levantarse para asistir al canto vespertino, mas por la mañana se encontraba tan fatigada y sin fuerzas que no fue capaz de ponerse en pie. Sonrió a Ginebra.

—Gracias, querida hija —dijo con voz jadeante, se acercó la rosa al rostro y olió delicadamente los pétalos—. Siempre quise tener rosas en Tintagel, pero la tierra era demasiado pobre, apenas crecía nada... Viví allí muchos años y nunca dejé de intentar conseguir alguna clase de jardín.

—Cuando vinisteis a recogerme para mis esponsales, visteis el jardín de mi casa —repuso Ginebra, con una punzada de nostalgia por aquel recóndito jardín amurallado.

—Me acuerdo de cuán hermoso era; me recordó a Avalon. Son tan hermosas las flores allí, en los patios de la Casa de las Doncellas. —Guardó silencio momentáneamente—. ¿Le *enviaron* un mensaje a Morgana hasta Avalon?

—Le enviaron un mensaje, madre. Mas Taliesin nos dijo que no estaba allí —contestó Ginebra—. Sin duda se halla con la Reina Morgause en Lothian y, en estos tiempos, a un mensajero el ir y venir le lleva una eternidad.

Igraine suspiró pesadamente y de nuevo empezó a luchar con la tos; Ginebra la ayudó a incorporarse. Al cabo de un rato Igraine murmuró:

—Sin embargo la Visión debería haber instado a Morgana para que viniese a verme, tú irías si tu madre se estuviera muriendo, ¿no? Sí, puesto que has venido y ni siquiera soy tu madre. ¿Por qué no lo ha hecho Morgana?

Nada significa para ella que yo haya venido, pensó Ginebra, *no es a mí a quien quiere aquí. A nadie le importa si estoy en un sitio o en otro.* Y fue como si tuviese herido el mismo corazón. Pero Igraine la observaba expectante.

—Acaso Morgana no ha recibido ningún mensaje —dijo—. Quizá haya ingresado en algún convento, convirtiéndose al cristianismo y renunciando a la Visión.

—Podría ser así... tal hice yo cuando me casé con

Uther —murmuró Igraine—. Aunque una y otra vez se me presentaba sin que lo deseara y creo que si Morgana estuviese enferma o moribunda lo sabría. —El tono de su voz era colérico—. Tuve la Visión antes de que te desposaras... dime, Ginebra, ¿amas a mi hijo?

Ginebra retrocedió ante los claros ojos grises de la enferma, ¿podía ver Igraine el interior de su alma?

—Le quiero bien y soy una reina fiel, señora.

—Sí, creo que lo eres... y, ¿sois felices juntos? —Igraine tomó las pequeñas manos de Ginebra entre las suyas por un instante, y sonrió—. Debéis serlo. Y lo seréis todavía más, ya que por fin llevas a su hijo.

Ginebra se quedó asombrada mirando a Igraine.

—No... no lo sabía.

Igraine volvió a sonreír, una tierna y radiante sonrisa, haciendo que Ginebra pensara: *Sí, puedo creerlo, de joven fue lo bastante hermosa como para que Uther olvidase toda precaución y la pretendiese con hechizos y encantos.*

—A menudo ocurre así —dijo Igraine—, aunque realmente ya no eres tan joven. Me sorprende que aún no hayas dado a luz ningún hijo.

—No ha sido por falta de deseo, ni por no haber orado pidiéndolo, señora —repuso ella, tan agitada que apenas sabía lo que estaba diciendo. ¿Estaba delirando la anciana reina? La burla habría sido algo demasiado cruel—. ¿Cómo...? ¿Qué os hace creer que estoy encinta?

—Me olvidaba de que tú no posees la Visión —dijo Igraine—. Se alejó de mí hace mucho tiempo, hace mucho tiempo que renuncié a ella, aunque, como ya te he dicho, a veces me asalta inesperadamente y nunca me ha llevado a engaño. —Ginebra comenzó a llorar e Igraine, turbada, extendió su delgada mano y la posó sobre la de la joven—. Pero, ¿cómo es eso?, ¿te doy buenas nuevas y te echas a llorar, pequeña?

Ahora pensará que no quiero al niño y no puedo soportar que piensen mal de mí...

—Sólo en dos ocasiones, en todos los años que llevo

desposada, he tenido algún motivo para creerme encinta y, entonces, tan sólo pude llevar al niño durante uno o dos meses. Decidme, señora, ¿sabéis...? —Se le cerró la garganta y no se atrevió a pronunciar las palabras. *Decidme, Igraine, ¿tendré a este hijo, me habéis visto con el hijo de Arturo en el pecho?* ¿Qué pensaría el sacerdote de este compromiso con la hechicería?

Igraine le dio palmaditas en la mano.

—Querría poder decirte más, pero la Visión viene y va a voluntad. Ruego a Dios que tenga un buen final, querida mía; es posible que no pueda ver más porque, para cuando nazca tu hijo, yo no estaré aquí. No, no, pequeña, no llores —rogó—. He estado dispuesta para dejar esta vida desde las nupcias de Arturo. Me gustaría ver a tu hijo, me gustaría tener a un hijo de Morgana en los brazos, antes de que llegue el día, mas Uther se fue y me conformo con los hijos que he tenido. Puede ocurrir que Uther me aguarde más allá de la muerte, y los demás niños que perdí en el parto. Y si no... —Se encogió de hombros—. Nunca lo sabré.

Los ojos de Igraine se cerraron y Ginebra pensó: *La he cansado.* Permaneció en silencio hasta que la anciana se durmió, luego se puso en pie encaminándose sin hacer ruido hacia el jardín.

Estaba aturdida. En verdad no le había parecido que pudiera estar embarazada. Si había pensado algo al respecto, era porque la tensión del viaje le había retrasado la regla. En los primeros tres años de matrimonio, cada vez que tardaba, se había creído encinta. Luego, el año en que Arturo había estado en la batalla del Bosque de Celidon y la larga campaña que la antecedió, y después herido y demasiado débil para tocarla, persistieron los retrasos. Finalmente se dio cuenta de que sus ritmos mensuales eran irregulares, y no había medio de llevarlo en cuenta según la luna, pues en ocasiones podían pasar dos o tres meses sin signo alguno.

Sin embargo, ahora que Igraine lo había dicho, se preguntó por qué no lo había considerado antes; no se le ocurrió siquiera dudar de ella. Algo en su interior repetía, *Hechicerías*, y una leve voz se empeñaba en recordarle, *Todas estas cosas son del Diablo, y no tienen cabida en esta casa de santas mujeres*. Pero decía algo más: *¿Cómo puede ser perverso comunicarme esta noticia?* Se parecía más, pensó, a cuando el ángel fue enviado a la Virgen María para anunciarle el nacimiento de su hijo... y, entonces, por un momento, Ginebra fue golpeada por el miedo a su propia presunción; después se echó a reír levemente ante la incongruencia de imaginarse a Igraine, vieja y moribunda, como un ángel de Dios.

En aquel momento la campana repicó en el·claustro, avisando para las oraciones, y Ginebra, aunque estaba como invitada y sin obligación, se volvió, encaminándose a la capilla de las hermanas, arrodillándose en el acostumbrado lugar destinado a los visitantes. Empero, poco escuchó del servicio, porque todo su corazón y su mente se hallaban absorbidos en la más fervorosa plegaria de su vida.

Ha llegado la respuesta a todas mis plegarias. Oh, os lo agradezco, Dios y Cristo, y a nuestra Bendita Señora.

Arturo estaba equivocado. El fracaso no era imputable a él. No había necesidad... y una vez más se vio abrumada por la paralizante vergüenza que experimentara cuando le dijo aquello, casi dándole permiso para traicionarlo... *y qué mujer tan perversa fui entonces, al llegar incluso a considerarlo...* Empero, a pesar de su anterior perversidad, Dios la había recompensado ahora que se lo merecía. Ginebra levantó la cabeza y se puso a cantar el Magnificat con las demás, con tanto fervor que la abadesa la miró con acritud.

No saben por qué estoy tan agradecida... no saben cuán agradecida debo estar por...

Aunque tampoco saben que perversa he sido, pues en este santo lugar he estado pensando en aquel a quien amo...

Después, a pesar del júbilo, volvió a sentir de súbito algo semejante al dolor: *Ahora me verá encinta del hijo de Arturo, me considerará fea y vulgar y nunca volverá a contemplarme con amor y anhelo.* Y, a pesar del gozo que colmaba su corazón, se sintió pequeña, humillada y triste.

Arturo me dio licencia y podíamos habernos tenido el uno al otro, ahora ya nunca... nunca... nunca...

Se cubrió el rostro con las manos y lloró en silencio, sin preocuparse de si la abadesa la estaba observando.

AQUELLA NOCHE IGRAINE RESPIRABA de modo tan dificultoso que ni siquiera pudo reclinar la cabeza para descansar; hubo de sentarse erguida, apoyándose en muchos cojines, para poder respirar un poco; y jadeaba y tosía sin cesar. La abadesa le hizo tragar una porción de algo destinado a despejarle los pulmones, sin embargo sólo consiguió provocarle náuseas, y no pudo tomar más.

Ginebra se sentó a su lado, dormitando un poco de vez en cuando, mas alerta cuando la enferma se agitaba, para darle un sorbo de agua, para colocar los cojines de forma que pudiera encontrar un poco de alivio. Había sólo una pequeña luz en la estancia, pero la luna brillaba intensamente y la noche era tan calurosa que la puerta del jardín permaneció abierta. Y sobre todo, estaba el omnipresente y suave sonido del mar más allá del jardín, batiendo contra las rocas.

—Es extraño —murmuró Igraine con remota voz—, nunca habría pensado que venía aquí para morir... Recuerdo lo atemorizada que me sentía, cuán sola, la primera vez que fui a Tintagel, como si hubiese arribado al fin del mundo. Avalon era tan limpio, tan bello, tan lleno de flores...

—Hay flores aquí —repuso Ginebra.

—Pero no como las de mi hogar. Esto es tan árido, tan rocoso —dijo—. ¿Has estado en la Isla, pequeña?

—Fui educada en el convento de Ynis Witrin, señora.

—Es muy hermosa la Isla. Cuando viajé hasta aquí recorriendo los páramos, tan altos, estériles y desiertos, sentí miedo.

Igraine hizo un débil movimiento para aproximársele y Ginebra le cogió la mano, cuya frialdad la alarmó.

—Eres una buena muchacha —declaró Igraine—, al haber venido hasta tan lejos, cuando mis propios hijos no lo han hecho. Recuerdo cómo aborrecías viajar y has venido hasta aquí, estando embarazada.

Ginebra le frotó la helada mano.

—Os agotáis al hablar, madre.

Igraine emitió un leve sonido como si riera, pero se perdió entre jadeos, quizás aquel sonido era una consecuencia de su esfuerzo por hablar.

—No sé... acaso creyera que no ibas a ser feliz con mi hijo. —Volvió a debatirse en un acceso de tos tan fuerte que pareció que nunca iba a recobrar el aliento.

Cuando se hubo calmado un poco, Ginebra dijo:

—No debéis hablar más, madre, ¿queréis que llame a un sacerdote?

—No quiero ver a ningún sacerdote —repuso Igraine claramente—. No deseo a ninguno de ellos junto a mí. Oh, no, no te escandalices, pequeña —guardó silencio por un instante—. Me creías piadosa porque me retiré a un convento para pasar los últimos años de mi vida. Pero, ¿adónde habría podido ir? Viviane me hubiera acogido en Avalon, mas no podía olvidar que fue ella quien me desposó con Gorlois... Tras el muro del jardín se encuentra Tintagel, como una prisión... una prisión fue para mí, ciertamente. Sin embargo es el único lugar que he podido considerar como mío. Y creo que con pleno derecho, basado en lo que hube de soportar allí...

Otra larga y esforzada pugna por respirar.

—Me gustaría que hubiese venido Morgana... posee la Visión, debería haber sabido que me estoy muriendo... —declaró finalmente.

Ginebra percibió que había lágrimas en sus ojos, y le apretó las manos heladas que ahora sentía tan rígidas y frías como garras.

—Estoy segura que de saberlo habría venido, querida madre —le dijo, con amabilidad.

—Yo no estoy segura... la dejé en manos de Viviane.
Aun cuando sabía cuán despiadada podía ser con ella,
que podía utilizarla con tan pocos escrúpulos como me
utilizó a mí por el bienestar de su tierra y por su propio
amor al poder —susurró Igraine—. La alejé de mí porque
creí que era lo mejor, y resultó una elección endiablada; creí que era preferible que estuviera en Avalon y en las
manos de la Diosa, a que estuviese en manos de clérigos
que la enseñarían a pensar que era mala por el hecho de
ser mujer.

Ginebra se sentía profundamente turbada. Le frotaba
las gélidas manos con las suyas y renovaba los ladrillos
calientes junto a los pies de Igraine; pero también tenía
los pies fríos como el hielo y, cuando se los frotó, Igraine
dijo que no los sentía.

Consideró que debía intentarlo nuevamente.

—Ahora que está cerca vuestro fin, ¿no queréis hablar
con uno de los sacerdotes de Cristo, querida madre?

—Ya te he dicho que no —respondió Igraine—, en
todos estos años en los cuales guardé silencio para tener
paz en mi hogar... Quería lo bastante a Morgana como
para enviársela a Viviane, así al menos podría escapar de
ellos... —Empezó a jadear de nuevo—. Arturo —prosiguió
luego—, nunca fue mi hijo... era el hijo de Uther; sólo
una esperanza para la sucesión, nada más. Amé a Uther y
le di hijos porque significaban mucho para él tener un
hijo que le sucediera. Al segundo, que murió poco después de que le cortaran el cordón umbilical, creo que habría podido quererlo como propio, como quería a Morgana... Cuéntame, Ginebra, ¿te ha reprochado que no
hayas dado a luz a un heredero todavía?

Ginebra humilló la cabeza, notando que las lágrimas le
producían escozor en los ojos.

—No, ha sido tan bueno... nunca me lo ha reprochado.
Una vez me dijo que no había engendrado hijos en ninguna mujer, aunque había conocido a muchas, y que, por
tanto, tal vez la culpa no fuera mía.

—Si te ama por ti misma, entonces es una inapreciable

joya entre los hombres —manifestó Igraine—, y sería maravilloso que pudieras hacerle feliz... a Morgana la amé porque era lo único que podía amar. Yo era joven y desgraciada; nunca podrás saber lo infeliz que fui el invierno en que nació, sola, lejos de casa y no del todo madura. Temí que resultara ser un monstruo debido al odio que sentía mientras la daba a luz, pero resultó ser una niña bonita, solemne, sabia, como una pequeña hada. Sólo a ella y a Uther he amado... ¿dónde está, Ginebra? ¿Dónde está que no acude junto a su madre cuando ésta se está muriendo?

—Sin duda no sabe que estáis enferma —contestó Ginebra, compadecida.

—Pero, ¡y la Visión! —gritó Igraine, agitándose inquieta sobre la almohada—. ¿Dónde puede encontrarse para no ver que me estoy muriendo? Ah, observé que tenía un gran problema, incluso en la coronación de Arturo, mas nada dije, no deseaba saberlo, consideraba que ya había padecido bastantes pesares y nada hice cuando me necesitaba... Ginebra, ¡dime la verdad! ¿Ha tenido Morgana un hijo sola y lejos de quienes la aman? ¿Ha hablado de esto contigo? ¿Me odia, entonces, y no viene a mí cuando me estoy muriendo, sólo porque no hablé claro con ella de todos mis temores en la coronación de Arturo? Ah, Diosa... dejé a un lado la Visión para que hubiera paz en mi hogar, ya que Uther era cristiano... Muéstrame donde mora mi pequeña, mi hija...

Ginebra la inmovilizó.

—Debéis permanecer quieta, madre ...debe ser como Dios quiera. No podéis invocar a la Diosa de los diablos aquí —dijo.

Igraine se sentó erguida; a pesar del rostro inflamado y los labios amoratados, miró a la joven de tal manera que Ginebra repentinamente recordó: *Ella es también Reina Suprema de esta tierra.*

—No sabes de qué hablas —dijo Igraine, con orgullo, lástima y desprecio—. La Diosa está más allá de todos los demás Dioses. Las religiones pueden aparecer y desaparecer, como descubrieron los romanos y sin duda los cristianos descubrirán después de ellos, pero ella está más allá de todos. En una ocasión leí en un viejo libro que Taliesin me dio, que un sabio se vio obligado a beber cicuta. Taliesin afirma que el pueblo siempre ha matado a los sabios. Al igual que el lejano pueblo de las tierras del sur crucificó a Cristo, este hombre sabio y honesto fue obligado a beber cicuta porque la plebe y los reyes lo acusaron de enseñar falsas doctrinas. Y, cuando estaba agonizando, dijo que el frío le iba subiendo desde los pies y así murió... Yo no he tomado cicuta, mas es como si lo hubiese hecho... y ahora el frío está atenazándome el corazón... —Se estremeció y se puso rígida, por un instante Ginebra pensó que había dejado de respirar. No, el corazón estaba latiendo todavía lentamente. Empero Igraine no volvió a hablar, yacía jadeante sobre las almohadas y un poco antes del alba el ronco respirar cesó totalmente.

XI

Igraine fue enterrada al mediodía, tras un solemne oficio de difuntos. Ginebra se hallaba junto a la tumba, las lágrimas le corrían por el rostro cuando el amortajado cuerpo era introducido en la tierra abierta. Sin embargo, no podía sentir verdadero dolor por la muerte de su suegra. *Toda su vida aquí fue una mentira; no era un verdadera cristiana.* De ser cierto cuanto creía, Igraine estaba ya ardiendo en el infierno. Y aquello no podía soportarlo, no al pensar en todas las amabilidades que Igraine había tenido con ella.

Las lágrimas y la falta de sueño le quemaban los ojos. El cielo, sombrío, se hacía eco de sus vagos temores; plomizo, como si en cualquier momento la lluvia fuese a caer. Allí, entre los muros del convento, se hallaba a salvo, mas pronto debería abandonar la seguridad de aquel lugar y cabalgar durante días por los altos páramos amenazada por todas partes con aquel cielo abierto, pendiendo sobre ella y sobre su hijo... Ginebra, temblando, se puso las manos sobre el vientre, en un fútil gesto de proteger al morador de la amenaza de aquel cielo.

¿Por qué estoy siempre tan atemorizada? Igraine era pagana y se perdió en las argucias del Maligno, pero yo estoy a salvo. Yo invoco a Cristo para que me proteja. ¿Qué hay que temer bajo el Cielo de Dios? Sin embargo, tenía miedo, era el mismo temor irracional que se apoderaba de ella con tanta frecuencia. *No debo tener miedo. Soy Reina Suprema de toda Bretaña; la otra que ostentara*

ese título duerme bajo la tierra... Reina Suprema y portadora del hijo de Arturo. ¿Por qué había de temer?

Las monjas concluyeron el canto, apartándose de la tumba. Ginebra volvió a estremecerse, y se arrebujó en la capa. Ahora debía cuidarse mucho, comer bien, reposar, asegurarse de que nada se torciera como había ocurrido anteriormente. Contó con los dedos. De haber sido la última vez, antes de la partida... pero no, los ciclos se habían interrumpido desde hacía más de diez domingos, pero no estaba segura. No obstante, lo cierto era que su hijo nacería en torno a la Pascua de Resurrección. Sí, en una buena época; recordó cuando su dama Meleas dio a luz al hijo en lo más crudo del invierno, y el viento ululaba en el exterior, como si todos los demonios estuvieran esperando para apropiarse del alma del recién nacido. Nada comentó a Meleas, pero hizo que el sacerdote fuera al salón de las mujeres y bautizara al bebé casi antes de que hubiese llorado. Ginebra se alegraba porque no habría de tenerlo en los días más crudos. Aunque, con tener al ansiado hijo, se habría quedado satisfecha aun dándolo a luz en la misma noche del solsticio de Invierno.

Sonó una campana y la abadesa se aproximó a Ginebra. No la reverenció. El poder temporal, afirmó una vez, no suponía nada allí; pero Ginebra era, después de todo, la Reina Suprema, así pues inclinó levemente la cabeza con gran cortesía.

—¿Os quedaréis con nosotras, señora mía? Nos sentiríamos profundamente honradas de alojaros tanto tiempo como deseéis —dijo.

—¡Oh, si pudiera quedarme! Esto es tan apacible... —repuso Ginebra, mostrando pesar. Pero no puedo. Debo regresar a Caerleon.

No puedo demorar el participarle a Arturo las buenas noticias, noticias sobre su hijo...

—El Rey Supremo debe enterarse de... de la muerte de su madre —continuó. Luego, sabiendo que la mujer quería oír más, añadió de inmediato—. Estad segura de que le informaré de cuán amablemente la habéis tratado.

217

Tuvo cuanto podía desear en los últimos días de su vida.

—Fue un placer para nosotras; todas queríamos a la dama Igraine —repuso la anciana monja—. Se dará aviso a vuestra escolta y estarán listos para cabalgar con vos por la mañana temprano. Dios mediante, hará buen tiempo.

—¿Mañana? ¿Por qué no hoy? —preguntó Ginebra y luego se detuvo. No, tanta prisa sería en realidad un insulto. No se había dado cuenta de que estuviera tan ansiosa por contarle las noticias a Arturo, por terminar de una vez por todas con el silente reproche de que era estéril. Posó la mano en el brazo de la abadesa—. Debéis rezar mucho por mí y por el nacimiento con bien del hijo del Rey Supremo.

—¿Es así, señora? —El rostro de la abadesa se llenó de arrugas de satisfacción por ser la confidente de la Reina—. Rezaremos por vos. Será un placer para todas las hermanas el saber que somos las primeras en orar por nuestro nuevo príncipe.

—Haré algunas donaciones a vuestro convento.

—Los dones de Dios y las oraciones tal vez no se compren con oro —repuso la abadesa, aunque no obstante parecía complacida.

En la estancia próxima a la cámara de Igraine, donde había dormido estas últimas noches, la sirvienta estaba afanada metiendo prendas y pertrechos en las alforjas. Al entrar Ginebra, levantó la mirada.

—No es apropiado a la dignidad de la Reina Suprema, señora, viajar con una sola sirvienta —gruñó—. La esposa de un caballero cuenta con lo mismo. Deberíais conseguir otra en alguna de las casas de por aquí y también una dama para que viaje con vos.

—Haz que una de las hermanas te ayude, pues —replicó Ginebra—. Aunque viajaremos con mayor celeridad si somos pocos.

—Oí decir en el patio que hay sajones desembarcando en las Costas del Sur —masculló la mujer—. Pronto no se podrá viajar con seguridad por ninguna parte de este país.

—No seas tonta —dijo Ginebra—. Los sajones de las Costas del Sur están obligados mediante un tratado a mantener la paz en las tierras del Rey Supremo. Saben de lo que es capaz la legión de Arturo, lo descubrieron en el Bosque de Celidon. ¿Crees que quieren dar más alimento a los cuervos? En cualquier caso, pronto estaremos de vuelta en Caerleon y, al final del verano, trasladaremos la corte a Camelot, en el País Estival. Los romanos defendieron aquella fortaleza contra todos los bárbaros. Nunca ha sido tomada. Sir Cai ya se encuentra allí, construyendo un gran salón apto para la Mesa Redonda de Arturo, para que todos los Caballeros y los reyes puedan sentarse juntos a comer.

Como había esperado, la mujer pareció alegrarse.

—Eso está cerca de vuestra antigua casa, ¿verdad, señora?

—Sí. Desde las alturas de Camelot, se puede mirar sobre el agua y avistar la isla del reino de mi padre a la distancia de un tiro de flecha. De niña fui allí en una ocasión —dijo, recordando como, cuando era una muchachita, antes incluso de ir a educarse con las monjas a Ynis Witrin, había sido conducida a las ruinas de la vieja fortaleza romana. Poco quedaba entonces, a excepción de la antigua muralla, y el sacerdote no se sustrajo a hacer de aquello una lección sobre cómo las glorias humanas se desvanecen...

Esa noche soñó que se hallaba en Camelot, a gran altura; mas las nieblas se levantaron en torno a la costa y la isla parecía nadar en un mar de nubes. Al otro lado, podía avistar la elevada Tor en Ynis Witrin, coronada por el círculo de piedras; aunque sabía muy bien que el círculo de piedras había sido derribado por los sacerdotes hacía cien años. Y, por alguna argucia de la vista, parecía que Morgana, coronada con una guirnalda de juncos, se encontrase sobre Tor riéndose y burlándose de ella. Luego, Morgana estaba a su lado en Camelot y miraban sobre el País Estival a la Isla de los Sacerdotes, a su antiguo hogar en el cual su padre Leodegranz era rey y a la Isla del Dragón, envuelta en una mortaja de brumas. Y Morgana vestía extraños ropajes luciendo una alta corona doble, y se situó de forma que Ginebra no podía *verla*, sólo saber que estaba allí. Dijo: *Soy el Hada Morgana y te entregaré todos estos reinos para que seas su Reina Suprema si te humillas y me adoras.*

Ginebra se despertó sobresaltada, con la burlona risa de Morgana en los oídos. La habitación estaba vacía y en silencio, salvo por los pesados ronquidos de la sirvienta que yacía en una alfombra sobre el suelo. Ginebra hizo el signo de la cruz y se recostó para volver a dormir. Antes de caer totalmente en el sueño, le pareció ver las claras aguas de un estanque iluminadas por la luna y, allí, en lugar de su rostro, se reflejaba la pálida faz de Morgana con expresión ausente, coronada con juncos como las muñecas de la cosecha que algunos labriegos todavía hacían. Una vez más Ginebra hubo de incorporarse y hacer el signo de la cruz.

Le pareció demasiado temprano cuando la despertaron, pero había insistido mucho en que debían partir con las primeras luces. Podía oír la lluvia repiqueteando sobre el tejado cuando se puso el vestido a la luz de la lámpara, aunque, si se quedaban a causa de la lluvia, con aquel clima tendrían que esperar un año. Se sentía embotada y con deseos de vomitar, pero ahora sabía que había una buena razón para aquello y, a hurtadillas, se dió palmaditas en el vientre aún plano como para confirmar que era real. No tenía ganas de comer; mas, obediente, tomó un poco de pan y frías viandas... La esperaba una larga cabalgada. Y, aunque no tenía deseos de viajar bajo la lluvia, era probable que ésta mantuviera en sus escondrijos a los sajones y los merodeadores.

Estaba anudando la capucha de su capa de más abrigo, cuando entró la abadesa. Después de las consabidas palabras de agradecimiento por las espléndidas donaciones hechas en su nombre y en el de Igraine, la abadesa abordó el verdadero asunto de aquella visita de despedida.

—¿Quién reina ahora en Cornwall, señora?

—Pues, no estoy segura —contestó Ginebra, procurando recordar—. Sé que el Rey Supremo cedió Tintagel a Igraine cuando se casó, para que pudiera tener un lugar propio,y supongo que, después de ella, a la dama Morgana, hija de Igraine y del antiguo Duque de Gorlois. Ni siquiera sé quién se encuentra allí como regidor del castillo ahora.

—Ni yo —dijo la abadesa—. Algún sirviente o caballero de la dama Igraine, supongo. Ese es el motivo de que haya venido a hablar con vos, señora... el castillo de Tintagel es un trofeo y debería tener un dueño o habrá guerra también en esta región. De haberse desposado la dama Morgana y venido a vivir aquí, todo iría bien, imagino. No conozco a la dama, aunque, si es hija de Igraine, supongo que es una buena persona y una buena cristiana.

Suponéis mal, pensó Ginebra, y de nuevo fue como si escuchase la burlona risa del sueño. Empero, no podía hablar mal de un pariente de Arturo con una extraña.

—Llevad mi mensaje al Rey Arturo, señora —dijo la abadesa—, alguien debe venir a morar en Tintagel. Sé los rumores que corrían por la región cuando Gorlois murió sobre que tuvo un hijo bastardo y algunos parientes de la misma línea puede que inicien la lucha para conquistar este país. Mientras Igraine moraba aquí, todo el mundo sabía que estaba bajo el dominio de Arturo, mas ahora sería bueno que el Rey Supremo enviase a alguno de sus mejores caballeros, quizá casado con la dama Morgana.

—Se lo diré a Arturo —repuso Ginebra y, al ponerse en camino, lo ponderó. Poco sabía sobre la estrategia de estado, pero recordaba que se había producido el caos antes de que Uther fuera ungido y una vez más cuando murió sin dejar heredero; presumía que algo semejante podía acaecer en Cornwall si nadie gobernaba o hacía obedecer las leyes. Morgana era Reina de Cornwall y debía ir allí a reinar. Y entonces recordó lo que Arturo dijera sobre que su mejor amigo habría de desposarse con su hermana.

Puesto que Lancelot no era rico y no tenía tierras propias, sería lo correcto que vinieran a reinar juntos a Cornwall. *Y ahora que voy a alumbrar al hijo de Arturo, sería bueno enviar a Lancelot lejos de la corte, para que nunca pueda volver a mirarle a la cara y pensar cosas que ninguna mujer casada ni ninguna ·buena cristiana debe pensar.* No obstante, no podía soportar la idea de ver a Lancelot casado con Morgana. ¿Habría existido alguna vez una mujer tan perversa como ella sobre la faz de este perverso mundo? Cabalgó con el rostro oculto por la capa, sin prestar oídos a las conversaciones de los caballeros que formaban su escolta, pero al cabo de un tiempo se dió cuenta de que estaban pasando por una aldea que había sido arrasada. Uno de los caballeros le pidió licencia para detenerse y se alejó en busca de supervivientes; volvió con lúgubre aspecto.

—Sajones —dijo a los demás y silenció sus palabras al ver que la Reina estaba escuchando.

—No tengáis miedo, señora, se han ido, pero debemos cabalgar con tanta rapidez como podamos e informar de esto a Arturo. Si os encontramos un caballo más veloz, ¿podréis mantener el paso?

Ginebra sintió que le faltaba el aliento. Habían salido de uno de los profundos valles y el cielo se arqueaba alto y abierto sobre ellos, colmado de amenazas; se sintió como debe sentirse algún pequeño ser en la hierba cuando la sombra ·de un halcón se cierne sobre él. Dijo, y oyó su propia voz tenue y temblorosa como la de una niña muy pequeña:

—Ahora no puedo cabalgar a más velocidad. Llevo al hijo del Rey Supremo y no me atrevo a exponerlo a ningún daño.

De nuevo parecía como si el caballero, que era Griflet, el marido de su dama de compañía Meleas, se esforzaba en reprimir las palabras, cerrando las mandíbulas con un chasquido. Finalmente declaró, ocultando su impaciencia:

—Entonces, señora, mejor será que os escoltemos a Tintagel, o a alguna otra gran casa de esta región, o de regreso al convento, para que nosotros podamos cabalgar con celeridad y alcanzar Caerleon antes de mañana al amanecer. Si estáis encinta,ciertamente no podéis cabalgar por la noche. ¿Dejaréis que uno de nosotros os escolte a vos y a vuestra sirvienta a Tintagel o al convento?

Bien me gustaría estar nuevamente entre muros, si hay sajones en este sector... Pero no debo ser tan cobarde. Arturo debe tener noticias de su hijo.

—¿No puede uno de vosotros cabalgar hacia Caerleon y el resto viajar a mi paso? —dijo—. O se puede pagar a un mensajero para que lleve aviso de inmediato.

Griflet tenía aspecto de ponerse a lanzar maldiciones de un momento a otro.

—No podría confiar en ningún mensajero pagado en esta región, señora, y somos pocos incluso para un país pacífico; apenas suficientes para protegeros. Bien, será como deseéis, sin duda los hombres de Arturo ya habrán recibido el aviso.

Le dio la espalda, con los dientes apretados y una expresión tan airada que Ginebra estuvo tentada hacerle volver y mostrarse de acuerdo con cuanto había dicho; empero se dijo con firmeza que no debía ser cobarde. Ahora que iba a dar a luz a un hijo del Rey, debía comportarse como una reina y seguir cabalgando con valor.

Y, si fuera a Tintagel y todo el país estuviera lleno de sajones, habría de permanecer allí hasta que la guerra hubiera concluido y toda la región volviera a estar en paz, cosa que podría llevar mucho tiempo... y, si Arturo ni siquiera supiese que estoy embarazada, podría alegrarse por dejarme viviendo allí para siempre. ¿Por qué iba a querer llevar a una reina estéril a su nuevo palacio de Camelot? Probablemente atendería los consejos de ese viejo druida que me odia, Taliesin, su abuelo, y me repudiaría para desposarse con alguna mujer que pueda darle un rollizo bebé cada diez meses...

Pero todo irá bien cuando Arturo sepa...

Parecía como si el gélido viento que soplaba en los altos páramos se adentrase en sus propios huesos; al cabo de un rato les rogó que se detuvieran nuevamente y prepararan la litera para poder viajar en su interior. La marcha de la montura le provocaba tantas sacudidas... Griflet parecía malhumorado y por un momento, pensó que se olvidaría de la cortesía para ponerse a maldecirla, mas dio las órdenes pertinentes. Se ovilló agradecida dentro de la litera, satisfecha por la lentitud del paso y por las cerradas cortinas que ocultaban el pavoroso cielo.

Antes del crepúsculo la lluvia cesó durante un tiempo y salió el sol, bajo y oblicuo sobre el nefando páramo.

—Levantaremos aquí las tiendas —dijo Griflet—. En el páramo al menos podemos ver a gran distancia. Mañana tomaremos la vieja calzada romana y podremos viajar con mayor rapidez.

Tras esto, bajó el tono de voz y dijo algo a los demás caballeros que Ginebra no pudo oír; se apocó, sabiendo que estaba colérico por la lenta marcha a la que debían viajar. Todo el mundo sabía que una mujer encinta se exponía a abortar si cabalgaba en un veloz corcel, y ella había abortado dos veces, ¿querían que por tercera vez perdiera un hijo de Arturo?

Durmió mal dentro de la tienda. El suelo era muy duro bajo su delgado cuerpo, la capa y las mantas estaban húmedas, y se sentía dolorida a consecuencia de la desacostumbrada cabalgada.

Pero, al cabo de un rato, se durmió, a pesar de la lluvia que se filtraba en el interior de la tienda, y fue despertada por ruidos de jinetes y un grito: era la voz de Griflet, áspera y urgente.

—¡Quién anda ahí! ¡Alto!

—¿Eres tú, Griflet? Reconozco tu voz —resonó un grito desde la oscuridad—. Soy Gawaine y estoy buscando a vuestro grupo, ¿está la Reina con vosotros?

Ginebra se echó la capa sobre las prendas de noche y salió de la tienda.

—¿Eres tú primo? ¿Qué te trae hasta aquí?

—Esperaba encontrarte todavía en el convento —respondió Gawaine, apeándose de caballo. Tras él, había otras siluetas en la oscuridad, cuatro o cinco hombres de Arturo, aunque ella no pudo distinguir sus caras—. Puesto que estás aquí, señora, supongo que la Reina Igraine ha abandonado la vida.

—Murió hace dos noches —dijo Ginebra, y Gawaine suspiró.

—Bueno, es la voluntad de Dios —dijo—. Pero la tierra está en armas, señora, dado que habéis avanzado tanto, supongo que debéis continuar hacia Caerleon. Si hubiéseis estado aún en el convento tenía órdenes de escoltaros, junto con las hermanas que desearan protección, al castillo de Tintagel, instándoos a permanecer allí hasta que hubiese seguridad en estas tierras.

—Y ahora sabéis que podíais haberos ahorrado el viaje —dijo Ginebra irritada, pero Gawaine negó con la cabeza.

—Puesto que mi mensaje es inútil e imagino que las hermanas desearán permanecer entre los muros de su convento —manifestó—, debo cabalgar hacia Tintagel para informar a todos los hombres fieles a Arturo de que deben presentarse en seguida. Los sajones se están reuniendo cerca de la costa con más de cien naves... Enviaron señales luminosas desde los faros. La legión está en Caerleon, y todos los hombres se están congregando. Cuando el aviso llegó a Lothian, fui de inmediato a reunirme con Arturo, y él me envió a Tintagel portando la noticia. —Tomó aliento—. Ni Merlín es mejor mensajero que yo en estos últimos diez días.

—Yo le dije a la Reina —intervino Griflet—, que debía permanecer en Tintagel; ahora es demasiado tarde para volver allí. Y, con los ejércitos reuniéndose en los caminos... Gawaine, quizá debieras escoltar a la Reina de regreso a Tintagel.

—No —dijo Ginebra, sin dudarlo—. Debo proseguir ahora, no me asusta viajar adonde debo. —Si la guerra iba a estallar de nuevo, la noticia que llevaba tranquilizaría a Arturo. Gawaine estaba ya dando muestras de impaciencia.

—No puedo retrasarme yendo a la marcha de una mujer, a no ser que fuera la Dama del Lago, la cual puede hacer una jornada a caballo con la montura de un hombre. Y vos no sois buena amazona, señora. No, no pretendo airaros, nadie espera que cabalguéis igual que un caballero, mas no puedo retrasarme.

—Y la Reina está embarazada y debe viajar con el más lento de los pasos —le informó Griflet con parecida impaciencia—. ¿Puede ordenársele a alguno de tus jinetes más lentos que escolte a la Reina, de modo que yo pueda acompañarte a Tintagel?

Gawaine sonrió.

—Sin duda quieres estar en el centro de los acontecimientos, Griflet, pero te ha sido encomendada esta tarea y nadie te envidia por ello —dijo—. ¿Puedes conseguirme una copa de vino y un poco de pan? Seguiré cabalgando esta noche, para estar en Tintagel al amanecer. Tengo un mensage para Marcus, duque de guerra de Cornwall, para que se una a nosotros. Esta puede ser la gran batalla que Merlín predijo, en la cual pereceremos o lograremos expulsar a los sajones de una vez por todas de esta tierra. Todos los hombres deben presentarse y luchar junto a Arturo.

—Incluso algunas de las tropas aliadas le apoyarán —declaró Griflet—. Sigue cabalgando si has de hacerlo, Gawaine, y que Dios te acompañe. —Los dos caballeros se abrazaron—. Nos volveremos a encontrar cuando Dios lo quiera, amigo.

Gawaine hizo una reverencia ante Ginebra. Ella extendió una mano hacia él:

—Un momento, ¿se encuentra bien mi deuda Morgause? —preguntó.

—Como siempre, señora.

—Y mi cuñada Morgana, ¿está a salvo en la corte de Morgause?

Gawaine pareció asombrarse.

—¿Morgana? No, señora, no he visto a mi deuda Morgana desde hace muchos años. Ciertamente no ha visitado

Lothian o, al menos, eso me dijo mi madre —replicó, cortés a pesar de la impaciencia—. Debo irme ya.

—Que Dios te acompañe —dijo ella, y permaneció contemplando cómo se perdían en la noche las monturas y los hombres.

—Falta muy poco para que amanezca —dijo Ginebra—, ¿hay alguna razón que nos obligue a volver a dormir, o podemos levantar el campo y cabalgar hacia Caerleon?

Griflet parecía complacido.

—Cierto, poco vamos a dormir con esta lluvia —contestó—, y si podéis viajar, señora, mucho me agradará que nos pongamos en camino. Dios sabe lo que habremos de pasar antes de llegar a Caerleon.

Cuando el sol se levantó sobre los páramos era como si cabalgaran ya por una tierra silenciada por la guerra. Era tiempo de que los granjeros estuvieran en los campos, pero, aunque dejaron atrás varias granjas aisladas en las colinas, ninguna oveja pastaba, ningún perro ladró, ningún niño salió para verlos pasar; ni aun en la calzada romana había viajeros. Ginebra, temblando, comprendió que ya se había corrido la voz de que había que prepararse para la guerra y aquellos que nada podían hacer se habían puesto a buen recaudo tras las puertas cerradas, escondiéndose de los ejércitos de ambos bandos.

¿Dañará a mi hijo viajar a este paso? Se trataba de una endiablada elección, por una parte la posibilidad de dañarse ella y dañar al hijo de Arturo, yendo a marchas forzadas, o demorarse en el camino y tal vez caer en manos de los ejércitos sajones. Resolvió arriesgarse en la primera opción y no darle motivos a Griflet para quejarse porque ella los obligase a ir despacio. Aunque, mientras cabalgaba, sin refugiarse en la litera para no mostrar debilidad, era como si estuvieran amenazándola por todas partes a su alrededor.

FUE POCO ANTES DEL AMANECER, y había sido un largo día, cuando avistaron la atalaya que Uther había construido en Caerleon. El gran estandarte carmesí del Pendragón ondeaba en las alturas y Ginebra se persignó cuando pasaron por debajo.

Ahora todos los hombres cristianos han de oponerse a los bárbaros, ¿es conveniente que este signo de una vieja fe demoníaca sirva para reunir a los ejércitos de un rey cristiano? Una vez habló de ello con Arturo y él le respondió que había jurado a su pueblo que lo gobernaría como el Gran Dragón, sin favorecer ni a los cristianos ni a los que no lo fueran, y se echó a reír, extendiendo los brazos con las bárbaras serpientes tatuadas a todo lo largo. Experimentó aborrecimiento por aquellas serpientes, símbolos que ningún hombre cristiano portaría, mas él se mostró obstinado.

—Los llevo en señal de la entronización, en la cual se me dio el lugar de Uther en esta tierra. No hablaremos más de esto, señora. —Y nada de cuanto le dijera pudo obligarlo a discutirlo con ella o a escuchar lo que un sacerdote pudiera argumentar al respecto—. El sacerdocio es una cosa y el reinar otra, Ginebra. Me gustaría que compartieses todas las cosas conmigo, pero no tienes ningún deseo de compartir ésta y, por tanto, no puedo hablar de ella contigo. En cuanto a los sacerdotes, no es asunto de su incumbencia. Déjalo estar, te digo.

El tono de su voz había sido firme, no airado, y aun así agachó la cabeza y nada objetó. Aunque, ahora, mientras pasaba bajo el estandarte del Pendragón, sintió un escalofrío. *Si nuestro hijo ha de gobernar en una tierra cristiana, ¿es apropiado que la enseña druida ondee sobre el castillo de su padre?*

Cabalgaron lentamente por entre los ejércitos acampados en la llanura situada ante Caerleon. Algunos de los caballeros, que la conocían bien, salieron a aclamar a la Reina, ella sonrió y los saludó. Pasaron bajo la bandera de Lot y entre los hombres de Lothian, hombres del norte con picas y largas hachas, envueltos con las ropas mal te-

228

ñidas que vestían; sobre el campamento ondeaba el estandarte de Morrigán, el Gran Cuervo de la Guerra. El hermano de Gawaine, Gaheris, salió del campamento y se inclinó ante ella, caminando junto a la montura de Griflet mientras marchaban hacia el castillo.

—¿Os encontró mi hermano, Griflet? Tenía un mensaje para la Reina.

—Nos encontró cuando ya llevábamos un día de camino —contestó Ginebra— y era más fácil continuar hasta aquí.

—Iré contigo al castillo, todos los Caballeros de Arturo están invitados a cenar con el Rey —anunció Gaheris—. Gawaine estaba colérico por ser enviado a llevar mensajes, aunque nadie puede cabalgar tan velozmente como él cuando ha de hacerlo. Tu dama está aquí, Griflet, mas se está preparando con el niño para marchar hacia el nuevo castillo. Arturo afirma que todas las mujeres deben ir, allí pueden ser mejor defendidas y puede deshacerse de pocos hombres para hacerlo.

—¡A Camelot! —El corazón de Ginebra dio un vuelco, había viajado desde Tintagel para dar noticia a Arturo sobre su hijo y ahora tenía que hacer el equipaje para marcharse a Camelot.

—No conozco ese estandarte —dijo Griflet, mirando un águila dorada esculpida en tamaño natural sobre un mástil.

—Es la enseña de Gales del Norte —repuso Gaheris—. Uriens está aquí, con su hijo Avalloch. Uriens declara que su padre le arrebató ese estandarte a los romanos, hace más de cien años. ¡Hasta puede que sea cierto! Los hombres de las colinas de Uriens son buenos luchadores, aunque no lo diría si me escucharan.

—Y, ¿de quién es esa bandera? —preguntó Griflet, mas esta vez, aunque Gaheris se aprestaba a hablar, fue Ginebra quien respondió.

—Esa es la bandera de mi padre, Leodegranz, la bandera azul con la cruz bordada en oro. —Ella misma, siendo una doncella en el País Estival, había ayudado a las mujeres de su madre a bordarla para el rey. Se decía que su padre había escogido aquel emblema tras escuchar una historia en la cual uno de los emperadores de Roma había visto el signo de la cruz en el cielo antes de una de las batallas. *Deberíamos estar luchando ahora con ese signo, no con las serpientes de Avalon.* Se estremeció, y Gaheris la miró con interés.

—¿Tenéis frío, señora? Debemos seguir cabalgando hacia el castillo, Griflet, sin duda Arturo estará aguardando a la Reina.

—Debéis estar cansada de cabalgar, mi reina —dijo Griflet, mirándola con amabilidad—. Pronto estaréis en manos de vuestras damas.

Y, según se acercaban a las puertas del castillo, hubo muchos Caballeros de Arturo a los que conocía que la saludaron y la llamaron de manera amistosa e informal. *El año que viene por estas fechas,* pensó, *saldrán para aclamar al príncipe.*

Un hombre grande y desgarbado, de pies enormes y torpes, ataviado con una armadura de cuero y un morrión de acero, se interpuso en el camino de su montura, como si hubiese tropezado; sin embargo hizo una reverencia ante Ginebra, y ella pudo ver que el tropezón había sido deliberado.

—Señora, hermana mía —dijo—, ¿no me reconocéis?

Ginebra frunció el ceño y le miró, después pareció que lo reconocía—. Tú eres...

—Meleagrant —anunció él—. He venido para luchar al lado de tu padre y de tu marido, hermana mía.

Griflet dijo, con amistosa sonrisa.

—No sabía que tu padre tuviera un hijo, mi reina. Aunque todos son bienvenidos para luchar bajo el estandarte de Arturo.

—Quizás hables en mi favor con tu marido el rey, hermana mía —añadió Meleagrant.

Ginebra sintió un leve sentimiento de desagrado. Era un hombre enorme, casi un gigante y, como tantos hombres enormes, parecía contrahecho, igual que si una parte del cuerpo de alguna forma hubiese crecido más que las otras. Un ojo era ciertamente más grande que el otro, y bizqueaba; sin embargo, procurando ser justa, ella pensó que la deformidad del hombre no era culpa suya y que realmente nada sabía en su contra. Pero era una arrogancia llamarla hermana ante todos aquellos hombres, y le había cogido la mano sin licencia e hizo ademán de besarla. Ella cerró el puño y la apartó.

—De seguro cuando hayáis hecho méritos, Meleagrant —dijo, tratando de dar firmeza a la voz—, mi padre hablará en tu favor con Arturo y él te hará uno de sus Caballeros. Yo tan sólo soy una mujer y no tengo autoridad para prometértelo. ¿Está mi padre aquí?

—Está con Arturo en el castillo —respondió Meleagrant hoscamente—, y yo estoy aquí fuera con los caballos, como un perro.

Ginebra repuso con firmeza:

—No entiendo que podáis reclamar más, Meleagrant. Te ha dado un puesto a su lado, porque tu madre fue una vez favorita en su...

—Todos los hombres de la región saben tan bien como mi madre que soy el hijo del Rey, ¡su único hijo vivo! Hermana, habla en mi favor con nuestro padre —dijo Meleagrant, con acritud.

Ella apartó la mano ante su repetido esfuerzo por asírla.

—¡Deja que me vaya, Meleagrant! Mi padre afirma que tú no eres su hijo, ¿cómo podría yo reconocer otra cosa? Nunca he conocido a tu madre, esto es algo entre tú y mi padre.

—Pero debes escucharme —dijo Meleagrant con urgencia, asiéndole por fin la mano.

Griflet se colocó entre ellos y advirtió:

—Vamos, vamos, amigo, no puedes hablarle así a la Reina, o Arturo tendrá tu cabeza en bandeja a la hora de cenar. Estoy convencido de que nuestro Rey y señor te concederá cuanto sea legítimo y, si luchas bien por él en esta batalla, sin duda se complacerá en tenerte entre sus

Caballeros. Pero no debes importunar a la Reina de esta forma.

Meleagrant se giró para mirarlo de frente, elevándose sobre Griflet de modo que éste, aun siendo un joven alto y atlético, parecía un niño.

—¿Vas a decirme lo que tengo que decirle a mi propia hermana, pequeño renacuajo? —preguntó el gigante.

Griflet se llevó la mano a la espada.

—Se me encomendó la tarea de escoltar a mi reina, amigo, y cumpliré la tarea que Arturo me encomendara. ¡Quítate de mi camino o te obligaré a ello!

—¿Tú y quién más? —se mofó Meleagrant, cruzándose de brazos con una horrible sonrisa de desprecio.

—Yo, por ejemplo —dijo Gaheris, situándose rápidamente junto a Griflet. Al igual que Gawaine era un hombre grande y recio que hacía dos veces más bulto que el esbelto Griflet.

—Y yo —añadió Lancelot desde la oscuridad, a espaldas de ellos, dando veloces zancadas hacia el caballo de Ginebra. Ella casi lloró de alivio. Nunca le había parecido tan apuesto como ahora y, aunque era delgado y de ligera complexión, algo en su porte hizo que Meleagrant retrocediera—. ¿Os está molestando este hombre, dama Ginebra?

Ella tragó saliva, asintiendo, y descubrió, para su desconsuelo, que la voz no la asistía para expresarse. Meleagrant fanfarroneó.

—¿Quién eres tú, amigo?

—Ten cuidado —advirtió Gaheris—, ¿no conoces a Lord Lancelot?

—Soy el capitán de la caballería de Arturo —contestó Lancelot, con su tono lánguido y burlón—, y el campeón de la Reina. ¿Tienes algo que objetar?

—El asunto va con mi hermana —repuso Meleagrant.

—¡No soy su hermana! —dijo Ginebra con voz aguda y estridente—. Este hombre afirma ser el hijo de mi padre porque su madre fue por algún tiempo una de las mujeres del Rey. No es hijo de mi padre, sino un vil payaso que procede de una granja, aunque mi padre haya sido lo bastante amable como para darle un lugar en su hacienda.

—Más te vale apartarte de nuestro camino —dijo Lancelot, examinando a Meleagrant con desdén, y fue fácil ver que Meleagrant sabía quién era Lancelot y no tenía deseo alguno de entrar en disputa con él.

Retrocedió de costado, declarando con agria voz:

—Lamentarás este día, Ginebra, —pero abriose paso, con viveza, y los dejó proseguir.

Lancelot iba ataviado con su habitual y escrupuloso gusto, con una túnica carmesí y capa; el pelo cuidadosamente cepillado y peinado, y afeitado totalmente. Sus manos parecían suaves y tan blancas como las de Ginebra, aunque ella sabía eran duras y fuertes como el acero. Estaba más atractivo que nunca. Y había llegado justo a tiempo de rescatarla de un desagradable encuentro con Meleagrant. Sonrió, sin poder remediarlo; era como si algo se invirtiese muy dentro de ella.

No, no debo mirarle de esta manera, voy a ser madre del hijo de Arturo...

—No querrás pasar por el gran salón, señora —dijo—, con las arrugadas ropas de montar... ¿Ha llovido durante el viaje? Déjame conducirte junto con la sirvienta hasta la puerta lateral y podrás ir directamente a tu cámara para arreglarte; saluda a mi señor Arturo en el salón cuando estés seca, caliente y con prendas limpias. ¡Estás temblando! ¿Tanto te afecta el viento frío, Ginebra?

Hacía mucho tiempo que disfrutaba del privilegio de llamarla por su nombre, sin el formal «mi reina» o «señora», mas nunca había sonado tan dulce en sus labios.

—Eres, como siempre, muy atento conmigo —repuso ella, dejándole llevar la montura.

—Griflet, ve a decir a nuestro rey que la dama está a salvo en sus aposentos —dijo Lancelot—. Y tú también, Gaheris, estás ansioso por volver con los Caballeros. Yo me ocuparé de que la dama esté a salvo.

Ante la puerta la ayudó a desmontar y ella sólo fue

consciente del tacto de sus manos. Bajó los ojos para no mirarlo.

—El gran salón está ocupado por los Caballeros de Arturo —dijo él—, y todo es confusión. La Mesa Redonda fue enviada hace sólo tres días, en tres carretas, a Camelot, y Cai se encargará de ensamblarla en el nuevo salón. Ahora un jinete ha partido apresuradamente para hacerle volver y a lograr que se nos unan todos los jinetes posibles del País Estival.

Ella le observó, estremecida.

—Gawaine nos informó de que los sajones están desembarcando, ¿es ésta la guerra que Arturo temía?

—Es la que todos desde hace años sabíamos que debía llegar, Ginebra —respondió él con calma—. Para ella ha estado Arturo entrenando a las legiones y yo trabajando con las tropas a caballo. Cuando haya concluido, quizá tengamos la paz que hemos anhelado durante toda la vida, y Uther en la suya.

De repente ella le rodeó con los brazos.

—Podrían matarte —susurró. Era la primera vez que había tenido valor para hacer tal cosa. Siguió oprimiéndose contra él, el rostro en su hombro, y él le correspondió. A pesar del miedo que sentía, experimentaba la dulzura de la unión.

—Todos sabíamos que debía llegar en cercano día, querida mía. Para nuestra buena fortuna, hemos tenido años para prepararnos y a Arturo para conducirnos, ¿sabes acaso qué gran líder de hombres es y con cuánta estima todos lo celebramos? Es joven y, sin embargo, el mejor de los Reyes Supremos desde mucho antes de la época de los romanos; con Arturo conduciéndonos, ciertamente echaremos de aquí a los sajones. En cuanto al resto, será según la voluntad de Dios, Ginebra. —Le dio palmaditas en el hombro con gentileza, y añadió—: Pobre niña, estás tan fatigada, déjame llevarte con tus damas.

Ella podía sentir cómo temblaban las manos de él y repentinamente se sintió avergonzada por haberse arrojado en sus brazos como si fuese una prostituta de campamento.

EN SU CÁMARA todo era confusión, Meleas poniendo ropajes en bolsas y Elaine supervisando a las sirvientas. Elaine tomó a Ginebra entre sus brazos, gritando:

—Deuda, hemos estado tan preocupadas por ti mientras hacías el camino... teníamos esperanzas de que recibieras el mensaje antes de abandonar el convento y estuvieras a salvo en Tintagel.

—No —repuso Ginebra—, Igraine murió. Gawaine nos encontró cuando ya habíamos hecho todo un día de camino y, además, mi lugar está junto a mi esposo.

—Señora, ¿ha regresado Griflet contigo? —preguntó Meleas.

Ginebra asintió.

—Me escoltó hasta aquí. Lo verás en la cena, supongo, le oí decir a Gaheris que todos los Caballeros de Arturo habían sido invitados a cenar con el Rey.

—Si a eso le puedes llamar cena —dijo Meleas—. Se parece más a engullir raciones de la soldadesca; este lugar es como un campamento armado y, en vez de mejorar, irá empeorando. Mas Elaine y yo hemos hecho cuanto pudimos para mantenerlo todo en orden. —Meleas solía sonreír siempre, pero ahora parecía preocupada y exhausta—. He puesto todos tus vestidos y demás cosas que puedas necesitar este verano en bolsas, para que estés preparada para partir hacia Camelot por la mañana. El Rey ha dicho que debemos marcharnos en seguida y todo está dispuesto para el traslado, gracias al trabajo de Cai. Nunca imaginamos que saldríamos así, apresuradamente y casi bajo asedio.

No, pensó Ginebra, *he estado cabalgando todos estos días y ahora no volveré a hacerlo. Mi lugar está aquí y mi hijo tiene derecho a nacer en el castillo de su padre. No volveré a ser enviada de un lado para otro como parte del equipaje o de la guarnición.*

—Ten calma, Meleas, tal vez no haya tanta prisa. Manda a alguien a buscar agua fresca y un vestido que no esté empapado y sucio por el barro y el viaje. Y, dime, ¿quiénes son todas estas mujeres?

Aquellas mujeres eran las esposas de algunos de los Caballeros de Arturo y de reyes vasallos, e iban a ser enviadas con ellas a Camelot. El traslado sería más fácil si todas viajaban en grupo, y allí estarían a salvo de los sajones.

—Está cerca de tu casa —dijo Elaine, como si fuera a eliminar toda oposición proveniente de Ginebra—. Puedes visitar a la mujer de tu padre, a tus hermanos pequeños y hermanas. O, mientras Leodegranz esté en la guerra, tu madrastra puede morar con nosotras en Camelot.

Eso no sería un placer para ninguna de las dos, consideró Ginebra, y luego se avergonzó de sí misma. Sintió deseos de terminar con todo con unas cuantas palabras, *Estoy encinta, no puedo viajar*, pero la disuadió la excitada ráfaga de preguntas que vendrían a continuación. Arturo lo sabría primero.

XII

Cuando Ginebra entró en el gran salón, que parecía vacío y desmantelado sin la gran Mesa Redonda y todo el esplendor de los estandartes, los tapices y cortinajes, Arturo estaba sentado a una mesa de bastidor junto a los fuegos, rodeado por media docena de Caballeros, mientras otros permanecían agrupados cerca. ¡Estaba tan ansiosa por comunicar la noticia!, mas no podía hacerlo a voces ante toda la corte. Debía esperar hasta la noche cuando ambos estuvieran a solas en el lecho, era el único momento en el que lo tenía para ella sola. Cuando él apartó la vista de los Caballeros y la distinguió, se puso en pie y fue a abrazarla.

—¡Ginebra, querida mía! —exclamó—. Tenía esperanzas de que el mensaje de Gawaine te hubiese mantenido a salvo en Tintagel.

—¿Estás enojado por mi regreso?

El negó con la cabeza.

—No, por supuesto que no. Los caminos son seguros todavía, y has sido afortunada —respondió—. Aunque supongo que esto debe significar que mi madre...

—Murió hace dos días y fue enterrada dentro de los muros del convento —dijo Ginebra—, me puse en camino en seguida para traerte noticias. Y aún me reprochas que no haya permanecido a salvo en Tintagel a causa de la guerra.

—No es un reproche, mi querida esposa —alegó él con gentileza—, sino preocupación por tu seguridad. Mas sir

Griflet ha cuidado bien de ti, puedo verlo. Ven a sentarte con nosotros aquí.

La condujo hasta un banco y se sentó a su lado. Echó de menos las vasijas de plata y los cuencos de barro y supuso que habían sido enviados a Camelot y se preguntó qué habría sucedido con el plato rojo de diseño romano que su madrastra le regaló al casarse. Las paredes estaban desnudas y el lugar desolado. Servían los alimentos en cuencos llanos de madera, una vulgar mercancía de los mercados.

—Este sitio tiene aspecto de haber sido ya arrasado en la batalla —dijo, mojando un trozo de pan en la *salsa* que había en el plato.

—Me pareció bien que todo fuese enviado a Camelot —repuso él— cuando nos llegaron los rumores de los desembarcos de los sajones. Tu padre está aquí, mi amor; sin duda querrás saludarlo.

Leodegranz estaba sentado cerca, aunque no en el anillo interior de los que circundaban a Arturo. Fue hasta él y lo besó, sintiendo los hombros huesudos bajo sus manos. Para ella su padre había sido siempre un hombre grande, grande e imponente y ahora, de súbito, le parecía viejo y desmejorado.

—Le dije a mi señor Arturo que no debía haberte enviado de viaje por la región en esta época —dijo—. Ah, sí, innegablemente hacía bien en desear mandarte junto al lecho mortuorio de su madre, pero también tiene el deber de protegerte e Igraine tenía una hija soltera que podría haberla cuidado, ¿dónde está la Duquesa de Cornwall que no pudo ir a acompañar a su madre?

—No sé dónde está Morgana —respondió Arturo—. Mi hermana es una mujer adulta, y dueña de sí misma. No necesita pedirme licencia para ir a un lado o a otro.

—Sí, siempre le sucede eso a los reyes —dijo Leodegranz quejoso—, son dueños de todo menos de sus deudas. Alienor es igual, y tengo tres hijas, aún no lo bastante mayores para casarse, y creen que gobiernan mi hacienda. Las verás en Camelot, Ginebra. Las he mandado allí para que estén protegidas, y la mayor, Isotta, está bastante crecida y puede que te parezca indicado que sea una de tus damas, a fin de cuentas es tu hermanastra. Y, dado que no tengo ningún hijo vivo, quiero que le pidas a Arturo que la despose con uno de sus mejores caballeros cuando sea lo bastante mayor.

Ginebra movió la cabeza, desconcertada, al pensar en Isotta, su hermanastra. ¿Bastante mayor para integrarse en la corte? Tenía unos siete años cuando ella se casó, ahora debía ser una chica de doce o trece. Elaine no era mayor cuando llegó a Caerleon. Sin duda, si se lo pedía, Arturo concertaría el matrimonio de Isotta con uno de sus mejores caballeros, Gawaine tal vez, o posiblemente —dado que Gawaine sería rey de Lothian algún día— con Gaheris, quien era primo del Rey.

—Estoy segura de que Arturo y yo encontraremos a alguien para mi hermana. —dijo.

—Lancelot está por casar —sugirió Leodegranz— y asimismo el Duque Marcus de Cornwall. Aunque, innegablemente, sería más conveniente que Marcus se desposara con la dama Morgana y combinaran sus títulos, y la dama tuviese a alguien que protegiera el castillo y defendiera las tierras. Y, aunque entiendo que es una de las damiselas de la Señora del Lago, sin duda el Duque Marcus podría domarla.

Ginebra sonrió al pensar en Morgana siendo dócilmente desposada con alguien que creyesen apropiado. Y entonces la cólera se hizo presente en ella. ¿Por qué Morgana tenía que obrar siempre según sus propios deseos? A ninguna otra mujer le estaba permitido hacer su voluntad, incluso Igraine que era madre del Rey fue obligada a desposarse como sus mayores creyeron oportuno. Arturo debería ejercer su autoridad y casar a Morgana apropiadamente antes de que los deshonrara a todos. Ginebra procuró apartar de su memoria que cuando Arturo le habló de desposar a Morgana con su amigo Lancelot se había opuesto. *¡Ah! fui egoísta... no puedo tenerlo para mí y le niego una esposa.* No, se dijo, sería feliz viendo a

Lancelot casado si la muchacha fuera apropiada y virtuosa.

—Creía que la Duquesa de Cornwall estaba con tus damas —dijo Leodegranz.

—Estaba —contestó Ginebra—, pero nos dejó hace algunos años para morar con su tía y no ha retornado.

Volvió a preguntarse: ¿dónde está Morgana? No está en Avalon, ni en Lothian con Morgause, ni en Tintagel con Igraine. Podía estar en la Baja Bretaña, o en peregrinación a Roma, o en el país de las hadas, o en el Infierno mismo por cuanto Ginebra sabía en su contra. Aquello no podía continuar, Arturo tenía derecho a saber dónde vivía su familiar más cercano, ahora que su madre estaba muerta. Pero, seguramente, Morgana habría ido al lecho mortuorio de su madre de haber podido hacerlo.

Regresó a su sitio junto a Arturo. Lancelot y el Rey estaban dibujando con la punta de la daga en los paneles de madera que tenían delante, mientras comían distraídamente del mismo plato. Ciertamente bien podría haberse quedado en Tintagel, dada la indiferencia de Arturo. Se mordió el labio en un gesto de desamparo, e iba a retirarse hacia el banco en que estaban sus damas, cuando Arturo levantó la vista y le sonrió, extendiendo el brazo hacia ella.

—No, querida mía, no pretendía alejarte. Debo hablar con mi capitán de caballería, pero también hay sitio aquí para ti. —Le hizo señas a uno de los sirvientes—. Trae otro plato de carne para mi dama. Lancelot y yo ya hemos dado cuenta de éste, hay pan recién horneado en alguna parte, si es que queda algo, puesto que ahora que falta Cai las cocinas son un caos.

—Creo que he comido bastante —repuso Ginebra, apoyándose ligeramente contra su hombro, y él la acarició con aire ausente. Podía sentir a Lancelot, cálido y sólido, en el otro lado, y se encontró segura y a salvo con ellos. Arturo se inclinó hacia adelante, pasándole una mano por el pelo; con la otra seguía sosteniendo la daga con la que estaba dibujando.

—Mira, ¿podemos hacer subir a los caballos por este camino? Así podríamos adelantarnos y dejar que las carretas con provisiones y equipaje den la vuelta por el terreno llano. Podemos cortar a través de la región y marchar velozmente, sin impedimentos. Cai ha tenido hombres amasando pan para los ejércitos y almacenándolo durante estos tres años últimos, desde la batalla del Bosque de Celidon. Probablemente desembarcarán aquí. —Señaló un punto en el tosco mapa que había hecho—. Leodegranz, Uriens, venid a ver esto.

Su padre se acercó, y con él otro hombre, esbelto, moreno y gallardo, aunque con el pelo salpicado de canas y el rostro con algunas arrugas.

—Rey Uriens —dijo Arturo—, os saludo como a un amigo de mi padre y mío. ¿Conocéis a mi dama Ginebra?

Uriens hizo una reverencia. Tenía una voz agradable y melodiosa.

—Es un placer hablar con vos, señora. Cuando el país esté más calmado enviaré a mi esposa, si puedo, para que se presente a vos en Camelot.

—Será un placer —repuso Ginebra, sintiendo que su voz no parecía sincera; nunca había aprendido a corresponder a tales cortesías de forma convincente.

—No será este verano, puesto que tenemos que hacer otro trabajo —añadió Uriens. Se inclinó sobre el tosco mapa de Arturo—. En tiempos de Ambrosius hicimos subir a un ejército por este camino. No teníamos muchos caballos, salvo los que iban con los carros del equipaje, pero logramos hacerlos subir y cortamos por aquí. Debéis manteneros lejos de los pantanos cuando vayáis hacia el sur del País Estival.

—Había esperado no tener que trepar por los collados —dijo Lancelot.

Uriens movió la cabeza.

—Con tan gran cuerpo de Caballería, es lo mejor.

—En esas colinas los caballos resbalan sobre las piedras y se rompen las patas —alegó Lancelot.

—Eso es preferible, Lord Lancelot, a tener a los hombres y a las carretas empantanados. Los collados son mejores que los pantanos —dijo Uriens—. Mirad, aquí se encuentra la vieja muralla romana...

—No puedo ver bien donde tantos han rayado —declaró Lancelot con impaciencia. Fue hasta la chimenea y extrajo un palo largo, apagó el fuego del extremo y empezó a dibujar en el suelo con el palo carbonizado—. Miren, aquí se halla el País Estival, aquí los lagos y la muralla romana... Tenemos, digamos, trescientos caballos y otros doscientos aquí...

—¿Tantos? —preguntó Uriens con incredulidad—. ¡Las legiones de César no contaban con más!

—Siete años hemos estado entrenándolos y adiestrando a los caballos en su uso —respondió Lancelot.

—Gracias a ti, querido primo —dijo Arturo.

Lancelot se volvió, sonriendo.

—Gracias a ti, mi rey, que has tenido visión para comprender qué podíamos hacer con ellos.

—Algunos soldados todavía no saben luchar a caballo —repuso Uriens—. En cuanto a mí, peleo bastante bien al frente de la infantería.

—Y eso es igualmente bueno —dijo Arturo afablemente—, porque no tenemos caballos para todos los hombres que deseen luchar, ni sillas, estribos y arneses, a pesar de que he tenido a todos los arneseros del reino trabajando tanto como les era posible y nos ha costado mucho recaudar el suficiente dinero para pagar esto, y ahora mis súbditos creen que soy un avaricioso tirano. —Rió entre dientes dándole palmaditas a Ginebra en la espalda. Luego, prosiguió—: En todo este tiempo apenas he tenido recursos propios para comprarle a mi reina sedas para bordar. Todo se ha gastado en caballos, herreros y sillas de montar. —De súbito la alegría desapareció, y se quedó serio, casi ceñudo—. Y ahora se pondrá a prueba todo lo que hemos hecho y todo cuanto podemos hacer; esta vez los sajones vienen en aluvión, amigos míos. Si no podemos detenerlos contando sólo con menos de la mitad de hombres que ellos, sólo habrá comida en este país para los buitres y los lobos.

—Esa es la ventaja de las tropas de caballería —dijo Lancelot gravemente—. Un hombre armado y a caballo puede luchar contra cinco, diez, tal vez contra veinte. Ya veremos y, si hemos calculado correctamente, detendremos a los sajones de una vez por todas. Si no ha sido así... bueno, moriremos defendiendo nuestros hogares y las tierras que amamos, a nuestras mujeres y a los niños.

—Sí —dijo Arturo en tono apagado—, eso haremos. ¿Para qué otra cosa nos hemos afanado desde que éramos lo bastante fuertes como para empuñar una espada, Galahad?

Sonrió con aquella sonrisa suya, extraña y dulce, y Ginebra pensó, con una punzada de dolor: *A mí nunca me sonríe así. Aunque, cuando escuche las noticias que le traigo, entonces...*

Lancelot correspondió a aquella sonrisa, luego suspiró.

—He recibido un despacho de mi hermanastro Lionel, el hijo mayor de Ban. Dice que se hará a la vela dentro de tres días, no —se interrumpió, contando con los dedos—, ya está en el mar, el mensajero llegó con retraso. Tiene cuarenta naves y espera empujar a los barcos sajones, al menos a tantos como pueda, contra las rocas, o hacia el sur, a la costa de Cornish, donde no puedan desembarcar a las tropas con acierto. Luego, cuando logre esto, marchará con sus hombres hasta donde nos estamos reuniendo. Enviaré a un mensajero con información sobre el lugar de encuentro. —Señaló el mapa dibujado sobre las piedras.

En aquel momento, se produjo un pequeño alboroto de voces en la puerta de la estancia y un hombre alto y delgado, con el pelo entrecano, avanzó por entre los desvencijados bancos y las mesas de bastidor. Ginebra no había visto a Lot de Lothian desde antes de la batalla del Bosque Celidon.

—¿Por qué veo el salón de Arturo como nunca pensé verlo, sin la Mesa Redonda? ¿Qué haces Arturo, primo, jugando a las tablas en el suelo con todos tus compañeros de escuela?

—La Mesa Redonda ya va de camino a Camelot, deudo —dijo Arturo levantándose—, con todos los demás muebles y las pertenencias de las mujeres. Ves aquí un campamento armado, esperando sólo a que despunte el día para enviar a las últimas mujeres a Camelot. La mayoría de ellas y los niños ya han partido.

Lot se inclinó ante Ginebra y preguntó con su dulce voz:

—Entonces el salón de Arturo quedará verdaderamente vacío. Pero, ¿es seguro para las mujeres y los niños viajar con el país preparándose para la guerra?

—Los sajones todavía no se han adentrado mucho —repuso Arturo—, y no hay ningún peligro si parten de inmediato. Debo escoger a cincuenta de mis hombres, y los necesito a todos, para que permanezcan custodiando Camelot. La Reina Morgause está segura donde se encuentra, en Lothian, y me alegro de que mi hermana esté con ella.

—¿Morgana? —Lot negó con la cabeza—. No ha estado en Lothian en todos estos años. Bueno, bueno, bueno. Me pregunto adónde puede haber ido. Y con quién. Siempre he pensado que esa joven tenía dentro muchas más cosas de las que mostraba. Mas, ¿por qué a Camelot, mi señor Arturo?

—Es fácil de defender —contestó Arturo—. Cincuenta hombres pueden hacerlo. Si dejara a las mujeres en Caerleon, necesitaría prescindir de doscientos o más hombres. No sé por qué mi padre hizo de Caerleon su fortaleza. Tenía esperanzas de poder trasladar toda la corte a Camelot antes de que volviesen los sajones; entonces hubieran tenido que recorrer Bretaña a todo lo ancho para llegar hasta nosotros y hubiéramos podido presentarles batalla en un campo de nuestra propia elección. Si los conducimos a los pantanos y lagos del País Estival, donde la tierra nunca es igual dos años seguidos, el barro y los pantanos podrían hacer parte del trabajo encomendado a los arcos, flechas y hachas, y la pequeña gente de Avalon aniquilarlos con las saetas élficas.

—Vendrán para hacerlo de todos modos —dijo Lancelot, incorporándose sobre las rodillas desde la posición en que estudiaba el mapa de las piedras—. Avalon ya ha enviado a trescientos hombres y llegarán más, según dicen. Y Merlín me contó la última vez que le vi que han enviado jinetes también a vuestro país, mi señor Uther, para que el Viejo Pueblo que mora en vuestras colinas pueda venir a luchar a nuestro lado. Así pues tenemos a la legión, soldados de a caballo luchando en terreno llano, todos los jinetes con armadura y lanza, buenos para una docena o más de sajones. Contamos luego con una multitud de soldados de infantería, los cuales pueden luchar en las colinas y en los valles. Y tenemos a muchos hombres de las Tribus, con picas y hachas, y al Viejo Pueblo, que tiende emboscadas y deja caer hombres con las flechas élficas sin ser vistos. Creo que así podemos confrontar a todos los sajones desde Gaul a las costas del continente.

—Y eso precisamente habremos de hacer —dijo Lot—. He luchado contra los sajones desde los tiempos de Ambrosius, como Uriens aquí presente, y nunca hemos tenido que habérnoslas con el ejército que se nos viene encima ahora.

—Sabía que este momento estaba próximo desde que fui coronado, la Dama del Lago me lo dijo cuando me entregó la Excalibur. Y ahora está haciendo que todo el pueblo de Avalon se congregue bajo el estandarte del Pendragón.

—Todos estaremos bajo él —manifestó Lot, y Ginebra se puso a temblar.

—Querida mía —dijo Arturo solícito—, has estado cabalgando todo el día de hoy y el de ayer, y debes volver a ponerte en camino cuando despunte el día. ¿Puedo llamar a tus sirvientas para que te acompañen al lecho?

Sacudió la cabeza, cruzando las manos sobre el regazo.

—No, no estoy fatigada, no. Arturo, no parece adecuado que los paganos de Avalon, regidos por la brujería, luchen del lado de un rey cristiano. Y cuando los congreguéis bajo ese estandarte pagano...

Lancelot intervino con gentileza.

—Mi reina, ¿consentirías que el pueblo de Avalon se quedase sentado mirando cómo caen sus hogares en manos de los sajones? Bretaña es también su tierra, lucharán por lo mismo que nosotros, para defender nuestra tierra de los sajones. Y el Pendragón es su rey juramentado.

—Eso es lo que me desagrada —repuso Ginebra, procurando dar firmeza a su voz para no parecer una chiquilla levantando el tono en el consejo de los hombres. *Después de todo*, se dijo, *Morgause es aceptada como uno de los consejeros de Lot y Viviane nunca se sustrae de hablar de asuntos de estado*—. No me gusta que nosotros y el pueblo de Avalon luchemos en el mismo bando. Esta batalla será la resistencia de los hombres civilizados, seguidores de Cristo, descendientes de Roma, contra aquellos que no lo son. El Viejo Pueblo es un enemigo, como los sajones, y ésta no será una decorosa tierra cristiana hasta que toda esa gente esté muerta o haya huido a las colinas, ¡y sus demoníacos dioses con ellos! Y no me gusta, Arturo, que lleves una enseña pagana como estandarte. Deberías luchar, como Uriens, con la cruz de Cristo para que podamos distinguir a los amigos de los enemigos.

Lancelot parecía conmocionado.

—¿Soy yo tu enemigo también, Ginebra?

Ella negó con la cabeza.

—Tú eres cristiano, Lancelot.

—Mi madre es esa perversa Dama del Lago a la que condenas por brujería —repuso él— y yo fui educado en Avalon, y el Viejo Pueblo es mi pueblo. Mi padre, un rey Cristiano, asimismo contrajo el Gran Matrimonio con la Diosa por esta tierra. —Parecía endurecido y colérico.

Arturo puso la mano en la empuñadura de la Excalibur, cubierta por la vaina de terciopelo carmesí y oro. La visión de su mano descansando sobre los símbolos mágicos de aquella vaina y las serpientes entrelazadas en torno a la muñeca, hizo que Ginebra apartara la vista.

—¿Cómo nos dará Dios la victoria, si no alejamos de nosotros los símbolos de la brujería para luchar por su cruz? —preguntó.

—Hay algo de cierto en cuanto dice la Reina —afirmó Uriens, conciliador—, mas yo porto las águilas en nombre de mi padre y de Roma.

—Te ofrezco el estandarte de la cruz, mi señor Arturo, si lo deseas. Lo llevarás con propiedad en honor de la Reina —dijo Leodegranz.

Arturo sacudió la cabeza. Sólo por un leve rubor en los pómulos comprendió Ginebra que estaba airado.

—Juré luchar bajo el regio estandarte del Pendragón, y haré eso o moriré. No soy un tirano. Quienquiera que desee hacerlo puede portar la cruz de Cristo en el escudo, pero la enseña del Pendragón subsiste en señal de que todas las gentes de Bretaña, cristianos, druidas y asimismo el Viejo Pueblo, lucharán juntas. Del mismo modo que el dragón está sobre todas las bestias, así el Pendragón estará sobre todo el pueblo. Eso es todo.

—Las águilas de Uriens y el Gran Cuervo de Lothian pelearán junto al dragón —dijo Lot, levantándose—. ¿No está aquí Gawaine, Arturo? Me gustaría hablar con mi hijo y creía que estaba siempre a tu lado.

—Me duele su ausencia tanto como a ti, tío —contestó Arturo—. No sé hacia donde volverme sin Gawaine a mis espaldas, pero hube de enviarle con un mensaje a Tintagel, pues nadie puede cabalgar tan rápidamente.

—Oh, tienes a muchos protegiéndote —dijo Lot con acritud—. Siempre veo a Lancelot a no más de dos o tres pasos de ti, dispuesto a llenar el lugar vacío.

Lancelot se sonrojó, empero replicó apaciblemente:

—Siempre es así, deudo, todos los Caballeros de Arturo disputamos el honor de ser el más cercano al Rey y, cuando Gawaine está aquí, incluso Cai, hermano de adopción de Arturo, y yo, el campeón de la Reina, debemos ocupar un sitio lejano.

Arturo se volvió hacia Ginebra.

—Mi reina, en verdad debes irte ya a descansar —dijo—. Este consejo puede prolongarse hasta bien entrada la noche y debes estar lista para cabalgar al alba.

Ginebra apretó los puños. *Esta vez, esta vez déjame tener valor para hablar...*

—No. No, mi señor, no cabalgaré al amanecer —dijo, con voz clara—, ni a Camelot ni a ninguna otra parte de la faz de la tierra.

Las mejillas de Arturo volvieron a enrojecerse con aquel intenso color que revelaba su cólera.

—¿Cómo es eso, señora? No puedes demorarte cuando la tierra está en guerra. Gustosamente te daría un día o dos de reposo antes de partir, Ginebra, pero debemos apresurarnos para ponerte a salvo antes de que lleguen los sajones. Te advierto que, cuando llegue la mañana, tu montura y pertrechos estarán preparados. Si no puedes cabalgar, puedes viajar en una litera o ser transportada en una silla, mas deberás partir.

—¡No lo haré! —exclamó ella con furia—. ¡Y no puedes obligarme, como no sea atándome al caballo!

—Dios no quiera que haya de hacer tal cosa —repuso Arturo—. ¿Qué es esto, señora? —Estaba turbado, aunque procuraba mantener un tono de voz apacible y divertido—. ¿Todas las legiones de hombres que están ahí fuera obedecen mis órdenes y estalla una sublevación en mi propio hogar y por parte de mi propia esposa?

—Tus hombres pueden obedecer las órdenes —dijo ella desesperadamente—. No tienen motivos para permanecer aquí. Me quedaré sólo con una doncella de compañía y una comadrona, mi señor, y no cabalgaré a ninguna parte, ni hasta las márgenes del río, antes de que nuestro hijo haya nacido.

Pues lo he dicho... aquí, ante todos estos hombres...

Y Arturo, escuchando, comprendió, y en vez de mostrar una expresión jubilosa, parecía consternado. Sacudió la cabeza.

—Ginebra... —dijo, y se detuvo.

Lot sonrió disimuladamente.

—¿Estás encinta, señora? —preguntó— ¡Felicidades! Mas eso no es un impedimento para viajar. Morgause se pasaba todo el día sobre la silla de montar, hasta que estaba demasiado abultada para que el caballo la llevase, y aún nadie diría que tú estás embarazada. Nuestras comadronas afirman que el aire fresco y el ejercicio son saludables para una mujer en estado y, cuando mi yegua favorita está preñada, sigo cabalgando con ella hasta seis semanas antes de que tenga el potro.

—No soy una yegua —dijo Ginebra fríamente—, y ya he malparido dos veces. ¿Me expondrías de nuevo a eso, Arturo?

—No puedes quedarte aquí. Este lugar no puede ser defendido adecuadamente —declaró Arturo perturbado— y podemos ponernos en marcha con el ejército de un momento a otro. No es justo que pidas a tus damas que se queden contigo arriesgándose a ser capturadas por los sajones. Estoy seguro de que no te producirá ningún daño, querida esposa; había mujeres encinta entre las que salieron para Camelot la semana pasada, y no podrás quedarte cuando se hayan ido todas tus damas. Esto será un campamento de soldados armados, nada más.

Ginebra miró a sus damas.

—¿Ninguna de vosotras se quedará aquí con la Reina?

—Yo permaneceré contigo, prima, si Arturo lo permite —respondió Elaine.

—Yo me quedaré, si a mi señor no le importa, aunque nuestro hijo ya está en Camelot —añadió Meleas.

—No, Meleas, tú debes ir con tu hijo —dijo Elaine—. Yo soy su deuda y soportaré cuanto Ginebra pueda soportar, incluso vivir en un campamento de guerra con los hombres. —Fue a situarse junto a Ginebra, tomándola de la mano—. Aunque, ¿no podrías viajar en una litera? Camelot es mucho más seguro.

Lancelot se puso en pie y se dirigió hacia ella. Se inclinó ante Ginebra.

—Mi señora, te ruego que vayas con las demás mujeres —dijo en voz baja—. Esta región puede quedar en ruinas en cuestión de días, cuando lleguen los sajones. En Camelot estarás cerca del país de tu padre. Mi madre vive en Avalon, a un día de viaje, tiene un notable poder de curación y es comadrona. Estoy seguro de que irá a visitarte y te cuidará, o incluso se quedará contigo para cuando nazca el niño. ¿Irás si envío un mensaje a mi madre para que salga a tu encuentro?

Ginebra inclinó la cabeza, pugnando por no llorar. *Una vez más debo hacer lo que se me ordena, como todas las mujeres, sin que a nadie le importen mis deseos.* Ahora, incluso Lancelot se había unido para conseguir que hiciera lo que se le decía. Recordó el viaje hasta allí desde el País Estival; estaba aterrorizada a pesar de la compañía de Igraine, y durante todo el día había estado cabalgando por los espantosos páramos desde Tintagel. Ahora se encontraba a salvo tras los muros y le parecía que nunca volvería a estar dispuesta a abandonar el refugio.

Acaso cuando estuviera más fuerte, cuando tuviera a su hijo en los brazos... entonces, quizás, se atreviera a hacer aquel viaje, pero no ahora... Y Lancelot le ofrecía como presente la compañía de esa maligna hechicera que era su madre. ¿Cómo podía pensar que consentiría en tenerla cerca de su hijo? Arturo podría pervertirse haciendo votos y manteniendo vínculos con Avalon, pero su hijo nunca sufriría el contacto de aquel pagano mal.

—Es muy amable de tu parte, Lancelot —dijo contumaz—, mas no iré a parte alguna hasta que mi hijo haya nacido.

—¿Aunque fueras conducida a la misma Avalon? —preguntó Arturo—. Tú y nuestro hijo estaríais allí más seguros que en ninguna otra parte de este mundo.

Se estremeció y se persignó.

—¡Dios y la Virgen María lo prohíban! —susurró—. ¡Antes preferiría ir al país de las hadas mismo!

—Ginebra, escúchame... —empezó a decir con urgencia, luego suspiró, derrotado, y ella supo que había vencido—. Que sea como tú quieres. Si el peligro del viaje te parece mayor que el de permanecer aquí, entonces Dios me prohíbe obligarte a viajar...

Gaheris intervino enfurecido.

—Arturo, ¿la dejarás hacer eso? Te digo que deberías subirla al caballo y ponerla en camino tanto si quiere como si no. Mi rey, ¿vas a someterte a los desvaríos de una mujer?

Arturo agitó la cabeza cansinamente.

—Haya paz, primo —dijo—, es fácil ver que no eres un hombre casado. Ginebra, haz lo que quieras. Elaine puede permanecer contigo, junto con una sirvienta, una matrona y un sacerdote; nadie más. Todos los demás deben partir al despuntar el día. Y ahora debes ir a tu cámara, no puedo perder más tiempo con esto.

Ginebra obedientemente levantó la mejilla para que él le diera el debido beso, sin darse cuenta de que había obtenido una victoria.

Las demás mujeres se pusieron en camino al amanecer. Meleas rogó que la dejaran quedarse con la reina, pero Griflet no lo consintió.

—Elaine no tiene ni marido ni hijos —dijo éste—, y puede permanecer aquí. Aunque, si yo fuera el Rey Pellinore, no permitiría que mi hija se quedara. Tú *irás*, señora mía. —Y a Ginebra le pareció que la mirada que le dirigiera fue desdeñosa.

Arturo le hizo ver con toda claridad que la parte principal del castillo era ahora el campamento de guerra y que debía recluirse en sus aposentos con Elaine y las sirvientas. La mayor parte del mobiliario había sido enviado a Camelot; subieron una cama de la cámara de los invitados y durmió con Elaine. Arturo pasaba las noches en el campamento con los hombres, recabando noticias suyas una vez al día, pero raramente llegaba a verlo.

Al principio, cada día, esperaba verlos marchar a la batalla contra los sajones, o que la batalla llegaría hasta allí; sin embargo se sucedieron los días y luego las semanas sin que se produjeran acontecimientos. Solitarios jinetes y mensajeros iban y venían, y Ginebra pudo ver que el número de soldados aumentaba; pero tras los muros de la cámara y del pequeño jardín situado a espaldas de ésta, únicamente oía los retazos de noticias que el sirviente y la comadrona podían traerle, muy alteradas y sólo habladurías en su mayor parte. El tiempo pendía pesadamente sobre ella; sentía náuseas por la mañana y nada deseaba más que yacer en el lecho, aunque más tarde se sentía bien y paseaba incansablemente por el jardín, sin otra cosa que hacer que imaginarse a los merodeadores sajones en la distante costa, y pensar en su hijo... Le habría gustado tejer para el niño, mas no tenía lana para hilar y se habían llevado el gran telar.

Sin embargo, contaba con el telar pequeño, y con las sedas, la lana hilada y los aprestos de bordar que fueron con ella hasta Tintagel, y comenzó a planear el tejer una bandera... En una ocasión Arturo le prometió que cuando le diera un hijo podría pedirle cualquier regalo que estuviera en su mano concederle y tenía en mente que tal día iba a pedirle que abandonara la enseña pagana del Pendragón e izara la cruz de Cristo. Eso convertiría en cristiana a toda la tierra que se hallaba bajo el dominio del Rey Supremo y a la legión de Arturo en un santo ejército protegido por la Virgen María.

Era muy hermosa como la planeaba: azul, con hebras de oro y sus inapreciables sedas tejidas en color carmesí para el manto de la Virgen. No contaba con ninguna otra ocupación, tejió de la noche a la mañana y, con la ayuda de Elaine, fue creciendo velozmente entre sus dedos. *Junto con los hilos de esta bandera tejeré mis plegarias para que Arturo esté a salvo y ésta sea una tierra cristiana desde Tintagel hasta Lothian...*

Una tarde Merlín fue a visitarla, Taliesin el venerable. Titubeó, ¿era decoroso que admitiera a aquel viejo pagano y adorador del Demonio cerca de ella en una época semejante, cuando llevaba al hijo de Arturo, que algún día sería el rey de esta tierra cristiana? Pero, mirando los amables ojos del anciano, recordó que era el padre de Igraine y que sería bisabuelo del niño.

—Que el Eterno te bendiga, Ginebra —dijo, extendiendo los brazos a modo de bendición. Ella hizo el signo de la cruz, luego se preguntó si se habría ofendido, mas pareció tomarlo simplemente como un intercambio de bendiciones.

—¿Cómo estás, señora, en tan cerrado confinamiento? —preguntó él, abarcando la estancia con la mirada—. Debes sentirte como en una mazmorra. Estarías mejor en Camelot, o en Avalon, o en la isla de Ynis Witrin. Fuiste a educarte allí por las monjas, ¿no? Y allí, al menos, tendrías aire fresco y posibilidad de hacer ejercicio. ¡Esta habitación es como un establo!

—Dispongo de aire suficiente en el jardín —repuso Ginebra, decidiendo que la ropa de cama debería ser aireada y fregar la estancia que estaba atestada con sus pertenencias, y era demasiado pequeña para cuatro mujeres.

—Asegúrate pues, pequeña, de caminar todos los días al aire fresco, aunque esté lloviendo; el aire es medicina para todas las enfermedades —dijo él—. Bien puedo creer que estés aburrida aquí. No, pequeña, no he venido a hacerte reproches —añadió gentilmente—. Arturo me ha informado de la feliz nueva y me regocijo contigo, como todos. Y especialmente yo, puesto que pocos hombres viven tanto como para ver la cara de sus biznietos. —El viejo y arrugado rostro pareció iluminársele de benevolencia—. Si hay algo que pueda hacer por ti, debes decírmelo, señora. ¿Te sirven comida fresca y adecuada, o las raciones de la soldadesca?

Ginebra le aseguró que tenía cuanto podía desear. Todos los días le llegaba una cesta con las mejores provisiones que había, empero no le contó que tenía pocas ganas de comer.

Le habló de la muerte de Igraine y de que yacía sepultada en Tintagel, y que el último acto de Igraine había sido interesarse por su hija. Sobre la Visión poco dijo, pero preguntó, mirando al anciano con ojos atribulados:

—Señor, ¿sabes dónde está Morgana, que no ha ido siquiera al lecho mortuorio de su madre?

—Lo siento. No lo sé —dijo Merlín, moviendo la cabeza lentamente.

—Pero, ¡esto es escandaloso, Morgana no permite que su familia sepa dónde ha ido!

—Puede ser que, como hacen algunas sacerdotisas de Avalón, haya emprendido alguna exploración mágica o se haya recluido en busca de la Visión —aventuró Taliesin, que también parecía atribulado—. En tal caso no lo habrían dicho, aunque creo que, de estar en Avalon, donde mi hija vive con las sacerdotisas, lo habría sabido. Lo desconozco —suspiró—. Morgana es una mujer adulta y no necesita pedir licencia a ningún hombre para ir y venir.

A Morgana le estaría bien empleado, pensó Ginebra, tener que lamentarse a consecuencia de su obstinación y del impío modo con que hacía su propia voluntad. Apretó los puños y nada respondió al druida, bajando la mirada para que no pudiera ver que estaba furiosa... pensaba bien de ella, no conseguiría hacerle pensar de otro modo. El no reparó en su actitud, pues Elaine le estaba mostrando la enseña.

—Mira, así es como pasamos nuestros días de encarcelamiento, buen padre.

—Crece velozmente —dijo Merlín sonriendo—. Ya veo que no perdéis el tiempo, ¿qué es lo que dicen los sacerdotes? ¿que el Maligno encuentra trabajo para los ociosos? No habéis dejado sitio aquí para que lleve a cabo su trabajo, estáis tan atareadas como abejas en una colmena, las dos. Ya puedo ver el hermoso diseño.

—Y mientras la estoy tejiendo, rezo —dijo Ginebra desafiante—. Con cada puntada tejía una plegaria para que Arturo y la cruz de Cristo triunfen sobre los sajones y sus dioses paganos. ¿No me recriminaréis pues, Lord Merlín, que haga esto cuando instasteis a Arturo a luchar con la bandera pagana?

Merlín dijo apaciblemente:

—Las oraciones nunca son en vano, Ginebra. ¿Crees que no sabemos nada de plegarias? Cuando a Arturo se le entregó la gran espada Excalibur, ésta fue enfundada en una vaina en la que una sacerdotisa forjó oraciones y hechizos en aras de la seguridad y la protección, ayunó y rezó durante cinco días, todo el tiempo que estuvo trabajando en ella. Y sin duda habrás observado que, aunque le produzcan heridas, derrama poca sangre.

—Preferiría que le protegiera Cristo, en lugar de la brujería —repuso Ginebra vehementemente y el anciano sonrió.

—Dios es uno y hay un único Dios —dijo—, todo lo demás es sólo la forma que los ignorantes pretenden dar a los Dioses para poderlos comprender. Nada acaece en este mundo sin la bendición del Unico, quien nos concederá la victoria o la derrota según Dios ordene. El Dragón es un signo con el que el hombre apela a algo que es más grande que nosotros.

—¿No montaríais en cólera si la enseña del Pendragón fuese arriada y el estandarte de la Virgen izado sobre la legión? —preguntó Ginebra con desdén.

Se situó junto a ella, extendiendo una arrugada mano para palpar las brillantes sedas.

—Una cosa tan hermosa —dijo gentilmente—, y hecha con tanto amor, ¿cómo podría condenarla? Pero hay quienes aman el estandarte del Pendragón como tú amas la cruz de Cristo, ¿les negarías sus cosas sagradas, señora? Los de Avalon, druidas, sacerdotes y sacerdotisas, sabrían que la bandera no es más que un símbolo y el símbolo nada, mientras que la realidad lo es todo. Pero, el pequeño pueblo... no, ellos no lo comprenderían y deben contar con el dragón como un símbolo de la protección del Rey.

Ginebra pensó en los pequeños hombres de Avalon y de las lejanas colinas de Gales que habían llegado portando hachas de bronce e incluso pequeñas flechas de pedernal, con el cuerpo toscamente cubierto de pintura. Se estremeció horrorizada al imaginar a un pueblo tan salvaje y brutal luchando en el bando de un rey cristiano.

Merlín la vio temblar y erró el motivo.

—Hace frío y humedad aquí —dijo—. Debes salir más a la luz del sol. —Pero luego comprendió, rodeó a la mujer que tenía a su lado con el brazo y dijo—: Querida niña, debes recordarlo, este país es para todos los hombres, cualesquiera sean sus Dioses, y luchamos contra los sajones no porque no adoren a nuestros Dioses, sino porque quieren quemar y asolar nuestras tierras y llevarse cuanto tenemos. Luchamos para defender la paz de estas tierras, señora, tanto paganos como cristianos, y ése es el motivo por el que tantos se han reunido junto a Arturo. ¿Querrías que fuera un tirano que sometiera las almas de los hombres a su Dios, como ni siquiera los césares se atrevieron a hacer?

Mas ella continuó temblando y Taliesin dijo que debía irse rogándole que enviara a buscarlo si tuviera alguna necesidad.

—¿Está Kevin el Bardo en el castillo, Lord Merlín? —preguntó Elaine.

—Sí, eso creo. Debería haberlo pensado. Le diré que venga y toque el arpa para vosotras mientras estáis enclaustradas aquí.

—Gustosamente le recibiríamos —dijo Elaine—, pero lo que estaba preguntando es, ¿podríamos tomar prestada su arpa... o la vuestra, señor?

El dudó y repuso:

—Kevin no prestaría su arpa, «Mi dama es una mujer celosa», dice. —Sonrió—. En cuanto la mía, está consagrada a los Dioses y no puedo permitir que nadie más la toque. Pero la dama Morgana no se llevó el arpa consigo al partir; está en sus habitaciones. ¿Hago que la traigan aquí, Lady Elaine? ¿Sabéis tañerla?

—No muy bien —respondió Elaine—, aunque sé lo bastante sobre música de arpa como para no dañarla, y con ella entretendremos las manos en algo cuando estemos cansadas de dar puntadas.

—Las tuyas —dijo Ginebra—. Siempre he creído impropio de una dama tocar el arpa.

—Así sea, impropio pues —repuso Elaine—, pero me volveré loca encerrada aquí si no tengo nada que hacer y nadie viene a verme, aunque me pusiera a bailar desnuda como Salomé ante Herodes.

Ginebra emitió una risita, luego aparentó que se escandalizaba, ¿qué pensaría Merlín? Sin embargo el anciano reía cordialmente.

—Te enviaré el arpa de Morgana, señora, y tal vez puedas ser indulgente con tan impropio pasatiempo; aunque nada veo de impropio en hacer música.

Esa noche Ginebra soñó que Arturo se encontraba a su lado, pero las serpientes de las muñecas cobraban vida y trepaban a su enseña, dejándola fría, viscosa, y envilecida... Despertó sofocada y con náuseas. Durante todo el día careció de fuerzas para abandonar el lecho. Arturo fue a verla por la tarde y parecía violento en su presencia.

—No puedo entender que este confinamiento te haga ningún bien, señora —dijo—. ¡Ojalá estuvieras a salvo en Camelot! He recibido noticias de los reyes de la Baja Bretaña, han echado a treinta naves sajonas contra las rocas y nos pondremos en marcha dentro de diez días. —Se mordió el labio—. Me gustaría que esto hubiese concluido y todos estuviésemos a salvo en Camelot. Rézale a Dios, Ginebra, para que lleguemos allí con bien. —Se sentó en el lecho a su lado y le cogió la mano, mas uno de sus dedos rozó las serpientes de la muñeca y la apartó angustiada.

—¿Qué te ocurre? —susurró, tomándola en los brazos—. Mi pobre niña, estar encerrada aquí te ha hecho enfermar..., ¡esto me temía!

Ella pugnó por controlar las lágrimas.

—Soñé... soñé... oh, Arturo —imploró, sentándose rígida en el lecho y apartando las mantas—. No puedo soportar que ese repugnante dragón lo cubra todo, como en mi sueño... ¡Mira lo que he hecho para ti! —Descalza le condujo con ambas manos al telar—. Mira, está casi terminado, en tres días lo tendré preparado.

El la rodeó con el brazo y la estrechó.

—Me gustaría que no significara tanto para ti, Ginebra. Lo siento. Lo portaré en la batalla junto al estandarte del Pendragón, si eso deseas, mas no puedo incumplir mi juramento.

—Dios te castigará si mantienes un voto que le hiciste a un pueblo pagano y no a El —gritó—. Nos castigará a ambos.

El le apartó las manos.

—Mi pobre niña, estás enferma y exhausta, y no es sorprendente en este lugar. Y ahora, ya, es demasiado tarde para mandarte lejos de aquí aunque quisieras; puede haber hordas sajonas en el trayecto a Camelot. Trata de sosegarte, mi amor —le dijo y fue hacia la puerta.

Corrió hasta él sujetándole del brazo.

—¿Estás tan airado...?

—¿Airado cuando te encuentras enferma y sobreexcitada? —La besó en la frente—. Pero no volveremos a hablar de esto, Ginebra. Y ahora debo irme, estoy esperando a un mensajero que puede llegar en cualquier momento. Mandaré a Kevin que toque para ti. Su música te animará. —La volvió a besar y se alejó.

Ginebra tornó a la enseña y se puso a trabajar en ella con frenesí.

Kevin llegó al día siguiente, apoyando su deforme cuerpo en un bastón. Llevaba el arpa sujeta sobre el hombro, y ésta hacía que su figura silueteada contra la puerta pareciera más monstruosa que nunca. A Ginebra le pareció que fruncía la nariz con desagrado y de súbito pudo ver la habitación con sus ojos, desordenada, con los objetos de uso diario de cuatro mujeres, y poco aireada. Levantó la mano en la bendición druida y ella retrocedió; podía aceptarla viniendo del venerable Taliesin, mas en Kevin la llenaba de espanto, como si hubiese hechizado a ella y al niño con la brujería pagana. Disimuladamente, hizo el signo de la cruz preguntándose si la había visto.

Elaine fue hacia él.

—Déjame ayudarte con el arpa, Maestro Arpista —le dijo con cortesía.

El se encogió de hombros como para apartarla, aunque su suave voz de cantor pareció amable.

—Te lo agradezco, pero nadie puede tocar a Mi Dama. Si la llevo con mis propias manos cuando apenas puedo sustentarme en un bastón, ¿no crees que hay alguna razón, señora?

Elaine agachó la cabeza como un niño al que han reprendido.

—No pretendía molestarte, señor —dijo.

—Por supuesto que no, ¿cómo ibas a saberlo? —dijo y se crispó dolorosamente, o eso le pareció a Ginebra, para descolgar el arpa y dejarla en el suelo.

—¿Estás cómodo, Maestro Arpista? ¿Tomarás una copa de vino para suavizarte la garganta antes de cantar? —inquirió Ginebra y él aceptó. Luego, reparando en la bandera de la cruz sobre el telar, dijo a Elaine:

—Eres la hija del Rey Pellinore, ¿no, señora? ¿Estás tejiendo una bandera para que tu padre la ostente en la batalla?

—Las manos de Elaine trabajaron tan diestramente como las mías, pero la enseña es para Arturo —dijo Ginebra de inmediato.

Su matizada voz sonó tan indiferente como si estuviese admirando la primera obra de hilado de una niña.

—Es bella y quedará muy bien colgada de la pared en Camelot cuando lleguéis hasta allí, señora, mas estoy seguro de que Arturo portará el estandarte del Pendragón como hiciera su padre antes que él. A las mujeres no les gusta hablar de batallas. ¿Toco para vosotras? —Llevó las manos a las cuerdas y empezó a tañer.

Ginebra escuchó, hechizada, y la sirvienta se deslizó hasta la puerta para oír mejor, consciente de compartir un regio presente. Tocó durante largo rato según se adentraba el ocaso y, al escuchar, Ginebra se vio transportada a un mundo en el cual ser cristiano o pagano no suponía ninguna diferencia, ni la guerra o la paz, sino únicamente el espíritu humano, llameando contra la gran oscuridad cual imperecedera antorcha. Cuando las notas del arpa finalmente se perdieron en el silencio, no pudo hablar y vio que Elaine sollozaba suavemente.

—Las palabras no pueden expresar cuanto nos has dado, Maestro Arpista. Sólo puedo decir que lo recordaré siempre —dijo, al cabo de un rato.

La torcida sonrisa de Kevin pareció burlarse por un instante de la emoción que ella sentía y de la suya propia.

—Señora, en la música el que interpreta recibe tanto como quien escucha. —Se volvió hacia Elaine y añadió—: Veo que tenéis el arpa de la dama Morgana. Así pues, conoces la verdad de lo que digo.

Asintió.

—Soy tan sólo la peor de las principiantes en la música. Me gusta tocar, aunque nadie podría encontrar placer en escucharme. Estoy agradecida a mis compañeras por su tolerancia mientras pugno con las notas.

—Eso no es cierto, sabes que disfrutamos escuchándote —dijo Ginebra, y Kevin sonrió.

—Quizá el arpa sea el único instrumento que no suena mal aunque se toque torpemente. Me pregunto si será porque está dedicada a los Dioses.

Los labios de Ginebra se crisparon, ¿debía arruinar el deleite de aquel momento hablando de sus infernales Dioses? Aquel hombre era, después de todo, un sapo contrahecho; sin su música nunca le sería permitido sentarse a una mesa respetable, y en alguna parte había oído que no era más que el niño mimado de un campesino. No le ofendería considerando que había ido a deleitarlas, mas apartó la mirada. *Dejaré que Elaine hable con él si lo desea.* Se levantó y fue hacia la puerta.

—Hace tanto calor aquí como si nos llegara el aliento del Infierno —comentó irritada y la abrió.

En el cielo, oscuro ya, flameaban dardos de luz lanzados desde el norte. Su grito hizo acudir a Elaine y a la sirvienta, e incluso Kevin, tras guardar con ternura el arpa en su funda, se arrastró pesadamente hacia la puerta.

—Oh, ¿qué es eso, qué es ese portento?

Kevin respondió con calma:

—Los hombres del norte afirman que es el llamear de las lanzas en el país de los gigantes; cuando es visto desde la tierra presagia una gran batalla. Y con bastante seguridad eso es lo que arrostraremos ahora, una batalla en la que la legión de Arturo, señora, puede determinar, con la ayuda de todos los Dioses, si viviremos como hombres civilizados o si nos hundiremos en las tinieblas para siempre. No es justo que el Rey Supremo haya de estar preocupado por las mujeres y los niños. Deberías haberte ido a Camelot, Lady Ginebra.

Se volvió hacia él y estalló.

—¿Qué sabes de mujeres, o de niños o de guerras, druida?

—Esta no será mi primera batalla, mi reina —contestó con equidad—. Mi Dama me fue concedida por un rey después de haber tocado sus arpas de guerra por la victoria. ¿Creéis que me habría puesto a salvo con las doncellas y los afeminados eunucos? No yo, señora. Ni siquiera Taliesin, anciano como es, huiría de la batalla. —Silencio, y sobre ellos las luces en el norte llameando y centelleando—. Con tu permiso, mi reina, debo ir con mi señor Arturo, hablaré con él y con Lord Merlín sobre lo que estas luces auguran para la contienda que se nos avecina.

Ginebra sintió como si un afilado cuchillo le atravesara el vientre. Incluso este deforme idólatra podía estar ahora con Arturo, en tanto que ella, su esposa, debía esconderse fuera de la vista, aun llevando la esperanza del reino. Había creído que, de llegar a darle un hijo a Arturo, él le haría sitio y le mostraría gran respeto, dejando de tratarla como a la inútil mujer que se vio obligado a tomar como parte de una dote en caballos. Mas aquí estaba, recluida en un rincón porque no había podido deshacerse de ella, e incluso no había aceptado su hermosa enseña.

—¿Estás enferma, mi reina? Lady Elaine, asístela —dijo Kevin, y extendió la mano hacia Ginebra.

Era una mano contrahecha, con una muñeca torcida, y vio la serpiente circundándola, tatuada en azul... Retrocedió bruscamente, empujándolo, sin apenas saber lo que hacía; y Kevin, que no se hallaba afirmado sobre los pies, perdió el equilibrio y cayó pesadamente sobre el suelo de piedra.

—Mantente alejado de mí —gritó sofocada—. No me toques con tus malignas serpientes, pagano infernal, no pongas tus repugnantes serpientes sobre mi hijo.

—¡Ginebra! —Elaine se apresuró hacia ella, aunque, en vez de sujetarla, se inclinó solícita sobre Kevin y le dio la mano para que se levantara.

—Señor, no la culpéis, está enferma y no sabe lo que hace.

—Oh, ¿no lo sé? —chilló Ginebra—. ¿Creéis que no sé cómo me miráis todos, como a una enajenada, como si fuera sorda, muda y ciega? Y me apaciguáis con amables palabras mientras vais a espaldas de los sacerdotes a reclamar de Arturo paganas e idólatras perversidades, y nos haréis caer en las manos de los malignos hechiceros... Vete de aquí, o mi hijo nacerá deforme porque he visto tu vil cara...

Kevin cerró los ojos y apretó fuertemente los puños, mas se dio la vuelta con calma y empezó a colocarse laboriosamente el arpa en el hombro. Buscó a tientas el bastón; Elaide se lo alargó y Ginebra la oyó susurrar.

—Perdónala, señor, está enferma y no sabe...

La musical voz de Kevin resonó ásperamente.

—Bien lo sé, señora. ¿Crees que no he oído esas dulces palabras de una mujer antes de ahora? Lo siento, sólo quería deleitaros —dijo y Ginebra, cubierto el rostro con las manos, oyó el dificultoso arrastrar del bastón y los tambaleantes pasos según salía penosamente de la estancia. Pero aun cuando se hubo ido, continuó acurrucada con los brazos sobre la cabeza, ah, la había maldecido con aquellas viles serpientes, podía percibirlas punzando y mordiendo su cuerpo, las lanzas de la luz la estaban empalando, las luces llameaban en su cerebro ...Gritó, con el rostro entre las manos y cayó, jadeando, mientras las lanzas la atravesaban... Volvió ligeramente en sí cuando oyó gritar a Elaine.

—¡Ginebra! ¡Prima, mírame, háblame! Ah, que la santa Virgen nos ayude... ¡Id a buscar a la comadrona! Mirad, la sangre...

—Kevin —gritó Ginebra—, Kevin ha maldecido a mi hijo —y se puso en pie frenética, hostigada por el dolor, golpeando el pétreo muro con los puños—. Ah, que Dios me ayude, traed al sacerdote, el sacerdote, quizá él pueda alejar esta maldición —e, ignorando el derrame de agua y sangre que ahora podía sentir mojándole los muslos, se arrastró hasta la enseña que había tejido, persignándose una y otra vez frenéticamente, antes de que todo se desvaneciera en la oscuridad y la pesadilla.

FUE DÍAS MÁS TARDE cuando comprendió que había estado gravemente enferma, que había estado a punto de desangrarse hasta morir al malparir al niño de cuatro meses que era demasiado pequeño y débil para respirar. *Arturo. Ahora debe odiarme con seguridad. Ni siquiera pude dar a luz a su hijo...* Kevin, fue Kevin quien me maldijo con las serpientes... Erraba en malignos sueños de serpientes y lanzas, y en una ocasión que Arturo fue a su lado y trató de sostenerle la cabeza, se sobresaltó aterrorizada debido a las serpientes que semejaban enroscarse en sus muñecas.

Aun cuando estaba fuera de peligro, no recobraba las energías; yacía apática y desalentada, inmóvil, con lágrimas corriéndole por el rostro. Ni siquiera tenía fuerzas para enjugarlas. No, era ridículo pensar que Kevin la había maldecido, eso debió haber sido un desvarío en el delirio... no era éste el primer hijo que había abortado y, de haber alguna culpa, era suya, por permanecer allí donde no podía tener aire fresco, ni alimentos frescos, ni hacer ejercicio, ni la compañía de sus damas.

El sacerdote de la casa fue a verla y asimismo estuvo

de acuerdo en que era una locura pensar que Kevin la había maldecido... Dios no se habría valido de las manos de un sacerdote pagano para castigarla.

—No debéis precipitaros y asignar la culpa a los demás —dijo severamente—. Si hay alguna culpa, debe ser vuestra. ¿Pesa algún pecado sin confesar sobre vuestra conciencia, Lady Ginebra?

¿Sin confesar? No. Hacía mucho tiempo que confesaba su amor por Lancelot y era absuelta, y se había esforzado por dirigir sus pensamientos sólo a su legítimo señor. No, no podía ser eso... y, sin embargo, había fracasado.

—No pude persuadir... no fui lo bastante fuerte para persuadir a Arturo para que dejara las paganas serpientes y el estandarte del Pendragón —contestó débilmente—. ¿Castigaría Dios a mi hijo por eso?

—Sólo vos sabéis qué pesa sobre vuestra conciencia, señora. Y no habléis de castigo para el niño ...*está* en el seno de Cristo... sois vos y Arturo los que estáis siendo castigados, si castigo hay, lo cual —añadió—, no debo atreverme a afirmar.

—¿Qué puedo hacer como expiación? ¿Qué puedo hacer para que Dios envíe un hijo a Arturo para Bretaña?

—¿Habéis hecho en verdad todo cuanto os es posible para aseguraros de que tengamos un rey cristiano? ¿O contenéis las palabras que creéis que no debéis decir, porque deseáis contentar a vuestro marido? —preguntó el sacerdote austeramente.

Cuando se hubo ido, Ginebra yació mirando la enseña. Ahora todas las noches, supo, las luces del norte llameaban en el firmamento, augurando la gran batalla que iba a venir; aunque, una vez, un emperador romano había visto el signo de la cruz en el cielo y cambió el destino de toda Bretaña. ¿Podía ella procurar un signo semejante para Arturo...?

—Ven, ayúdame a levantarme —dijo a su sirvienta—. Debo terminar la enseña para que Arturo la porte en la batalla.

Arturo fue esa noche a su aposento en el momento en que estaba dando las últimas puntadas y las mujeres encendiendo las lámparas.

—¿Cómo te encuentras, querida mía? Me alegra verte de nuevo levantada y lo bastante bien como para trabajar —dijo y la besó—. Querida, no debes apenarte tanto... ninguna mujer podría dar a luz un niño sano con esta tensión, con la inminencia de la contienda. Debería haberte enviado a Camelot, ciertamente. Todavía somos jóvenes, Ginebra. Dios puede mandarnos muchos niños aún.

—Empero ella vio una expresión de duda en su cara y entendió que compartía su aflicción.

Le cogió la mano y le hizo sentarse en el banco donde se hallaba, ante la enseña.

—¿No es hermosa? —preguntó y pensó que parecía una niña pidiendo un elogio.

—Es muy bella. Pensaba que nunca había visto una labor tan fina como ésta —y se llevó la mano a la vaina bordada en carmesí de la Excalibur que nunca abandonaba su costado—, pero la tuya es aún más bella.

—Y he tejido plegarias con cada puntada para ti y tus Caballeros —dijo Ginebra suplicante—. Arturo, escúchame, ¿no sería posible que Dios nos haya castigado porque considere que no somos apropiados para darle otro rey a este reino, a menos que hagamos voto de servirle lealmente, no según el proceder pagano, sino a la nueva usanza en Cristo? Todas las fuerzas del mal pagano están aliadas contra nosotros y debemos enfrentarnos a ellas con la cruz.

Posó la mano sobre la de ella y repuso.

—Vamos, amor mío, eso es un desatino. Sabes que sirvo a Dios tan bien como puedo...

—Si embargo sigues izando el estandarte pagano de las serpientes sobre tus hombros —gritó, y él sacudió la cabeza consternado.

—Amor mío, no puedo romper la lealtad hacia la Señora de Avalon que me condujo al trono.

—Fue Dios, y no ella, quien te condujo al trono —dijo

insistentemente—. ¡Ah, Arturo, si me amas, si quieres que Dios nos envíe otro hijo, haz esto! ¿No ves cómo nos ha castigado llevándose a nuestro hijo para sí mismo?

—No debes hablar así —dijo él con firmeza—. Creer que Dios haría eso es un supersticioso desvarío. Venía a contarte que los sajones se han reunido por fin y nos trasladaremos para presentarles batalla en Monte Badon. Me gustaría que estuvieras bien para cabalgar hasta Camelot, pero no puede ser, todavía no.

—Ah, bien lo sé, sólo soy un estorbo para ti —dijo amargamente—. Nunca fui nada más, es una lástima que no muriera con el niño.

—No, no, no debes hablar así —repuso él con ternura—. Tengo plena confianza en que con mi buena espada Excalibur y todos mis Caballeros triunfaremos. Y debes rezar por nosotros día y noche, Ginebra. —Se puso en pie y añadió—. No emprenderemos la marcha hasta el amanecer. Procuraré venir esta noche a despedirme antes de la partida, y también tu padre, y Gawaine, y quizás Lancelot. Todos te envían saludos, Ginebra, estaban muy preocupados cuando supieron que te encontrabas tan enferma. ¿Podrás hablar con ellos si vienen?

Ella agachó la cabeza y dijo amargamente:

—Acataré la voluntad de mi rey y señor. Sí, que vengan, aunque me pregunto por qué te has molestado en pedirme que rece, si ni siquiera puedo persuadirte para que arríes la bandera pagana e izes la cruz de Cristo... E, indudablemente, Dios conoce tu corazón, pues no permite que marches a la contienda creyendo que ningún hijo tuyo gobierne esta tierra, porque aún no has resuelto hacer de ella una tierra cristiana...

El soltó su mano, y Ginebra sintió su mirada sobre ella. Finalmente se inclinó y le puso la mano bajo la barbilla, levantándole el rostro para que le mirara.

—Mi querida dama, mi amor, en el nombre de Dios, ¿es eso lo que crees? —le dijo.

Ella asintió, incapaz de hablar, frotándose la nariz con la manga del vestido como una chiquilla.

—Te aseguro, querida, ante Dios, que no creo que El obre de tal modo, ni que importe tanto qué estandarte portemos. Pero, si es de tal importancia para ti... —Se interrumpió tragando saliva—. Ginebra, no puedo soportar verte tan angustiada. Si porto esta enseña de Cristo y la Virgen en la batalla, ¿dejarás de afligirte y rezarás a Dios por mí con todo tu corazón?

Ella lo miró, transfigurada, el corazón alzándose en desenfrenado gozo. ¿Haría realmente esto por ella?

—Oh, Arturo, he orado, he orado...

—Entonces —dijo Arturo suspirando—, te lo juro, Ginebra, llevaré tu enseña de Cristo y la Virgen en la contienda y ningún otro signo será izado sobre mi legión. Así sea, amén. —La besó, y ella pensó que parecía muy triste. Le cogió las manos y las besó y, por vez primera, fue como si las serpientes de sus muñecas no tuvieran significado, sólo eran imágenes descoloridas y debía haber estado loca al creer que pudieran tener poder para dañarla a ella o al niño.

El llamó a su escudero, el cual permanecía en la puerta de la habitación, para que fuera a coger la bandera cuidadosamente y la izase sobre el campamento.

—Pues partimos mañana al alba —dijo— y todos deben ver la enseña de mi dama con la Virgen y la cruz ondeando sobre la legión de Arturo.

El escudero pareció perplejo.

—Majestad, mi señor, ¿y el estandarte del Pendragón?

—Llévaselo al intendente y dile que lo deje en algún lugar apartado. Marcharemos con el estandarte de Dios. —respondió Arturo.

El escudero hizo lo que el Rey le ordenó y éste sonrió a Ginebra, pero había poca alegría en su sonrisa.

—Vendré a verte al atardecer con tu padre y algunos de tus parientes. Cenaremos aquí, haré que mis escuderos traigan comida para todos. No molestaremos a Elaine para que provea a tantos. Hasta entonces, mi querida esposa —y se marchó.

Al final la pequeña cena fue celebrada en uno de los

salones porque la cámara de Ginebra no podía dar cabida a tantos con comodidad. Ella y Elaine se pusieron los mejores vestidos de cuantos quedaron en Caerleon y se colocaron cintas en el pelo; era emocionante tener una especie de festejo tras el lúgubre confinamiento de las últimas semanas. El festín, aunque realmente no era mucho mejor que el rancho que se daba a los soldados, fue dispuesto sobre las mesas de bastidor. La mayoría de los consejeros más ancianos de Arturo habían sido enviados a Camelot, incluyendo al Obispo Patricius, pero Taliesin, Merlín, había sido invitado a cenar, junto con el Rey Lot, el Rey Uriens de Gales, el Duque Marcus de Cornwall, el hermano mayor de Lancelot, Lionel de la Baja Bretaña, hijo mayor de Ban y su heredero. Lancelot estaba allí igualmente y encontró un momento para acercarse a Ginebra y besarle la mano, mirándola a los ojos con desesperada ternura.

—¿Te has recobrado, señora mía? Estaba preocupado por ti. —Protegido por las sombras la besó, un leve roce como de plumas, con sus suaves labios en la sien.

El Rey Leodegranz fue también, ceñudo e inquieto, a besarla en la frente.

—Lamento tu enfermedad, querida mía, y lamento que hayas perdido el niño, pero Arturo debería haberte enviado a Camelot en una litera, así es como yo habría tratado a Alienor si me hubiese contradicho —la recriminó—. Y ahora ya ves, nada has ganado con quedarte.

—No debéis reprenderla —dijo Taliesin gentilmente—, ya ha sufrido bastante, mi señor. Si Arturo nada le ha reprochado, no es su padre quien haya de hacerlo.

Elaine, con tacto, cambió de tema.

—¿Quién es el Duque Marcus?

—Es un primo de Gorlois de Cornwall, el cual murió antes de que Uther ocupase el trono —respondió Lancelot—, y ha pedido a Arturo que, de ganar la batalla en Monte Badon, le conceda Cornwall y la mano de nuestra deuda Morgana.

—¿Ese anciano? —inquirió Ginebra, escandalizada.

—Creo que sería conveniente entregarla a un hombre mayor, ya que no posee el tipo de belleza que atrae a los jóvenes —dijo Lancelot—. Sin embargo, es inteligente y culta y, en consecuencia, el Duque Marcus no la quiere para sí sino para su hijo Drustan, uno de los mejores caballeros de Cornwall. Arturo le ha hecho ahora uno de sus Caballeros, en vísperas de esta batalla. Aunque es probable, de no retornar Morgana a la corte, que Drustan se case con la hija del viejo rey bretón Hoell. —Rió disimuladamente—. Habladurías cortesanas sobre la concertación de matrimonios, ¿no se puede hablar de otra cosa?

—Bien —dijo Elaine audazmente—, ¿cuándo nos hablarás de *tu* matrimonio, Lord Lancelot?

Inclinó la cabeza con galantería y respondió:

—El día en que tu padre me ofrezca tu mano, Lady Elaine, no la rechazaré. Pero es probable que tu padre te despose con un hombre más adinerado que yo, y dado que mi dama ya está casada —hizo una reverencia a Ginebra y ella vio la tristeza que había en sus ojos—, no tengo prisa por casarme.

Elaine se ruborizó y bajó la mirada.

—Invité a Pellinore para que se uniera a nosotros, pero se quedará en el campamento con sus hombres, comprobando el orden de la marcha. Algunas de las carretas ya están en movimiento. Mirad —Arturo señaló hacia la ventana—. ¡Las lanzas del norte vuelven a llamear sobre nosotros!

—¿No está con nosotros Kevin el Arpista? —preguntó Lancelot.

—Le invité a venir si le placía —repuso Taliesin—, y dijo que prefería no ofender a la Reina con su presencia. ¿Habéis disputado con él, Ginebra?

—Le hablé acremente cuando estaba enferma y presa del dolor. Si le ves, señor, ¿le transmitirás mi ruego para que me perdone? —Con Arturo de su lado y su bandera ondeando sobre el campamento, sentía amor y caridad hacia todos, incluso hacia el bardo.

—Creo que sabe que le hablaste en la amargura de tu

propia ordalía —repuso Taliesin con amabilidad, y Ginebra se preguntó qué le habría contado el joven druida.

Se abrió la puerta abruptamente, y Lot y Gawaine penetraron en la estancia.

—¿Qué es esto, mi señor Arturo? —demandó Lot—. El estandarte del Pendragón, que prometimos seguir, ya no ondea sobre el campamento y hay gran desasosiego entre las Tribus. Dime, ¿qué has hecho?

Arturo parecía pálido a la luz de las antorchas.

—Nada más que esto, primo, somos un pueblo cristiano y lucharemos con la enseña de Cristo y la Virgen.

Lot lo miró ceñudo.

—Los arqueros de Avalon están hablando de abandonarte, Arturo. Iza la bandera de Cristo, si eso te dicta tu conciencia, pero eleva el estandarte del Pendragón junto a ella con las serpientes de la sabiduría, o verás dispersarse a tus hombres y no todos con un mismo ánimo como lo han estado en toda esta pesada espera. ¿Echarás por tierra toda esa buena voluntad? Los pictos con sus rayos élficos han dado muerte a muchos sajones y volverán a hacerlo. Te lo ruego, no dejes a un lado su estandarte y su alianza de esta manera.

Arturo sonrió intranquilo.

—Igual que el emperador que vio el signo en el firmamento y dijo, *Por este signo conquistaremos*, haremos nosotros. Tú, Uriens, que izas las águilas de Roma, conoces ese relato.

—Lo conozco, mi rey —repuso Uriens—, pero, ¿es sabio negar al pueblo de Avalon? Al igual que yo, mi señor Arturo, llevas las serpientes en las muñecas, en señal de una tierra antigua.

—Será una nueva tierra si obtenemos la victoria —dijo Ginebra— y, si no la obtenemos, no importará.

Lot se giró mientras ella hablaba y la miró con odio.

—Debería haber sabido que esto era cosa tuya, mi reina.

Gawaine caminó turbado hacia la ventana y miró al campamento.

—Los veo moverse en torno a las fogatas, al pequeño pueblo, de Avalon y de tu país, Rey Uriens. Arturo, primo —y se dirigió al Rey—, te lo ruego como el más antiguo de tus Caballeros, por el estandarte del Pendragón para aquéllos que quieran seguirlo.

Arturo titubeó, mas miró los radiantes ojos de Ginebra, sonrió y dijo:

—Lo he jurado. Si sobrevivimos a la contienda, nuestro hijo reinará en una tierra unida por la cruz. No constreñiré la conciencia de ningún hombre, pero, como dice en las Santas Escrituras «En cuanto a mí y mi casa, serviremos al Señor».

Lancelot respiró hondo. Se alejó de Ginebra.

—Mi señor y rey, te lo recuerdo, yo soy Lancelot del Lago y honro a la Señora de Avalon. En su nombre, mi rey, que fue tu amiga y benefactora, te pido este favor, déjame llevar yo mismo el estandarte del Pendragón a la batalla. Así se mantendrá tu promesa y no cometerás perjurio con respecto a Avalon.

Arturo dudó. Ginebra movió la cabeza de forma imperceptible, y Lancelot miró a Taliesin. Tomando el silencio por consentimiento, Lancelot estaba a punto de salir de la estancia cuando Lot dijo:

—¡Arturo, no! Ya se habla ahora bastante de Lancelot como tu heredero y favorito. De portar el Pendragón en la contienda, pensarán que le has ordenado llevar tu estandarte y se producirá la división en el reino, tu grupo con la cruz y el de Lancelot con el Pendragón.

Lancelot se volvió hacia Lot bruscamente.

—*Tú* llevas tu propia enseña, como Leodegranz, Uriens y el Duque Marcus de Cornwall, ¿por qué no podría yo llevar la enseña de Avalon?

—Pero la enseña del Pendragón es la enseña de Bretaña unida por un Gran Dragón —repuso Lot y Arturo suspiró asintiendo.

—Debemos luchar con *un* estandarte y es el de la cruz. Lamento tener que negarte algo, primo —dijo Arturo e hizo ademán de coger la mano a Lancelot—, sin embargo esto no puedo permitirlo.

Lancelot apretó los dientes, conteniendo visiblemente la cólera, y se dirigió a la ventana.

—Lo he oído entre los hombres del norte, afirman que éstas son las lanzas de los sajones con las que nos enfrentaremos, los cisnes salvajes están gritando y los cuervos nos esperan a todos... —dijo Lot, a sus espaldas.

Ginebra apretaba con fuerza la mano de Arturo.

—Por este signo conquistaréis... —dijo, y Arturo le oprimió la mano.

—Aunque todas las fuerzas del Infierno, y no sólo los sajones, se pusieran en contra nuestra, señora, con mis Caballeros no puedo fracasar. Y contigo a mi lado, Lancelot —dijo Arturo y se adelantó para abrazarlos a ambos. Por un momento Lancelot permaneció inmóvil, la cara crispada aún por la furia, y luego declaró, suspirando profundamente.

—Así sea, Rey Arturo. Aunque —titubeó y Ginebra, que se hallaba muy cerca de él, pudo percibir el estremecimiento que recorrió todos sus miembros— no sé qué dirán en Avalon cuando se enteren, mi rey y señor.

Durante un instante se produjo un silencio total en la cámara, mientras que las luces, las lanzas flamígeras del norte, centelleaban sobre ellos.

Luego Elaine cerró las cortinas, apagando los augurios, y exclamó alegremente:

—Vamos, ¡siéntense a cenar, señores míos! Porque, si os ponéis en camino hacia la batalla al despuntar el día, no partiréis desayunados y hemos hecho cuanto hemos podido por vosotros.

Mas una y otra vez, en tanto que Lot, Uriens y el Duque Marcus hablaban de estrategia y de los emplazamientos de las tropas con Arturo, Ginebra escrutaba los negros ojos de Lancelot que estaban llenos de pesar y abatimiento.

XIII

Cuando Morgana dejó la corte de Arturo en Caerleon, pidiendo licencia para visitar Avalon y a su madre adoptiva, centró sus pensamientos en Viviane, para apartar de su mente cuanto había sucedido entre ella y Lancelot. Cuando lo recordaba involuntariamente, era como sentir la quemadura de un hierro al rojo vivo; se había ofrecido a él con plena sinceridad, a la vieja usanza, y él sólo la había aceptado como un juego intranscendente, ofendiendo así su femineidad. No sabía contra quién iba su odio, si contra él o contra sí misma.

Una y otra vez lamentaba las agrias palabras que le había dirigido. ¿Por qué había tenido que insultarlo? El era como la Diosa lo había hecho, ni mejor ni peor. Empero, en otras ocasiones, mientras cabalgaba hacia el este, sentía que era ella quien había sido insultada; y el viejo escarnio de Ginebra, *pequeña y fea como una del pueblo de las hadas*, fustigaba su mente. De haber tenido más que dar, de haber sido hermosa como era Ginebra... de haberse contentado con lo que él podía dar... y entonces su mente oscilaba nuevamente hacia el otro extremo: la había insultado y a la Diosa con ella... Así pues, atormentada, viajó por la verde región de las colinas. Y, pasado cierto tiempo, empezó a considerar lo que le aguardaba en Avalon.

Había abandonado la Isla Sagrada sin permiso. Había renunciado a su condición de sacerdotisa, dejando incluso el pequeño cuchillo en forma de hoz de su iniciación y, en años posteriores, se había peinado con el cabello sobre la frente para que nadie pudiera ver la media luna tatuada allí. Ahora, en una de las pequeñas aldeas, trocó un pequeño anillo dorado que poseía por pintura azul de la que utilizaban las mujeres de las Tribus y volvió a tintar la descolorida marca.

Todo cuanto me ha sucedido es consecuencia del incumplimiento de los votos que hiciera a la Diosa... y luego recordó que Lancelot había dicho en su desesperación que no había ni Dioses ni Diosas, sino que éstos eran las formas que la atemorizada humanidad daba a todo lo que no podía entender.

Pero, aunque fuera cierto, esto no constituiría una disculpa para ella. Porque, aunque la Diosa sólo fuera un producto del pensamiento, o sólo un nombre para las grandes incógnitas de la naturaleza, había desertado del templo y del modo de vivir y pensar al cual se había consagrado, y rechazado las grandes mareas y ritmos de la tierra. Había comido alimentos prohibidos para una sacerdotisa, había tomado la vida de animales o plantas sin dar gracias a la parte de la Diosa que estaba siendo sacrificada para su provecho, había vivido con negligencia, se había entregado a un hombre sin procurar conocer la voluntad de la Diosa en las mareas solares, por mero placer y lujuria. No, no podía pretender que al regresar todo fuera como antes. Y, mientras cabalgaba atravesando las colinas, entre cosechas que maduraban y la fertilizante lluvia, era consciente, con un dolor que aumentaba, de cuanto se había alejado de las enseñanzas de Viviane y de Avalon.

La diferencia es más profunda de lo que pienso. Incluso aquellos cristianos que cultivan la tierra tienen un sentido de vida que los aleja de ella; dicen que su Dios les ha dado dominio sobre todos los seres vivientes y todas las bestias del campo. Mientras que quienes moramos en las colinas y los pantanos, la floresta y la remota campiña, sabemos que no somos nosotros quienes dominamos a la naturaleza, sino que es ella quien nos domina desde el mo-

mento en que el deseo alienta en nuestros padres y la voluntad de concebirnos en el vientre de nuestras madres, y permanecemos bajo su dominio, hasta cuando alentamos en el útero y somos alumbrados en su tiempo. Y también lo están las vidas de las plantas y los animales que deben ser sacrificados para alimentarnos, procurarnos vestidos y darnos fuerza para vivir... todas, todas estas cosas están bajo el dominio de la Diosa y, sin su benéfica misericordia, ninguno de nosotros podría tener un hálito de vida, mas todas las cosas pueden tornarse estériles y morir. E, incluso cuando llega el momento de la esterilidad y de la muerte, de forma que otros han de venir a ocupar nuestro lugar sobre la tierra, también concurre su voluntad, puesto que ella no es únicamente la Verde Señora de la fructífera tierra, sino asimismo la Dama Oscura del origen que yace oculto bajo las nieves, del cuervo y el halcón que traen la muerte y de los gusanos que trabajan en secreto para destruir, incluso Nuestra Señora de la podredumbre, la destrucción y la muerte en el final.

Recordando todas estas cosas, Morgana llegó a darse cuenta de que lo ocurrido con Lancelot, después de todo, era algo nimio; su gran pecado no había sido aquél sino el cometido contra su propio corazón al haberse apartado de la Diosa. ¿Qué importaba lo que las demás consideraran como bueno, o virtuoso, pecado o vergüenza? La herida en su orgullo era una saludable purificación.

La Diosa se ocupará de Lancelot a su tiempo y a su modo. No me toca a mí decirlo. En consecuencia, Morgana pensó que lo mejor que podía ocurrirle era no volver a encontrarse con su primo, esperaba poder reintegrarse a su antigua condición de sacerdotisa elegida... aunque Viviane quizás se compadeciera de ella y la dejara purgar sus pecados contra la Diosa. En aquel momento, comprendió que no sería feliz residiendo en Avalon, aun como sirvienta o humilde trabajadora en los campos. Se sintió como una niña enferma, que busca refugio en el regazo de su madre para llorar... podría enviar en busca de su hijo para que fuera educado en Avalon, entre los sacerdotes, y nunca se volvería a apartar del camino que le habían enseñado...

Y así, cuando avistó Tor elevándose, verde e inconfundible, entremedias de las colinas, las lágrimas le corrieron por el rostro. Estaba volviendo al hogar, donde estaba su puesto y el de Viviane, entraría en el anillo de piedras para rogar a la Diosa que sus faltas pudieran ser remediadas, que le permitiera estar en el lugar del que la había alejado su propio orgullo y su voluntad.

Parecía que Tor estaba jugando con ella al escondite, ora visible, alzándose sobre las colinas, ora oculto entre colinas más bajas, o desapareciendo en la húmeda niebla; pero, al fin, llegó a las orillas del lago donde había llegado tantos años antes acompañada por Viviane.

Las grisáceas aguas, a la luz del declinante sol de la tarde, se extendían vacías ante ella. Los cañaverales parecían oscuros y áridos contra el rojizo resplandor del cielo, y las orillas de la Isla de los Sacerdotes, ahora visibles, se destacaban en la niebla crepuscular. Pero nada alentaba, nada se movía en el agua, ni incluso cuando lanzó todo el corazón y la mente en un apasionado esfuerzo por alcalzar la Isla Sagrada, por convocar a la barca... Una hora estuvo allí inmóvil, luego la oscuridad se cerró y supo que había fracasado.

No... la barca no iría a buscarla, ni aquella noche ni nunca. Lo hubiera hecho por una sacerdotisa, por la elegida y protegida de Viviane, no por una fugitiva que había vivido en cortes seculares y hecho su voluntad durante cuatro años. Anteriormente, en la época de su iniciación, había sido expulsada de Avalon para que intentara regresar por sus propios medios, y salió airosa de la prueba.

No llamaría a la barca; temía con toda el alma gritar la palabra del poder que la convocaría a través de las nieblas. No podía obligarla porque había perdido el derecho a ser llamada hija de Avalon. Según el agua iba decolorándose y los últimos rayos de luz solar se desvanecían en la bruma del ocaso, Morgana miraba pesarosamente desde la orilla. No, no se atrevía a llamar a la barca; pero había otro camino hacia Avalon, rodeando el otro lado del Lago, donde podría cruzar el pantano por el sendero oculto. Afligida por la soledad, comenzó a vadear la margen, guiando a la montura. La presencia del gran animal en la oscuridad, su resoplante respiración detrás de ella, suponían un ligero alivio. Si todo fallaba, podía pasar la noche en las orillas del Lago; no sería la primera noche que permaneciera sola a la intemperie. Y por la mañana encontraría el camino. Rememoró aquel solitario viaje, disfrazada, a la corte de Lot, muy al norte, hacía años. Se había ablandado con la buena vida y el lujo de la corte, pero podía volver a hacerlo si era necesario.

Aunque, ¡había tanta quietud!; ningún sonido de campanas proveniente de la Isla de los Sacerdotes, ningún cántico del convento, ningún grito de ave; era como atravesar un país encantado. Morgana encontró el lugar que estaba buscando. Había anochecido, cada matorral y cada árbol parecía adquirir una forma siniestra, convertirse en un ser extraño, un monstruo, un dragón. Empero, Morgana estaba recuperando los hábitos mentales que poseyera cuando vivía en Avalon; nada había allí que fuera a causarle daño, si ella no lo consideraba dañino.

Emprendió el camino por el sendero oculto. La mitad del tiempo hubo de moverse entre las nieblas; de no hacerlo así, el sendero la llevaría al jardín de la cocina de los monjes. Se amonestó con firmeza para dejar de pensar en la creciente oscuridad y fijar la mente en el silencio meditativo, dirigiéndola hacia donde quería ir. Así caminó, como si con cada paso forjara un hechizo, trazando la danza espiral como si el sendero ascendiera a Tor y el anillo de piedras... avanzaba en silencio, los ojos entrecerrados, posando el pie con cuidado. Podía percibir ahora el frío en las nieblas que la circundaban.

Viviane no había creído que yacer con su hermano y darle un hijo fuera una gran maldad... un hijo nacido de la estirpe real de Avalon, más regio aun que el propio Arturo. De haber dado a luz a un hijo de Lancelot, podría haberse criado en Avalon y ser educado para convertirse en un gran druida. ¿Qué sería ahora de su hijo? ¿Por qué había dejado a Gwydion en manos de Morgause? Morgana pensó: *Soy una madre desnaturalizada; debería haber mandado a buscar a mi hijo.* Mas no tenía ningún deseo de mirar a Arturo a la cara y hablarle de la existencia de su hijo. No quería que los clérigos y damas de la corte la miraran diciendo: *Esta es la mujer que alumbró un hijo del Astado a la vieja y pagana usanza de las Tribus que se pintan la cara, llevan cornamenta y corren con los ciervos como animales...* el muchacho estaba bien donde estaba. La corte de Arturo no era lugar para él, y ¿qué iba a hacer ella con un niño de tres años corriendo tras sus talones? ¿Y Arturo?

Pero había ocasiones que pensaba en él, y rememoraba noches en las que se lo habían llevado recién comido y despidiendo un dulce olor, en las que se había sentado sosteniéndole y cantando para él, sin pensar en nada, su cuerpo entero lleno de despreocupada felicidad... ¿cuándo más había sido tan feliz? *Sólo una vez,* pensó, *el día en que Lancelot y yo yacíamos al sol en Tor, cuando cazamos aves acuáticas junto a las orillas del Lago...* y, entonces, parpadeando, se dio cuenta que debería haber recorrido mayor distancia, debería haber pasado las nieblas y estar en el sólido suelo de Avalon.

Y ciertamente, las zonas pantanosas habían desaparecido, había árboles a su alrededor, el sendero era firme bajo sus pies y no había llegado al jardín de la cocina de los sacerdotes ni tampoco a los edificios. ¿Estaría en el campo trasero de la Casa de las Doncellas, acercándose al huerto? Ahora debía pensar qué diría cuando la encontraran allí, qué palabras habría de pronunciar para convencer a la gente de Avalon de que ella tenía derecho a estar allí. ¿O no lo tenía? De algún modo la oscuridad pareció disminuir; quizás la luna estaba elevándose. Sólo faltaban tres o cuatro días para la luna llena, por tanto tendría luz suficiente para encontrar el camino, no se vería obligada a buscar mucho ya que los árboles y la vegetación serían los mismos que cuando residía en Avalon y conocía los senderos paso a paso. Morgana se aferró a las bridas del caballo, súbitamente asustada ante la posibilidad de perderse en un lugar que había sido tan familiar para ella; no, ahora había más luz, podría ver los árboles y los arbustos con bastante claridad. Pero, si la luna estaba elevándose, ¿por qué no la divisaba sobre la vegetación? ¿Había errado el camino, volviendo atrás, mientras avanzaba con los ojos semicerrados entre las nieblas y los mundos? ¡Si pudiera encontrar algún hito familiar! No había nubes ahora, podía ver el cielo, e incluso las nieblas se habían disipado, pero no le era posible distinguir ninguna estrella.

¿Era acaso que había estado demasiado tiempo alejada de tales cosas? No podía ver signo alguno de la luna, aunque ya debería llevar largo tiempo en el firmamento...

Y fue entonces como si un chorro de agua fría le corriese por la espalda helando la sangre en sus venas. Aquel día en que fue a buscar hierbas y raíces con intención de abortar al hijo que llevaba dentro... ¿había vuelto a errar hacia aquel país encantado que no estaba ni en el mundo de Bretaña ni en el secreto mundo al que fuera conducido Avalon por la magia de los druidas, ese mundo más antiguo y oscuro en el cual no había ni estrellas ni sol...?

Su corazón se desbocó y ella trató de controlarlo; asió las bridas del caballo y se recostó en el cálido y sudoroso flanco del animal, sintiendo la solidez de sus músculos y huesos, escuchando los suaves resoplidos, reales y nítidos bajo la mejilla. Seguramente si se paraba un instante y trataba de recapacitar, encontraría el camino... Pero el miedo la estaba dominando.

No puedo volver. No puedo volver a Avalon, no soy digna: no puedo encontrar el camino entre las nieblas... El día de la ordalía iniciática experimentó aquello durante un momento, pero apartó el miedo con firmeza.

Pero entonces era más joven e inocente. No había traicionado a la Diosa y a las secretas enseñanzas, nunca había traicionado a la vida...

Morgana luchó por controlar la creciente marea de pánico. El miedo era lo peor. El miedo la dejaba a merced de cuantos infortunios llegaran. Incluso las bestias salvajes podían olfatear el miedo en el cuerpo y se presentarían para atacarla, mientras que huirían si mostraba valor. Era ésa la razón por la que los hombres más valientes podían correr entre los ciervos con seguridad, en tanto no les olfatearan el miedo en la piel... ¿Era por eso, se preguntó, por lo que se pintaban el cuerpo con el acre tinte azul? ¿para cubrir el olor del miedo? Quizá los hombres y las mujeres verdaderamente audaces eran aquellos que evitaban imaginarse lo que *podía* ocurrir si las cosas salían mal.

Nada había allí que pudiera causarle daño, aunque se hubiese perdido y se encontrara en el país de las hadas. Ya antes había estado allí, pero la mujer que habló con ella no le produjo ningún daño, ni amenaza. Eran incluso más antiguas que los druidas, empero sus vidas y proceder se regían también por las reglas de la Diosa e incluso podía ocurrir que una de ellas la guiase hasta el camino adecuado. Así pues, en cualquier caso, nada había de temer; lo peor que podía sucederle era no encontrar a nadie y pasar una noche solitaria entre los árboles.

Ahora veía luces, ¿eran las que solían arder en el patio de la Casa de las Doncellas? De ser así, pronto estaría en casa y, en caso contrario, podría preguntar por el camino a quien se encontrase. Si se había extraviado en la Isla de los Sacerdotes, y se encontraba con uno de ellos, él podía temer hallarse frente a un hada. Se preguntó si, de vez en cuando, aquellas mujeres no irían a tentar a los sacerdotes; era razonable que allí, en el relicario mismo de la Diosa, algún sacerdote con más imaginación que los demás pudiera sentir el pulso del lugar, llegando a comprender que su vida estaba en contradicción con las fuerzas que allí alentaban.

Si yo fuera la Señora de Avalon, en las noches de la luna nueva, enviaría a las doncellas al claustro de los sacerdotes para demostrarles que no es posible burlarse

o negar a la Diosa, que son hombres, y las mujeres no son
malignas invenciones de su Demonio; la Diosa los persua-
diría... sí, en Beltane o el solsticio de Verano...

¿O harían aquellos locos sacerdotes que las doncellas
se fueran creyéndolas diablesas, que iban a tentar a los
fieles? Y por un momento le pareció poder oír la voz de
Merlín: *Que todos los hombres sean libres para servir a*
Dios como gusten...

¿Incluso, se preguntó, *uno que negaba la vida misma*
de la tierra? Mas sabía que Merlín habría respondido:
Incluso ése.

Ahora, por entre los árboles, distinguió claramente la
silueta de una antorcha, una llama amarilla y azul surgien-
do de un largo palo. El resplandor le cegó los ojos durante un instante y, tras él, vio al hombre que sostenía la
antorcha. Era bajo y moreno, ni sacerdote ni druida. Llevaba un taparrabos de piel de ciervo moteada y una especie de capa oscura sobre los hombros desnudos; era como
uno de los pequeños hombres de las Tribus, aunque más
alto. Tenía el pelo negro y largo y en él una guirnalda de
hojas de colores; hojas otoñales, más aún no se habían
secado. Y, de alguna forma, aquello atemorizó a Morgana.
Su voz era melosa y suave, hablaba en un dialecto antiguo.

—Bienvenida, hermana, ¿estás desorientada? Ven por
aquí. Déjame llevar tu caballo, conozco el camino.

Ella pensó: Es como si me hubiera estado esperando.
Morgana le siguió, aunque le parecía estar soñando. El
suelo iba haciéndose más duro bajo sus pies y esto le faci-
litaba el caminar, la luz de la antorcha disipaba las nebli-
nosas tinieblas. Conducía el caballo, pero de vez en cuando se volvía hacia ella y sonreía. Luego alargó el brazo y
la cogió de la mano, como si estuviese guiando a un niño
pequeño. Tenía los dientes muy blancos y los ojos, negros
al resplandor de la antorcha, eran alegres.

Ahora se veían más luces; en algún punto, no sabía
cuándo, él le había dado las riendas del caballo a otro.
La llevó hasta un círculo de luces y, aunque no recordaba
haber pasado junto a ninguna edificación ni cruzado

puente alguno, se encontró en un gran salón donde había hombres y mujeres compartiendo un festín, con guirnaldas sobre la cabeza. Algunos las llevaban de hojas de otoño, pero también había mujeres con guirnaldas de tempranas flores primaverales, y pequeños y pálidos madroños que se esconde bajo las hojas antes incluso de que las nieves se hayan ido. En alguna parte, alguien tañía un arpa.

El guía continuaba a su lado. La condujo hacia la gran mesa y allí, de alguna forma, sin sorprenderse, reconoció a la mujer que viera anteriormente, portando en el pelo una guirnalda de juncos entrelazados. Los oscuros ojos de la mujer parecían intemporales y sabios, como si pudiera leer y ver todas las cosas.

El hombre dejó a Morgana en un banco y le puso un cangilón en la mano. Era de un metal que no conocía... el licor que contenía era suave y dulce, sabía a turba y a brezo. Bebió con ansia, y se dio cuenta de que había bebido con demasiada rapidez después de un prolongado ayuno, ya que sintió vértigo. Entonces recordó el viejo dicho: «Si vas al país de las hadas, nunca debes beber o comer de sus alimentos...» pero ésa era sólo una vieja creencia, nada más; a ella no le harían daño.

—¿Qué lugar es éste? —preguntó.

—Este es el Castillo Chariot y eres bienvenida aquí, Morgana, Reina de Bretaña —respondió la señora.

—No, no soy reina. Mi madre fue Reina Suprema y yo soy Duquesa de Cornwall, nada más...

La señora sonrió.

—Es lo mismo. Estás fatigada y has viajado mucho. Come y bebe, hermanita, y mañana alguien te guiará a donde quieras ir. Ahora es el momento del festín.

Había frutas, y pan; un pan oscuro y suave hecho con algún desconocido grano, pero tuvo la sensación de haberlo probado antes en alguna parte... Observó que el hombre que la había guiado llevaba brazaletes de oro en las muñecas que se enroscaban cual serpientes vivas... Se restregó los ojos, preguntándose si estaba soñando y, cuando volvió a mirar, sólo vio un brazalete o quizás un tatuaje, semejante al que llevaba Arturo desde que fuera entronizado. Otra vez, al mirarlo, a la intensa luz de las antorchas, le pareció distinguir la sombra de una cornamenta sobre su frente. La señora estaba coronada y engalanada con oro, mas de tanto en tanto parecía ser únicamente una corona de juncos. Tenía un collar de conchas en la garganta. Se hallaba sentada entre ellos y en alguna parte sonaba un arpa, una música más dulce incluso que la de las arpas de Avalon...

Ya no se sentía cansada. La dulce bebida había eliminado de su mente la fatiga y el pesar. Después, alguien le puso un arpa en las manos y tocó y cantó; jamás había sonado su voz tan suave, clara y dulce. Cayó en un sueño mientras tañía, en el cual le parecía que todas las caras que la rodeaban guardaban semejanza con alguien a quien había conocido en alguna parte... Era como si caminara por las orillas de una soleada isla y tocara un arpa de curioso arco; luego hubo un momento en el cual se halló sentada en un gran patio empedrado y un sabio druida con un extraño y largo atavío le daba enseñanzas con compases y un astrolabio, y se dejaban oír sonidos y canciones que podrían abrir una puerta cerrada y hacer danzar a un círculo de piedras, y las aprendió todas, y fue coronada con una serpiente dorada en la frente...

La señora dijo que ya era hora de ir a descansar; al día siguiente, alguien la guiaría a ella y al caballo. Durmió aquella noche en una fría habitación decorada con hojas, ¿o eran colgaduras que parecían cambiar y girar, contando historias sobre todas las cosas que habían sucedido? Se vio a sí misma ondeando en un tapiz, con su arpa en la mano, con Gwydion en el regazo; y se vio junto a Lancelot. El jugaba con su cabello y la cogía de la mano; pensó que había algo que debía recordar, por alguna razón debía estar enojada con él; mas no lograba recordar por qué.

Cuando la señora dijo que esa noche era fiesta y debería quedarse un día o dos más para bailar con ellos, no se opuso... hacía tanto tiempo, le parecía, que no había bailado ni se había divertido. Empero, cuando trató de determinar qué acontecimiento se celebraba, no fue capaz de hacerlo... seguramente el Equinoccio aún estaba por llegar, y no podía ver el sol o la luna para calcularlo por sí misma como le habían enseñado.

Le pusieron una guirnalda de flores en el pelo, brillantes flores de verano, pues, como la señora manifestó, ella no era una doncella sin experiencia. La noche carecía de estrellas y le preocupaba no poder ver la luna, como no había visto el sol durante el día. ¿Habían transcurrido un día, dos o tres? De alguna forma, el tiempo no tenía importancia; comía cuando estaba hambrienta, dormía donde se hallaba cuando se sentía cansada, sola, o en un lecho, suave como la hierba, con una de las doncellas de la señora. En una ocasión, para su sorpresa, la doncella —sí, se parecía un poco a Cuervo— le rodeó el cuello con los brazos y la besó, y ella le devolvió los besos con naturalidad. Era como en un sueño, en el cual las cosas más extrañas parecen completamente posibles, y esto la sorprendía, sólo un poco, aunque de alguna forma también carecía de importancia; vivía en un sueño encantado. A veces se preguntaba qué había sido de su caballo, mas cuando pensaba en seguir cabalgando, la señora le decía que aún no debía pensar en eso, que deseaban que permaneciese con ellos.

Años más tarde, tratando de recordar cuanto le había acaecido en el Castillo Chariot, le vino a la memoria haber estado en el regazo de la señora sin que le pareciera extraño que ella, una mujer adulta, estuviera sentada en el regazo de su madre y fuera mecida y besada como una criatura. Aunque, seguramente, no había sido más que un sueño, producido por aquel vino dulce y fuerte...

Y, en ocasiones, tenía la sensación de que la señora *era* Viviane y se preguntaba: *¿He caído enferma, estoy postrada y con fiebre soñando todas estas cosas extrañas?* Salía con las doncellas de la señora y buscaba con ellas hierbas y raíces, sin que la estación determinara cuáles. Y, en la fiesta, ¿fue esa misma noche u otra?, danzó con música de arpa, e interpretó música en las arpas para el baile, y la música que hacía sonaba melancólica y alegre al mismo tiempo.

Una vez, mientras buscaba bayas y flores para las guirnaldas, tropezó con algo, con los blancos huesos de algún animal. Alrededor del cuello había un fragmento de cuero y en éste un trozo de tela roja, parecida a la de la bolsa en la cual llevaba sus pertenencias cuando partió de Caerleon. ¿Qué le había pasado a su caballo? ¿Estaría a salvo en los establos? No había visto ningún establo en aquel prodigioso castillo, aunque supuso que se hallaría en alguna parte. Pero ya estaba bien de bailar, cantar, dejar que el tiempo transcurriera, encantada...

En una ocasión, el hombre que la había llevado hasta allí, la sacó del círculo de los danzantes. Nunca llegó a saber su nombre. ¿Cómo, si no era capaz de ver ni el sol ni la luna, podían las mareas de la luna y el sol latir en ella con tal fuerza?

—Llevas una daga —dijo él—, debes quitártela, no puedo soportarla cerca de mí.

Desanudó las correas de cuero con las que la llevaba atada a la cintura y la tiró, sin preocuparse de dónde había caído. Entonces, él se acercó, el negro pelo cayendo sobre el de ella; el sabor de su boca era suave, a bayas y a la fuerte bebida de brezo. La despojó del vestido. Se había acostumbrado al frío, no le importaba que hiciera frío sobre la hierba. Su cuerpo era cálido, sus manos eran fuertes y ansiosas. Le dio la bienvenida con todo el cuerpo con tanto anhelo como una virgen.

Luego tuvo miedo... no quería quedarse embarazada, había sufrido mucho cuando nació Gwydion, podía morir al tener otro hijo. Mas, cuando iba a decirlo, él puso una mano con gentileza sobre sus labios y comprendió que podía leerle los pensamientos.

—No temas por eso, dulce dama, las mareas no son propicias... éste es el momento del placer y no de la maduración —dijo suavemente, y ella se entregó.

Sí, una cornamenta sombreaba su frente; volvía a

yacer con el Astado. Fue como si las estrellas se esparcieran sobre el bosque a todo su alrededor, ¿eran meramente luciérnagas y bichos de luz?

Un día, cuando paseaba por los bosques acompañada por las doncellas, encontró un pozo y, al asomarse y mirar al fondo, vio el rostro de Viviane contemplándola desde el agua. El cabello le griseaba, destacándose en él mechones blancos, y tenía arrugas que nunca viera antes. Abrió los labios; parecía que la estaba llamando y Morgana se preguntó: *¿Cuánto tiempo llevo aquí? Seguramente he pasado aquí cuatro o cinco días. Y ya debo irme. La señora me prometió que alguien me guiaría hasta las proximidades de Avalon...*

Se dirigió hacia donde estaba la señora para decirle que debía irse. Mas comenzaba a caer la noche, en verdad al día siguiente habría tiempo...

En otra ocasión, le pareció ver a Arturo en el agua; sus ejércitos se estaban reuniendo... Ginebra parecía fatigada y un poco envejecida; cogía a Lancelot de la mano mientras él se despedía y la besaba en los labios. *Sí,* pensó Morgana con amargura, *con tales juegos le gusta divertirse. Ginebra podría desear que fuese así, tener todo su amor y devoción sin peligro de su honra...* Sin embargo, le era fácil prescindir de ellos ahora.

Y después, una noche se despertó sobresaltada al oír un estentóreo grito en alguna parte y, por un instante, fue como si se encontrara en Tor, en el centro del anillo de piedras, oyendo el terrorífico chillido que resonaba entre los mundos, algo que sólo había oído una vez desde que se hiciera mujer, aquella áspera y herrumbrosa voz, enronquecida por el desuso, la voz de Cuervo, quien rompía el silencio únicamente cuando los Dioses tenían un mensaje que no se atrevían a enviar con ningún otro...

Ah, el Pendragón ha traicionado a Avalon, el dragón ha volado... el estandarte del dragón ya no ondeará más contra los guerreros sajones... llora, llora, si la Señora se marcha de Avalon, porque seguramente no retornará nunca... y un sonido de sollozos, de gemidos en la repentina oscuridad...

Y silencio. Morgana se incorporó en la grisácea luz, la mente clara por vez primera desde que llegara a aquel lugar.

He estado aquí demasiado tiempo, pensó, *ha llegado el invierno. Ahora debo partir, ahora, antes de que termine el día... no, ni siquiera puedo decir eso, aquí el sol nunca sale ni se pone... debo irme ahora, de inmediato.* Comprendió que debería buscar el caballo y, luego, recordando, se dio cuenta de que su caballo había muerto hacía mucho tiempo en aquellos bosques. Con repentino estremecimiento se preguntó: *¿Cuánto tiempo llevo aquí?*

Echó mano a su daga, y recordó que la había tirado. Se ciñó las ropas, que le parecieron estropeadas. No podía recordar haberlas lavado, pero no estaban muy sucias. De pronto se preguntó si se había vuelto loca.

De hablar con la señora, volverá a rogarme que no me vaya...

Morgana se recogió el cabello en trenzas... ¿por qué se lo había dejado suelto, ella, una mujer adulta? Y tomó el camino que, sabía, la llevaría a Avalon.

HABLA MORGANA...

Hasta el día de hoy no he sabido cuántas noches y días pasé en el país de las hadas, aun ahora mi mente se confunde cuando intento contarlos. Empeñándome en ello, sólo puedo concluir que fueron no menos de cinco ni más de trece. No sé cuanto tiempo pasó en el mundo exterior, ni en Avalon, mientras estuve allí, porque la humanidad guarda mejor registro del tiempo que el pueblo de las hadas. No obstante, creo que transcurrieron unos cinco años.

Acaso, y esto me parece más cierto según envejezco, lo que denominamos transcurso del tiempo ocurre sola-

mente porque hemos adquirido el hábito, en lo más profundo de nuestro ser, de contar y medir cosas, desde los dedos de un niño recién nacido hasta el alzarse y retornar del sol. Pensamos continuamente en cuántos días han de pasar para que el trigo madure, o para que nuestro hijo crezca en el vientre y nazca, o para que algún ansiado encuentro tenga lugar; y todo esto lo comparamos con la vuelta del año y del sol. En el país de las hadas nada supe del paso del tiempo y, por tanto, no transcurrió para mí. Pero cuando salí de aquel país, vi que algunas arrugas habían aparecido en el rostro de Ginebra y que la exquisita lozanía de Elaine había empezado a empañarse un poco; pero mis manos eran las de siempre, mi rostro carecía de arrugas y, aunque en nuestra familia las canas aparecen en el pelo con prontitud —a los diecinueve años Lancelot ya tenía algunas hebras grises—, el mío continuaba negro como el ala de una corneja.

He llegado a pensar que, desde que los druidas sustrajeron a Avalon del mundo del cálculo y las cuentas constantes, empezó a suceder allí también. El tiempo no fluye en Avalon como en el transcurrir de un sueño, no de forma similar a como lo hace en el país de las hadas. Empero, el tiempo real ha empezado a acumularse un poco. Vemos allí el sol y la luna de la Diosa, y registramos los ritos en el anillo de piedras, con lo que el tiempo nunca nos abandona por completo. Sin embargo no corre parejo con el del resto del mundo, aunque se podría pensar que si el movimiento del sol y la luna son completamente conocidos, debería coincidir... mas no es así. En estos últimos años podía refugiarme durante un mes en Avalon y, al salir de allí, descubrir que en el exterior había transcurrido una estación entera. Con frecuencia, hacia el final de aquellos años, así lo hacía, porque me impacientaba ver lo que estaba ocurriendo en el mundo exterior. Y cuando la gente reparó en que permanecía siempre joven, se confirmó en su creencia de que yo era un hada o una bruja.

Pero eso ocurrió después, mucho después.

Ahora estamos en el momento en que oí el terrorífico grito de Cuervo que atravesó los espacios entre los mundos, alcanzando mi mente aun cuando me hallaba en el intemporal sueño del país de las hadas, y me puse en camino... pero no hacia Avalon.

XIV

En el mundo exterior, la luz del sol lucía brillante por entre las cambiantes sombras de las nubes sobre el Lago y, en la lejanía, las campanas de la iglesia transmitían su sonido a través del aire. Morgana no se atrevió a levantar la voz para gritar la palabra del poder que convocaría a la barca teniendo aquel toque como fondo, ni de adoptar la forma de la Diosa.

Se miró en la espejeante superficie del Lago. ¿Cuánto tiempo he pasado en el país de las hadas?, se preguntó. Con la mente libre de encantamientos, supo —aun cuando únicamente podía calcular dos o tres días— que había vivido allí lo suficiente como para que su hermoso traje oscuro estuviese deshilachado por la parte en que rozaba el suelo; había perdido la daga en alguna parte o la había tirado, no estaba segura. Ahora recordaba algunas de las cosas que le habían acontecido como sueños o desvaríos, y el rostro le ardió de vergüenza. Aunque, mezclado con todo esto, había recuerdos de una música más dulce que ninguna que escuchara anteriormente en Avalon, o en cualquier otra parte, salvo cuando estuvo en las lindes del país de la Muerte al dar a luz a su hijo... entonces casi deseó cruzar al otro lado, aunque sólo fuera para seguir escuchando aquella música. Recordaba el sonido de su voz cantando con el arpa de las hadas, y que jamás había cantado o tañido con tal maestría. *Me gustaría volver y quedarme allí para siempre.* Y estuvo a punto de dar la vuelta y regresar, mas el recuerdo del espantoso grito de Cuervo la angustiaba.

Arturo había traicionado a Avalon y el juramento por el cual había recibido la espada y conducido al lugar más sagrado de los druidas. Si Viviane estaba en peligro, ¿debería abandonar a Avalon? Lentamente, procurando poner las cosas en orden en su mente, Morgana recordó. Ella había salido de Caerleon el verano anterior, aunque le pareciese que habían transcurrido pocos días. Nunca había llegado a Avalon y ahora le parecía que nunca iba a llegar allí... miró con tristeza la iglesia situada en la cima de Tor. Si pudiera entrar furtivamente en Avalon por detrás de la Isla... pero aquel camino le había conducido al país de las hadas.

En alguna parte, pues, había perdido tanto la daga como el caballo; recordó haber visto sus blanqueados huesos, y se estremeció. En aquel momento se dio cuenta de que la iglesia de Tor parecía diferente, los sacerdotes debían haber estado construyendo, y era imposible que hubieran edificado tanto en un mes o dos... *De alguna forma,* reflexionó, apretándose las manos en un repentino estremecimiento, *debo descubrir cuántas lunas han pasado mientras paseaba con las doncellas de la señora o recibía placer del duende que me condujo hasta allí...*

Pero no, no podían haber sido más de dos o, como mucho, tres noches... se dijo con vehemencia, sin saber que aquello era el comienzo de una confusión que aumentaría interminablemente y nunca quedaría del todo resuelta en su mente. Y al pensar en esas noches se sobrecogía y avergonzaba, temblando al rememorar un placer que nunca antes había experimentado, yaciendo en los brazos de un duende; ahora que estaba lejos del encantamiento, le parecía algo vergonzoso hecho en sueños. Las caricias que había dado y recibido de las hadas doncellas, algo que nunca podría haber soñado sin un encantamiento semejante, como lo que le había sucedido con la señora... y, ahora que pensaba en ello, volvió a ser consciente de que la señora se parecía mucho a Viviane, y eso aumentó su vergüenza. Era como si en el país de las hadas hubiera realizado todas las cosas vergonzosas que anhelaba sin confesárselo a sí misma y que nunca se hubiese atrevido a experimentar, ni en sueños, en el mundo exterior.

A pesar del cálido sol, había empezado a tiritar. No sabía en qué época del año se encontraba, mas veíanse montones de nieve sin fundir en la orilla del Lago, entre las cañaveras. *En el nombre de la Diosa, ¿puede haber transcurrido el invierno y estar próxima la primavera?* Y si había pasado el tiempo suficiente en el mundo exterior como para que Arturo pudiera haber planeado traicionar a Avalon, su estancia en el país de las hadas había durado más de lo que se atrevía a pensar.

Había perdido el caballo, la daga y todas sus pertenencias. Sus zapatos estaban gastados, no tenía alimentos y se encontraba sola en un lugar hostil, lejos de cualquier sitio donde fuera conocida como la hermana del Rey. Bien, ya había pasado hambre anteriormente. El aleteo de una sonrisa le cruzó el rostro. Había grandes casas y conventos en los cuales quizás le dieran pan como si fuera una mendiga. Se dirigiría a la corte de Arturo, tal vez llegase a una aldea donde alguien necesitara los servicios de una comadrona y le pagaran con pan.

Dirigió una última y anhelante mirada a las orillas del Lago. ¿Se atrevería a hacer un último intento de pronunciar la palabra del poder que la llevaría hacia Avalon? Si pudiera comunicarse con Cuervo, quizá le fuera posible saber con precisión qué peligro amenazaba... abrió la boca para gritar la palabra, y se contuvo. Tampoco podía ver a Cuervo; ella que había guardado las leyes de Avalon meticulosamente, que no había hecho nada que afrentara su atuendo de sacerdotisa, ¿cómo iba a presentarse ante los ojos claros de Cuervo sabiendo cuanto había hecho en el mundo exterior y en el país de las hadas? Cuervo lo percibiría en su mente en un instante... finalmente, las márgenes del Lago y la aguja de la iglesia oscilaron a través de sus lágrimas, dio la espalda a Avalon para encontrar la calzada romana que conducía lejos, hacia el sur, pasando por las minas para llegar a Caerleon.

Estuvo tres días en el camino antes de encontrarse con otro viajero. La primera noche había dormido en la cabaña abandonada de un pastor, sin cenar, protegida del viento nada más. El segundo día llegó a una granja cuyos habitantes estaban ausentes, a excepción del muchacho, de expresión inteligente, que cuidaba los gansos; pero él le permitió sentarse para que entrara en calor junto a un ceniciento fuego que había en el interior, y ella le sacó una espina del pie, recibiendo a cambio un trozo de pan. Había caminado mayores distancias con menos comida.

Luego, cuando estuvo más cerca de Caerleon, quedó conmocionada al encontrar las casas calcinadas y las cosechas pudriéndose en el campo... ¡Era como si los sajones hubiesen pasado por aquel camino! Entró en una de las casas, que parecía haber sido saqueada, pues poco quedaba; aunque, tirada en una de las habitaciones, descubrió una vieja y descolorida capa, bastante deteriorada incluso para que se la llevaran los jinetes, abandonada por alguien que había huido del lugar. Era de cálida lana, sin embargo, y Morgana se envolvió en ella, a pesar de que le daba aspecto de mendiga; había sufrido más a causa del frío que del hambre. Se aproximaba el crepúsculo cuando oyó cacareos en el abandonado patio; las gallinas eran criaturas de hábitos y aún no habían aprendido que allí nadie les daría alimentos. Morgana atrapó una y le retorció el pescuezo, encendió un pequeño fuego en el ruinoso hogar. Si tenía suerte, nadie vería el humo saliendo de las ruinas o, si lo veían, lo creerían producido por fantasmas. Desplumó la gallina y la asó en una vara verde de madera sobre el fuego. Era tan vieja y correosa que incluso sus fuertes dientes tuvieron dificultades para masticarla, pero llevaba tanto tiempo hambrienta que no le importó, y apuró los huesos como si pertenecieran a la más exquisita de las aves. Encontró asimismo un poco de cuero en una de las construcciones exteriores que había sido una especie de fragua o herrería; se habían llevado todos los útiles y hasta el último pedazo de metal, mas quedaban algunos restos de cuero por allí esparcidos y Morgana envolvió en ellos lo que le sobró de la gallina. Habría intentado arreglarse los zapatos, pero no tenía cuchillo. Bueno, tal vez fuera a parar a alguna aldea donde pudieran prestarle uno durante unos momentos. ¿Qué desatino la había impulsado a tirar la daga?

Varias jornadas habían transcurrido desde la luna llena y, cuando partió de la ruinosa granja, había escarcha en el peldaño de piedra de la puerta y una convexa luna diurna se demoraba aún en el cielo. Al cruzar el umbral de la puerta con la carne fría en el envoltorio de cuero y un grueso bastón en la mano, sin duda olvidado allí por algún pastor, escuchó el cacareo de otra gallina proveniente de alguna parte, buscó el nido y se tomó el huevo crudo que todavía guardaba el calor del cuerpo de la gallina; tras esto, se sintió saciada y confortada.

Un viento frío soplaba con fuerza. Caminó a paso ligero, contenta por haber encontrado la capa aunque estuviera deshilachada y raída. Estaba bien adentrada la mañana y, empezaba a pensar en sentarse junto a la calzada para comer un poco de carne fría, cuando oyó un ruido de cascos a sus espaldas que la sobrecogió.

En un primer momento, pensó continuar andando, estaba tratando de resolver sus propios asuntos y tenía tanto derecho a utilizar la calzada como cualquier otro viajero. Después, acordándose de la granja en ruinas, recapacitó y se dirigió al borde del camino para ocultarse tras unos matorrales. No podía saber qué clase de gente viajaba ahora por los caminos, Arturo estaba demasiado ocupado defendiendo la paz contra los sajones y no tenía mucho tiempo para pacificar los campos y proteger las calzadas. Si el viajero parecía inofensivo, podía preguntarle qué nuevas había; si no, se quedaría escondida hasta que se perdiera de vista.

Se trataba de un jinete solitario, envuelto en una capa gris y montando un alto y esbelto caballo, sin sirviente ni bestia de carga con el equipaje. No, llevaba un gran fardo a sus espaldas. O quizás tampoco eso; tenía el cuerpo encorvado sobre la silla de montar. Entonces adivinó quién debía ser aquel hombre, y salió del lugar en que se ocultaba.

—¡Kevin el Arpista! —exclamó.

El detuvo bruscamente a la montura; estaba bien adiestrada y no se encabritó ni se atravesó. La miró, ceñudo, con los labios torcidos en un rictus, ¿o aquel gesto era una consecuencia de las cicatrices?

—Nada tengo para ti, mujer —dijo, y luego exclamó—. ¡Por la Diosa! Eres la dama Morgana, ¿qué haces aquí, señora? El año pasado oí decir que estabas con tu madre antes de su muerte, mas luego la Reina Suprema fue al sur a cuidarla y dijo que no habías estado allí.

Morgana se tambaleó y extendió la mano para buscar apoyo en su cayado.

—Mi madre... ¿muerta? No lo sabía.

Kevin desmontó, retrepándose en el flanco del caballo mientras cogía su bastón.

—Siéntate aquí, señora, ¿no lo sabías? ¿Dónde has estado, en el nombre de la Diosa? La noticia llegó incluso hasta Viviane en Avalon, pero ya está demasiado vieja y débil para viajar.

Pero al lugar donde yo estaba, pensó Morgana, *no llegó. Es posible que cuando vi el rostro de Viviane en el pozo del bosque me estuviese llamando para informarme, pero no capté su mensaje.* El dolor le atenazó el corazón; Igraine y ella habían vivido tan lejos una de la otra, se habían separado poco antes de que ella cumpliese los once años, cuando se puso en camino hacia Avalon; sin embargo, ahora la angustia la desgarraba, como si fuera la misma chiquilla que lloró al abandonar la casa de Igraine. *Oh, madre mía, y yo nada he sabido de esto...* Se sentó en el borde de la calzada con las lágrimas escurriéndose por su rostro.

—¿Cómo murió? ¿Lo sabes?

—El corazón, creo; fue hace un año, en primavera. Créeme, Morgana, nada he oído salvo que fue algo natural y esperado dada su edad.

Durante un momento Morgana no pudo controlar su

voz lo suficiente para poder hablar, y con el pesar sintió
terror, pues había estado lejos del mundo más tiempo del
que había creído... Kevin había dicho, «fue hace un año,
en primavera». Así pues había transcurrido más de una
primavera mientras permanecía en el país de las hadas.
Porque en verano, cuando se ausentó de la corte de Arturo, Igraine no sufría ninguna dolencia. ¡Su ausencia no
podía contarse por meses, sino por años!

¿Podría conseguir que Kevin la informara sin revelar
dónde había estado?

—Hay vino en mi alforja, Morgana, te lo acercaría,
pero debes cogerlo tú misma... no estoy en mi mejor momento. Se te ve delgada y pálida, ¿tienes hambre? Y,
¿cómo es que te encuentro en esta calzada —Kevin frunció el ceño con disgusto—, peor vestida que cualquier
mendiga?

Morgana rebuscó en su mente algo que responder.

—He morado... en soledad y alejada del mundo. No
he visto ni hablado con ningún ser humano desde no sé
cuanto tiempo. Incluso he perdido la cuenta de las estaciones. —Y esto era bien cierto, pues, fueran lo que fueran los del pueblo de las hadas, no pertenecían a la humanidad.

—Puedo creerlo —repuso Kevin—. Podría creer incluso que no te has enterado de lo de la gran batalla.

—Veo que todo este territorio ha sido arrasado.

—Oh, eso fue hace tres años —dijo Kevin y Morgana
dio un respingo—. Algunas de las tropas aliadas rompie-
ron el juramento y se esparcieron por estos parajes sa-
queando y arrasando. Arturo recibió una gran herida en
esa contienda y estuvo postrado medio año. —Vio el con-
trariado semblante de Morgana y equivocó el motivo de su
preocupación—. Oh, ya se encuentra bastante bien, imagino que echó de menos tus facultades curativas, Morgana. Luego Gawaine vino con todos los hombres de Lot
desde el norte y tuvimos paz durante tres años. Este último verano se produjo la gran batalla de Monte Badón,
Lot murió en ella; sí, *obtuvimos* una victoria tal que los

bardos la cantarán durante cien años —añadió Kevin—. No creo que haya quedado ningún jefe sajón vivo en toda esta tierra desde Cornwall a Lothian, salvo aquéllos que consideran a Arturo como su rey. No había ocurrido nada semejante desde la época de los césares. Y ahora toda esta tierra disfruta de la Paz de Arturo.

Morgana se había levantado para dirigirse a las alforjas. Tomó el recipiente que contenía el vino.

—Trae también el pan y el queso —dijo Kevin—. Pronto llegará el mediodía y comeré aquí contigo.

Cuando le hubo servido, abrió el envoltorio de cuero y le ofreció la gallina, él sacudió la cabeza.

—Gracias, pero no como carne ahora, he hecho votos... me sorprende verte comer carne, Morgana, una sacerdotisa de tu rango.

—Eso, o no comer —repuso ella y le contó cómo había llegado a conseguir la gallina—. Aunque no he observado esa prohibición desde que abandoné Avalon. Como cualquier cosa que me pongan delante.

—En lo que a mí se refiere, eso carece de importancia, carne o pescado o cereales —dijo Kevin—, pero los cristianos tienen en mucho el ayuno, al menos Patricius, que es ahora obispo en la corte de Arturo. Anteriormente, los cristianos que convivían con nosotros en Avalon solían repetir que no es lo que entra por la boca de un hombre lo que lo envilece, sino cuanto sale de ésta y, por tanto, el hombre debe comer con humildad de todos los dones de Dios. Y también se lo he oído decir a Taliesin. Pero, en cuanto a mí mismo, no me atrevo a comer carne, ya que ahora me produce mayor embriaguez que el exceso de vino; y, como sabes, a cierto nivel en la iniciación de los misterios, lo que se come tiene un gran efecto en la mente.

Morgana asintió, había tenido aquella experiencia. Cuando había ingerido hierbas sagradas, no podía comer nada más que un poco de pan y fruta; incluso el queso y las lentejas hervidas resultaban demasiado fuertes y le producían náuseas.

—¿Adónde te encaminas ahora, Morgana? —Cuando

se lo dijo, la miró como si estuviese loca—. ¿A Caerleon? ¿Por qué? Allí no hay nada... o quizá es que no te has enterado aunque sea difícil de creer... Arturo lo cedió a uno de sus guerreros que le había servido bien en la batalla. El día de Pentecostés trasladó toda la corte a Camelot; este verano hará un año que reside allí. A Taliesin no le gustó que inaugurara la corte en el día santo cristiano, pero Arturo lo hizo para complacer a la Reina; presta atención a todas sus indicaciones. —Morgana sorprendió un gesto de desfallecimiento en su cara—. Pero, entonces, si no has oído hablar de la gran batalla, es probable que no sepas que Arturo traicionó al pueblo de Avalon y a las Tribus.

Morgana detuvo el cuenco a medio camino de los labios.

—Por eso he vuelto, Kevin. Oí a Cuervo romper su silencio y profetizar algo así...

—Fue algo más que una profecía —repuso el bardo. Extendió penosamente la pierna, como si estar sentado durante algún tiempo sobre el suelo le produjera dolor.

—Arturo traicionó, ¿qué fue lo que hizo? —Morgana contuvo el aliento—. ¿Los dejó en manos de los sajones...?

—*No* te lo han dicho, entonces. Las Tribus habían jurado seguir el estandarte del Pendragón, como lo hicieron cuando fuera entronizado, y con Uther anteriormente... y también vinieron los del pequeño pueblo de los días que precedieron a las Tribus, con sus hachas de bronce, sus cuchillos de pedernal y sus flechas élficas, ya que no soportan el hierro frío más que el pueblo de las hadas. Todos juraron seguir al Gran Dragón. Y Arturo los traicionó... prescindió del estandarte del dragón, aun cuando le rogamos que permitiera a Gawaine o a Lancelot portarlo en el campo de batalla. Pero aseguró que únicamente izaría la enseña de la cruz y de la Santa Virgen en el sitio de Monte Baden. Y eso hizo.

Morgana lo miraba asombrada, recordando la entronización de Arturo. ¡Ni siquiera Uther se había comprometido así con el pueblo de Avalon! Y, ¿había traicionado *ese* compromiso?

—¿Y las Tribus no desertaron? —preguntó en voz baja. Kevin respondió con gran furia.

—Algunas estuvieron a punto de hacerlo; otras del Viejo Pueblo de las colinas de Gales ciertamente se volvieron a su país; el Rey Uriens no pudo detenerlas. En cuanto al resto, bueno, en aquellos días sabíamos que los sajones nos tenían entre la espada y la pared. Podíamos seguir a Arturo y a sus Caballeros a la contienda o vivir en el futuro regidos por los sajones, pues aquélla era la gran batalla que había sido profetizada. Y él llevaba la sagrada espada Excalibur de la Sagrada Regalía. La Diosa misma sabía, probablemente, que era peor que la tierra fuese gobernada por los sajones. Así pues luchó, y la Diosa le dio la victoria. —Kevin le ofreció a Morgana el frasco de vino y, como ella rehusaba con la cabeza, bebió él.

—Viviane habría venido de Avalon para acusarlo de haber roto el juramento —dijo Kevin—, pero es renuente a hacerle eso ante todo su pueblo. Ahora me dirijo a Camelot para recordarle la promesa. Si no me hace caso, Viviane ha jurado que irá ella misma a Camelot el día en que todo el pueblo presenta sus peticiones y Arturo ha prometido oírlas y atenderlas, en Pentecostés. Y dijo que se presentaría ante él como una vulgar peticionaria, y reivindicaría su juramento, y le recordaría lo que podía sucederle a quien incumplía su palabra.

—La Diosa no desea que la Señora de Avalon se humille hasta ese punto —dijo Morgana.

—Yo también le hablaría duramente, no con palabras corteses, pero no me es dado elegir —repuso Kevin, y extendiendo la mano, le pidió—. ¿Me ayudas a levantarme? Creo que mi caballo nos podrá llevar a los dos; en caso contrario, debemos conseguir otro para ti cuando lleguemos a algún pueblo. Yo sería tan galante como el gran Lancelot y te dejaría montar el mío, pero... —señaló su lisiado cuerpo.

Morgana tiró de él y lo puso en pie.

—Soy fuerte, puedo andar. Si fuera posible, deberíamos encontrar unos zapatos y un cuchillo para mí. No llevo encima ni una sola moneda, pero te pagaré en cuanto consiga dinero.

Kevin se encogió de hombros.

—En Avalon eres mi hermana según los votos, cuanto tengo es tuyo; eso establece la ley. No hay que hablar de eso.

Morgana sintió que se ruborizaba de vergüenza cuando Kevin le recordó lo que había jurado. *He estado fuera del mundo, en verdad.*

—Déjame ayudarte a subir al caballo. ¿Aguantará?

El sonrió.

—Si no lo hiciera, de poco me serviría para viajar por estos caminos yendo solo. Vámonos, me gustaría llegar mañana a Camelot.

En una villa asentada en las colinas, encontraron a un remendón que arregló los zapatos rotos de Morgana y una vieja daga de bronce; el hombre que les facilitó aquellas cosas dijo que no eran escasas en aquel territorio desde la gran batalla. Kevin le compró también una capa decente, alegando que la que encontrara en la granja estaba tan deslucida que apenas serviría como manta para la silla de montar. Pero la parada les había hecho retrasarse y, ya de nuevo en la calzada, empezó a nevar copiosamente y la oscuridad descendió muy pronto.

—Deberíamos habernos quedado en ese pueblo —dijo Kevin—. Podría haber tocado el arpa por cena y leche para ambos. Yo me arreglaría con un seto o el abrigo de un muro para dormir envuelto en la capa. Pero no una dama de Avalon.

—¿Qué te hace pensar que yo nunca he dormido así? —preguntó Morgana.

El se rió.

—Me causas la impresión de haber dormido así con demasiada frecuencia últimamente. Y, por mucha velocidad a que galopemos no alcanzaremos Camelot esta noche. Debemos buscar refugio en alguna parte.

Al cabo de un rato, por entre la abundante nieve, pudieron distinguir la oscura silueta de una construcción abandonada. Ni siquiera Morgana podía entrar en ella caminando erguida; seguramente había sido un corral para el ganado, aunque las bestias hacía mucho que la habían abandonado y ya ni siquiera quedaba olor. El techo de paja y adobe se mantenía en gran parte. Amarraron al caballo y entraron, Kevin le indicó con un gesto que extendiera la capa vieja sobre el sucio suelo y ambos se envolvieron en las que vestían tendiéndose uno junto al otro. Pero hacía tanto frío que, finalmente, al oír el castañeo de los dientes de Morgana, Kevin dijo que debían cubrirse con las dos capas y yacer juntos para darse calor.

—Si no te repugna estar tan cerca de este deforme cuerpo mío —añadió, y ella pudo percibir el dolor mezclado con la ira.

—Puede que seas deforme, Kevin el Arpista, pero sólo sé que con tus torcidas manos haces mejor música que yo, e incluso que Taliesin, con las nuestras —repuso Morgana y, agradecida, se pegó a su calor. Después, sintió que podía dormirse, con la cabeza descansando sobre la curva de su hombro.

Había estado caminando durante toda la jornada y se hallaba exhausta; durmió profundamente, pero se despertó cuando la luz comenzó a filtrarse por las grietas de la pared. Se encontraba entumecida a causa del duro suelo y, al mirar las paredes de adobe y barro que la rodeaban, se sintió horrorizada. Ella, Morgana, sacerdotisa de Avalon, Duquesa de Cornwall, yaciendo allí, en un refugio para las bestias, lejos de Avalon... ¿retornaría alguna vez? Y venía de sitios peores aún, del Castillo Chariot en el país de las hadas, fuera tanto de la cristiandad como del gentilismo, fuera de las puertas mismas de este mundo... ella que había sido tan delicadamente educada por Igraine, ella que era hermana del Rey Supremo, pupila de la Dama del Lago, aceptada por la Diosa... ella ahora había hecho que todo naufragara. Aunque, no, no había sido ahora, todo naufragó cuando Viviane la envió a la entronización y ella se marchó con un hijo de su propio hermano.

Igraine está muerta, mi madre está muerta, y no puedo volver a Avalon, nunca jamás... y entonces Morgana lloró desconsoladamente, acallando los sollozos con el basto tejido de la capa.

La voz de Kevin resonó queda y ronca en la media luz.

—¿Lloras por tu madre, Morgana?

—Por mi madre, por Viviane y, tal vez, y sobre todo, por mí misma. —Morgana nunca estuvo segura de si pronunció tales palabras en su voz. Kevin la rodeó con el brazo, y ella reclinó la cabeza sobre su pecho y lloró, lloró hasta que ya no pudo más.

Al cabo de un largo rato, acariciándole todavía el pelo, él dijo:

—Es verdad, Morgana, no me rehuyes.

—¿Cómo iba a hacerlo —inquirió ella—, cuando has sido tan amable conmigo?

—No todas las mujeres piensan así —repuso él—. Incluso al asistir a los fuegos de Beltane, oí..., pues alguna gente piensa que, teniendo las manos y las piernas lisiadas, también soy sordo y mudo, oí a más de una, incluso a alguna de las doncellas de la Diosa, susurrándole a la sacerdotisa que la situara lejos de mí para que no hubiera posibilidad de que yo la mirara llegado el momento de apartarse de los fuegos...

Morgana se incorporó consternada.

—De haber sido yo aquella sacerdotisa, habría expulsado a semejante mujer de los fuegos, por atreverse a cuestionar la forma en la cual el Dios haya de llegar hasta ella... ¿qué hiciste, Kevin?

Se encogió de hombros.

—Antes de interrumpir el ritual o colocar a alguna mujer ante tal opción, me alejé tan sigilosamente que nadie se dio cuenta. Ni siquiera el Dios podría cambiar nunca lo que ven o sienten ante mí. Incluso antes de que los votos druidas me prohibieran copular con mujeres que truecan su cuerpo por oro, me era imposible pagar a ninguna para que me aceptase. Quizá debería intentar ser sacerdote entre los cristianos; los cuales, he oído decir, enseñan a los clérigos el secreto de vivir sin mujeres. O desearía, tal vez, que, cuando los jinetes me quebraron las manos y las piernas, también me hubieran castrado, para que todo me fuera indiferente. Lo siento, no debiera hablar de eso. Pero, me pregunto si has consentido en yacer junto a mí porque piensas que este tullido cuerpo mío no es el de un hombre...

Morgana le escuchaba, turbada por la agonía y la amargura de sus palabras, por las heridas inflingidas a su hombría. Conocía la sensibilidad que alentaba en sus manos, la viva emoción de su música. Incluso prescindiendo de la Diosa, ¿podían las mujeres ver en él únicamente su cuerpo roto? Recordó cómo se había arrojado en brazos de Lancelot y la herida que su orgullo recibiera y que nunca dejaría de sangrar.

De modo deliberado se inclinó, besándole en los labios, le cogió la mano y besó las cicatrices.

—Nunca lo pongas en duda, para mí eres un hombre y la Diosa me ha impulsado a hacer esto. —Volvió a tenderse volviéndose hacia él.

El la miró fijamente en la creciente luz. Por un momento, ella titubeó ante la expresión de su rostro, ¿estaba pensando que lo compadecía? No, ella estaba compartiendo la intensidad de su sufrimiento. Le miró directamente a los ojos... sí, si su cara no hubiese estado tan crispada por la amargura, tan torcida por el sufrimiento, podría haber sido apuesto; sus facciones eran suaves, sus ojos negros y gentiles. El destino le había quebrantado el cuerpo, mas no el espíritu; ningún cobarde podría haber resistido las ordalías de los druidas.

Bajo el manto de la Diosa, así como toda mujer es mi hermana, mi hija y mi madre, todo hombre debe ser para mi padre, amante e hijo... Mi padre murió antes de que pudiese guardar algún recuerdo suyo y no he visto a mi hijo desde que fue destetado... pero a este hombre le daré lo que la Diosa me incita a darle... Morgana volvió a besarle la mano llena de cicatrices.

Era inexperto, lo cual le pareció extraño en un hombre de su edad. *Aunque, ¿cómo,* se preguntó Morgana, *podría ser de otro modo?* Y entonces pensó: *Esta es la primera vez, realmente, que hago esto por mi propia voluntad y que la ofrenda es aceptada con sencillez, como es ofrecida.* Aquello sanaba algo en su interior. Extraño era que pudiese haber sido así con un hombre al que apenas conocía y que sólo le inspiraba simpatía. Incluso en su inexperiencia fue generoso y gentil con ella e hizo que sintiera, en lo más profundo de su ser, una enorme e indecible ternura.

—Es extraño —dijo él finalmente con queda y musical voz—. Sabía que eras una sacerdotisa, y sabia, pero, no sé por qué, nunca te había considerado hermosa.

—¿Hermosa? ¿a mí? —rió con amargura, pero le agradeció que la considerara así en aquellos momentos.

—Morgana, cuéntame, ¿dónde has estado? No debo preguntarlo, pero me doy cuenta de que es algo que pesa como una losa sobre tu corazón.

—No lo sé —prorrumpió ella. Nunca había creído que lo contaría—. Fuera del mundo, tal vez; estaba intentando llegar a Avalon y no pude lograrlo, el camino me está vedado, imagino. Por dos veces he estado en... otra parte. Otro país, un país de sueños y encantamientos, un país donde el tiempo se aquieta y deja de existir, y no hay nada más que música. —Guardó silencio, ¿la creería loca el arpista?

El le recorrió el borde del ojo con el dedo. Hacía frío y se habían destapado; la cubrió con las mantas gentilmente.

—También yo estuve allí una vez y escuché aquella música... —dijo él con voz distante y melancólica— y en ese lugar no estaba tan tullido y las mujeres no se mofaban de mí... Algún día, quizás, cuando haya perdido el miedo a la demencia, me iré con ellos nuevamente... me mostraron los senderos ocultos y me dijeron que podía

304

volver gracias a mi música... —otra vez su suave voz quedó en prolongado silencio.

Ella se estremeció y desvió la mirada.

—Mejor será que nos levantemos. Si nuestro pobre caballo no se ha quedado helado durante la noche, llegaremos hoy a Camelot.

—Y si llegamos juntos —dijo Kevin apaciblemente— pueden creer que vienes conmigo desde Avalon. No es asunto suyo dónde has estado morando, eres una sacerdotisa y tu conciencia no es custodiada por ningún hombre viviente, ni siquiera por los obispos, ni por el mismo Taliesin.

Morgana deseó tener un vestido adecuado que ponerse; llegaría a la corte de Arturo con el aspecto de una mendiga. Bueno, no quedaba más remedio. Kevin la observó mientras se arreglaba el cabello, luego extendió la mano y le ayudó a levantarse; vio que la amargura había vuelto a su mirada. Estaba protegido por cien muros de desconfianza e ira. Sin embargo, cuando iban a atravesar la puerta, le tocó la mano.

—No te he dado las gracias, Morgana.

Ella sonrió.

—Oh, si hubiera que darlas, sería por ambas partes, amigo mío, ¿no pudiste darte cuenta?

Durante un momento sus dedos estrecharon los de ella... y entonces se produjo como un resplandor flamígero, y vio su maltratada cara circundada por un anillo de fuego, contorsionada, y fuego sobre y alrededor de él... fuego... ella se envaró y apartó la mano, mirándole horrorizada.

—¡Morgana! —gritó—. ¿Qué ocurre?

—Nada, nada, me ha dado un calambre en el pie —mintió y evitó su mano cuando iba a cogerla para sujetarla. *¡Muerte! ¡Muerte por el fuego! ¿Qué significa? Ni siquiera el peor de los traidores muere de esa forma... ¿O había visto sólo lo que le aconteciera cuando quedó lisiado siendo un muchacho?* Breve como había sido aquel atisbo de la Visión, la dejó estremecida, como si ella misma hubiese pronunciado las palabras que le arrojarían a la muerte.

—Vamos —dijo ella casi con brusquedad—. Cabalguemos.

XV

Ginebra nunca había querido verse mezclada con la Vi
sión, ¿no se decía en las Sagradas Escrituras que ningún
hombre sabía lo que podía ocurrir en un día? Apenas
había pensado en Morgana durante el último año, no desde que trasladaron la corte a Camelot, pero aquella mañana se había despertado recordando un sueño en el que
Morgana había tenido un importante papel, un sueño en
el cual ella le había cogido la mano, conduciéndola a los
fuegos de Beltane y conminándola a que yaciera allí con
Lancelot. Cuando estuvo totalmente despierta llegó a reírse del desatinado sueño. Seguramente los sueños eran enviados por el Maligno, pues en todos los suyos, en los que
se daban tan inicuos consejos que ninguna esposa cristiana podía prestarles atención, era Morgana frecuentemente
quien ponía la voz.

*Bueno, se ha ido de esta corte, no necesito volver a
pensar en ella jamás... no, no le deseo ningún mal, deseo
que pueda arrepentirse de sus pecados y encuentre la paz
en un convento... aunque en uno que esté muy lejos de
aquí.* Ahora que Arturo había abandonado su pagano proceder, Ginebra estimaba que incluso podía llegar a ser
feliz si no fuera por aquellos sueños en los cuales Morgana la conducía a actos vergonzosos. Y ahora el sueño
la asaltó mientras se encontraba afanada en el paño del
altar que estaba haciendo para la iglesia, la asaltó con
tanta intensidad que le pareció perverso hallarse sentada y bordando con hebras de oro mientras pensaba en

Lancelot. Soltó la hebra y susurró una plegaria, mas sus pensamientos prosiguieron, implacables. Arturo, cuando se lo rogó en Navidades, le prometió que prohibiría la fiesta de los fuegos de Beltane en la campiña; creía que lo habría hecho antes, de no ser porque Merlín lo había impedido. Sería difícil para cualquiera, reflexionó Ginebra, no amar al anciano, era tan bueno y gentil; si fuera cristiano, sería para ella mejor que cualquier sacerdote. Pero Taliesin había dicho que no era justo para el pueblo que le quitaran la conciencia de una Diosa que cuidaba de sus campos y cosechas, de la fertilidad de las bestias y de la de sus vientres. De seguro que poco había de pecar un pueblo semejante, todo cuanto podían hacer era labrar los campos y plantar las cosechas para conseguir bastante pan como para mantenerse lejos del alcance de la muerte; no era de esperar que el Maligno se molestase con tales personas. Mas Ginebra, dijo:

—Supongo que creéis que no cometen pecado alguno cuando van a los fuegos de Beltane y ejecutan ritos lujuriosos y paganos, y yacen con otros que no son sus cónyuges.

—Dios sabe que hay poco gozo en sus vidas —respondió Taliesin tranquilamente—. No puedo creer muy errado el que cuatro veces en todo el año, con el cambio de las estaciones, se regocijen y hagan cuanto pueda procurarles placer. No podría encontrar muchas razones para prohibir tales cosas y denominarlas perversas. ¿*Tú* las consideras perversas, mi reina?

Y ella dijo que cualquier mujer cristiana debía considerarlas así. Ir a los campos y bailar desnudas y yacer con el primer hombre que les mandasen... le parecía indecente, vergonzoso y perverso. Taliesin sacudió la cabeza suspirando.

—Sin embargo, mi reina, nadie puede ser dueño de la conciencia de otro. Aun cuando lo consideres vergonzoso y perverso, ¿pretendes conocer lo que es correcto para otro? Ni siquiera el sabio puede saberlo todo y acaso los Dioses tengan otros propósitos de los que nosotros, con nuestro pobre conocimiento, podemos ver.

—Si supiera distinguir lo correcto de lo errado, como trato de hacer, como los sacerdotes nos han enseñado y como Dios nos lo ha enseñado en las Sagradas Escrituras, entonces, ¿no temería el castigo de Dios si no elaborara leyes que apartaran a mi pueblo del pecado? —inquirió Ginebra—. Dios me responsabilizaría, creo, si permitiera que el mal tuviese lugar en mi reino y, de ser el Rey, ya lo habría impedido.

—Entonces, señora, únicamente puede decir que esta tierra es afortunada de que no seas el Rey. Un rey ha de proteger a su pueblo de los extraños, de los invasores, y conducirlo en su propia defensa; un rey debe ser el primero en interponerse entre la tierra y todo peligro, al igual que un granjero se yergue para defender los campos de cualquier ladrón. Pero no es su deber dictarles lo que tienen que desear en lo más profundo de sus corazones.

Pero ella argumentó con vehemencia.

—El rey es el protector del pueblo, y ¿de qué serviría proteger sus cuerpos si deja que sus almas caigan en malignos procederes? Mirad, Lord Merlín, soy una reina y muchas madres de esta tierra envían a sus hijas para que me visiten y sean instruidas en las maneras cortesanas, ¿comprendéis? ¿Qué clase de reina sería yo de permitir que la hija de otra mujer se comportase indecentemente y quedase en cinta o, como hace la Reina Morgause, según he oído, dejase que las doncellas fuesen al lecho del rey, si él quisiera regalarse con ellas?

—Es diferente el que se te confíen doncellas que son demasiado jóvenes para saber cuál es su libre albedrío, y te comportes con ellas como una madre y las eduques en lo correcto —dijo Taliesin—. Pero el Rey gobierna a hombres adultos.

—Dios no ha afirmado que haya una ley para la corte y otra para el campesinado. Desea que todos los hombres observen sus mandatos y supongamos que las leyes no estuviesen ahí. ¿Qué creéis que sucedería si mis damas y yo saliésemos a los campos y nos comportásemos de modo tan indecoroso? ¿Cómo puede permitirse que semejantes cosas ocurran ante el sonido de las campanas de la iglesia? Taliesin sonrió.

—No creo, aunque no hubiera ninguna ley que se opusiera a ello, que sea probable que fueras a los campos en Beltane, señora mía. He reparado en que en absoluto te gusta salir al exterior —dijo.

—Habiendo recibido las buenas enseñanzas cristianas y el consejo sacerdotal, decido no salir —repuso ella secamente.

—Pero, Ginebra —dijo él con gran gentileza, mirándola con sus descoloridos ojos azules desde la trama de arrugas y manchas que era su cara—, piensa en esto. Supongamos que se hiciera una ley en contra y tu conciencia te dictara que es correcto hacerlo, que es correcto entregarte a la Diosa en reconocimiento de que ella está por encima de todos nosotros, cuerpos y almas. Si la Diosa designara que debes hacerlo, entonces, querida señora, ¿permitirías la aprobación de una ley que prohíbe los fuegos de Beltane y te impide participar en ellos? Reflexiona, señora mía, no hace más de doscientos años, ¿no te ha contado esto el obispo Patricius?, estaba estrictamente contra la ley, aquí en el País Estival, que se rindiera culto a Cristo, pues así les usurparían a los Dioses de Roma el derecho a cumplir con su justo y recto deber. Y hubo cristianos que murieron antes que acatar cosa tan nimia como arrojar una pizca de incienso ante sus ídolos. Sí, veo que has oído la historia. ¿Consentirías que tu Dios fuese un gran tirano como cualquiera de los emperadores romanos?

—Pero, Dios es verdadero y ellos no son más que ídolos hechos por los hombres —repuso Ginebra.

—No es así —dijo Taliesin—. Me está estrictamente prohibido, como druida, poder tener representación alguna de un Dios, porque me han enseñado, a lo largo de muchas vidas, que no necesito ninguna; puedo pensar en mi Dios y él está conmigo. Sin embargo, a quienes sólo nacen una vez no les es posible y por ello necesitan a la Diosa reflejada en piedras redondas y estanques, como tus gentes sencillas necesitan la imagen de la Virgen María y la cruz para que un caballero la porte en la batalla, y así los hombres puedan saber que son caballeros cristianos.

Ginebra entendía que había un fallo en este argumento, pero no podía discutirlo con Merlín y, en cualquier caso, él era tan sólo un viejo y un pagano:

Cuando le haya dado un hijo a Arturo, que una vez me dijo que entonces podría pedirle cualquier cosa que estuviese en su mano otorgarme, le pediré que prohíba los fuegos de Beltane y los de las cosechas.

Ginebra recordó esta conversación, meses después, en la mañana de su sueño. Sin duda Morgana le habría aconsejado que fuese a los fuegos con Lancelot... Arturo había afirmado que no le haría ninguna pregunta si concebía un hijo, casi le había dado licencia para tomar a Lancelot como amante... ¡Sintió el rostro encendido al inclinarse sobre el bordado! No era digna de tocar tal tejido. Apartó de sí el paño del altar envolviéndolo en una pieza de tela más basta. Seguiría trabajando en él cuando estuviera más tranquila.

Los desiguales pasos de Cai resonaron en la puerta.

—Mi señora —dijo—, el Rey me envía para preguntarte si puedes bajar al campo de armas. Hay algo que quiere enseñarte.

Ginebra hizo un gesto de asentimiento a sus damas.

—Elaine, Meleas, venid conmigo —indicó—. Las demás podéis venir o quedaros, como prefiráis.

Una de las mujeres, que era mayor y algo corta de vista, decidió quedarse y seguir hilando; las otras, anhelando la oportunidad de salir a la luz del día, se arracimaron tras Ginebra.

Por la noche había nevado, pero el rigor del invierno no estaba en su punto más algido y ahora iba fundiéndose rápidamente al sol. Por entre la hierba se veían pequeños bulbos que iban dando hojas; dentro de un mes, aquél sería florido paraje. Cuando llegó a Camelot, su padre, Leodegranz, le envió a su jardinero favorito, para que decidiera qué hierbas y vegetales crecerían mejor en aquel sitio. Mas el lugar había sido una fortaleza mucho antes de la época romana y en él crecían ya algunas hierbas; Ginebra las hizo trasplantar todas al jardín de la cocina y cuando encontraron una zona en la que las flores estaban creciendo sin cultivo, Ginebra le rogó a Arturo que se la dejara para emplazar sus prados y él había construido el campo de armas en lugar apartado.

Levantó la mirada tímidamente, según cruzaban los prados. Eran tan abiertos, estaban tan próximos del cielo; Caerleon descansaba cerca de la tierra. Aquí en Camelot, los días lluviosos, era como estar en una isla de bruma y niebla, como Avalon, mas en los días claros y luminosos, como aquél, se hallaba alto y expuesto, para poder dominar todo el territorio en derredor, y situándose en el borde del otero podía ver millas y millas de colinas y bosques...

Era como estar demasiado cerca del cielo; probablemente, no debía ser correcto que los seres humanos, meros mortales, pudieran divisar tanto; pero Arturo dijo que incluso cuando la tierra disfrutaba de paz, el castillo del Rey debía ser de difícil acceso.

No fue Arturo quien salió a su encuentro, sino Lancelot. Parecía incluso más apuesto, pensó Ginebra. Ahora que no tenía que mantener siempre recortado el pelo para ponerse el yelmo de guerra, lo había dejado crecer y le llegaba hasta los hombros. Se había dejado una corta barba. Apreciaba sus gustos, aunque Arturo se burlase de él y lo tildara de vanidoso; Arturo llevaba el pelo corto como un soldado y hacía que los chambelanes lo afeitasen a diario, tan cuidadosa y ajustadamente como se peinaba el pelo.

—Señora, el Rey te está esperando —dijo Lancelot, la tomó del brazo escoltándola al conjunto de asientos que Arturo había hecho construir cerca de las barandillas de madera del campo de ejercicios.

Arturo le hizo una reverencia, dando las gracias a Lancelot con una sonrisa mientras cogía a Ginebra de la mano.

—Aquí Ginebra, siéntate a mi lado, te he hecho venir porque quería mostrarte algo especial. Mira...

Pudo distinguir un grupo de jóvenes caballeros y algunos de los muchachos que servían en la casa del Rey, que estaban afanados en una batalla simulada en el patio; divididos en dos grupos, luchaban con palos de madera y grandes escudos.

—¡Mira! —indicó Arturo— ése alto que lleva una raída camisa color azafrán. ¿No te recuerda a nadie?

Ginebra miró al muchacho, siguiendo su diestro manejo de la espada y el escudo. Dominaba a los demás, atacaba como una furia, mostrando su superioridad sobre ellos, propinó a un muchacho un golpe fuerte en la cabeza que le hizo perder el sentido y logró que otro rodara a consecuencia de un violento golpe sobre su escudo. Era casi un niño, su rosado rostro mostraba la pelusa de una incipiente barba, que le hacía parecer un querubín, pero tenía casi seis pies de altura, y era corpulento y como un buey.

—Pelea como un demonio —dijo Ginebra—, ¿quién es? Me parece haberle visto por la corte.

—Es aquel mozalbete que vino a la corte y no quiso dar su nombre —indicó Lancelot que estaba junto a ellos—, así pues, se lo dejaste a Cai para que ayudase en las cocinas. Es ése a quien llamaron «Apuesto» por la fineza y blancura de sus manos. Cai hizo toda clase de rudas bromas sobre ellas. Nuestro Cai tiene una viperina lengua.

—Pero el chico nunca le respondió —dijo Gawaine ásperamente desde el otro lado de Arturo—. Pudo haber destrozado a Cai con las manos, e incluso los demás muchachos le impulsaban a hacerlo. En una ocasión Cai hizo una especie de estúpida broma acerca de sus ascendientes, afirmando que debía ser un plebeyo hijo de sirvientes, ya que se adaptaba con tanta naturalidad a tales cosas, y Apuesto únicamente le miró desde arriba alegando que no estaría bien golpear a un hombre que había quedado tullido en servicio de su rey.

Lancelot dijo con ironía:

—Eso debió ser peor para Cai que perder el sentido de un golpe, creo. Cai sólo se considera apto para dar vueltas al asador y disponer los platos. Algún día, Arturo, debes encontrar una misión para él, aunque sólo sea buscar el rastro del dragón del viejo Pellinore.

Elaine y Meleas reían cubriéndose la boca con las manos.

—Bien, lo haré —anunció Arturo—. Cai es demasiado bueno y leal para que se le agríe el carácter de este modo. Sabes que le habría otorgado Caerleon, mas no lo hubiera aceptado. Dice que su padre le conminó a servirme con sus propias manos de por vida y se vino a Camelot para custodiar mi casa. Pero, este muchacho, ¿Apuesto le has llamado, Lance? ¿No te recuerda a alguien, mi dama?

Estudió al joven que estaba cargando ahora contra el último grupo de oponentes, con el pelo largo y rubio ondeando al viento. Tenía una amplia y despejada frente, y una gran nariz, las manos, aferrando el arma, eran blancas y parecían suaves; entonces miró más allá de Arturo, a otro que tenía una nariz semejante y ojos azules, aunque estuvieran escondidos tras un lanudo cabello rojizo.

—Es igual que Gawaine —dijo, como si fuera algo escandaloso.

—Dios nos ayude, pues, así es —exclamó Lancelot riendo— y nunca me había fijado, a pesar de verlo a menudo. Yo le di esa camisa color azafrán, no tenía ninguna digna de tal nombre.

—Y otras cosas también —añadió Gawaine—. Cuando le pregunté si contaba con todo cuanto era apropiado a su situación, me habló de tus regalos. Ha sido muy noble por tu parte ayudar al muchacho, Lance.

Arturo se volvió preguntando perplejo.

—¿Lo has engendrado tú, Gawaine? No sabía que tuvieras un hijo.

—No, mi rey. Es mi hermano menor, Gareth. Pero no me permitía que lo dijera.

—Y nunca *me* lo has dicho, primo —replicó Arturo a modo de reproche—. ¿Tienes secretos para con tu rey?

—No es eso —protestó Gawaine incómodo y su cara, grande y angulosa, se ruborizó, de forma que el pelo y las rubicundas mejillas parecían ser de un mismo color; a Ginebra le pareció extraño que un hombre tan grande y tan tosco se sonrojase como un niño—. De ninguna manera, mi rey, el muchacho me rogó que no dijera nada; afirma que tú me has favorecido porque era tu primo y deudo, pero, si él gana el favor de la corte y del gran Lancelot, así se expresó, Lance, *el gran Lancelot*, querría que fuese por méritos propios, no por su nombre y su nacimiento.

—Eso es estúpido —repuso Ginebra, mas Lancelot sonrió.

—No, es honorable. A menudo desearía haber tenido coraje para hacer lo mismo, en vez de dejar que me toleraran porque, después de todo, soy uno de los bastardos de Ban y no tenía que hacer méritos para ganarme nada, es por eso que siempre me esforcé tan enconadamente por ser valeroso en la batalla, para que nadie pudiera decir que no me había merecido mis privilegios.

Arturo posó amablemente la mano sobre la muñeca de Lancelot.

—Nunca has de temer eso, amigo mío —aseguró—, todos los hombres saben que eres el mejor de mis guerreros y próximo al trono. Pero, Gawaine —se giró hacia el hombre de rojizo pelo—, no te he favorecido porque fueras mi deudo y mi heredero, sino únicamente porque has sido leal y valiente, y me has salvado la vida más de una docena de veces. Algunos me dijeron que mi heredero no debía guardarme la espalda, porque, de cumplir bien con su deber, nunca llegaría al trono; pero muchos, muchos días he tenido ocasión de estar contento por tener a un deudo tan leal a mis espaldas. —Le puso el brazo a

Gawaine sobre los hombros—. Así pues, es tu hermano y yo no lo sabía.

—Tampoco yo lo sabía cuando llegó a la corte —repuso Gawaine—. Cuando le vi por última vez, era un chiquillo no más alto que la empuñadura de mi espada y ahora... bueno, ya ves. —Señaló—. Pero, en una ocasión lo encontré en las cocinas y pensé que tal vez fuera algún bastardo de mi familia. Dios sabe que Lot tiene bastantes. Lo reconocí y entonces fue cuando Gareth me rogó que no revelara quién era, para poder ganar la fama por sí mismo.

—Bien, un año bajo las duras enseñanzas de Cai harían un hombre del niño mimado de cualquier mujer —dijo Lancelot—, y se ha conducido de forma bastante viril; Dios lo sabe.

—Me sorprende que no le reconocieras, Lancelot, estuvo a punto de matarte en las nupcias de Arturo —comentó Gawaine amigablemente—. ¿O no te acuerdas que se lo entregaste a nuestra madre y le sugeriste que le diera un buen azote para que no se metiera bajo las patas de los caballos?

—Y poco después poco me faltó para partirme la cabeza; sí, ahora recuerdo —dijo Lancelot riendo—. ¡Así que es el mismo tunante! Pues ha sobrepujado en mucho a los demás chicos, debiera practicar el uso de las armas con los hombres y los guerreros. Parece que va a ser de los mejores. ¿Me das licencia, mi señor?

—Haz lo que quieras, amigo mío.

Lancelot desenvainó la espada.

—Guárdamela, señora —y se la entregó a Ginebra.

Saltó la valla, cogió uno de los palos de madera dedicados a las prácticas de los muchachos, y corrió hacia el joven alto de pelo rojizo.

—Eres demasiado grande para esos chicos, bribón. Ven y trata de enfrentarte a alguien de tu estatura.

Ginebra pensó, con repentino temor, *¿alguien de tu estatura?* Lancelot no era un hombre muy alto, no mucho más que ella misma, y el joven Apuesto le sacaba casi la cabeza. Durante un momento, teniendo enfrente al capitán de la caballería del Rey, titubeó, mas Arturo le alentó con un gesto y la cara del muchacho se iluminó de alegría. Cargó contra Lancelot, levantando su ficticia arma para asestar un golpe y quedó perplejo cuando el brazo descendió y no encontró a Lancelot debajo; éste le había esquivado, y rodeándolo le dio en el hombro. Refrenó el arma mientras caía para que sólo tocase al muchacho, pero le rasgó la camisa. Gareth se recobró rápidamente, paró el siguiente golpe de Lancelot antes de que alcanzara su destino y, por un instante, el pie de Lancelot resbaló sobre la húmeda hierba y pareció que iba a caerse, quedando de rodillas ante el chico.

Apuesto retrocedió. Lancelot se puso en pie gritando:

—¡Idiota! ¡Imagínate que yo hubiera sido un gran guerrero sajón! —y le asestó un fuerte golpe en la espalda con la parte plana de la espada que le tiró el arma al suelo, e hizo que él atravesara el patio dando tumbos para derrumbarse finalmente.

Lancelot se apresuró a inclinarse sobre él, sonriendo.

—No quería hacerte daño, muchacho, pero debes aprender a guardarte mejor. —Extendió el brazo—. Aquí, apóyate en mí.

—Ha sido un honor para mí, señor —dijo el joven, mientras se ruborizaba su lozano semblante—, y ciertamente me ha hecho un gran bien sentir vuestra fuerza.

Lancelot le dio unas palmaditas en el hombro.

—Ojalá siempre luchemos codo a codo y no como enemigos —repuso y retornó junto al Rey.

El chico recogió la espada, volviendo con sus compañeros de juegos; éstos se arracimaron en torno a él y se burlaron.

—Apuesto, poco te ha faltado para abatir al capitán de la caballería del Rey en una pelea.

Arturo sonrió cuando Lancelot saltó la valla.

—Has sido muy cortés, Lance. Será un agraciado caballero, como su hermano —añadió, señalando a Gawaine—. Deudo, no le digas que sé quién es, los motivos que le llevaron a ocultar su nombre fueron honorables. Pero, dile que lo he visto y que le haré caballero en Pentecostés, cuando todos los peticionarios puedan presentarse ante mí, si viene y me pide una espada que cuadre con su posición.

A Gawaine se le iluminó la cara. Ahora, pensó Ginebra, cualquiera que los haya visto a ambos puede descubrir el parentesco, pues sus sonrisas son idénticas.

—Te lo agradezco, mi rey y señor. Ojalá pueda servirte tan bien como yo lo he hecho.

—Difícilmente podría hacer eso —repuso Arturo afectuosamente—. Soy afortunado con mis amigos y Caballeros.

Ginebra se dio cuenta de que Arturo verdaderamente inspiraba amor y devoción en todos, era ése el secreto de su reinado porque, aunque se mostraba diestro en la batalla, no era un gran guerrero; más de una vez, en los combates simulados con los que se divertían y se mantenían prestos para la lucha, había visto a Lancelot, e incluso al viejo Pellinore, descabalgarlo o abatirlo. Arturo nunca se encolerizaba o consideraba herido su orgullo, siempre decía de buen talante que estaba contento de que le guardaran tan magníficos luchadores, y que era mejor tenerlos por amigos que por enemigos.

Poco después, los muchachos recogieron las armas de prácticas y se fueron. Gawaine los siguió para hablar con su hermano y Arturo condujo a Ginebra hacia la muralla fortificada. Camelot se hallaba en la cumbre de una alta y ancha colina rasa, y sobre ésta, en el interior de la muralla, habían construido el castillo y la ciudad. Ahora Arturo condujo a Ginebra hasta la posición ventajosa que era su favorita, donde podía situarse sobre la muralla y otear todo el amplio valle. Ella sintió vértigo y se aferró al muro. Desde donde se encontraban podía divisar la isla que fuera su hogar en la infancia, el país del Rey Leodegranz, y un poco más al norte, la isla que se ovillaba como un dragón dormido.

—Tu padre envejece y no tiene ningún hijo —dijo Arturo—. ¿Quién gobernará después de él?

—No lo sé, probablemente pretenderá que designes a alguien para que reine como regente en mi lugar —respondió Ginebra.

Una de sus hermanas había muerto de parto, en la lejana Gales, y la otra en un asedio al castillo. Y la segunda esposa de su padre no le había dado ningún hijo, así pues, Ginebra era la heredera de aquel reino. Mas, ¿cómo podía ella, un mujer, protegerlo de quienes codiciaban tierras? Miró más allá de los dominios de su padre, y preguntó:

—Tu padre, el Pendragón, ¿fue también ungido rey en la Isla del Dragón?

—Tal me dijo la Señora de Avalon y por eso empeñó siempre su lealtad en amparar la vieja religión, y a Avalon, como yo —repuso Arturo meditabundo y permaneció contemplando la Isla del Dragón.

Ella se preguntó qué pagano sinsentido estaría ocupando su mente.

—Pero, cuando te volviste hacia el Dios verdadero te fue otorgada la mayor de las victorias, haciendo que expulsaras a los sajones de esta tierra por siempre jamás.

—Es estúpido afirmar eso —dijo Arturo—. Creo que una tierra nunca puede estar a salvo por siempre jamás, sino únicamente mientras Dios lo quiera.

—Y Dios te ha dado toda esta tierra, Arturo, para que puedas regirla como un rey cristiano. Es igual que lo que le sucedió al profeta Elías, el obispo me relató esa historia, cuando partió con los sacerdotes de Dios y se encontró con los de Baal, cada uno invocó a su Dios, el Unico Dios resultó ser el más grande y Baal sólo un ídolo, pues no les respondió. Si Avalon guardara algún poder, ¿te habrían Dios y la Virgen concedido tamaña victoria?

—Mis ejércitos expulsaron a los sajones, y aún puedo ser castigado por perjurio —alegó Arturo.

Aborrecía verlo cuando las líneas del quebranto le afloraban al rostro. Se desplazó hacia el sur, esforzando la vista. Desde aquí, mirando con atención, se podía divisar la cima de la iglesia de San Miguel que se yergue sobre Tor, la iglesia que fuera construida porque San Miguel, el señor del submundo, luchaba por mantener a los dioses de los paganos en el Averno. Sólo que, a veces, se difuminaba ante sus ojos y veía Tor coronado por un anillo de piedras. Las monjas de Glastonbury le habían dicho que así era en los tiempos paganos y que los sacerdotes se habían afanado para arrancar las piedras y alejarlas de allí. Supuso que avistaba lo pagano por ser una mujer pecadora. En una ocasión, soñó que Lancelot y ella estaban yaciendo juntos bajo el anillo de piedras, y él obtuvo de ella lo que nunca le había dado...

Lancelot. Era tan bueno, nunca la presionaba para conseguir más de lo que una mujer cristiana y una esposa podía dar sin caer en la deshonra... aunque estaba escrito que el mismo Cristo había dicho, quienquiera que mire a una mujer con deseo ha cometido adulterio ya en su corazón... así pues, había pecado con Lancelot y no había ningún atenuante; ambos estaban condenados. Se estremeció y apartó la mirada de Tor, porque le pareció que Arturo podía leerle los pensamientos. Había pronunciado el nombre de Lancelot.

—¿No lo crees así, Ginebra? Lancelot hace ya demasiado tiempo que debía estar desposado.

Ella se esforzó para que su voz sonara sosegada.

—El día que te pida una esposa, mi rey y señor, se la concederás.

—Pero no me la pedirá —repuso Arturo—. No tiene intención de abandonarme. La hija de Pellinore sería una buena esposa para él, y es tu prima, ¿no lo crees apropiado? Lancelot no es rico, Ban tiene demasiados bastardos para darle mucho a ninguno de ellos. Sería una buena boda para ambos.

—Sí, sin duda tienes razón —dijo Ginebra—. Elaine lo sigue con los ojos como hacen los muchachos en las justas, ansiando una palabra amable o incluso una mirada. —Aunque le doliera el corazón, quizás fuera mejor que Lancelot se casase; era demasiado bueno para estar atado a una mujer que tan poco podía darle y, entonces, llegaría a enmendar su pecado con la firme promesa de no pecar más, lo cual no lograba cuando Lancelot estaba cerca.

—Bien, volveré a hablar de ello con él. Afirma que no tiene ninguna intención de desposarse, pero le haré comprender que eso no significa exiliarse de mi corte. ¿No sería bueno para mí y los míos que nuestros hijos, algún día, pudieran jugar con los hijos de Lancelot?

—Quiera Dios que ese día llegue —dijo Ginebra y se santiguó.

Permanecieron juntos en las alturas, mirando hacia el País Estival que se extendía ante ellos.

—Hay un jinete en el camino —anunció Arturo, con los ojos puestos en el sendero que conducía al castillo; luego, según se acercaba el jinete, dijo—: Es Kevin el Arpista, viene de Avalon. Y al menos esta vez ha tenido bastante juicio para viajar con un sirviente.

—No es ningún sirviente —repuso Ginebra, con su penetrante mirada posándose en la esbelta silueta que iba tras Kevin en la montura—. Es una mujer. Estoy escandalizada, pensaba que los druidas eran como los sacerdotes y se mantenían apartados de las mujeres.

—Algunos lo hacen, querida, pero he oído decir a Taliesin que todos aquellos que no pertenecen al rango superior pueden desposarse, y frecuentemente lo hacen —indicó—. Tal vez Kevin ha tomado esposa, o tal vez sólo ha viajado con alguien que venía en esta dirección. Manda a alguna de las mujeres para que informe a Taliesin de que está aquí; y otra a las cocinas, si vamos a tener música esta noche, es conveniente hacer algo semejante a un festín para celebrarlo. Encaminémonos por aquí y démosle la bienvenida, un arpista de la habilidad de Kevin merece ser saludado por el Rey mismo.

Cuando llegaron, los grandes portalones ya estaban abiertos y Cai se había adelantado para dar la bienvenida a Camelot al magnífico arpista. Kevin se inclinó ante el

Rey, pero la mirada de Ginebra se dirigía hacia la esbelta y mal vestida silueta que estaba detrás.

Morgana se inclinó.

—He vuelto a tu corte, hermano mío —dijo.

Arturo fue a abrazarla.

—Bienvenida, hermana mía. Hace mucho tiempo que estás ausente —dijo con la mejilla aún junto a la de ella—. Y ahora que nuestra madre nos ha dejado, nosotros debemos estar juntos. No vuelvas a alejarte de mí, hermana.

—No tengo propósito de hacerlo —repuso ella.

Ginebra fue también a abrazarla, y sintió el cuerpo de Morgana huesudo y delgado al contacto con sus brazos.

—Tienes aspecto de haber estado largo tiempo en el camino, hermana mía —dijo.

—Es cierto, vengo de muy lejos —repuso Morgana, y Ginebra retuvo su mano mientras entraban.

—¿Dónde has estado? Te sentía tan distante; casi llegué a pensar que nunca regresarías —dijo Ginebra.

—Yo también casi llegué a pensarlo —repuso Morgana, y Ginebra observó que evitaba decir dónde había estado.

—Las pertenencias que nos dejaste, el arpa, los vestidos y todas esas cosas, se quedaron en Caerleon. Mañana haré que los traigan tan rápidamente como pueda cabalgar un mensajero —le anunció Ginebra, mientras la conducía a la estancia en que dormían las mujeres—. Hasta entonces, si te place te prestaré un vestido; has estado viajando mucho tiempo, hermana, y das la impresión de haber estado durmiendo en un establo. ¿Te han atacado ladrones, despojándote de tu equipaje?

—Ciertamente he tenido mala suerte en el camino —repuso Morgana—, y si quisieras enviar a alguien para que pueda asearme y ponerme ropa limpia, te bendeciría. Me gustaría que me prestaras un peine y horquillas para el pelo, y un blusón.

—Mis vestidos serán demasiado largos para ti —le advirtió Ginebra—, pero sin duda podrás acortarlos un poco hasta que hayan llegado los tuyos. Me complacerá proporcionarte velos, blusones y también zapatos; con ésos parece que hubieras caminado hasta Lothian y regresado de allí. —Le hizo señas a una de las sirvientas—. Trae el vestido rojo y el complemento que va con él, un blusón, mi otro par de zapatos para la casa y calzas, elige todo de forma que la hermana de mi señor vaya ataviada según cuadra a su alcurnia. Y haz que traigan una bañera y a una sirvienta. —Miró desdeñosamente el traje que Morgana se estaba quitando, y añadió—: Si ése no puede ser convenientemente oreado y lavado, dáselo a una de las vaqueras.

Cuando Morgana apareció en la mesa del Rey llevaba puesto el vestido rojo que prestaba color a su morena piel y le sentaba bien; le rogaron que cantase, mas se negó alegando que, estando Kevin, nadie querría oír piar a un petirrojo cuando se encontraba cerca un ruiseñor.

Al día siguiente Kevin solicitó una audiencia privada con Arturo, y el Rey, Taliesin y él mismo, estuvieron encerrados durante muchas horas, e incluso pidieron que les llevasen allí la cena. Y Ginebra nunca supo de qué hablaron. Arturo le contaba poco sobre los asuntos de estado. Indudablemente, estaban airados con él porque había decidido incumplir los votos hechos a Avalon, aunque tarde o temprano debían aceptarlo. El era un rey cristiano. Y Ginebra tenía otras cosas en qué pensar.

EN AQUELLA PRIMAVERA se declararon fiebres en la corte y algunas de las mujeres cayeron enfermas, de manera que hasta Pascua no dispuso de asueto para pensar en otra cosa. Nunca había imaginado que se alegraría de la presencia de Morgana, pero sabía mucho sobre hierbas y curaciones, y estimó que, gracias a ello, no se produjeron muertes en la corte; en los alrededores, según oyó, muchos murieron, en su mayoría niños pequeños y ancianos. Su pequeña hermana de padre, Isotta, cogió las fiebres, pero su madre se enteró y no permitió que permaneciese en la corte, por lo que fue enviada de vuelta a la isla y, más tarde, aquel mismo mes, Ginebra se enteró de que había muerto. Se dolió por la muchacha, había llegado a tomarle cariño y esperaba desposarla con uno de los Caballeros de Arturo cuando fuera mayor.

También Lancelot se contagió de las fiebres, Arturo dio órdenes de que fuese alojado en el castillo y asistido por las mujeres. Mientras hubo peligro de contagio, no se acercó a él, abrigaba esperanzas de volver a quedarse encinta, aunque no sucedió así; sólo esperanzas e ilusiones. Cuando empezó a recuperarse fue con frecuencia a sentarse a su lado.

Morgana iba también a tañer el arpa mientras estuvo imposibilitado para abandonar el lecho. Un día, observándoles cuando hablaban de Avalon, Ginebra captó la mirada de Morgana y pensó: *¡Sigue amándolo!* Sabía que Arturo aún confiaba en esto, unos esponsales entre Morgana y Lancelot, y observó, dominada por los celos, cómo Lancelot escuchaba el arpa de Morgana.

Su voz es dulce; no es hermosa, mas es sabia y culta. Las mujeres hermosas abundan, Elaine es bella, y Meleas, y la hija del Rey Royns, e incluso Morgause es hermosa, pero, ¿por qué habría de importarle eso a Lancelot? Y reparó en la delicadeza de las manos de Morgana cuando las levantó para darle las medicinas de hierbas y las bebidas refrescantes. Ella, Ginebra, no era en absoluto importante para el enfermo, no tenía habilidades, se quedaba muda mientras Morgana hablaba, reía y le divertía.

Estaba anocheciendo.

—Ya no puedo ver las cuerdas del arpa y estoy tan ronca como una corneja; no puedo cantar más. Debes tomar la medicina, Lancelot, y luego te enviaré a tu sirviente, él te dispondrá para que pases la noche —dijo Morgana.

Con una sonrisa de resignación, Lancelot cogió la copa que le puso en la mano.

—Tus bebidas son refrescantes, deuda, pero, ¡puaf! ¡Cómo saben!

—Bébetela —dijo Morgana riendo—. Arturo te ha puesto bajo mis órdenes en tanto estés enfermo.

—Sí, y no dudo de que si rehusara me azotarías y me mandarías a la cama sin cenar, mientras que si me tomo la medicina como un buen niño me darás un beso y un pastel de miel. —dijo Lancelot.

Morgana sonrió.

—Todavía no puedes tomar ningún pastel de miel, sólo rico atole. Pero, si tomas la poción, tendrás un beso de buenas noches y te hornearé un pastel de miel cuando estés lo bastante bien como para comértelo.

—Sí, madre —repuso Lancelot frunciendo la nariz.

Ginebra pudo ver que a Morgana no le había gustado la broma, aunque, cuando hubo vaciado la copa, se inclinó besándolo en la frente y le subió las mantas hasta la barbilla con el mismo gesto con que una madre arropa a su hijo.

—Bien, así, buen muchacho, ahora duérmete —dijo ella riendo, mas a Ginebra aquella risa le pareció amarga.

Morgana se marchó y Ginebra permaneció junto al lecho de Lancelot.

—Tiene razón, querido mío, deberías dormir —dijo.

—Estoy cansado de que Morgana siempre tenga razón —protestó Lancelot—. Siéntate un rato a mi lado, amor.

El raramente se atrevía a hablarle así, mas se sentó en su lecho y dejó que le cogiese la mano. Al cabo de un momento la tendió a su lado y la besó; yacía en el borde del lecho y dejó que la besara una y otra vez; empero, pasado cierto tiempo, él suspiró, fatigado, y no protestó cuando se apartó de su lado.

—Mi dulce amor, esto no puede seguir así. Debes darme licencia para marcharme de la corte.

—¿Qué? ¿Para perseguir al dragón favorito de Pellinore? ¿Y qué haría Pellinore en los días de fiesta, entonces? Es su ocupación preferida —dijo Ginebra, bromeando, aunque experimentó dolor en el corazón.

El le cogió ambas manos, atrayéndola hacia sí.

—No, no hagas de esto una chanza, tú lo sabes y yo lo

sé, y que Dios nos ayude a ambos; creo que incluso Arturo sabe que no he amado a ninguna más que a ti, y que no lo haré jamás, desde la primera vez que te vi en casa de tu padre. Y, si he de seguir siendo un hombre leal a mi rey y amigo, debo marcharme de esta corte y no volver a poner los ojos en ti nunca.

—No te retendré, si estimas que debes irte —dijo Ginebra.

—Como lo hice antes —repuso él con vehemencia—. Cada vez que me dirigía a la guerra, una parte de mí anhelaba caer en manos de los sajones y no regresar más con mi desesperado amor. ¡Que Dios me perdone! En ocasiones he odiado al Rey, a quien he jurado amar y servir, y luego he pensado que ninguna mujer debía romper la amistad que había entre nosotros y juré que no volvería a pensar en ti, salvo como en la esposa del Rey. Mas ahora ya no hay guerras, y he de permanecer aquí día tras día viéndote a su lado en el trono, e imaginándote en su lecho, como una esposa feliz y satisfecha.

—¿Por qué crees que soy más feliz que tú? —inquirió ella con trémula voz—. Al menos tú puedes elegir entre quedarte o irte, pero a mí me entregaron a Arturo sin preguntarme si lo deseaba o no. No puedo levantarme y marcharme de la corte cuando las cosas no se ajustan a mi voluntad, sino que debo permanecer aquí entre estos muros y hacer cuanto se espera de mí... Si decides irte, yo no puedo decir, «Quédate»; si te quedas, no puedo decirte, «¡Vete!» Al menos tú eres libre de irte o quedarte según te plazca.

—¿Crees que me proporcionará felicidad irme o quedarme? —preguntó Lancelot, y por un instante ella creyó que iba a llorar. Luego él se dominó y dijo—: Amor, ¿deseas que me vaya? Dios no quiera que te cause mayor infelicidad. Si me marcho de aquí, te resultará fácil ser una buena esposa para Arturo. Si me quedo... —Se interrumpió.

—Si estimas que tu deber es irte —dijo ella—, debes

irte. —Y las lágrimas se deslizaron por su rostro, enturbiándole la visión.

Dijo él, con la voz forzada como si tuviera una herida mortal:

—Ginebra. —Rara vez pronunciaba su nombre completo, siempre decía *señora mía* o *mi reina* o, cuando se dirigía a ella distendidamente era siempre *Gin*. Al pronunciarlo ahora, parecióle a ella que nunca había escuchado un sonido más dulce—. Ginebra, ¿por qué lloras?

Debía mentir, y mentir, porque honrosamente no podía decirle la verdad.

—Porque —se detuvo, y luego, con voz sofocada, prosiguió—, porque no sé cómo voy a vivir si tú te vas.

El tragó saliva, le cogió las manos entre las suyas y declaró:

—Pues, bien... amor, no soy rey, pero mi padre me ha dado un pequeño territorio en Britania. ¿Te irías conmigo lejos de esta corte? No sé, acaso sea lo más honrado, mejor que permanecer en la corte de Arturo y hacer el amor a su esposa.

Me ama, entonces, pensó Ginebra, *me quiere, y ése es el camino más honroso*... pero el pánico la inundó. Partir sola, tan lejos, incluso con Lancelot... y luego la idea de lo que todos dirían de ella, sería tan terrible...

El continuaba asiéndole la mano.

—No podríamos regresar nunca, lo sabes... jamás. Y sería como si estuviésemos excomulgados, ambos; aunque no significaría mucho para mí, no soy tan cristiano como para preocuparme. Pero tú, Ginebra...

Ella se puso el velo sobre el rostro y lloró, siendo consciente de cuán cobarde era.

—Ginebra, yo no te induciría a pecar.

—Ya hemos pecado, tú y yo —dijo ella amargamente.

—Y de estar los sacerdotes en lo cierto nos condenaremos por ello —añadió Lancelot con amargura—, y nunca he obtenido de ti más que estos besos; hemos tenido todo el mal y la culpa y nada del placer que afirman proviene del pecado. No estoy seguro de que las cosas sean así.

—Merlín dijo algo parecido —manifestó Ginebra quedamente—. Y, en ocasiones, me parece sensato y después vuelvo a preguntarme si no será obra del Demonio para conducirme al mal...

—Oh, no me hables del Demonio —repuso él, tendiéndola a su lado nuevamente—. Mi dulce amor, querida, me iré lejos si quieres que lo haga, o me quedaré, mas no puedo soportar verte tan desdichada...

—No sé lo que quiero —sollozó ella y dejó que la abrazara. Finalmente él murmuró:

—Ya hemos pagado el pecado... —y le cubrió los labios con un beso.

Temblando, Ginebra se rindió al beso. Casi esperaba que él esta vez no se contentara con aquello, pero se produjo un ruido en el corredor y ella se incorporó, presa de repentino pánico. Se sentó en el borde del lecho cuando el escudero de Lancelot entraba en la estancia.

—¿Mi señor? La dama Morgana me dijo que estabais dispuesto para descansar. Con vuestra venia, mi señora.

De nuevo Morgana, ¡maldita sea! Lancelot se echó a reír y soltó la mano de Ginebra.

—Sí, y creo que mi señora también está fatigada. ¿Me prometes venir a verme mañana, mi reina?

Se sintió agradecida y furiosa a la vez porque la voz de Lancelot hubiera sonado tan apacible. Se apartó de la luz que portaba el sirviente; era consciente de que tenía el velo caído y el vestido arrugado, el rostro humedecido por las lágrimas y el pelo revuelto. ¿Qué aspecto tendría? ¿Qué pensaría el hombre que habían estado haciendo? Se echó el velo sobre el rostro y se levantó.

—Buenas noches, Lord Lancelot. Kerval, cuida bien del apreciado amigo del Rey —y salió. Ansiaba desesperadamente cruzar el salón y llegar a su cámara antes de volver a sollozar. *Oh, Dios, ¿cómo... cómo me atrevo a rogar a Dios que me permita pecar otra vez? ¡Debería rezar para que me librara de la tentación, y no puedo!*

XVI

n día o dos antes de las vísperas de Beltane, Kevin el Arpista visitó nuevamente la corte de Arturo. Morgana se alegró de verlo; había sido una larga y tediosa primavera. Lancelot se había recobrado de las fiebres y marchado hacia el norte, a Lothian, y ella había pensado en viajar a Lothian igualmente, para ver a su hijo; empero, no quería ir en compañía de Lancelot, ni él la habría querido como compañera de viaje; pensó: *Mi hijo está bien donde está, en otro momento iré a verlo.*

Ginebra estaba afligida y silenciosa; en los años en que Morgana estuviera ausente, la Reina había pasado de ser una mujer vivaracha e infantil a meditabunda y callada, más piadosa de cuanto era razonable. Morgana sospechaba que languidecía por Lancelot y, conociendo a éste, pensó con un ramalazo de desdén que ni dejaría a la Reina en paz ni la llevaría al completo pecado. Y Ginebra era un buen desafío para él, ella ni se entregaría ni lo dejaría. Se preguntaba qué pensaría Arturo, pero haría falta una mujer más audaz que ella para preguntárselo.

Morgana dio la bienvenida a Kevin a la corte y pensó que no era improbable que guardaran Beltane juntos, las mareas solares corrían ardientes por su sangre y, de no poder tener al hombre que quería (y sabía que aún se veía arrastrada hacia Lancelot), bien podía tomar a un amante que habíase deleitado con *ella*; era bueno sentirse tratada con ternura y ser pretendida. Y, cosa que ni Arturo ni Lancelot hacían, Kevin hablaba libremente de asuntos de estado con ella. Se dio cuenta, en un momento de amargo pesar, que de haber permanecido en Avalon, ahora sería consultada sobre todos los asuntos importantes de la época.

Bueno, era demasiado tarde para eso. Así pues, fue a saludar a Kevin al gran salón e hizo que le sirvieran comida y vino, tarea que Ginebra gustosamente le dejaba a ella. A Ginebra le gustaba oírle tañer el arpa, mas no soportaba verle. Morgana le sirvió y habló con él de Avalon.

—¿Se encuentra bien Viviane?

—Sí, y está todavía resuelta a venir a Camelot en Pentecostés —respondió Kevin— y es apropiado, porque Arturo apenas me prestaría atención a mí. Aunque ha prometido no prohibir los fuegos de Beltane este año, al menos.

—Poco bien le haría prohibirlos —repuso Morgana—. Mas Arturo también tiene problemas dentro de su casa. —Señaló—. Más allá de esa ventana, casi a la vista si se observa desde la parte más alta del castillo, está situada la isla donde reinaba Leodegranz... ¿te has enterado?

—Un viajero me refirió casualmente que había muerto —dijo Kevin— sin dejar ningún hijo. Su dama, Alienor, murió con su última hija, pocos días después que aquél. La fiebre hizo estragos en ese país.

—Ginebra no viajó hasta allí para el sepelio —comentó Morgana—. Poco tenía que llorar; él no era un padre cariñoso. Arturo la consultará para nombrar un regente; dice que ahora el reino es suyo y que, de tener un segundo hijo, sería para él. Mas no parece muy probable ahora que Ginebra tenga ni siquiera el primero.

Kevin asintió lentamente.

—Sí, abortó un niño antes de la batalla de Monte Badon y estuvo muy enferma. Desde entonces no he oído rumores de que haya quedado encinta —dijo Kevin—. ¿Qué edad tiene la Reina Suprema?

—Creo que veinticinco por lo menos —contestó Morgana; pero no estaba segura, a consecuencia del tiempo en el país de las hadas.

—Es vieja para tener el primer hijo —dijo Kevin—, aunque no dudo que, como todas las mujeres estériles, rece para conseguir un milagro. ¿Qué padece la Reina?

—No soy una comadrona —repuso Morgana—. Parece bastante saludable, mas se ha gastado las rodillas orando y no hay ningún signo.

—Bien, los Dioses harán su voluntad —dijo Kevin—, aunque necesitaremos su misericordia en esta tierra si Arturo muere sin ningún hijo. Y ahora no hay amenazas de los sajones en el exterior para evitar que los reyes rivales de Bretaña caigan unos sobre otros disputándose los despojos de la tierra. Nunca confié en Lot, pero ya ha muerto, y Gawaine es el más fiel de los hombres de Arturo, así pues poco hay que temer de Lothian, a menos que Morgause se encuentre con un amante que ambicione ser su propio Rey Supremo.

—Lancelot ha ido hacia allí, pero volverá rápidamente —dijo Morgana.

—También Viviane viajará a Lothian por alguna razón, aunque pensábamos, todos nosotros, que era demasiado vieja para recorrer tal trayecto —la informó Kevin.

Entonces verá a mi hijo... A Morgana le dio un vuelco el corazón y el dolor, o el llanto, le atenazaron la garganta. Kevin pareció no darse cuenta.

—No me crucé con Lancelot en el camino —dijo—. Sin duda tomó otro sendero, o se demoró para ver a su madre, o tal vez —hizo una mueca taimada— para guardar la fiesta de Beltane. Eso sería motivo de júbilo para todas las mujeres de Lothian, si se quedara allí. Morgause no consentiría que un manjar tan exquisito escapara de sus garras.

—Es hermana de su madre —repuso Morgana—, y creo que Lance es demasiado buen cristiano para eso. Tiene coraje para enfrentarse a los sajones en la batalla, pero tiene menos valor para *esas* batallas.

Kevin levantó las cejas.

—Oh, ¿de verdad? No pongo en duda de que hablas con conocimiento —dijo—, pero en honor a la cortesía diremos que es gracias a la Visión. Aunque a Morgause le agradaría que el mejor caballero de Arturo se viera afectado por el escándalo, así Gawaine estaría más cerca del trono. Y la dama gusta a todos los hombres, no es tan vieja y aún resulta hermosa; tiene el pelo tan rojizo como siempre, sin una cana.

—Oh —exclamó Morgana cáusticamente—, compra alheña de Egipto en los mercados de Lothian.

—Posee una fina cintura, y afirman que practica las artes mágicas para atraer a los hombres —dijo Kevin—, pero no son más que habladurías. He oído comentar que ha gobernado bastante bien en Lothian. ¿Te desagrada mucho, Morgana?

—No. Es pariente mía y ha sido buena conmigo —contestó ésta, y estuvo tentada a añadir: *Adoptó a mi hijo,* con lo que habría abierto camino para preguntarle si había tenido noticias de Gwydion... pero se contuvo. Ni siquiera a Kevin podía confesarle eso. En su lugar, dijo:

—Pero no me complace que mi deuda Morgause esté en boca de toda Bretaña.

—No es tan malo —repuso Kevin, riendo, e hizo a un lado la copa de vino—. Si la dama gusta de los hombres apuestos, no es la primera ni será la última. Y ahora que Morgause ha enviudado, nadie puede pedirle cuentas de quién yace en su lecho. Mas, no debo tener esperando al Rey Supremo. Deséame suerte, Morgana, pues debo darle malas noticias y ya sabes que en otros tiempos la perdición alcanzaba a aquel que llevaba noticias al Rey que él no deseaba escuchar.

—Arturo no es tan irascible —dijo Morgana—. Si no es ningún secreto, ¿cuáles son las malas noticias que traes?

—Ninguna noticia —repuso Kevin—, pues ya se ha dicho más de una vez que Avalon no consentirá que rija como rey cristiano, cualquiera que sea su fe personal. No permitirá que los sacerdotes humillen el culto a la Diosa, ni toquen la arboleda de robles. Y debo transmitirle el mensaje de la señora, para el caso de que estas cosas ocurran: La mano que le entregó la espada sagrada de los druidas puede hacer que ésta se convierta en el instrumento de su destrucción.

—Eso no es agradable de oír —declaró Morgana—, aunque, quizás le haga recordar su juramento.

—Sí, y Viviane aún cuenta con otra arma que puede blandir —dijo Kevin; pero cuando Morgana le preguntó cuál, permaneció en silencio.

Cuando la hubo dejado, Morgana estuvo meditando en la noche que estaba por llegar. Habría música en la cena y más tarde... bueno, Kevin era un amante complaciente, gentil y ansioso por agradarla, y estaba cansada de dormir sola.

Se hallaba todavía en el salón, cuando Cai entró para anunciar que había llegado otro jinete.

—Un pariente tuyo, dama Morgana. ¿Lo recibirás y le servirás vino?

Morgana asintió, ¿había regresado Lancelot tan pronto? Pero el jinete era Balan.

Al principio casi no le reconoció, estaba más grueso y tan grande que, pensó Morgana, debía hacer falta un enorme caballo para aguantar su peso. En cambio, él la reconoció en seguida.

—¡Morgana! Saludos, deuda —dijo y se sentó a su lado, tomando la copa que le ofrecía.

Le contó que Kevin estaba hablando con Arturo y Merlín, pero le vería en la cena, y le pidió noticias.

—Lo único que sé es que han vuelto a ver a un dragón en el norte —dijo Balan—. Y no, esto no es una fantasía como la del viejo Pellinore, examiné sus huellas en el lugar donde había estado y hablé con dos de los que lo habían visto. No estaban mintiendo, ni contando una historia para divertirse o darse importancia; temían por sus vidas. Afirmaron que salió del lago y se llevó al sirviente. Me mostraron su zapato.

—¿Su zapato, primo?

—Lo perdió cuando fue arrastrado y no era agradable palpar el cieno que lo embadurnaba —añadió Balan—.

Voy a solicitar a Arturo media docena de soldados para que cabalguen conmigo y darle fin.

—Debes pedírselo a Lancelot, si vuelve —dijo Morgana con tanta indiferencia como pudo—. Necesitará alguna experiencia con dragones. Creo que Arturo está intentando desposar a Lancelot con la hija de Pellinore.

Balan la miró fijamente.

—No envidio a la mujer que tenga a mi hermano pequeño por marido —dijo—. He oído comentar que ha entregado su corazón a... ¿o no debería decirlo?

—No deberías —respondió Morgana.

Balan se encogió de hombros.

—Así sea. Arturo no tiene ninguna razón especial para desear que Lancelot encuentre a una esposa lejos de la corte —declaró—. No sabía que hubieses vuelto, Morgana. Tienes buen aspecto.

—Y, ¿cómo se encuentra tu hermano adoptivo?

—Balin estaba bastante bien la última vez que le vi —contestó Balan—, aunque sigue sin tenerle mucho aprecio a Viviane. Aun así, no hay motivo para creer que le guarde rencor por la muerte de nuestra madre. Entonces deliró y juró vengarse, pero tendría que estar verdaderamente loco para continuar pensando en tales cosas. En cualquier caso, de ser ésa su intención, no habló de ella cuando estuvo aquí hace un año en Pentecostés. Esa es la más reciente costumbre de Arturo, quizá la desconozcas, dondequiera que puedan estar sus antiguos Caballeros en todo el territorio de Bretaña, han de reunirse todos en Pentecostés para cenar en su mesa. Y asimismo, esa noche nombra a nuevos miembros en la orden de la Caballería, y acepta a cualquier peticionario, por humilde que sea.

—Sí, he oído hablar de eso —dijo Morgana, y una sombra de intranquilidad pasó sobre ella.

Kevin había comentado que Viviane... se dijo que sólo sentía inquietud ante la idea de que una mujer de la edad de la Señora pudiera venir como un común peticionario. Como dijera Balan, se necesitaría estar loco para albergar deseos de venganza después de tanto tiempo.

Aquella noche hubo música, Kevin tocó y cantó maravillosamente y, más tarde, aquella misma noche, Morgana se escurrió de la cámara en la cual dormía con las damas solteras de Ginebra, tan silenciosamente como un espectro o como una sacerdotisa instruida en Avalon, y se dirigió a la estancia donde dormía Kevin. Salió de allí antes del alba, satisfecha; pero algo que Kevin dijo turbaba su mente.

—Arturo no me ha escuchado —le comentó—. Me indicó que el pueblo de Inglaterra está formado por gentes cristianas y, aunque no iba a perseguir a ningún hombre por adorar a los Dioses que prefiriese, apoyaría a los sacerdotes y a la iglesia, como ellos apoyan su trono. Y, en contestación a la Señora de Avalon, me ha dicho que si quiere que le devuelva la espada, ha de venir ella misma a buscarla.

Aun después de encontrarse en su propio lecho, Morgana yació insomne. Se trataba de la legendaria espada que había ligado a tantos hombres de las Tribus y del norte con Arturo, y era su alianza con Avalon lo que le había unido al oscuro pueblo prerromano. Ahora, al parecer, Arturo se había apartado de esa alianza más de cuanto nunca lo estuviera.

Podía hablar con él, pero no, no la escucharía; era una mujer, y su hermana, y siempre entre ellos se encontraba el recuerdo de aquella mañana posterior a la entronización; nunca podrían hablar libremente. Y ella no ostentaba la autoridad de Avalon; con sus propias manos la había arrojado muy lejos.

Acaso Viviane pudiera hacerle ver la importancia de mantener el juramento. Todo esto se lo estuvo diciendo a sí misma antes de poder cerrar los ojos y dormir.

XVII

Incluso antes de levantarse del lecho, Ginebra sintió la brillante luz del día atravesando las cortinas de su cama, *El Verano está aquí.* Y luego, *Beltane.* La plenitud del paganismo... estaba segura de que muchos de los sirvientes y de las sirvientas saldrían a hurtadillas de la corte por la noche, cuando los fuegos de Beltane eran encendidos en la Isla del Dragón en honor a la Diosa, para yacer en los campos... *algunas de ellas, sin duda, para volver con el vientre vivificado con el hijo del Dios... y yo, una esposa cristiana, no puedo alumbrar un hijo para mi amado señor...*

Se dio la vuelta y yació observando el sueño de Arturo. Oh, sí, era su amado señor y le quería bien. La había tomado como parte de una dote que ni siquiera vio; mas la había amado, cuidado y honrado; no era culpa suya que no pudiera cumplir el primer deber de una reina dándole un hijo para que le sucediera.

Lancelot... no, se había jurado, cuando él se marchó de la corte, que no pensaría más en él. Todavía lo deseaba, con el corazón, el alma y el cuerpo, pero había prometido ser una esposa leal y fiel para Arturo; jamás compartiría con Lancelot aquellos juegos y lances que los incitaban a anhelar más... era jugar con el pecado, si no con algo peor.

Beltane. Bueno, acaso como mujer cristiana y reina en una corte cristiana, era su deber celebrar tales festejos y recrearse en este día como todas las gentes de la corte, sin perjuicio para el alma. Sabía que Arturo había convocado la celebración de torneos y prácticas de armas con trofeos, en Pentecostés, como hiciera todos los años desde que la corte se trasladó a Camelot; mas había bastante gente que podría hacer alguna exhibición también en este día, y ella ofrecería una copa de plata. Habría música de arpa y baile, y organizaría para las mujeres lo que en ocasiones realizaban a modo de juego, ofreciendo una cinta para la que hilase más en una hora, o confeccionara la pieza más grande de tapicería. Sí, habría deportes inocentes para que el pueblo no echara en falta los juegos prohibidos de la Isla del Dragón. Se incorporó y comenzó a vestirse; debía ir a hablar con Cai.

Pero, aunque se mantuvo ocupada y Arturo quedó complacido cuando le habló de ello, pensando que era el mejor de los planes, hasta el extremo de pasarse la mañana hablando con Cai sobre los trofeos que concederían al mejor espadachín y al mejor jinete... en su cabeza, persistía la idea. *En ese día los antiguos Dioses nos exigen honrar la fertilidad y yo, yo sigo aún esteril.* Y así, una hora antes de que hicieran sonar las trompas para reunir a los hombres delante del campo de armas y dar comienzo al concurso, Ginebra buscó a Morgana, no muy segura de qué iba a decirle.

Morgana se había hecho cargo de la sala del tinte para la lana que hilaban, y también de las cerveceras de la Reina, ya que sabía cómo evitar que la cerveza se estropease al ser elaborada y cómo destilar fuertes alcoholes para las medicinas, y hacer perfumes con pétalos de flores que eran más exquisitos que los venidos de ultramar y más caros que el oro. Había algunas mujeres en el castillo que creían que esto eran artes mágicas, mas Morgana decía que no, que únicamente le habían enseñado las propiedades de las plantas, los cereales y las flores. Cualquier mujer, afirmó Morgana, podía hacer lo mismo que ella hacía, si era habilidosa, paciente y se preocupaba de poner atención.

Ginebra la encontró ataviada con el traje de gala y el pelo cubierto con un tocado, con las cerveceras, olfateando una tanda de cerveza que se había echado a perder en las cubas.

—Hay que tirarla —dijo Morgana—. La levadura debe haberse helado y se ha agriado. Mañana podremos empezar con otra tanda, ya hay mucha para hoy, aún con los festejos de la Reina, sea lo que sea que tiene en mente.

—¿No tienes ganas de festejos, hermana? —preguntó Ginebra.

Morgana se volvió.

—Realmente no —contestó— y me sorprende que *tú* las tengas, pensaba que en Beltane te dedicarías al piadoso ayuno y a la plegaria, aunque sólo fuera para mostrar que no eres una de esas que se regocijan en honor de la Diosa de las cosechas y los campos.

Ginebra su sonrojó; nunca sabía si Morgana se estaba burlando de ella.

—Quizás Dios ha ordenado que el pueblo deba regocijarse por la llegada del verano y no haya necesidad alguna de hablar de la Diosa... oh, no sé qué pensar, ¿tú crees que la Diosa da vida a las cosechas y los campos, a los vientres de ovejas, vacas y mujeres?

—Eso me enseñaron en Avalon, Gin. ¿Por qué me preguntas esto ahora? —Se quitó el tocado con el cual se cubría el cabello y, de súbito, Ginebra pensó que era hermosa. Morgana era mayor que ella, debía haber cumplido los treinta; pero no parecía más vieja que la primera vez que la vio... ¡no era sorprendente que todos los hombres la creyeran una hechicera! Llevaba un vestido finamente hilado de lana azul oscura, muy sencillo, aunque tenía puestas cintas trenzadas en el negro pelo, recogido sobre las orejas y sujeto con un alfiler de oro. A su lado, Ginebra se sintió tan insípida como una gallina, una simple mujer de su hogar, aunque ella fuese la Reina Suprema de Bretaña y Morgana sólo una duquesa pagana.

Morgana sabía tanto y ella era tan inculta, únicamente podía escribir su nombre y leer un poco en su libro del Evangelio. Mientras que Morgana era diestra en todas las artes clericales, sabía leer y escribir y también conocía lo referente al hogar, hilar, tejer y hacer finos bordados, y tintar, elaborar cerveza, y la ciencia de las plantas y de la magia.

—Hermana mía, lo comentan en tono de broma, pero, ¿es cierto que conoces toda clase de encantos y conjuros para la fertilidad? No... no puedo seguir viviendo así, todas las damas de la corte observando cada manjar que como para descubrir si estoy encinta, reparando en cuán fuerte me aprieto el ceñidor. Morgana, si de veras conoces esos encantos que afirman... hermana mía, te lo ruego, ¿los usarás en mi beneficio?

Conmovida y preocupada, Morgana posó la mano en el brazo de Ginebra.

—En Avalon, es cierto, se dice que tales y cuales cosas pueden ayudar a una mujer que no da a luz cuando debiera, pero, Ginebra —titubeó y ésta sintió que el rostro se le inundaba de vergüenza. Finalmente Morgana prosiguió—: No soy la Diosa. Puede ser su voluntad que tú y Arturo no tengáis ningún hijo. ¿Realmente tratarías de alterar los designios de Dios con conjuros y hechizos.

—Incluso Cristo en el huerto dijo: «Aparta de mí este cáliz...»

—Mas también dijo: «Más cúmplase en mí Tu voluntad.»

—Me sorprende que conozcas tales cosas.

—Viví en casa de Igraine durante once años, Ginebra, y he oído recitar el evangelio con tanta frecuencia como tú.

—No puedo creer que la voluntad de Dios sea que el reino caiga nuevamente en el caos al morir Arturo —repuso Ginebra y percibió cómo su voz se elevaba, aguda y colérica—. Durante todos estos años he sido fiel. Sí, sé que no lo crees, imagino que piensas lo mismo que todas las mujeres de la corte, que he traicionado a mi señor por el amor a Lancelot; pero no es así, Morgana, ¡te juro que no lo es!

—¡Ginebra! ¡Ginebra! ¡Yo no soy tu confesor! ¡Yo no te he acusado!

—Lo harías si pudieras y creo que estás celosa —replicó ésta en una tensión extrema, y luego gritó contrita—. ¡Oh, no! No, no quiero disputar contigo, Morgana, hermana mía. Oh, no, vine a suplicarte ayuda. —Sintió las lágrimas fluyéndole de los ojos—. No he hecho ningún mal, he sido una esposa buena y fiel, he guardado la casa de mi señor y me he esforzado por honrar su corte, he orado por él procurando acatar la voluntad de Dios, no he faltado ni un ápice a mi deber, ni siquiera he obtenido mi parte de las ganancias. Todas las rameras de las calles, todas las prostitutas de los campamentos, van por ahí haciendo alarde de sus henchidos vientres y de su fertilidad, y yo... yo no he tenido nada, nada. —Estaba llorando, cubriéndose el rostro con las manos.

La voz de Morgana resonó desconcertada aunque tierna, extendió los brazos y estrechó a Ginebra.

—No llores, no llores, mírame, ¿es para ti un pesar tan grande el no tener ningún hijo?

Esta pugnó por controlar sus lágrimas.

—No puedo pensar en otra cosa, día y noche.

Al cabo de un largo rato Morgana declaró.

—Sí, puedo entender que es duro para ti. —Parecía que verdaderamente pudiera escuchar los pensamientos de Ginebra.

De tener un hijo, no pensaría noche y día en este amor que amenaza mi honra, porque todos mis pensamientos estarían puestos en el hijo de Arturo.

—Me gustaría poder ayudarte, hermana, pero no quiero mezclarme con encantos y magia. En Avalon nos enseñan que el pueblo puede tener necesidad de tales cosas, mas los sabios no se mezclan con ellas, sino que soportan el destino que los Dioses les han enviado.

Y mientras hablaba se consideró una hipócrita; estaba recordando la mañana en la cual salió en busca de hierbas y raíces para hacer una poción que le impidiera alumbrar al hijo de Arturo. ¡*Eso* no había sido rendirse al designio de la Diosa!

Aunque, al final, tampoco lo había hecho.

Y entonces Morgana se preguntó con repentino cansancio: *Yo, que no quería un hijo, y que estuve a punto de morir al parirlo, lo tuve; Ginebra, que ansía noche y día tener uno, permanece con el vientre vacío y vacíos los brazos. ¿Es ésa la bondad en la voluntad de los Dioses?*

Empero, se sintió compelida a decir:

—Ginebra, quisiera que tuvieses esto presente, los encantos frecuentemente tienen consecuencias que no desearías. ¿Qué te hace pensar que la Diosa a la cual yo sirvo puede enviarte un hijo cuando tu Dios, al que crees mayor que todos los demás Dioses, no puede?

Aquello sonó como una blasfemia y Ginebra se avergonzó de sí misma.

—Estimo que quizás a Dios no le importan las mujeres. Todos sus sacerdotes son hombres, y una y otra vez nos dicen que las mujeres son la tentación y el mal; ése puede ser el motivo de que no me escuche. Y, por eso, si acudo a la Diosa, a Dios no le importa... —Y volvió a llorar tempestuosamente—. Morgana —gritó—, si no puedes ayudarme, juro que iré esta noche a la Isla del Dragón, sobornaré a los sirvientes para que me lleven y, cuando los fuegos sean encendidos, también yo implorararé a la Diosa el don de un hijo... juro, Morgana, que lo haré... —Y se vio a sí misma a la luz de los fuegos, rodeando las llamas, apartándose asida por un hombre extraño y sin rostro, yaciendo en sus brazos; y tal pensamiento hizo que todo su cuerpo se envarase de dolor y experimentara un vergonzoso placer.

Morgana escuchaba con creciente temor. *Nunca lo hará, le fallará el valor en el último momento... Yo estaba aterrorizada, incluso yo, y siempre había sabido que mi doncellez era para el Dios.* Mas luego, oyendo la extrema desesperación en la voz de su cuñada, *Sí, es posible que lo haga y, si lo hiciera, se aborrecería durante toda su vida.*

No había otro ruido en la estancia que el producido por los sollozos de Ginebra. Morgana aguardó hasta que se acallaron un poco, entonces dijo:

—Hermana, haré por ti cuanto pueda. Arturo puede darte un hijo, no necesitas ir a los fuegos de Beltane, ni buscar a alguien en otra parte. No debes nunca proclamar que te he contado esto, prométemelo y no me hagas preguntas. Arturo ya ha tenido un hijo.

Ginebra la miró fijamente.

—El me dijo que no tenía.

—Es posible que lo ignore. Pero yo he visto al niño. Se está criando en la corte de Morgause.

—Entonces ya tiene un hijo y si yo no le doy ninguno...

—¡No! —repuso Morgana de inmediato con acre tono—. Te he dicho que nunca debes hablar de esto, el niño no puede ser reconocido como suyo. Si no le das ningún hijo, el reino deberá pasar a Gawaine. Ginebra, no me hagas más preguntas, pues no las contestaré; si no das a luz, no será culpa de Arturo.

—Ni siquiera he concebido desde la última época de cosechas, y únicamente tres veces en todos estos años. —Tragó saliva, enjugándose el rostro con el velo—. Si me ofrezco a la Diosa, será misericordiosa conmigo.

Morgana suspiró.

—Puede que así sea. Pero no debes ir a la Isla del Dragón. Puedes concebir, lo sé; quizá un encanto lograra ayudarte a alumbrar un hijo. Pero, de nuevo te lo advierto: los conjuros no hacen su magia como los hombres y las mujeres quisieran, sino siguiendo sus propias leyes, y esas leyes son tan extrañas como el transcurso del tiempo en el país de las hadas. No me maldigas, Ginebra, si el encanto actúa de manera distinta a como esperas.

—De darme siquiera una ligera posibilidad de tener un hijo de mi señor...

—Eso hará —afirmó Morgana comenzando a andar, y Ginebra la siguió como una niña sigue a su madre.

¿Qué clase de encanto sería, qué consecuencias tendría, y por qué Morgana parecía tan extraña y solemne, cual si fuese la Excelsa Diosa misma? Aunque, se dijo, suspirando profundamente, aceptaría cualquier cosa que pudiera venir, si eso lograba proporcionarle lo que más deseaba.

Una hora después, cuando sonaron las trompas, Morgana y Ginebra se encontraban sentadas juntas en la linde del campo, y Elaine se inclinó hacia ellas.

—¡Mirad! ¿Quién cabalga hacia el campo al lado de Gawaine? —dijo.

—Es Lancelot —respondió Ginebra sin aliento—. Ha vuelto a casa.

Estaba más atractivo que nunca. Tenía la roja marca de un corte en la mejilla, que podría haber sido fea, mas le daba la feroz belleza de un gato salvaje. Montaba como si fuera parte del caballo mismo, y Ginebra atendía la cháchara de Elaine, sin escuchar realmente, con los ojos fijos en el hombre.

Amarga, amarga es esta ironía. ¿Por qué ahora, cuando estaba resuelta y había prometido no pensar más en él, sino cumplir mi deber para con mi rey y señor...? En torno al cuello, bajo el dorado collar que Arturo le regalara al cumplirse sus cinco años de matrimonio, podía percibir el peso del conjuro de Morgana, cosido en una pequeña bolsa entre los senos. No sabía, ni quería saber, lo que Morgana había puesto dentro.

¿Por qué ahora? Tenía esperanzas de que para cuando volviera a casa en Pentecostés estuviese llevando ya al hijo de mi señor y él no volviera a mirarme, al quedar tan claro que había resuelto honrar mi matrimonio.

Empero, contra su voluntad, recordó las palabras de Arturo: *Si me das un hijo no haré preguntas... ¿entiendes lo que te estoy diciendo?*

Ginebra supo muy bien a qué se refería. El hijo de Lancelot podía heredar el reino. ¿Se le ofrecía esta nueva tentación ahora porque ya había caído en un grave pecado al mezclarse con la brujería de Morgana y había proferido violentas e indecorosas amenazas, esperando con ello obligar a Morgana a ayudarla...?

No me importa si de este modo puedo darle un hijo a mi rey... si alguien me maldice por eso, ¿qué tengo yo que ver con los demás? Estaba atemorizada por el hechizo, aunque asimismo también lo estaba por haber pensado en ir a los fuegos de Beltane...

—Mira, Gawaine ha caído, ni siquiera él ha podido resistir a la cabalgadura de Lancelot —dijo Elaine fogosamente—. ¡Y Cai también! ¿Cómo ha podido Lancelot abatir a un lisiado?

—No seas más tonta de lo que *debes*, Elaine —replicó Morgana—. ¿Crees que Cai le agradecería a Lancelot que lo perdonase? Si Cai participa en estos torneos, seguramente es capaz de correr el riesgo de cuantos daños puedan ocurrirle. Nadie le ha obligado a competir.

Estaba determinado, desde el momento en que Lancelot entró en el campo, quién ganaría el trofeo. Hubo algunas quejas cordiales entre los Caballeros cuando lo vieron.

—No tiene ningún sentido que entremos en las listas estando aquí Lancelot —dijo Gawaine riendo, rodeando a su primo con el brazo—. ¿No podías haber permanecido lejos un día o dos más, Lance?

Lancelot reía también, aunque un poco azorado. Tomó la copa dorada y la levantó en el aire.

—Tu madre también me instó a quedarme en la corte para Beltane. No vine para arrebataros el trofeo, no necesito ningún trofeo. ¡Ginebra, señora mía! —gritó—, toma esto y dame a cambio la cinta que llevas en el cuello. La copa puede quedar para el altar o para la gran mesa de la Reina.

Turbada, la mano de Ginebra voló a su garganta, a la cinta en la que había atado el encanto de Morgana.

—*Esto* no puedo dártelo, amigo mío. —Le alargó el manguito que había bordado con pequeñas perlas—. Toma esto como gesto de reconocimiento a mi campeón. En cuanto al trofeo, bueno, os entregaré el trofeo a vosotros. —Señaló a Gawaine y a Gareth, que habían quedado tras Lancelot en la cabalgadura.

—Muy cortés —dijo Arturo, levantándose en el asiento, mientras Lancelot cogía la seda bordada y la besaba para

344

luego anudárla en el yelmo—. Pero mi más valiente luchador debe recibir mayores honores. Te sentarás con nosotros en la gran mesa, Lancelot, y nos relatarás qué te ha sucedido desde que te ausentaste de mi corte.

Ginebra se excusó ante sus damas, era mejor prepararse para el festín. Elaine y Meleas estaban hablando sobre el valor de Lancelot, su cabalgadura, su generosidad al renunciar al trofeo. Ginebra sólo podía pensar en la mirada que le había dirigido cuando le rogó que le diera la cinta que llevaba en el cuello. Levantó la vista y se encontró con la oscura y enigmática sonrisa de Morgana. *Ni siquiera puedo suplicar paz de espíritu. He perdido el derecho a suplicar.*

En la primera hora del festín se ocupó de asegurarse de que todos los invitados estuvieran adecuadamente sentados y servidos. Cuando tomó asiento a la gran mesa, la mayor parte de los comensales estaban borrachos, y la oscuridad comenzaba a hacerse notar. Los sirvientes llevaron lámparas y antorchas, sujetándolas a la pared, y Arturo dijo jovialmente:

—Ves, señora mía, estamos encendiendo nuestros propios fuegos de Beltane dentro de estos muros.

Morgana se había situado cerca de Lancelot. A Ginebra le palpitaba el rostro debido al calor y al vino que había tomado; se volvió para no verlos. Lancelot comentó, con un gran bostezo:

—En verdad, es Beltane; lo había olvidado.

—Y Ginebra propuso que debíamos celebrar un festín para que la gente no se viera tentada a escurrirse a los viejos ritos —dijo Arturo—. Hay más formas de desollar a un lobo que arrancarle la piel. Si prohíbo los ritos sería un tirano.

—Y —añadió Morgana en voz baja—, desleal con Avalon, hermano mío.

—Mas si mi dama hace que sea más placentero para la gente estar en nuestro festín que salir a los campos y bailar junto a los fuegos, entonces el propósito se ha logrado con mayor facilidad.

Morgana se encogió de hombros. A Ginebra le pareció que estaba divirtiéndose. Había bebido poco, quizá era la única persona completamente sobria en la mesa del Rey.

—Has estado viajando por Lothian, Lancelot, ¿guardan allí los ritos de Beltane?

—Eso afirma la Reina —respondió Lancelot—, aunque, por cuanto sé, puede haber estado burlándose de mí, puesto que nada vi que sugiriera que la Reina Morgause no sea la más cristiana de las damas. —Mas a Ginebra le pareció que miraba inquieto a Gawaine al hablar—. Repara en lo que digo, Gawaine, nada alego contra la señora de Lothian, no tengo ninguna disputa contigo o con los tuyos.

Empero sólo obtuvo por respuesta un leve ronquido, y Morgana rió.

—Mira, Gawaine se halla dormido con la cabeza sobre la mesa. También yo te pediría noticias de Lothian, Lancelot... no creo que nadie que se haya criado allí pueda tan rápidamente olvidar los fuegos de Beltane. Las mareas solares corren por la sangre de cualquiera que se haya educado en Avalon, como yo, y como la Reina Morgause, ¿no es así, Lancelot? Arturo, ¿recuerdas tu entronización en la Isla del Dragón? Cuántos años hace, nueve, diez.

Arturo parecía disgustado, aunque habló con amabilidad.

—Eso fue hace muchos años, como tú has dicho, hermana, y el mundo cambia todas las estaciones. Creo que el momento de tales cosas ha pasado, salvo, tal vez, para quienes viven en los campos, de las cosechas, y han de invocar la bendición de la Diosa. Eso afirmaría Taliesin y yo no le contradeciría. Creo que esos viejos ritos tienen poco que ver con los que moramos en castillos y ciudades, y hemos oído la palabra de Cristo. —Levantó la copa de vino, la vació y dijo con ebrio énfasis—. Dios nos dará cuanto deseamos, todo lo que es justo que tengamos, sin necesidad de invocar a los viejos Dioses, ¿no es así, Lance?

Ginebra sintió los ojos de Lancelot puestos en ella antes de que él respondiera.

—¿Quién de nosotros tiene todas las cosas que puede desear, mi rey? Ningún rey, y ningún Dios, puede otorgar eso.

—Arturo —dijo Morgana con gentileza—, estás borracho.

—Bien, ¿y por qué no? —preguntó beligerante—. En mi propia casa y con mi propio fuego, ¿para qué si no luché contra los sajones durante todos estos años? Para sentarme a la Mesa Redonda disfrutando de paz, buena cerveza, vino y música, ¿dónde está Kevin el Arpista? ¿No voy a tener música en mi festín?

—No me cabe duda de que ha ido a adorar a la Diosa en los fuegos y a tañer el arpa allí, en la Isla del Dragón —respondió Lancelot riendo.

—Es un motivo para ir —dijo Arturo con su espesa voz—. Y un motivo para prohibir los fuegos de Beltane; así podría tener música.

Morgana se echó a reír y dijo afablemente:

—No puedes mandar en la conciencia de otro, hermano mío. Kevin es un druida y tiene derecho a ofrecer su música a los Dioses si le place. —Apoyó la barbilla en las manos, y Ginebra pensó que parecía una gata—. Pero creo que ha guardado Beltane a su manera; sin duda se ha ido a dormir, porque aquí todos los comensales están demasiado ebrios para distinguir su arpa de la mía, o de las silbantes flautas de Gawaine que, mientras duerme, toca la música de Lothian —añadió, cuando un ronquido especialmente ruidoso del durmiente Gawaine se impuso sobre el ruido de la estancia, y le hizo señas a uno de los chambelanes, que fue a persuadir a Gawaine para que lo acompañara. Se inclinó somnoliento ante Arturo y salió tambaleándose del salón.

Lancelot alzó su copa y agotó su contenido.

—También yo tengo bastante de música y fiesta. He estado cabalgando desde antes del alba para venir a vuestros torneos en esta jornada y pronto, creo, te pediré licencia para irme al lecho, Arturo.

Ginebra calibró su grado de ebriedad por aquel improvisado *Arturo;* en público era siempre muy cuidadoso de dirigirse formalmente a él como «mi señor» o «mi rey», y únicamente cuando estaban a solas le llamaba «primo» o «Arturo».

Aunque ciertamente, tan avanzado el festín, pocos habían que estuvieran lo bastante sobrios como para notarlo. En realidad, era como si hubiesen estado a solas. Arturo ni siquiera respondió a Lancelot; se había hundido un poco en su gran asiento y tenía los ojos entrecerrados. Bueno, pensó Ginebra, él mismo lo ha dicho, era su propio festejo y su propio hogar, y si un hombre no puede estar borracho en su casa, ¿para qué ha luchado tantos años si no para lograr que los festejos no ofrezcan peligro?

Y, si Arturo estaba demasiado bebido para darle la bienvenida al lecho, después de todo... podía percibir la cinta en el cuello, de donde pendía el conjuro, su peso y su calor entre los senos. *Hoy se celebra Beltane, ¿no podía haberse mantenido sobrio? De haber sido invitado a uno de esos ritos paganos, lo habría recordado,* pensó, y se le encendieron las mejillas ante lo indecente de tal idea. *¡También yo debo emborracharme!* Miró airada a Morgana, que permanecía fría y sobria, jugueteando con las cuerdas del arpa. ¿Por qué sonreiría así Morgana?

Lancelot se inclinó hacia ella diciendo:

—Creo que nuestro rey y señor ya ha tenido bastante de festejos y vino, mi reina. ¿Queréis despedir a los sirvientes y a los Caballeros, señora? Yo encontraré el chambelán de Arturo para que le ayude a acostarse.

Lancelot se levantó. Ginebra pudo apreciar que estaba igualmente ebrio, pero lo toleraba bien, moviéndose con sólo un poco más de cuidado que habitualmente. Cuando comenzaba a pasar entre los invitados para desearles las buenas noches, sintió que la cabeza le daba vueltas y los pies perdían firmeza. Viendo la enigmática sonrisa de

Morgana, pudo oír una vez más las palabras de la condena hechicera: *No pretendas maldecirme, Ginebra, si el encanto actúa de manera distinta a como esperas...*

Lancelot regresó por entre los invitados que salían en tropel del salón.

—No puedo encontrar el cuerpo de sirvientes de mi señor, alguien en las cocinas me ha dicho que todos están en la Isla del Dragón para los fuegos... ¿está Gawaine aquí todavía, o Balan? Son los únicos lo suficientemente corpulentos y fuertes para llevar a nuestro señor al lecho...

—Gawaine estaba demasiado borracho para conducirse él mismo —respondió Ginebra— y no he visto a Balan. Y de seguro *tú* no puedes llevarle, él es más alto y pesado.

—Pues habré de hacerlo —reposo Lancelot riendo y se inclinó sobre Arturo.

—Vamos, primo. ¡Gwydion! No hay nadie que te conduzca hasta el lecho, te daré el brazo. Vamos, arriba, eso es, mi bravo amigo —dijo, como si hablara con un niño.

Arturo abrió los ojos y se puso en pie, vacilante. Tampoco los pasos de Lancelot eran muy firmes, estimó Ginebra mientras seguía a los hombres, no en balde eran los suyos... un bonito aspecto debían tener, si hubiese algún sirviente sobrio para reparar en ellos, el Rey Supremo, la Reina Suprema y el capitán de la caballería del Rey yéndose todos a dormir en vísperas de Beltane demasiado ebrios como para tenerse en pie...

Mas Arturo se despejó un poco cuando Lancelot le ayudaba a cruzar el umbral de la estancia; fue hacia un aguamanil, se echó una poca en la cara y bebió de ella.

—Gracias, primo —dijo, con voz todavía ebria y torpe—. Mi dama y yo tenemos mucho por lo que estarte agradecidos, realmente, y sé que nos quieres bien...

—Dios es testigo de ello —repuso Lancelot, mas miró a Ginebra con algo semejante a la angustia—. ¿Voy a buscar a uno de tus sirvientes, primo?

—No, aguarda un momento —dijo Arturo—. Hay algo

que quiero deciros y si ahora, estando borracho, no tengo valor para hacerlo, nunca lo haré estando sobrio. Gin, ¿podrás arreglártelas con las mujeres? No tengo ningún deseo de que esto salga de esta cámara en lenguas ociosas. Lancelot, ven, siéntate a mi lado —y, acomodándose en el borde del lecho, le alargó la mano a su amigo—. Tú también, querida. Ahora, escuchadme los dos. Ginebra no ha tenido ningún hijo, y ¿crees que no he visto cómo os miráis? Yo hablé de esto una vez con ella, pero es tan piadosa y honrada que no me escuchó. Mas, ahora, en Beltane, cuando toda la vida de esta tierra parece clamar por la fecundidad y la fertilidad... ¿cómo podría decirlo? Hay un viejo refrán entre los sajones, un amigo es alguien a quien le prestarías tu mujer favorita y tu espada favorita...

Ginebra tenía el rostro encendido; no podía mirar a ninguno de los dos hombres. Arturo prosiguió, lentamente:

—Un hijo tuyo, Lance, sería heredero de mi reino y sería mejor que pasarlo a los hijos de Lot... Oh, sí, el Obispo Patricius lo calificaría de grave pecado, sin duda, pero creo que es un pecado mayor no precaverse de que un hijo herede mi reino. Entonces caeríamos en un caos semejante al que hubo antes de que Uther accediese al trono, amigo mío, primo, ¿qué me dices?

Ginebra observó que Lancelot se humedecía los labios con la lengua, y experimentó la misma sequedad en su boca.

—No sé qué decir, mi rey, amigo mío, primo. No hay ninguna mujer en esta tierra... —y se le quebró la voz; miró a Ginebra y pareció que ella no iba a poder resistir el desnudo anhelo de sus ojos. Por un momento creyó desfallecer y extendió la mano para agarrarse en el armazón del lecho.

Sigo estando ebria, pensó, *estoy soñando, no puedo haberle oído decir lo que he oído...* y experimentó una oleada de vergüenza. Fue como si no pudiera seguir viviendo dejando que hablasen de ella de aquel modo.

Lancelot no le había quitado los ojos de encima.

Arturo alargó los brazos hacia ella. Se había quitado las botas y el rico atuendo que llevara en el festín, con el sayo se parecía mucho al joven con el que se había desposado hacía muchos años.

—Ven aquí, Gin —dijo, y la sentó sobre sus rodillas—. Sabes que te quiero bien, a ti y a Lance, creo que sois las dos personas a las que más amo en este mundo, a excepción de... —Tragó saliva y se interrumpió. Ginebra pensó de súbito, *Sólo he considerado mi propio amor, no he pensado en Arturo. Me tomó sin haberme visto antes, sin desearlo, me ha mostrado amor y me ha honrado como a una reina. Mas nunca he estimado esto semejante a mi amor por Lancelot, bien puede haber alguien a quien Arturo ama y no logra tener... no sin el pecado y la traición. Me pregunto si es por eso que Morgana se burla de mí, conoce los amores secretos de Arturo... o sus pecados...*

Mas Arturo prosiguió resueltamente.

—Creo que nunca habría tenido valor para decir esto, de no ser Beltane... Durante muchos cientos de años nuestros antepasados han hecho estas cosas sin avergonzarse, en la cara misma de los Dioses y según era la voluntad de éstos. Y, escúchame, querida, estando aquí contigo, Ginebra, un hijo ha de ser el resultado de esta unión, podrás entonces jurar sin engaño que ese hijo fue concebido en tu tálamo conyugal y ninguno de nosotros lo sabrá nunca con seguridad, ¿amor, vas a consentirlo?

Llevo muchos años casada y ahora estoy atemorizada como una doncella, pensó, y entonces recordó las palabras de Morgana cuando le puso el conjuro en torno al cuello. *Ten cuidado con lo que pides, Ginebra, porque la Diosa puede concedértelo...*

En aquel momento, estimó únicamente que Morgana se refería a que si rogaba un hijo, bien podía morir en el parto. Ahora sabía que era algo más sutil, pues sucedía que iba a tener a Lancelot, y sin culpa, por voluntad de su marido y con su permiso... y con repentina intuición, reflexionó. *Era esto lo que yo quería; después de todos*

estos años tengo por cierto que soy estéril, no alumbraré
ningún hijo, pero tendré esto al menos...

Con manos trémulas se desanudó el vestido. Parecía
como si el mundo entero hubiese quedado reducido a esta
perfecta consciencia de sí misma, de su cuerpo lacerado
por el deseo, anhelo que nunca creyó poder experimentar.
La piel de Lancelot era suave, había creído que todos los
hombres eran como Arturo, atezados y peludos, mas su
cuerpo era suave como el de un niño. Ah, y los amó a
ambos, amó a Arturo pues había sido lo bastante generoso como para otorgarle esto... ambos la abrazaban ahora,
cerró los ojos levantó el rostro para que la besaran, sin
saber con certeza de quién eran los labios que cubrían los
suyos. Mas era la mano de Lancelot la que le acariciaba
el cabello, yendo hacia la desnuda garganta donde colga-
ba la cinta.

—¿Qué es esto, Gin? —preguntó, con la boca sobre
la suya.

—Nada —respondió—, nada. Una necedad que me dio
Morgana. —La soltó arrojándola hacia un rincón, para
hundirse nuevamente en los brazos de su marido, y en los
de su amante.